巴金文学院签约作家书系

主编 阿来 执行主编 赵智

忧伤的西瓜

安昌河◎著

四川文艺出版社

图书在版编目（CIP）数据

忧伤的西瓜 / 安昌河著. — 2版. — 成都：四川
文艺出版社，2019.4
ISBN 978-7-5411-5283-2

Ⅰ.①忧… Ⅱ.①安… Ⅲ.①短篇小说–小说集–中
国–当代 Ⅳ.①I247.7

中国版本图书馆CIP数据核字（2019）第037377号

YOUSHANG DE XIGUA

忧伤的西瓜

安昌河 著

责任编辑 张春晓
责任校对 韩 华 王 冉 舒晓利
封面设计 尚书堂
版式设计 张 妮

出版发行 四川文艺出版社（成都市槐树街2号）
网 址 www.scwys.com
电 话 028-86259285（发行部） 028-86259303（编辑部）
传 真 028-86259306

邮购地址 成都市槐树街2号四川文艺出版社邮购部 610031
印 刷 三河市华东印刷有限公司
成品尺寸 147mm×210mm 开 本 32开
印 张 11.625 字 数 290千
版 次 2019年4月第二版 印 次 2021年4月第三次印刷
书 号 ISBN 978-7-5411-5283-2
定 价 48.00元

序

阿来

我们说如今是文化繁华的时代,通常是以生产的规模与数量而言。

这样的数量与规模,常常是由于定制性的生产。

我们甚至可以说,今天的文学已经进入了定制时代。

由出版商定制的长篇小说批量出版。电视剧脚本、网游脚本和卡通脚本大量生产。特别是属于非虚构的我们称之为纪实文学或报告文学的文体,目前大多由企业团体和政府部门所定制。正是由于这种定制,造成了今天的文学特殊的繁荣景观。

在为这种繁荣景观倍感鼓舞的同时,我们心中也怀有一种隐忧。原因在于,各种各样的文学定制,是在大面积收获数十百年文学探索与原创所积累下来的那些成果:思想的,技巧的。因为各种文学定制需要尽量面向大众的写作,有了这样一个特定的前提,定制的写作从艺术角度而言,通常会成为降低难度的写作。不是创造新的方式,而是消耗已有积累的写作。在这种文学生产形态中,最原创,最具探索性的写作常常被忽视。

原创文学与定制生产之间的关系,犹如自然科学中基础理论研究与应用技术的发明的关系。如果没有前者,后者的繁荣是难以想象的。如果要找一个更浅显的比喻,就譬如大自然,如果没有众多看起来无用的草木，也就无法生长出那些有用的植物：可以建造房屋的大树和富含营养的果实。所谓可持续发展理论的一个重要方面，就是提醒我们，对于这个世界的一切构成，不能只在关注当下就能被充分利用，产生各种利益的部分，更要关注使那些"有用"的部分构成得以发展，得以呈现的基础条件。

文学的持续生产，也要仰赖于文学最基本部分的建设。这个建设是帮助新人涌现，是期待新人带来的新作品，带来新的感受力，产生出新的思想方法与表达的艺术。

基于这样一种认识，四川省作协巴金文学院，取得四川省省委宣传部的大力支持，和四川文艺出版社合作编辑出版"巴金文学院签约作家书系"，着力发掘富于原创能力的新锐作家，资助出版他们在文学创新方面的文学成果。这种举措的唯一目的，就是为四川文学长远的可持续发展，做一些计之长远的人才培养与新的艺术经验积累方面的基础性工作。

目录

甲部..

忧伤的西瓜·

避战者

1

秦村有这么一个家族，虽然人口从来都不多，但是他们却始终团结一心，无论春夏秋冬，所干的事情都只有一个目的，逃避战争。这个家族的姓氏叫司，但是土镇的人们却老是喊成死。一直以来，司姓人家都在更正土镇人们的叫法，说司是平声的，口气直接平滑地从舌头上出去，而死是提声，口气提上来，还得把舌尖压下去。按理说，说死的时候还要费力些，但是大家却丝毫不在意这点费力，依旧把司喊成死。尽管司姓人家一再更正，一再给他们做示范，但是根本没用。大家习惯并乐意这么喊。

曾经有外姓人家建议司姓人家更换姓氏，叫什么也比叫死好啊。司姓人家更正说，我们不叫死，我们叫司。外姓人家说，不管是司还是死，总之不像个吉利的姓氏。

似乎也确实是这个不吉利的姓氏，使得这个家族历经了太多的苦难。也不晓得从哪一代人起，他们就开始了颠沛流离的生活。从东到西，从南到北，像候鸟一样迁徙的目的，其实主要是为了逃避战乱。他们没有找到一块平静的适合安居乐业的土地，战争总是像死心塌地的癞皮狗一样，尾随在他们身后。直到他们厌倦了颠沛流离，而此刻他们刚好流落到土镇。

对于这样一个不幸的家族，黄姓人家老爷表现了一贯的慷慨。他建议司姓人家就在土镇落脚。但是司姓人家在经过详细地考察后，觉得这里非常不适合居住，因为这里太过富庶，有关隘码头，是上下的要津，随时都会成为一切不管有缘由还是没缘由的战争的主战场。于是，他们选择了秦村。在秦村他们选择了靠山的偏僻地方，那里乱石嶙峋，土地都在乱石之间，但是司姓人家对这个地方很满意。如果发生战争，一来他们打开后门就可以上山，二来乱石缝隙是天然的藏身之处，三来这个地方十分贫瘠，道路崎岖，怎么看都不像出油水的地方。好战者除非是脑袋进了水才可能来这里洗劫。——从而可以使他们司姓人家根本上远离了战争。

不限于战争，所有可能造成人身伤亡和家族灭亡的苦难，都是司姓人家努力要趋避的。诸如干旱洪水等各种天灾，以及痢疾伤寒等各种疾病和瘟疫。为此，这个家族的日子总是过得惶惶恐恐，终无宁日。

2

在司姓人家，几乎所有的成年男人都是瘸子。不知是他们的家族遗传还是别的原因？明明看见他们的一个娃娃前些天还是好好的，走起路来蹦蹦跳跳，像只灵巧的猴子。可是过不了几天，当你再看见他的时候，他就成瘸子了。谁也没有想到，瘸子，竟然是他们故意制造出来的。

每年三月的清明节，土镇所有的人家都要举办清明会，祭奠祖先，上坟扫墓，然后聚集在各自的家族祠堂，赏善罚恶，看大戏，喝酒吃肉，排辈分，认大小，纵情狂欢。唯独司姓人家的清明会是冷清的。冷清的缘由并非他们没有举办，而是提早一两个月就开始筹备了。他们也上坟扫墓，也聚集在祠堂。只是他们的气氛要肃穆得多，而且绝对不允许外姓人家参观。

他们的祠堂大门紧闭。几个壮汉拿着刀刀矛矛，警觉周围一切，严禁任何人接近。有一回秦姓人家的一个鳏夫在清明会上吃多了酒，昏头昏脑地走错了回家的路，来到司姓人家的地盘。司姓人家担任警戒和守卫的人严令他赶紧离开，但是那个倒霉的醉鬼却仗着酒兴，仗着自己秦姓人家在秦村的势力，根本不拿对方的警告当回事，结果就闹起了纠纷。因为他口出恶语，被司姓人家的警卫打了个鼻青脸肿，像撵一头落单的野猪似的，把他赶得远远的。

秦姓人家老爷得知消息后义愤填膺，刚刚还当着大家的面夸耀自己这个家族多么荣耀和显赫，话音还没散去，就有族人挨了打。这可了得？这不摆明了是欺负咱们么！一群人拿着棍棒刀枪来到司姓人家的祠堂门前，吵闹着要他们出来赔礼道歉，严惩打人的凶手。否则就把他们赶出秦村，赶出土镇。司姓人家老爷从祠堂里出来，告诉秦姓人家老爷，他们正在进行一个重要的仪式，如果需要赔礼道歉，他们完全依从，只是请秦姓人家老爷带领族人暂时回避一下，等仪式举行完毕，一定遵办。但是秦姓人家老爷不应允。司姓人家老爷要秦姓人家无论如何尊重他们的规矩，说这规矩是祖宗定下的，仪式开了头，就停不下来，就算天大的事情，也请秦姓人家老爷看在这一天是清明节的分上，看在上天和祖先们的分上，不要逼这么急。秦姓人家老爷以为司姓人家惧怕他们，以为自己得了理，坚持要司姓人家老爷即刻带领他的族人，出来赔礼道歉，严惩打人的凶手。司姓人家老爷长叹一声，说，我们一直在躲避灾难，现在既然躲不掉了，我们也不想再躲了，来吧，你们想怎么样？来吧！

司姓人家老爷话音一落，司姓人家的男人们一瘸一跛地都站了出来，站在他们的家族老爷身后。这群瘸子没有一个手拿武器，全是赤手空拳。但是他们的眼中却没有丝毫畏惧，平静，安详，像一个个阅历丰富的人，正在迎接一场经见过无数次的暴风雨的到来。

秦姓人家老爷和他的族人们都被司姓人家的平静震慑住了，他们不确定那平静下面隐藏的是什么。秦姓人家老爷咳嗽两声，他不想让族人们卷进一场血肉横飞的纷争，甚至不愿意就此和司姓人家结上仇怨，他顶多就是想要回一点面子。司姓人家老爷也恰到好处地向秦姓人家老爷发出了友好的邀请，说他们这个仪式从来都没有外姓人家看见过，不过今天鉴于秦姓人家老爷是位威仪不肃的长者，可以破例。只是不晓得秦姓人家老爷是否愿意赏这个脸面，一来是以此向秦姓人家老爷表示歉意，二来也使得秦姓人家老爷对于他们司姓人家多一些了解。得了台阶，秦姓人家老爷就赶紧下了，说那好吧，就看看你们这是个什么稀罕的仪式吧。

进了祠堂，秦姓人家老爷发现里头的摆设和他们秦姓人家的并没什么两样。高高的神龛子，正中高高地供奉天地君亲师，神龛上是祖宗牌位，下面是供桌。供桌上摆放着三大牲三小牲，此外还有果品，酒水。与秦姓人家不同的是，在供桌上还摆放着一把刀子。

在供桌前，并排跪着五个男娃娃。娃娃们一脸悲伤，吞声饮泣。

清明会不只是扫墓祭祖、排辈这么简单，其中最重要的一个环节，就是要根据族规，对去年家族中出现的善人善事进行奖赏，对坏事恶人进行惩处。难道这五个娃娃，就是要接受惩处的？他们这么小的年纪，会干出多大的坏事呢？秦姓人家老爷瞄了瞄神龛，没有看到摆放在上面的家法，他陡然想起了那把刀子。那刀子很奇特，刀尖前带着个小钩，寒光闪闪，在静穆馨香的祠堂里，格外引人注意。未必他们要对这些个娃娃动刀子？这就是他们说的仪式？如果真是这样，这司姓人家的家法族规，他娘的也太残忍了。

司姓人家老爷叫人摆了椅子，请秦姓人家老爷安坐观礼，随即奉上茶水。

那些秦姓人家的族人们候在外面，焦急却又无可奈何。当秦姓人家老爷决定接受邀请的时候他们很不放心，说万一里头摆下的是什么陷阱，害了老爷该怎么办。秦姓人家老爷将那些有这种想法的人严厉叱责了一顿，说光天化日之下，怎么可能有这种事情发生。再说了，司姓人家也不至于如此恶毒。

过了一阵，秦姓人家老爷在司姓人家老爷的陪同下出来了。秦姓人家老爷面色铁青，他向恭送的司姓人家老爷拱手道谢，满脸歉意，说等他们忙过了，一定带了花红酒水，亲自前来郑重其事地向他们致歉，表达整个秦姓人家的敬意。

那位倒霉的酒鬼见秦姓人家老爷带着大家就这么走了，一时没搞明白怎么回事，待上前要问秦姓人家老爷，被秦姓人家老爷揪了过来，啪啪就是一阵耳光，打得昏头昏脑，像又吃醉了酒，满地打滚找不着方向。秦姓人家老爷严令家族所有人，从今往后，不得前来司姓人家的地盘滋扰捣乱，更不得与司姓人家的人惹是生非，一旦发现，就在次年的清明会上严惩不贷。

秦姓人家的族人们怎么也搞不明白，家族老爷去了司姓人家的祠堂只一会儿，咋就突然起了这么大变化啊？莫不是吃了人家的什么迷药？或者中了什么邪术？

秦姓人家老爷心事重重。几天后，他把秦姓人家各家各户的当家人通知到祠堂，将那天在司姓人家祠堂看到的仪式讲述给了他们听。听者无不为之动容，甚至有人抑制不住哭泣起来。

凡是司姓人家的男娃娃，只要长到十四岁，都要在那一年的清明会被各自的家长领到祠堂里，为他们举行一个非常特别的成人仪式。这个仪式，就是割断他们一条腿上的一条重要的脚筋，让他们从此成为瘸子。秦姓人家老爷说，当时他看见那几个接受仪式的娃娃虽然悲伤，却没有畏惧。他们选择左脚，他们的家族老爷就动手割断左脚的脚筋，他们选择右脚，家族老爷就割断右脚的脚筋。司姓人家老爷的手法相当娴熟，下手毫不犹豫。而那些娃娃竟然没有一个哭泣，他们的父母也都神色坦然，没有一个忧伤的，也没有一个怨恨的。

司姓人家之所以这么做，是不想他们的子孙沦为战争的牺牲品。他们瘸了腿，就成了残废。无论发动战争还是平息战争，没有一方会对残废的人感兴趣，他们不会被强令入伍，也不会被拉夫子。虽然从此行不了平坦的路，虽然受人家白眼和歧视，虽然会带来这样那样的不便与累赘，但是，相对于参与战争去叫别人丢掉性命或者丢掉自己的性命，那还是很算得过账的。

司姓人家就是用这样的方法叫他们的子孙远离了战场。男人远离了战场，那么女人呢？所有战争的人，无论是他们自诩的正义，还是非正义，两方都会被杀戮刺激出兽性。为了使得女人们安全，不至于遭受凌辱迫害。在好多年前，司姓人家也会在她们成年的时候举行一种看似更加残酷的仪式，用刀子割破她们的脸皮，或者采取古代惩治犯人的墨黥，使得她们变得丑陋，叫男人厌恶，从而达到逃避灾难的目的。后来司姓人家老爷逐步改变了这种仪式。但是这种延续了不晓得多少年多少辈人的传统，还是在一些家庭里继续被传承。不过大多是应用在已婚女人身上，而且全都是由她们的丈夫来亲自动手。

3

可能土镇没有任何人会像司姓人家那样对时局保持一贯的高度关注和警觉。在司姓人家，常年都有几个人分别奔走在东南西北四个方向，他们的主要工作就是了解和掌握四面八方的动向。哪里有驻军，哪里有起兵，哪里有纷争，哪里有人大量采购粮食，哪里有人招募兵士，哪里在拆城防，哪里开始建工事……所有的一切，都要尽可能及时详细地反馈到司姓人家老爷那里。司姓人家老爷会将家族中有头脑有主意有辨析能力的全部召集在祠堂里，大家你一言我一语对获得的信息进行研究，然后预测可能会在什么时间什么地方发生战争，以及这场战争的波及范围深重程度，是否会对司姓人家的安危构成影响，再根据可能的影响来决定整个家族应当采取何种措施进行有效的规避……

由于外出的人都是大家轮流去的，所以几乎司姓人家所有的人都是一个相当不错的探子，对与战争有关联的情报有着先天的敏锐警觉，而且具有相当高明的分析预测能力。

由于多年的打探消息的锻炼，使得他们无形中已经成为真正的侦察者，他们所使用的手段也和那些军队里的侦察者一般无二，比方说观察、窃听、刺探、搜索、截获、测向、调查询问、搜集文件资料等。这样一来，他们无意中流露的形迹就引起了那些真正的侦察者和间谍的怀疑。因此，他们不是被暗杀，就是被擒获，被当成俘虏带回军营。

军营里的人很少有谁会相信司姓人家的话，他们说的一切都会被当成是诡辩，是假话。为了让他们说出实话，军营里的人会想尽办法，这些办法无一例外都是非常恶毒凶狠的。司姓人家吃不过刑讯，只好打胡乱说，等撬不出一句新鲜话之后，就被砍了脑壳，然后抛尸荒郊。

当然也有军营的人会相信司姓人家的话。他们很惊讶，也很奇怪。惊讶的是平民竟然有这等刺探情报和分析情报的能力，奇怪的是这世间怎么会有这样的家族。最后，司姓人家的探子们会被热情款待，并被强留在军营，委以侦察者或者情报分析员的重任。对于这样的奇才，军营的人不会介意他是不是瘸子。

原来都是由男人去当探子。但是自从探子们大量失踪后，司姓人家老爷不得不做出这样一个决定，叫女人出门去，到东方，到南方，到西方，到北方，到一切可能发生战争的地方去刺探情报。这样做也确属无可奈何。

女人们因为生活在这样一个家族，而且和那些做探子的男人们为伴，耳濡目染早就懂了其中奥妙。加之她们生性警觉敏锐，对战争从骨子里恶心和痛恨，所以她们的探子做得更加优秀。由于吸取了男人们的失败经验，女人们总是处处小心翼翼，她们装成讨饭的，装成三姑六婆，丝毫不露马脚。逐渐的，女人们也就取代了男人，成为司姓人家侦察情报获取战争消息的主力。

后来她们有相当一部分跟随从爱城经过的红军，参加了革命，其中还诞生了一位将军。只是当时司姓人家的男人们觉得天塌地陷一般，因为他们很多人就此成了鳏夫。

4

　　侦察和预测战争，对于司姓人家来说，并不是最主要的工作。最主要的工作，是他们为了应对战争可能带来的灾害所采取的一系列措施，比方说躲避和储备粮食。

　　对于战争所带来的灾害，司姓人家有充分的认识。他们知道，这种灾难远过于洪水和干旱，就算疾病和瘟疫也比不过。一旦战争爆发，那些发动和引导战争的家伙，往往会搞杀光烧光抢光的一套，也就是所谓的坚壁清野。到那时候，就算不会被打死，也会被饿死。

　　为了躲避战争带来的灾难，司姓人家采取的是深挖洞的措施。土镇几乎家家户户都有打洞的本事，尤其是那些老住户。好多年前，他们从事窑器生产的时候，为了从地下取黄土，就学会了打洞。其中打洞本事最高强的，当属耗姓人家。耗姓人家为曹姓人家烧酒坊打的藏酒的地窖，堪与天然的溶洞媲美。深，开阔，牢固，冬暖夏凉。司姓人家本来是可以请耗姓人家帮忙的，那时候土镇已经不再生产窑器，也就不再需要地下的黄土，所以耗姓人家的生意十分不好，工价非常低，完全可以请得起的。但是为了保密，司姓人家还是决定自己来完成这事。

　　司姓人家经过仔细盘算，决定在他们居住的地方打洞。他们居住的地方遍地石头，有些表面没有石头，开始挖得还很顺利，可是突然就遇着了石头，这就不得不半途而废。整整三年过去了，他们也没打好一个洞。但是他们坚信，只要坚持，就一定会打出一个漂亮的坚固的洞来。一个地方不行，再选一个地方。但是每一个地方都打不了多深，有时候看起来前景开朗，正欣喜的时候，下去不到三拃，就碰着石头了。

为什么耗时这么多年都打不出来一个洞呢？这事叫司姓人家老爷很是难以接受。于是他亲临现场，下到洞穴里勘察，然后坐在洞口，望着遍地的乱石，突然有了主意。当天晚上，他就召集大家在祠堂里，提出了一个关于打洞的全新的观点。他说，为什么一定打洞而不是造洞呢？大家听司姓人家老爷说了他的主意，一个个茅塞顿开，紧锁的眉头舒展开来，没等天亮，就都出门开工去了。

司姓人家将乱石缝隙的泥土取出，这样就形成了一条条深深的沟壑。然后，他们翻出石头填在沟壑上，再将原来取出的泥土覆盖上去，这样下面就有了一条条的洞穴。如此一来，真是一举两得，得了下面的洞穴，也得了上面的土地。这简直是一件大快人心的事情，所有的司姓人家全都投入了这项工作，而且从来就没停止过。有时候觉得洞子够了，可是土地不够啊，为了获取泥土，就继续开挖，填埋。有时候觉得土地够了，可是洞子不够啊，又继续开挖，填埋。

直到有一天，秦村的人们陡然发现，原来的那些乱石呢？哪里去了？怎么都变成了成片的绿油油的庄稼地？——这成了困扰秦村人们的一个谜。

不仅秦村的人们困惑，就连那些专程来秦村搜刮粮食和强拉壮丁民夫的军队也一样困惑。他们早就晓得秦村有一户对付战争的专家，不仅储存了大量的粮食，而且对于战争有着独到的见解。为了得到这些专家，得到那些粮食，军队封锁了每一条外逃的道路，呈合围态势前往司姓人家的居住地。但是，叫他们失望的是，他们不仅没见到司姓人家的影子，而且连粮食的味道都没闻到。真是奇怪，难道他们插翅膀飞了，还是土遁了？军队的人哪里肯甘心，他们到处搜寻，掘地三尺，结果是一无所获。

当军队离开，一切又恢复了当初的平静，那些外逃者携家带口狼狈地回到秦村时，他们惊异地发现，司姓人家已经将被破坏的房屋修葺好了，一大家族人正有条不紊地耕种他们的土地，饲喂他们的牲畜。他们表情平静，神态安详，就好像这场可怕的灾难根本就没有发生似的。这究竟是怎么回事？人家的性命都难以保全，为什么他们的牲畜都安然无恙？如果跟他们谈论这场战争，他们会说，哦，晓得，晓得，太可怕了。假如再跟他们往下说细节，他们就一脸茫然了。他们确实不晓得，这不是装的。怎么会不晓得呢？难道这段时间他们跑天上去了吗？瞧瞧他们的面容，红润，饱满，个个精神劲都很足，哪里像是受过什么战争摧残的，倒像是去桃花源享受许久的清福。

——实在找不到答案，大家只有把这一切归与老天爷，说那是老天爷对司姓人家的眷顾。

不过老天爷也并非总是眷顾司姓人家。这一年又发生了战争，司姓人家最先获取到战争信号，他们突然就从秦村消失了。当听见枪炮声，秦村的人们都跑来找司姓人家，希望能跟随在他们身后，躲避战争的戕害。但是当他们赶到司姓人家门口时，已经人去楼空。又被老天爷接走了，大家遗憾地说着，开始慌张地逃命。

战事很快平息。像往常一样，逃难者纷纷往村子里赶，每个人都感到庆幸，因为很快分出了胜负，这场战争持续时间十分短暂，胜利者因为伤亡不大，所以怨恨就小，更没有把那小小的怨愤发泄到无辜百姓身上。尤其值得高兴的是，在战争进行时，老天降了一场暴雨，暴雨不仅熄灭了战火，也浇走了旱魃。回家稍事休整，就可以下地耕种。这暴雨来得可真是时候啊，不早不晚，正该播种。

大家满以为此时司姓人家正在土地里忙碌，却不想在村口的道路上遇见了他们。他们拉长脸，红肿眼，垂头丧气地正往家里运棺材。不是一口棺材，也不是两口三口，而是前望不着头，后看不着尾，棺材还有大有小……究竟是怎么回事？未必他们死了这么多人？不只死了大人，还有小娃娃？

傍晚，在司姓人家的土地上，开始冒新坟。

一连几天，当大家忙着下地耕种的时候，司姓人家却在忙着埋人。他们拒绝大家的问候，拒绝大家的帮忙。他们压抑着悲恸，悄无声息地挖坑，抬棺材，掩土……等到他们终于停止埋人，开始下地的时候，有人悄悄去数了数新坟，老天爷啦，整整三十多座。这差不多是司姓人家人口的一半。

究竟发生了什么事？怎么会死这么多人呢？难道天老爷也在打仗，使得他们遭了殃？

那些外姓人家哪里晓得，造成司姓人家如此惨重死亡的，就是那场暴雨。他们藏匿的洞穴里，暴雨汇聚成洪水，突然冲刷进来，就像灌老鼠洞……

司姓人家洞穴的被发现，是因为一场战争的突然降临——这大概是司姓人家唯一的一次预测失误。发动这次战争的是一位狡猾但胸无大志的军阀，根据司姓人家探子们的侦察和预测，军阀是要去攻打爱城，却没想到那是军阀故意制造的假象。军阀突然转头途经秦村，扑向土镇。军阀之所以选择从秦村经过，是想在这里搜刮一批军粮，再强拉一批民夫。当大家察觉到战争降临的时候已经晚了，军阀的队伍将整个秦村围得水泄不通。大家全都跑到司姓人家的地盘，潮水一样涌进他们的房屋。

司姓人家正在收拾他们的行装，看样子再晚一点，他们就消失了——不是去了桃花源，就是被老天爷接走。见司姓人家的人都还在，正准备出发，那些外姓人家就像见了救命菩萨一样，他们拉着司姓人家的手，哀求带上他们。司姓人家的人全都愣住了，停住手头的忙碌，不晓得该怎么办。那些外姓人家拿出他们的细软奉送给司姓人家，说如果司姓人家肯带上他们一起出逃，他们愿意划出上好的土地以示感谢。于是你说三亩，我说五亩，顿时乱成一团。

司姓人家老爷拍拍巴掌，叫大家肃静。那些外姓人家猛然发觉这才是做主的，都转过身子，像泼水一样，把赞美感激和哀求的话语泼向司姓人家老爷。司姓人家老爷正色道，我们没有办法救你们，我们跟你们一样也不晓得该怎么办。现在，你们请出去！那些外姓人家说，未必你见死不救？司姓人家老爷冷言道，不是见死不救，是救不了。那些外姓人家的人一个个也不再哀求，都屁股一撅，就地坐下，那情形分明就是说你司姓人家不救我们，我们就傍着你，如果你能够就地升天，从我们眼前消失，那我们也就不说了。

司姓人家没想到那些外姓人家会这样，他们顿失主张。

这时候不远处已经传来了打枪声。

我们晓得，以前做了很多对不起你们司姓人家的事，不该欺负你们，不该辱骂你们，不该瞧不起你们，就请宽恕吧，看在这一条条性命的分上……秦姓人家老爷上前向司姓人家老爷拱手作揖道。

司姓人家老爷慢慢地也坐下，痛苦地闭上眼睛，那样子似乎他已经做好了打算，大家一起同归于尽。

枪声更近了，已经可以听见那些打枪人的叫骂声了。

一个娃娃走过来，怯怯地叫了司姓人家老爷一声爷爷。司姓人家老爷睁开眼睛，那个娃娃抹着眼泪说，爷爷，你带我们走吧，带我们去老天爷那里吧，今后我再也不骂你们是死姓了。

司姓人家老爷长叹一声，说，只可惜我们司姓人家这么多代人的努力啊，现在全白费了……

那些围捕过来的兵士远远地看见这里灯火通明，嘈杂声声，人影晃动，正高兴着，突然看见灯火一下子灭了，一下悄然无声，以为有埋伏，放慢了脚步，冲着那里打了一阵枪，又放了一阵炮，见没有反应，这才大胆地冲过去。叫这些兵士们惊讶的是，根本不见人的踪影。人呢？

情况禀报到那个军阀那里。这个不信鬼神的家伙哪里肯信，认为他们一定是藏起来了，先指挥一群人到处搜寻，结果一无所获。最后又掘地三尺，同样一无所获。

难道是见鬼了？那个军阀抠着脑门，喃喃自语道，未必这世间真有鬼神？

毫无悬念的——每当战争来临司姓人家就离奇消失的秘密就这样揭开了。后来，就在那位司姓人家女将军的回忆录被出版不久，那些爱城的，京城的，各地的记者纷纷拥入秦村，他们要探寻回忆录中提到的那错综复杂的地下洞穴……再后来，那里成了旅游名胜区，人们把司姓人家制造的洞穴称为人间奇迹，有的说在地下三十米深处，有的说在地下五十米深处，还有人说一百米深处。不仅深度无法统一，就连长度也无法统一，有的说连接起来有十多千米长，有的说三十千米，有的说五十千米。他们还给那些洞穴取了非常诗意的名字，地下石林，也有叫地下迷宫的。

5

储存粮食相比深挖洞来说，虽然没有那么强的体力负荷，但是却煞费心机。如果把粮食存储到别人发现不了的地方，这不难，深深地挖个地洞就可以实现。难的是要让这些粮食不生虫，不发潮，不霉烂变质。为了实现不霉烂不变质随取随食，司姓人家交了太多的学费，这些学费无一不是沉重的。有一回他们把秋天收获的粮食全部储存在地下的洞穴里，结果还没等到第二年春天，那些粮食全部发了芽，因此他们吃了整整一年发芽的粮食。发芽的粮食可真难吃，不像豆芽。还有一回他们把粮食存放在高高的山洞里，那里干燥隐蔽，应该是绝对安全的。过了一段时间，他们想要取些粮食回来。在他们前往的路上，竟然发现一队队的老鼠整齐排列，像是赶集或者迎亲的队伍。前行的老鼠皮毛粗糙，瘦弱不堪，回来的老鼠皮毛油光水亮，又肥又壮。慢慢地，取粮的人诧异地发现，那些前行的老鼠怎么和他们一个方向呢？距离山洞越近，他们越是感觉情形不妙，因为那些从不同方向而来的老鼠，正汇聚成一股洪流，而前方，就是那个储存粮食的山洞。当他们来到那个山洞前，他们被眼前的情景惊呆了。老鼠，数不尽的老鼠，黑压压的老鼠，正潮水一般涌入山洞，涌出山洞。涌入者兴奋不已，涌出者大腹便便，打着饱嗝，心满意足。

在经历了数不尽的失败后，司姓人家的粮食储存，终于开始有了成功的范例。为了防止粮食长芽，他们把粮食炒熟，这办法还真不错，不用生火就可以食用。——要晓得战争期间炊烟是会招致灭顶之灾的。为了防止粮食霉烂，浸泡在盐水里是最好的办法。为了不让老鼠和害虫抢食偷吃，用石头做柜子来存放绝佳。

最叫司姓人家感到自豪的是，他们还发明了一种不易被人发现的可以长期储存的方便食品。他们把粮食磨制成面，混合盐料，煮熟蒸透，然后压制成砖头，压制成瓦片，压制成各种建筑材料形状，混合进常规的建筑材料里头，使用在房屋的修建上。每当逃过战争，迎来战后的饥馑时期，他们就取那些特别的建筑材料吃。待到度过饥馑，再填补上去就是了。这样的办法十分管用，他们成功地度过一次次战后的饥馑时期，成功地度过一次次天灾和人祸。最成功的是民国年间那连续四年的天灾人祸，先是干旱，接着洪涝，整个秦村的人逃荒了一半，倒毙了一半，而他们司姓人家，应用此法没有饿死一口人——虽然也是险象环生。那些逃难的见他们司姓人家个个面色红润，以为他们藏了多少粮食，都蜂拥而来，结果自然是一粒粮食也没找到。确实没有粮食，粮食都成了砖瓦檩子，都砌在墙里，盖在房上。

最不成功的是后来发生的那三年灾害。也不晓得是谁泄露了消息，饥饿的人们像洪流一样，只一卷，司姓人家的所有房屋就被摧毁了。一些饿糊涂了的人拿着那真的砖头瓦片也在啃，硌得满嘴鲜血直流。

那真是灾难。此后的日子里，司姓人家不仅像大家一样挨饿受饥，而且饱受没有房屋居住的苦楚。这场灾难里，司姓人家再没有以前那么幸运了，因为之前没有经历饥饿，所以很不耐饿，死的人不少，好像索命的小鬼就逮他们家族的人往阎王殿里拖。

6

真正叫司姓人家扬名的，也是遭遇灭顶之灾的，是因为他们整体吃了一种唐姓人家药铺里研制的据说可以抵御原子弹爆炸的药物。

司姓人家不只储存粮食，还储存药物，有时候药物比粮食更重要。每当预测到战争无法避免就要降临身边，司姓人家就会去土镇唐姓人家药铺，采购大量的药物回来。因为供销的关系，所以司姓人家和唐姓人家药铺建立了相当密切的友谊。

唐姓人家药铺从来不缺乏创研精神，他们一直走在土镇医学的最前沿。当美国的原子弹在广岛和长崎爆炸的消息在数年之后传到土镇，许多人都在惊叹原子弹的威力，而唐姓人家药铺却在默默地进行着如何使用药物抵御原子弹伤害的研究。唐姓人家药铺弄清楚了原子弹的伤害原理，一是被直接炸死，那无药可救；还有一种是被辐射，被辐射的人会慢慢死去，也就是说，还有命。有命就有药，所以，唐姓人家药铺就开始了抵御原子弹辐射的药物研究。

就在土镇和外界到处都在嚷嚷要爆发原子弹大战的时候，唐姓人家药铺抵御原子弹爆炸的药物研究取得了初步成功。这成功没有及时向外公布，因为此时担当唐姓人家药铺掌柜的，是个比较低调的人。但是，他却第一时间向司姓人家透露了这个消息。司姓人家在获知这个消息后，不容唐姓人家药铺掌柜拒绝，坚持采购了一批抵御原子弹爆炸的药物。一回到秦村，司姓人家老爷就把家族的大大小小全部召集起来，将药物分发下去，详细讲解了服用说明：要有效抵御原子弹爆炸，必须在原子弹爆炸前三天开始服用，原子弹爆炸后，再服用三天，当无大碍……

根据所获取的情报，经过仔细周详的分析，司姓人家得出结论，三日之后，肯定要发生原子弹大战。于是，司姓人家就开始了服药。服药的当天晚上，司姓人家每个人都感到眼前白光闪耀，那白光是那么亮，像平常传言的那样，超过了一百个太阳。白光熄灭，所有的人都陷入了昏迷。

——其中有一多半的人从此再没有苏醒过来。

解梦者

名词：

檀木步辇：土镇统治者黄姓人家老爷巡街的坐具。每天清晨，黄姓人家老爷都会乘坐檀木质地的步辇，巡视土镇。

绝苗：只生长于土镇的一种植物，可入药，唯一的功效就是让女人绝育。绝苗的花朵非常美丽，有着迷惑人的香味。据说只要把花草放在女人常住的房间，就可以使女人三五年内无生育。

1

在土镇并不漫长的岁月中，诞生了数不尽的奇异人士，他们与生俱来或者后天练就的奇异能力和行为，成就了他们至今都还在广为流传的亘古奇闻。解梦者就是其一。

解梦者是土镇秦村人，先前是有过一个姓氏的，只是后来都不叫他们那个姓，而是给改了，改成了梦姓，他们也坦然接受了这个新的姓氏，大家也都觉得很贴切。

梦姓人家并非天生就具有解梦本事。也不晓得是从哪一位先人开始，他们就拥有了解析梦境预言未来的能力。他们曾经想要把解梦作为养家糊口甚至兴家立业的技能来发挥，而且也轰轰烈烈搞过一段时间，可惜行不通。前来寻求他们帮助的人们说出的梦境真是形形色色，千奇百怪，就像变幻莫测的星云难以捉摸。他们中的一部分人很容易就被搞得失去了解析能力，另一部分人解析的准确度大大降低，还有几个由此惹下可怕的麻烦。

梦姓人家在最鼎盛时期，在土镇支摊摆点十几个，光是一个土镇码头，扯出的幌子都有三个。他们还把解梦的营生做到了爱城。这光凭嘴皮子就能挣钱的生意的确一本万利，这让他们很兴奋。他们荒废了土地，梦想家族里头的妇孺老幼个个都能口若悬河，那么天下的金银将像东流水一样，源源不断地淌进他们家的门槛，不些年头就可以广厦万间，牛羊无数。但是很快他们就发现这样的想法缺少依据，起码没有一个可靠的梦境支持。前去爱城的人除一个腿脚利落的完整地跑回秦村，其余的无一例外都遭受了重创，丢掉了身体的某个部分，比如指头或嘴唇，因为他们集体解错了梦，坏了一个大户人家女娃子的名声。

梦姓人家当家的背着钱袋子去了爱城，磕头作揖好不容易求人家饶了他们。在上船回土镇的前夜，当家的做了个梦，解析出来的意思是，不能行船，怕有凶变。于是改坐车。老牛破车，一路艰难，回到土镇已是半月后。谁晓得回到码头就不得不面临一件更可怕的事，梦姓人家当家的长子——一位最擅长解梦的几乎百分之百准确的能人，还要再次被处以割掉舌头的刑罚，因为他给人解梦的时候，散布了一条与黄姓人家老爷有关的谣言。

尽管梦姓人家当家的四处打点，指望能保住那条能说会道的舌头，大笔的银钱花费下来，杜姓人家行刑官答应帮忙，不过舌头还得割，只是会争取给他留长一点。梦姓人家当家的长子后来还为人家解梦，只是说话不清楚，啊啊哦哦，如果不是他的老婆担当翻译的角色，在一旁重复和解释，别人就休想听清楚。

一个偶然的机会，黄姓人家老爷看见梦姓人家的长子还在重操旧业，觉得很稀奇，一个没有了舌头的人，怎么磨嘴皮子呢？叫了过来，开玩笑地问他是不是又在制造黄姓人家老爷的谣言。那能人吓坏了，拼命解释，说没有，绝对不敢。通常嘴巴里有整条舌头的人，会在紧张的时候往里头缩，短半截，说出的话语含混不清。但是能人一紧张，那短半截的舌头却突然变得长了，自从被割掉半截舌头后就再没说出个囫囵话，却意外的在这天字句清晰了。黄姓人家老爷问，你说什么？怎么？梦姓人家当家的长子说，不敢，老爷，不敢。黄姓人家老爷立马叫了杜姓人家行刑官来。杜姓人家行刑官吓得不浅，赶紧将事情经过一五一十地说了，黄姓人家老爷大怒，说，你懂规矩，怎么处置你赶紧办来！

杜姓人家行刑官只得重新给那能人割。这一回割得很彻底。此外，他还把梦姓人家当家的也捆绑起来，说黄姓人家老爷说了，你一张嘴巴不好好吃饭说话，打着解梦的幌子胡说八道，也该挨割。说着割掉了他的上下嘴唇。

没有了嘴唇的梦姓人家当家的，龇一嘴烂牙，他不再为谁解梦，连话也不肯再说，所有的工夫都花在了吸溜那不停地往外流淌的哈喇子上了。没过几年，梦姓人家当家的就死了，继任者是他的小儿子，他是梦姓人家众多解梦者中的权威，别的只能解夜晚的梦，而他连那白日梦都有办法。

2

就像水姓人家的娃娃生下来就会水一样，梦姓人家的娃娃生下来就懂得梦的预示功能，并且随着年龄的增长，解析那些梦就像经验丰富的松鼠吃坚果，轻易地剥掉一层层外壳，直接取出甘美的果仁。

渐渐地梦姓人家发现这解梦并不能当作一种营生来做。祖先们遗传给他们这本事大概并非是要他们以此赚钱谋生，而只是为了多给他们一种感官功能，就像一个人多长出只眼睛多长出只耳朵多长出只手，却并不是一定要用这只耳朵和这只眼睛去探测别人口袋里银钱多少，然后用多出的那只手将其拿出来揣进自己的口袋。祖先们遗传给他们这种特异功能，和给他们一盏灯并没有什么区别，只是为了帮助他们照亮前行的路程，早一点看清楚坎坷，看清楚陷阱，早一点采取方式规避，以保证梦姓人家的顺利繁衍。

除了偶尔为人解梦以换取几个盐巴钱，梦姓人家基本上不再把解梦当作赚钱的技艺。说白了，经过这么长期的遭遇，他们已经很清楚了梦这玩意儿。虽然人人都在做梦，可是究竟有谁会像他们这样在意它们呢？那些前来解梦的人，只是做了怪梦并且自己都已经有了某种不安预感的时候才来找他们。这些人总是很紧张，会过分地夸大梦里头的不安成分，也就是说，因为他们不善于对待那些梦，梦就像母鸡肚皮下的鸡蛋，已经破壳变成了长毛的小鸡。由于惊恐和遗忘，他们复述给解梦者的梦，已经不完整不准确了，不是变形变异，支离破碎，就是坚固结实，如同磐石，难以破口。这样的解梦，等于是解答一道错误的算术题，答案肯定是错误的，因此解梦下来的结果就可想而知了。更为关键的是，那些前来解梦的人，找到解梦者要求破解的梦，只是他们做的万万千千的梦中的一个。要晓得，那些梦都是各有相连的，它们串在一起相互说明，相互印证，就像春夏秋冬的彼此交替和密切关联，才可能形成年。就算你能通过那些支离破碎的梦的残片，为其解出梦的暗示，那些预言有多少是光明的？是可以说出口的？不是阴谋，就是难言的隐讳，或者干脆就是不可告人的秘密。你分明说对了，他却偏偏诬陷你说的是谣言，是中伤和诋毁，由此招致被暴打，被割掉舌头和嘴唇，被敲掉牙齿，打碎膝盖，被灌陈尿，被塞狗粪，被泼狗血再沾上鸡毛……

再后来梦姓人家基本上不再跟任何人解梦，他们已经搞清楚了梦的特性，不再受梦之外的任何诱惑。他们晓得，除他们梦姓人家外，梦与任何人都没有关系。梦是老天爷以他的神明之手，赠送给大家的非常厚重的礼物。你可以通过梦，得出你之前所做的任何事的结果，并延伸到未来。因此，梦更像是谜语。而掌握了破解这个谜语的能力的，只有梦姓人家。就像老天爷让每一个人都拥有一堆坚硬的果子，却只给了梦姓人家破壳的锤子。既然老天爷对梦姓人家如此眷顾，他们还有什么理由去奢求其他？

3

梦姓人家开始用梦来指引他们的生活。因此这个家族的人每天早晨睁开眼睛干的第一件事，并不是起身穿衣裳、下床，而是回忆昨夜的梦境。他们像细心的老太太收获南瓜，总是要先数一数藤蔓上有多少瓜，然后才开始有选择地找到第一个，慢慢来摘，最后当然还会仔细地检查有没有遗漏在草丛里的。所有梦姓人家的人安静地躺在床上，一动不动，保持着睁开眼睛前的姿态。他们不理会从墙缝瓦隙投射进来的光线正在逐渐变强，也不理会拜访者站在门口高声地喊叫和狗的狂吠与鸡的啼鸣，他们自然不会听见枝头鸟的鸣叫和房侧涓涓溪流的潺潺声。他们无一例外的全部沉浸在昨天晚上的梦境里。

他们要最大限度地回忆起昨天晚上做过的梦，尽量叫这些梦复原，不遗漏任何细节。然后再对这些梦进行深度挖掘和分析，找出其中的蕴藏和喻义……这是一个精巧仔细不容分心的活儿，因此得耗费大量的时间。最后他们才开始动动身子，根据梦的提示，先动腿还是手，随即是先穿衣裳还是先穿鞋子。所以曾经在非常漫长的一段时期里，梦姓人家的人是没有早晨的。因为当他们打开房门走出来的时候，已经是日上三竿了。

被梦指引的生活因此很是无法得到平常人的理解，这个家族的人的举止总是叫人感到不可思议。

我想如果我生活在那个年代，我可能会遇见很多奇怪的人。我会在某个溜达在秦村的上午发现一个没有穿裤子但是却穿着鞋袜的人，他正在田里除草，还高声唱着山歌：樱桃好吃树难栽，鲤鱼好吃网难抬，山歌好唱口难开，娃娃好养布难买……嘹亮的歌声里，他胯下的那活儿就像秋熟的梨子一样随风摇摆。我肯定不会感到奇怪，因为这人是解梦者家族的，他之所以不穿裤子却穿鞋袜都只是受梦指引那样。当然唱歌也是，梦指引他得唱山歌，包括他边唱边干的除草。我也会看见一个收获的人被饿得偏偏倒倒，他背着金灿灿的苞谷，却因为饥饿两眼发花腿脚不稳。我也丝毫不会觉得奇怪，因为他是解梦者家族的人。之所以这样是因为他前三天做了个梦，破解得出的答案就是他得好些天不能吃饭。究竟是多少天？没有准确的回答，这得看他是不是能在随后的梦里找到答案。就当时的情形来看，很难，连着三天晚上的梦，他都没有破解出可以吃饭的示意。我还可能会看见一个不断烧掉房屋又进行重建的人。此人也是解梦者家族的，我不惊诧是因为我了解他们。

因此，在解梦者家族人的生活中，所发生的事情总会叫人意外。他们的生活总是千奇百怪，总是毫无章法和规矩可言。平常人没有勇气进入他们的生活圈子，因为进去以后不疯掉才怪呢。不相信就来试试。他们会把白天当成黑夜，有谁见过睁着两眼在阳光底下打着火把前行的人？他们会把黑夜当成白天，在伸手不见五指的夜晚收割芝麻。他们要不几天不出门，要不就出门几天不回家。他们会在暴雨的时候站在院子里，暴雨中的房屋门洞大开，但是他们不会贸然进去，因为他们受了梦的指引，会有一场暴雨到来，倘若屋中有人，便会有大火降临。现在暴雨如约而至，他们必须得撤离房屋，伫立雨中，因为只有这样才能趋避大火的发生。是的，一切都是受了梦的指引。被梦指引的生活在别人看来是那么糟糕，黑白混淆，秩序混乱。可不容忽视的是，这个奇怪家族的人却总是能平安度过危难，人丁既不颓化也不兴旺，始终保持在一种稳定调和的态势。相比他们，有许多曾经旺盛得像七月稗草的家族，却在危难中轻易地被覆灭，就像狂风下的落叶。

解梦者家族之所以能平安度过危难，当然也是受了梦的指引。黄姓人家和蓝姓人家那场在秦村的会战，致使秦村好多人都被误伤误杀，而解梦者家族却丝毫没有受到影响。这是因为他们早在三天前就受了梦的指引，躲避到深山里头去了。在随后的旱灾中，尽管遍地饿殍，他们解梦者家族也没几个人死亡，因为他们受了梦的指引，早一年就有一多半人离开了秦村，逃亡遥远地方，直到甘霖普降，大地复苏，他们才又回来。

不过这不是一个团结的家族。这个家族的纷争显然要比别的家族多得多，他们的纷争主要来自对梦的解析。一个家族很多人，很多人睡眠在同一个夜晚。但是这同一个夜晚会产生很多梦，这些梦当然各不相同。各不相同的梦也就会有各不相同的解释，不同的解释就意味着会有不同的行为和结果。这些各不相同的行为有相当一部分是相悖的，是矛盾的。比方有人说根据他的梦的指引，今天不能动土，却有人偏偏认为他的梦所指引的是今天非常适宜动土。有人认为梦提示他必须放火烧掉房屋以趋避更大的灾难，却有人说梦提示他必须以生命来保卫房屋免遭破坏……可奇怪的是，他们的纷争却从来没有对彼此造成过可怕的伤害，这不像别的家族，纷争的结果总会有流血或者死亡。他们也没仇恨和积怨，他们的纷争多半只限于口头，少有肢体的摩擦碰撞。当纷争不可开交的时候，他们就会主动停息下来，回到床上，等待下一个梦的到来，以寻求新的梦的指引。

所以，看起来这个家族的生活是非常荒唐混乱和可怕的，其实那只是皮相之见。在梦的指引下，他们有着只属于自己——解梦者家族的规矩绳墨。他们的生活秩序井然，规规整整。因为他们的世界少为外界所知，所以他们一直被人误解。在我所有限的了解中，关于他们的传言总是不那么友好，人们在对他们的行为进行描述的时候总是非常注意地要加入些诸如荒唐、谬舛、愚昧、恶心等词汇，来强调对他们的憎恶。他们被隔离在土镇和秦村人们的生活之外，几乎没有人愿意和他们交往，他们也不太接受除他们家族之外的任何人。

4

解梦者家族梦姓人家也诞生过些非常有来头的人物，关于他们的故事，在土镇一直广为流传。

在土镇所有家族中，蓝姓人家对于解梦者的能力大概是最笃信的。蓝姓人家土匪头子蓝廷龙蓝廷虎两兄弟就专门请了梦姓人家的一个解梦者作为军师。见蓝姓人家请了解梦者做军师后，好几次战斗都占了大便宜，于是黄姓人家老爷也请了解梦者家族的一个人做自己的军师，这个人就是那位善于破解白日梦的。因此，蓝姓人家龙虎兄弟和黄姓人家老爷的那场持续了十多年的战争，说白了，其实是梦姓人家两个解梦者之间的斗法。

当时的态势对于黄姓人家老爷很不利，因为蓝姓人家的队伍十分庞大，严铁两姓人家起码有一多半参加了蓝姓人家的队伍，而且人数一天比一天增多，就像滚雪球。人们都以为黄姓人家老爷的檀木步辇坐不稳当了，该换蓝姓人家的去坐了，土镇要变天了。黄姓人家老爷十分焦急，彻夜难眠。

就在这个时候，那个善解白日梦的解梦者提出要离开黄姓人家老爷。黄姓人家老爷急了，说这怎么行？这个危难时刻，你怎么能离开我呢？解梦者说，那么你得睡觉。黄姓人家老爷说，我怎么睡得着？刀都架到我脖子上了，我黄姓人家眼看就要完蛋了，你叫我怎么睡得着？解梦者说，你要是睡不着，我就只得离开了。你不睡觉就不会做梦，你不做梦，对你来说，我就没有使处了。

蓝姓人家龙虎兄弟的解梦者也提出要离开他们，因为他也遇到了同样的问题，蓝姓人家龙虎兄弟因为焦急和忧虑，整夜整夜的不睡觉。怎么睡得着呢？龙虎兄弟苦笑说，尽管就像蜂子朝王一样每天都有很多人前来投奔我们，但是你得看看来的都是些什么人，种田耕地的，打鱼砍柴的，吹牛冲壳子的，骗人扯谎的，耍江湖跑烂滩的……他们跟着来只是为了好耍，为了混个肚皮囵囵。你得仔细瞧瞧他们，他们的手拿过枪炮吗？他们都带着什么东西来投奔我们的？除了一颗投机取巧的心，就是饥饿得像只皱巴巴的口袋的肚皮。还有什么？锄头，扁担，柴刀，还好，有柴刀。这些东西怎么跟人家黄姓人家老爷去斗？人家可全都是洋枪洋炮，指头一勾就是连发，这些榆木脑壳，放在人家枪口下等于是一堆沙袋子臭鸡蛋……打了这么些年，我们什么不清楚。恐怕只等枪一响，他们这抢饭吃的劲头就消失了，就缩头乌龟了，要是看见鲜血一溅，死那么两三个人，他们就会像炸窝的马蜂，轰一声各自散了。你说，我们怎么睡得着觉？这回不同往回啊……闹大了，结果只有一个了，不是我们死，就是他们亡。睡不着啊，心头像过雷一样。

　　睡不着就不会做梦，没有梦，解梦者就没有使处。解梦者跟随蓝姓人家龙虎兄弟已经有些年头，看见他们焦急忧虑的样子很想为他们分担点什么，但是怎么分担呢？解梦者唯一能帮得上忙的就是解梦。可龙虎兄弟却偏偏无法给他提供梦。

　　蓝姓人家龙虎兄弟和解梦者一样着急。

　　其实蓝姓人家龙虎兄弟的睡眠本来就是很少的。他们操持的是一种昼伏夜出的营生，做土匪嘛，打家劫舍多半都是黑夜。黑夜带给他们的不是昏沉沉的睡眠，而是兴奋。所以每当夜幕降临，就看见他们双目熠熠闪光，像野兽的眼睛，一个个精神抖擞，异常亢奋，就像已经做好捕猎准备的野狗，正期待一顿大餐的到来。由于这长期养成的习惯，再加之眼见交战的时间越来越近，蓝姓人家龙虎兄弟更加紧张、焦虑和兴奋，所以，他们就根本没有睡眠了。万物昏睡的深夜，蓝姓人家龙虎兄弟不停地喝着烈酒，吞食鸦片，不停地否定原来制定的进攻策略。这些策略都是好久以前制定好的，当时看来是那么完美，但是现在一点也不经推敲，到处漏洞，破绽百出。

无梦可解的解梦者不愿意深陷痛苦，他好好地睡上了一觉，完整地做了个梦。在对这个梦进行了仔细地破解后，他悄悄地离开了蓝姓人家龙虎兄弟——当然，这是受梦的指引。

黄姓人家老爷的状况比蓝姓人家龙虎兄弟要糟糕得多。他没有夜晚不睡觉的习惯，这么多年来，他的夜晚总是非常美妙的。

——关于黄姓人家老爷的夜晚究竟是一种怎样的美妙，很多穷困的人在饥寒交迫的深夜，总会把这当成一个话题。他们紧紧依偎在一起，相互取暖，在饥肠辘辘声中，他们开始设想黄姓人家老爷的夜晚将会怎么度过。他们说黄姓人家老爷的晚餐肯定是要吃很多肉，鸡肉、鸭肉、牛肉、猪肉、鱼肉……等把可以想到的肉都说干净了，再接着说这些肉是怎么烹制出来的，凉拌、清炖、爆炒。黄姓人家老爷当然不可能吃下这么多的肉，他会从中选择一些出来，这种选择多少带点自己的好恶，比方说的人喜欢凉拌耳叶，那么他一定会以为黄姓人家老爷晚上肯定吃的凉拌耳叶，耳朵多半是吃了两三盘子。这么多的好菜怎么可能没有好酒？黄姓人家老爷喝的一定是地窖老烧，曹姓人家烧酒坊搁置了十多年的，究竟是多少年呢？这会引起争论。随即吃饱喝足的黄姓人家老爷会用温暖的水洗脚。——这也有争议。有人说黄姓人家老爷的洗脚水不会是温暖的，应该是滚烫的，因为他从黄府里头的人那里听说过，黄姓人家老爷喜欢用滚烫的水泡脚，说这很有利于睡眠。黄姓人家老爷绝对不会亲自洗脚，洗脚有丫鬟，两个或者三个，纤纤细手，柔软，滑腻……黄姓人家老爷仰躺在椅子里，这很享受。那些纤纤细手轻柔地挠着他的脚板心，其中一只挠得非常特别，这是一种暗示，黄姓人家老爷当然晓得，勾勾脚指头，脚指头恰好碰着手腕，算是回答，勾了三下脚指头，碰了三下手腕，那只手停顿了下，开始轻轻地抠挠，黄姓人家老爷舒坦得忍不住哼了声，接下来就是上床了。

　　黄姓人家老爷的床格外宽大，不是檀木做的就是楠木做的，最差也会是柏木，应该是出自鲁姓人家之手，上头雕刻着龙凤呈祥，还有绽开的石榴和牡丹。床的最下层铺的是厚厚的金色的棕丝，接着是棉花，不可思议的软和。究竟怎么个不可思议？这么说吧，金色的棕丝里塞一疙瘩鹅卵石，睡在上头也不会硌背。盖的呢？厚厚的棉花，起码十斤。暄腾腾的像一朵白云。黄姓人家老爷脱干净衣衫就睡在里头。哦，还有个关键的地方，脱衣衫。当然黄姓人家老爷不会亲自脱衣衫，得有丫鬟帮忙。那些为黄姓人家老爷脱衣衫的丫鬟个个都非常漂亮，脸上很干净，眼睛明亮得像灯盏，嘴唇红红的油亮亮的像煮熟的腊肉。最要命的是，这些丫鬟只穿了小衣。黄姓人家老爷的衣衫很难脱，因为他的双手总是不空，不是在这个身上捏捏，就是在那个身上摸摸。也不怪他，无论是谁，都难得把持住。黄姓人家老爷终于上床了，这时候他的老婆和妾也开始上床了。先是大婆子，黄姓人家老爷把她塞到角落里。然后是二婆子，二婆子还行，还有点鲜嫩，再接着是三婆子……直到整个一张大床上像窖红苕似的塞满了女人。黄姓人家老爷开始忙碌，他得应付从四面八方伸过来的手，那么多的女人都想要他，这叫他很恼火。他说还有没有规矩？慌什么？一个一个来。只两个，黄姓人家老爷就疲惫得不想动了。也不管剩余的女人是怎样不满和怨恨，他就那么躺在一堆柔软的温暖的肉上睡着了。黄姓人家老爷开始做梦，黄姓人家老爷的梦和女人无关。一个男人如果梦里不会出现女人那会出现什么呢？黄姓人家老爷的梦里会出现蓝姓人家的人，那叫龙兄虎弟的。这对兄弟是黄姓人家老爷的噩梦，黄姓人家老爷被吓醒了。他爬出那一堆堆肉，站到地上。那个洗脚的时候挠了黄姓人家老爷脚板心的丫鬟一夜没睡，她聆听着隔壁的动静。当听见黄姓人家老爷下了床，就赶紧过来。这一回她连小衣也没穿，她从床底下拽出个尿壶，一手拿尿壶一手握了黄姓人家老爷的下体，黄姓人家老爷开始尿。黄姓人家老爷打了个尿战，丫鬟以为黄姓人家老爷是冻着了，赶紧把个小巧温暖的身子往黄姓人家老爷怀里贴。尿罢，丫鬟搁下尿壶，牵了黄姓人家老爷的下体，就像牵个不大听话的娃娃的耳朵，慢慢牵到隔壁她的床上。丫鬟早就不想当丫鬟了，她想当主子。要当主子就得这样不要脸面，就得动心思。早几天前，她就细心地铺垫好了这张床。下人的床当然不可能有金色的棕丝和多少新鲜的棉花，这难不倒她。丫鬟在下面铺了很多香草，白茅草、逼汗草、草荔、㟃草、楚兰、春芜、杜衡、芳蕙、白芷、槁本、留香、茩舆、申菽……起码不下三五十种，这可都是丫鬟打定主意后，耗费了几年时间采集到的。这么浓的香草，这么浓的馨香味道，黄姓人家老爷简直就像置身传说中的瑶台阆苑。丫鬟终于梦想成真，抑制不住地想要哭泣，嗔怪说，爷爷啊，你如何这时才来。黄姓人家老爷说，我不是告诉你了么，三更。丫鬟泪水满腮，说，爷爷啊，夜夜听你在隔壁耕云播雨，听得我一颗花心都成了瓣儿，天天想着如何才会引得老爷你来采我这蕊儿，如今终于成全了。黄姓人家老爷早按捺不住了，忙活起来。然后累了，然后就睡了。在芬芳中，黄姓人家老爷开始做梦。梦是好梦，与女人无关，与蓝姓人家龙虎兄弟无关，尽是花朵青草，尽是丰登的五谷，尽是阳光灿烂。从此黄姓人家老爷恋上了这张香气袭人的床。只可惜那丫鬟，费尽心机，三五年过去了，却还没爬上主子的位儿。有一天她掀开床铺，要再塞几样香草进去，却意外地发现了一种奇怪的草，这些年的寻草经历，已经让她长了经验。她一见那草，顿时如坠深渊。那是什么草？绝苗。

随着时间的推移，蓝姓人家龙虎兄弟不再只是黄姓人家老爷的噩梦，简直就成了危及他性命的一个巨大的瘤子，成了抵在他脑门上的枪口。一想起蓝姓人家的龙虎兄弟，黄姓人家老爷别说睡觉，他连眼皮都不敢合一下，生怕睁开眼睛就看见自己肝脑涂地身首异处了。再后来，黄姓人家老爷连黑夜都开始惧怕起来。夜幕一降临他就紧张，随着夜的深沉，他就由紧张变成惊惧，惶惶难安，如同惊弓之鸟。

所以当那位善解白日梦的解梦者跟黄姓人家老爷说，希望他能提供给自己一个梦时，黄姓人家老爷终于歇斯底里地大叫起来，你什么时候见我闭眼睛了？我连眼皮都不敢合一下，我怎么给你梦？

那位善解白日梦的解梦者想出了个办法，在一个阳光可以通达透彻任何事物的正午，他将黄姓人家老爷请到阳光里，四周没有一点遮拦，不见一丝阴影。他说，现在你可以放心闭上眼睛小憩一下，给我一个梦了吧。黄姓人家老爷觉得这主意不错，于是闭上了眼睛。这个过程非常短暂，不过可喜的是，黄姓人家老爷做了梦。难得的是这个梦有头有尾，比较完整，是个真正意义上的梦。那位善解白日梦的解梦者拿着这个梦，如获至宝。在经过三天三夜的破解后，他把梦的预兆告诉了黄姓人家老爷，然后离开了黄姓人家老爷，进到山林，去和藏匿起来的族人们会合。

根据那个梦的指引，黄姓人家老爷获得了那场战争的胜利。

5

在梦姓人家，有一位解梦者被这个家族所有的人爱戴，并且不顾班辈低下，破例拥护他做了族长，也就是家族老爷，人称梦姓人家老爷。之所以如此，是因为梦姓人家老爷的梦和他解梦的手段非同一般。梦姓人家老爷一个人的梦比家族所有人的梦加起来，质量都要好。这表现在梦姓人家老爷的梦的指引性非常准确，一点不含糊，这里其实可以引用很多比喻，干净利落、百发百中、擘两分星、策无遗算、明鉴万里。因为梦姓人家老爷梦的准确的指引性，所以，他的梦也就是整个家族的梦。整个家族的生产生活，事无巨细，都受他的梦的指引。

因而梦姓人家老爷的生活也就特别简单，不像其他人家的族长老爷，每天要处理很多事务，要亲临许多现场，忙碌得活像疲于奔命的老牛。梦姓人家老爷每天要做的事情，就是吃饱喝足之后睡觉。毕竟他要指引的是一个家族的生产生活，包括其他杂项事务，所以梦姓人家老爷要做很多梦，就必须充分利用好夜晚。

要做好梦，就必须有好的睡眠。为了有好的睡眠，梦姓人家老爷想了很多办法。当然家族其他人也在帮他想，比如有人献计说多吃藿香有利于睡眠，还有人说应该适当地喝些曹姓人家烧酒坊的那种酿于三月的桃花酒，这种酒比较有利于梦的形成。几乎从太阳一落山，梦姓人家老爷就上床了。为了给他一个安静的环境，不至于被嘈杂的声音惊扰了梦，在他的房屋四周五百步内，所有的鸡圈鸭棚，所有的牛栏猪舍都拆除了，那些鸡鸭牛羊统统迁移到了别处。最可恼的是春夏秋三个季节，总是有虫子鸣叫，还有那讨厌的蛤蟆青蛙，以及一种比青蛙小但是出声却比青蛙大几倍的叫土妾蚂的东西。为了阻止这些东西的叫唤，尽量给梦姓人家老爷创造一个产生梦的好环境，家族里头的人分批轮班在梦姓人家老爷的房屋四周捕捉那些虫子和蛤蟆青蛙以及土妾蚂，所有会出声的，全部被毫不留情地捕杀。因此，梦姓人家老爷的房屋四周，遍布了捕捉虫子和蛤蟆青蛙以及土妾蚂的陷阱，那些可能藏匿住虫子和蛤蟆青蛙以及土妾蛞的土埂，都给翻了个底朝天。好不容易进入了冬季，许多会在深夜里出声音的东西都蛰伏了，此时却偏偏有那可恶的枭钻了出来，它们躲藏在树上，发出的凄唳叫人猛然间听了背皮发麻。如果这样可怕的声音揭开瓦隙钻到梦姓人家老爷的床边，谁说不会把那些已经形成和正待形成的梦惊成碎片？于是大家就都去摇那些树，用拳头捶击树干，要把枭从梦姓人家老爷的耳旁撵得远远的。

整个梦姓人家的人都在小心地呵护梦姓人家老爷的黑夜，梦姓人家老爷当然也不会辜负大家。每当清晨的阳光透过窗户，将梦姓人家老爷的睡屋照耀得金碧辉煌的时候，他就坐在床上，袒露着胸脯，告诉那些远行者，他为他们做了一个什么样的梦，根据这个梦的指引，他们应该什么时候出发前往什么方向，走水路还是陆路，几时歇息几时起程。告诉那些未婚者，他为他们做了一个什么样的梦，根据这个梦的指引，他们中意的男娃子女娃子在什么地方长什么模样。告诉那些耕种者，他为他们做了一个什么样的梦，根据这个梦的指引，他们应该播种什么施多少肥用多少水……

梦姓人家在这个家族老爷的梦的指引下，安居乐业，生活富足。从来就没谁想到，假如某一天梦姓人家老爷不做梦了怎么办。——这个想法是在某个黄昏突然浮上梦姓人家老爷的心头的，把梦姓人家老爷吓了一跳，身子一凛，出了一脑门冷汗。如果只是一闪现也就算了，偏偏这个想法揪住梦姓人家老爷不放。梦姓人家老爷不得不想下去，真是越想越可怕。梦姓人家老爷坐在床上，瞠目结舌。

这个夜晚，梦姓人家老爷没有睡着。没有睡着自然就不会有梦，导致的结果是，第二天早晨屋里屋外站满了人，一个个惊慌失措。他们是来接受梦的指引的，偏偏梦姓人家老爷一夜无梦。这一天里，所有梦姓人家的人都如同惊吓过度的鸟兽，惶惶不可终日。

看着整个家族的人们如此惨象，梦姓人家老爷陷入了深深的歉疚中，另一方面却又格外忧虑。忧虑的是即将开始的这个夜晚，如果还无法入睡该如何办？果然，这个夜晚尽管他想了很多办法入睡，却怎么也合不上眼睛。即便合上，也难以保持心情平静，根本不可能进入睡眠，就更别说什么梦乡了。

接连三天如此。整个梦姓人家，天塌地陷。

第四天，失去了梦的梦姓人家老爷于悲恸中气绝身亡。而梦姓人家的人们，惊慌失措惶恐难安的情形整整持续了好几年。由于原来对于梦姓人家老爷的过度依赖，整个梦姓人家，有相当一部分人已经不再做梦，梦从他们的夜晚里彻底消失了。还有相当一部分人即便是做了梦却无法完整地记得，他们睁眼醒来，手头只有些许梦的残片。另外有相当一部分人做了梦，也记得，却遗忘了破解的方法。对于这样一个特别的家族来说，发生这样的事情，无疑为一场可怕的浩劫。

6

现在土镇居住的，还有些梦姓的人。相对于梦姓人家家族来说，这些人只算得上极少部分。梦姓人家的人大都离开了土镇，相当一部分居住在港澳台地区，还有相当一部分居住在国外。每年都有许多梦姓人家的人从海外回来，到土镇寻根。他们除了不说中文，什么话都说，有些听起来很像鸟鸣虫叫，还有些像是打鼾——因为声音是从鼻腔里出来的。他们在土镇烧香磕头，用鸟鸣虫叫和打鼾向他们的祖先致敬。这些来自海外的梦姓人家对于本土的梦姓人家却十分吝啬，不仅不赠予名车宝马，欧元美钞，甚至还鄙夷他们，说他们不配姓梦，或者根本就不可能是梦姓人家的人，如果是，为什么还是现今这个样子呢？为什么不在梦的指引下发愤图强？难道他们做的梦就没有一个有用么？

没过几年，土镇的梦姓人家出了个不错的人物，他写了一本长达三百万字的巨著，主要是研究梦的形成和梦对生活生产的指引功能。据说十分畅销，很多人都拿这本书当作指点生活迷津的宝典。假如做了梦，根据索引翻开宝典，获取预言和征兆。

饕餮者

1

不只土镇，就算爱城，乃至整个国家，从来没有谁遇到的问题会有檑姓人家面临的那么艰巨，因为他们总想把什么东西都吃下去。土镇的人们总是把檑姓人家的事情当成笑话在外面讲，所有听过的，无不感到新鲜好奇。

谁说不是呢？

我听我外祖母讲了个檑姓人家的笑话，那可是她亲眼看见的。那年日本鬼子的飞机在土镇丢了一颗巨大的炸弹，没爆炸，哑弹。谁都晓得，哑弹也是弹，随时都有爆炸的可能，因此都离得远远的。落弹的地方本来是有条大道的，因为惧怕那弹，大家都绕着走。黄姓人家老爷更是下了命令，以那颗哑弹为中心，五百步以内行走的人不得大踏步，不得咳嗽，不得大声喧哗，以免将哑弹惊醒了。炸弹那样大，如果一旦惊醒爆炸了，无法预测后果究竟会有多严重。

哑弹在那里静静地躺着，等待爱城的拆弹专家前来。所有的人都围观在五百步以外，打量着那黑突突的玩意儿。人群里却突然钻出来檑姓人家，他们推开阻挡的人，径直走向那颗炸弹，然后在那颗炸弹跟前团团坐下。老天爷啦，这可不得了啊。有人赶紧禀报了黄姓人家老爷。黄姓人家老爷远远地一看，叹息说，咳，这些饿鬼啦，未必他们想把炸弹也吃下去？

櫊姓人家确实想把炸弹吃下去。他们派人去向黄姓人家老爷申请，要那颗哑弹。这时候去爱城请拆弹专家的人回来了，说爱城的拆弹专家不空。黄姓人家老爷晓得他们不是不空，而是怕死。骂了几句，最后把眼睛落在櫊姓人家身上，问他们，你们要那颗炸弹干什么？吃下去？櫊姓人家不好意思地咧嘴笑笑，说，老爷说得真准。黄姓人家老爷没有拒绝櫊姓人家的申请。对于櫊姓人家，确实不敢小觑，好多根本不可能吃的东西，他们硬是塞进了肚皮。那么这颗炸弹呢？他们将怎么吃下它呢？

听说这回櫊姓人家饥饿的眼睛瞄准了那颗炮弹，整个土镇都轰动了。他们将怎么吃下它？那么巨大，明显是铁的，里头填塞的肯定不是粮食糖果，日本鬼子才没那好心呢。里头塞的可是炸药，轰一声，什么东西都可以烟消云散的炸药。

要吃下这么大一颗炸弹还真不是件容易的事，整个櫊姓人家的人都动员起来了。他们扎的扎筏子，背的背柴火。然后，几个身强力壮的汉子拿着杠子和绳子，最后竟然像拔萝卜似的，从土坑里拔出那颗巨大的炸弹，七手八脚地抬着，抬向河滩。一群人抬着筏子和柴火跟在后面。大家纷纷猜测他们这究竟是要干什么。难道他们已经想出了吃下炸弹的办法？烧软和了吃？还是炖着吃？大家想跟过去看，又怕他们失败。在吃一些东西的时候，櫊姓人家也经常失败。之前失败，顶多闹出一两条人命。如果这回失败，那么将会死伤无数。

但是又经受不住好奇心的驱使，大家太想晓得櫊姓人家将以什么样的方法吃下这颗炸弹了。

直到他们将炸弹放上筏子，在炸弹四周堆满柴火，点燃柴火，将筏子推向爱河中心的时候，大家才陡然明白，这檑姓人家可真他娘的聪明，转换了来吃，间接了来吃。

爱河到了土镇下游，在那里起了一个大大的回旋，冲击出了一个阔大的深不见底的潭渊。据说那里直通大海，是鱼的乐园，里头的大鱼有超过千斤重的，一直是水姓人家的渔夫们企图发大财的地方。

筏子载着炸弹，在潭渊中心打着旋，熊熊的烈火叫围观者的心都悬起来了。大家掩住耳朵，期待那一声巨响。檑姓人家忙碌得不可开交，他们在准备筏子，准备捞网，准备船只，准备一声巨响后，冲向鱼群。

那是一声怎样的巨响啊，据说爱城的人都听见了。围观者中有好些个人的耳朵被震出了血，从此变成了半真半假的聋子，还有人被震晕眩了过去。巨响无法描述，但是那冲天而起的水浪，却让每个人都有深切的体会，因为他们的衣衫全都湿了，土镇如同下了场暴雨，暴雨夹带了很多鱼，很多很多鱼。鱼落在围观者的怀里，落在土坎上，落在田野里，落在大街上，落在窗台上，落在讨口儿的破碗里。

根据檑姓人家起先的谋划，他们是准备好好卖一场鱼的，因为是深渊里的鱼，价格肯定要比那些渔夫在浅滩打的要高一些。他们为此可能会小小地发上一笔财。他们确实弄了很多很多鱼，整个河滩上到处都是鱼，恢复平静的水面上白花花铺了一层。他们整个檑姓人家的人往来搬运了好多趟，才将那些鱼捡干净。但是他们一条鱼也没卖出。当他们气喘吁吁地把鱼搬运完毕的时候，土镇家家户户的厨房都飘出了煎鱼烧鱼炖鱼的香气，那些讨口儿也烧了一堆火，在那里烤鱼，他们有些都已经吃饱了，打着嗝，剔着牙。

既然卖不出去，现在，面对这么多的鱼，怎么吃下它们又成了檽姓人家面临的新的问题。

　　据说此后土镇的人们很盼望日本鬼子的飞机再来土镇，继续丢炸弹，直接丢进爱河里那才好呢。不过丢在其他地方只要是哑弹也没问题。大家因此老是仰望天空，期待飞机出现。檽姓人家也在祈祷，祈祷日本鬼子的飞机再来，祈祷他们继续丢哑弹，祈祷那些哑弹尽量小一些，别都那么大个头。

2

　　檽姓人家可以被笑话，但是不能被嘲讽。他们确实具有把一切都吃下的本事。把不可能吃的东西，变成可以吃的，这本来就是他们世世代代的研究课题。多年的研究习惯导致他们无论看见什么东西，首先想到的就是怎么吃下它们。

　　这里需要说明的是，檽姓人家并非懒惰的人家，他们像土镇所有人一样勤劳，其吃苦耐劳的能力，一点也不比别的外姓人家差。他们耕种有土地，也兼做一点小生意，兜售他们的研究成果。不过他们不像别的外姓人家那么储存粮食，收获多少，就吃掉多少。他们不储存粮食主要是不给那些搜刮者机会，他们不害怕兵士，也不害怕土匪强盗，每当这些家伙来的时候，檽姓人家总是出奇地冷静，一点也不慌张，该干什么还干什么。不像别的外姓人家，等到人家撵过来了，才慌里慌张地将粮食藏好。但是人家总是会从他们的脸上和眼神里发现藏匿粮食的地方，等到粮食被找出来，他们就哭泣，就喊叫，就抢夺，有时候搞得那些兵匪和强盗不耐烦了，抽出枪就射。这是何苦呢，平日里拼命耕种，忍饥挨饿积攒下粮食，像可怜的耗子一样东躲西藏，什么地方也不安全似的，最后却还是被抢了，有时候还为此丢了性命。

楄姓人家就不一样。

粮食呢？你们把粮食藏哪里去了？那些兵们，或者土匪强盗们喝问道。

楄姓人家捧着块石头，仔细看呐端详呐琢磨呐，听见喝问，慢条斯理地回答，粮食？如果有粮食我会抱着这块石头？

那些兵们，或者土匪强盗们不解其意，问，你抱着块石头干什么？

楄姓人家说，我在想怎么吃下去！

后来那些兵们，土匪和强盗们从此晓得了楄姓人家的名声，凡是看见有人抱着块石头，简直懒得过去问。于是就有那么一些人学会了楄姓人家的动作，每当兵们或者土匪强盗们来抢粮食的时候，他们也抱着块石头，仔细看呐端详呐琢磨呐，希望浑水摸鱼。

储存粮食是为了度过饥荒，天灾造成的饥荒。但相对于楄姓人家，这显得很消极。楄姓人家有一个积极的想法，就是把什么都变成可以吃的，可以饱腹的，那么就再也用不着储存粮食了，用不着拼了性命去和那些兵们，那些土匪强盗们抢夺粮食了。这样一来，也就用不着惧怕灾祸了。不管发生多么恐怖的战争，也不管天大的洪水还是干旱，凡是见着的，都可以吃，有时候尽管味道不是那么好，却不至于被饥饿夺去性命。

楄姓人家的这个想法是非常高尚的，照理说是应该得到赞扬的，但是大家却总是难以理解。他们认为楄姓人家是怪物家族，是一种被称为饕餮的怪物的后代。很多人都见过饕餮的样子，它们被刻画在一些器皿上，模样狰狞，极其恐怖，大嘴，圆眼，似乎可以把一切都囫囵吞下去。土镇有些读书人还晓得饕餮的许多传说，说那是古代的四凶之一，它出现在哪里，哪里就寸草不生，百物不存，因为都被它吞进了肚皮。它的肚皮大得惊人，就算把天下所有的东西都塞进它的嘴巴，也喂不饱。

楄姓人家的长相其实和大家一样，一点也不像饕餮。不过这仅仅限于平时。如果被楄姓人家看见吃的，他们都会统一地双目放光，涎水满嘴，张牙舞爪的样子和器皿上的饕餮一般无二。那些读书人根据楄姓人家的姓氏，就得出了这个家族的与众不同，楄，其实与饕餮有关联。如果古代真的存在过饕餮，那么他们一定就是那种怪物的后代。

3

楄姓人家丝毫不介意别的外姓人家怎么看待他们。楄姓人家觉得那些外姓人家真是天底下最可怜的人，因为他们只晓得吃粮食。楄姓人家认为，限制了食物的范围，就等于缩小了活命的机会。——就算放在现在，这也是一个相当科学的论断。单一食物源的生物，早就濒临灭绝的边缘了。比方说熊猫。假如熊猫什么都吃呢，吃竹子也吃杂草，还像蚕那样吃树叶，那么它们的种群将会像人一样丰富。

扩大食物源，增加可食用物品的范围，那么活命的机会将多得多。到那时候，只怕不会出现因为饥饿而死的，那些亡命的，多半都是因为撑得。哦，老天，吃得太饱了，因为可以吃的东西实在太多了。这会成为一种现在听起来感觉十分奇怪的抱怨。

——樋姓人家的努力，就是为了扩大食物源，为了增加可食用物品的范围。他们的工作具有值得尊敬的前瞻性，是一种勇敢者的开拓，充满了智者的忧虑。

遗憾的是没有谁对此有正确的认识，樋姓人家的一切努力都被那些外姓人家当成笑话看待。

樋姓人家面临着两个巨大的难题，一是怎样将石头变成可以饱肚皮的，二是怎样吃下那些泥土。石头和泥土是随处可见的东西，只要肯弯腰，这两样东西伸手即得。如果能把这两样东西变成可以吃的，那将是怎样的一种美食啊。这是一个摆在所有樋姓人家面前的挑战，类似现在人们常说的数学家的某个猜想。一切东西都可以吃，石头和泥土肯定也不例外。如何证明石头和泥土是可以吃的，如何吃下它们，樋姓人家费尽心机。他们发誓，无论如何也要攻克这个难关。要攻克这个难关不是一蹴而就的事情，这需要几代人乃至几十代人的努力。樋姓人家对此有着十分清楚的认识，他们不得不把更多时间花在迫在眉睫的问题上。

这些迫在眉睫的问题，就是出现在他们面前的那许许多多的新东西。他们得赶紧想办法把这些新东西列入食谱。

每一个出现在樋姓人家身边的物件，最后都成了可以吃的东西。这其中充满了探险般的乐趣。比如说蚂蚁。在山野里，蚂蚁随处都是，只要扔坨鼻屎，都能引来成群结队的蚂蚁。蚂蚁虽小，但是群体活动，只要舍得下功夫，很快就可以捕捉许多。而这东西不比其他的活物，它不容易被惊吓住，就算你在它眼皮底下将它逮了，它也不晓得逃命。如何吃下它们呢？樋姓人家发明了很多种方法。炒着吃，像炒芝麻一样。如果它们散发出酸味，那是正常的，只需要搁上点儿石虱就行了。石虱油水丰富，不仅可以避去蚂蚁的酸味，而且可以使炒出的蚂蚁油滑滑的，煞是好看。还可以腌制了吃。腌制的蚂蚁味道不是很好，却很营养。不过吃多了蚂蚁总是会搞得肚皮很难受，而且还会出现昏厥呕吐的毛病。这难不倒檑姓人家，他们准备了穿山甲的鳞片，用穿山甲的鳞片磨成粉，兑水，一边吃蚂蚁，一边喝那水，保管无事。

至于那些草，那些树，那些虫子，那简直是美味了。每一样东西，檑姓人家都总结出了不下于三种食用方法，然后通过对比，将这些方法按照先简后繁，记录成册，起名饕餮录。在檑姓人家的理解中，饕餮并不是什么龌龊的东西，能把什么东西都吃下，饱腹，那才是真正的本事，是最值得歌颂的明智的生存法则。在这本书中，檑姓人家详细描述了每一种可以食用的物品的形状，生长或生活环境，以方便大家可以在需要的时候顺利地找到它，辨认它。然后就是食用方法。不同季节，食用的方法不尽相同。然后是一系列的说明，什么东西与什么东西搭配起来吃，味道将会更加完美。假如食用后出现难以忍受的症状，比方说拉痢，呕吐，昏眩，使用什么药物可以消除。比方说，芭蕉和柳叶配在一起生吃，会有青韭的美味。茅草和苦艾生嚼，可能会鼻衄，不过只消喝上一点清水就可以化解……

要把不可能吃的东西变成可以吃的，这其中不只是充满探险般的乐趣，而且还弥漫着死亡的威胁。几乎每年檑姓人家都有人在这个过程中不幸罹难。在土镇的崇山峻岭中，生长着一种叫蛤蟆草的植物，这东西叶子宽大，肥厚，很有肉感。檑姓人家第一次见到它们，就被深深地诱惑住了。第一个吃的人，刚一片叶子下肚，不到半个时辰就死了。死相很难看，肚皮胀得像面鼓，碰一碰，就有气息从死者嘴巴里冒出，发出嘎嘎的声响。不过这并没有吓住檑姓人家，后来者没有贸然生吃，因为前者以性命给了他经验。他煮熟了吃，结果还是死了。死后肚皮同样胀得像面鼓，碰一碰嘴巴里也会发出嘎嘎的声响。第三个人又开始了尝试。在接连死了五个人后，第六个人，以他的勇敢无畏和聪明智慧，终于找出了正确的食用方法。把蛤蟆草的叶子采摘下来，放在火里烧。待烧熟后取出，混合进少量泥土，然后做成馍状，放在阳光底下晒干。他们称之为蛤蟆草馍馍，这种馍馍可以放心食用。最精妙的是，只需要食用少许，就可以使得肚皮圆圆鼓鼓，很有饱胀感，十分耐饥饿。后来这种蛤蟆草在两次大饥荒中都发挥了可贵的作用，它们被饥饿的人们采集一空，全部依照櫔姓人家提供的方法，制作成蛤蟆草馍馍。很多人吃了这种馍馍后，找到了久违的饱胀感，只可惜一些贪心的人吃多了，就被撑死了。

除蛤蟆草外，在将面葛藤变成可以食用的面葛藤馍馍的过程中，櫔姓人家也付出了沉痛的代价。面葛藤在土镇的田野里到处都是。那时候它的名字还只叫葛藤，前面没有那个"面"字。有了那个"面"字，就意味着它已经从貌不起眼的普通植物，转换成可以进入腹中的食物。只是为了让葛藤前面多上一个"面"字，櫔姓人家接连死了五个人。这五个人的死相一个比一个惨，櫔姓人家非但没有害怕，反而激起了他们更加无畏的勇气。在櫔姓人家面前，从来就没有吃不下去的东西！现在，面葛藤馍馍已经成为土镇的土特产，好多人都会做，它的制作工艺如今看起来相当简单：将葛藤挖起来，挑选最大的最饱满的葛藤，剁成小截，然后放在清水里浸泡两日，再弄到磨子里打磨成浆。过滤，加入适量石灰或者草木灰，然后烧开，使劲搅动，要不了多久，就会慢慢变得黏稠。等到足够黏稠了，舀起来，放进冷水里凉一凉，就成了一个个的馍馍。就是这看似简单的制作方法，却使得櫔姓人家付出了那么巨大的牺牲。

和面葛藤一样，一种叫凉粉叶的植物现在同样成了大家猎奇的美味。这是一种根本不起眼的植物，细小的叶子，没有香气，也没有臭味。一天楣姓人家走到那棵树下，发现它竟然长得那么蓬勃，估计十分耐旱。耐旱的植物往往是楣姓人家的首选，如果干旱到来，它连自己的性命都保不住，又如何能救大家的性命。楣姓人家在树下坐了整整三天，似乎在和那树进行对话。——或者真的是在对话呢？楣姓人家是一个奇怪的家族，什么神奇的事情都有可能在他们身上发生。三天后，楣姓人家想出了第一种食用方法，结果失败。后来又想出了第二种，还是失败。这种植物看起来没有多大的毒性，它们没有给楣姓人家造成多么严重的伤害，只是叫一个人失去了听觉，一个人失去了视觉。后来他们像对付葛藤那样，打浆，淀粉，大火熬煮，勾兑进石灰，于是就成了既臭又香，鲜嫩无比的凉粉。于是这种植物就有了一种美名，凉粉叶。这美名也注定了它不只是用来度过饥荒的，因为即便是丰年，很多人家也要把它采摘下来制作成凉粉尝鲜。

4

楣姓人家没有把他们的发现和研究据为己有，独享不是他们这个家族倡导的品性，他们希望大家——那些外姓人家和他们一起来共同享用这世间的一切物品。他们把每一项新的发现都毫无保留地记录在饕餮录上，然后以非常低廉的价格兜售。可惜买的人少得可怜，不到万不得已，没有谁肯轻易接受它们，认可它们。

那些偶尔卖掉的书，却得不到正确使用。因为那些买书的人根本就不是为了了解食物，而是为了猎奇，为了有更加丰富的笑话资本。实在没有比这更荒诞不经的事情了，瞧瞧这些食谱列举的都是什么原料吧，臭屁虫，虱子，蛤蚤，马蜂，蛆虫，泥鳅，柏树果，松针，马桑，蒺藜……再瞧瞧这些吃法，用细草轻触臭屁虫的屁门，待喷出白色烟雾，如此三五次，倘若没有烟雾喷出，就可以食用了。生食法，用桑叶包裹，混合柏树果同嚼味奇美。熟食法，焙烧至半焦状味绝佳……

那些外姓人家如此对待他们的研究成果，这使得橻姓人家十分难过。后来他们不再印制饕餮录，不愿意那用宝贵生命得来的经验成为这些无知者的笑柄。但是那些外姓人家的一些好事者却不愿意就此罢休。他们总是装作诚恳的样子向橻姓人家请教，问某种东西怎么个吃法。橻姓人家总是认真地予以回答。有时候他们还弄些连他们自己都不晓得是什么的东西拿到橻姓人家跟前，问这东西怎么个吃法。有些东西是橻姓人家见识过的，只是还在寻找吃的方法。有些橻姓人家还没见过，没见过的东西，橻姓人家是最感兴趣的，他们会爱不释手，会对送这东西来的人千恩万谢。此后的日子里，橻姓人家会彻夜不眠，会搞清楚这究竟是个什么东西，怎么来吃掉它。

曾经有个外姓人家的人指着地上一堆粪便问橻姓人家，这东西可以吃吗？橻姓人家的回答很肯定，可以吃。那人问，怎么吃？你吃给我们看看。橻姓人家叹息说，只是时候没到，到了，自然会吃的，现在还有更好吃的东西呢。那人说，什么时候才是时候呢？橻姓人家说，如果你命够长，你会看见的。那人看看地上的粪便，半信半疑，笑问道，不会吧，狗也不会吃这东西啊。橻姓人家说，到了那时候，人会连狗都不如的。

橻姓人家说得没错，当灾难来临，人的性命比狗都还要贱，狗吃不下去的东西，人不会嫌弃。为了活命，人会不顾一切。

櫺姓人家的研究被广泛应用于两个大灾难时期。这两个大灾难时期，櫺姓人家不仅得到了迟到的尊敬，而且还被当成了神。那时候只要櫺姓人家在哪里出现，哪里就会看见生的希望，他们说的一切话都成为圣旨，一点没折扣地得以贯彻执行。

第一个灾难时期历时四年时间。那真是人类历史上最漫长的四年啊。

灾难初期，很多人丝毫没有在意，因为他们储存有粮食。灾难之所以成为灾难，是因为它根本就无法预测。

谁能想到干旱会持续那么久呢？起初总是干旱一段时间，就落两颗雨水。接着酷烈的日头和漫天的乌云不断相互交替。让人老是以为这样的干旱不可能持续多久，那滚滚的乌云很快就会变化成甘霖，人们在这样的日子很容易就丧失了警惕。储存的粮食一天天被消耗，老天还是时而酷日当头，时而乌云滚滚，像一场耐心充足的恶作剧。这个时候，人们还是对明天抱着不懈的希望，以为那乌云马上就会化解成雨露，干得可以扬起灰尘的土地马上就可以长满绿茵茵的庄稼。日头已经把田地里的泥土晒得酥透了，只要暴雨一来，那些泥土将会松软得像才出蒸笼的发面馍馍，撒一把种子很快就能发芽，茁壮成长，结出沉甸甸的穗。秋天的粮仓多半会被压断仓板，储存粮食将会成为一个令人头疼的问题。

——对乌云的期望随着储存粮食的罄尽，终于成为失望。

没有了粮食，所有的人都陷入恐慌。一些人开始考虑到逃荒。可是天空中偶尔出现的滚滚乌云又叫他们不肯就此罢休。如果去逃荒，等到大雨降落再撒回来，只怕又会错过耕种的季节。于是就这么犹豫着。直到保管严密的种子最后都成了粪便，人们彻底绝望了，晓得那乌云不过是老天爷故意搞的戏弄人的把戏。把戏被识破，老天爷索性连乌云也收了去，天空中除了炎炎烈日，什么都没有。没有一丝风，没有云彩，天上和地上沉陷在可怕的寂静里。

鸟兽开始死去，植物开始死去，人早就在开始死去了——那些早就吃干净了储备粮食的，现在死得更多，家家户户，白天黑夜，都在死人。人们惊异地发现，橱姓人家的日子过得像往常一样优哉。橱姓人家没有死人，他们整天忙碌着采集树叶和草，捕捉虫子，然后吃掉它们。他们是这场灾难中唯一保持镇静的人家。

要想活下去，必须要依靠橱姓人家总结和积累的那些经验。但是此刻，又到哪里去找那本曾经被众人当成笑话大全的饕餮录呢？那些外姓人家，手忙脚乱把一切可以弄到手的草啊树叶啊，虫子啊杂七杂八的，送往橱姓人家门前，恭恭敬敬地向他们请教这些东西的吃法。橱姓人家在此刻成为炙手可热的重要人物，那些外姓人家在他们面前，一个个谦恭得像一无所知的娃娃。是啊，有什么办法呢，得到橱姓人家的指点，就意味着迈进了活下去的门槛。

橱姓人家没有一点架子，他们原来悠然的生活被彻底打乱。他们不得不陷入这些外姓人家造成的恐慌和忙乱里头。他们得指导这些外姓人家怎么吃掉这些草啊树叶啊，要想叫他们掌握正确的食用方法可真不是件容易的事情，他们不是像养尊处优的阁楼小姐面对一只蛤蟆无处下口，就是像真正的传说中的饕餮那样见什么都恨不得囫囵吞下肚子。掌握不到正确的吃法是要死人的！橱姓人家可不想这些早被他们确认为可以食用的东西成为毒药，那将是对他们声誉的严重破坏。已经被饥饿搞得理智丧失的人们哪里肯认真地听一堂讲课呢？只要橱姓人家点头说这玩意儿可以吃，他们就赶紧塞进嘴巴里去，生怕被人抢夺了去似的。

我们哪里是面对的一群人啊。檟姓人家总是这样相互感叹，我们面对的是一群牲口啊，牲口啊！

不管怎么说，总有那么一些人在檟姓人家的帮助下，活了下来。

饥饿导致那些外姓人家也有了檟姓人家的思考方式，每当他们遇着什么新鲜的玩意儿，不管是树木还是草叶，或者从来没见过的虫子，他们在注视那些东西的时候所想到的第一个问题，就是怎么吃掉它们。假如能得到它们，他们会像檟姓人家那样，陷入长时间的思考，怎么来吃，用什么方法来吃。

这场灾难不是片面性的，它的范围宽广得吓人。那些逃难的人最后又都回来了。因为他们的足迹所到之处，情况和土镇其实都一样，有些地方甚至更为严重。当看着那没有一丝生机的地方，他们陡然想到了檟姓人家。于是，他们的逃难之路马上变成了归乡的旅途。往回走，往回走，找到檟姓人家就有活下去的希望。——这成了那些逃难的人们的精神支撑。他们急匆匆的脚步惊动了别的地方的逃难之人。这样急匆匆的脚步，这样殷切的眼神，谁都看得出来隐藏着什么。因为同病相怜，那些外姓人家的逃难者们没有隐瞒他们的隐秘，他们说他们得赶紧回去，回到故乡去，因为故乡有一个檟姓人家，这是一个奇怪的姓氏，但是他们却有着救星般的本事，可以将一切东西变成吃的。那些逃难的人惊奇地问，你说一切东西？外姓人家的逃难者说，是的，一切东西，他们确实有那样的本事，就算没有一粒粮食，他们也可以靠那一切东西活下来，什么东西都可以在他们手里变成食物，都可以咽下喉咙，充饥饱腹。

外姓人家的逃难者们回来了，跟在他们身后的是成群结队的陌生的人们。檟姓人家和他们可以将一切变成食物的本事，成了所有人的精神支柱。他们潮水一般涌向櫔姓人家。

櫔姓人家确实具有不叫一切人失望的本事。凡是你能找到的，他都能告诉你吃法。依照他们说的吃法，你可以把一切塞进肚皮。

由于櫔姓人家的声名远播，很多地方都派人来土镇请他们。请櫔姓人家去他们的地方指导大家吃东西，吃那些原来不可能吃的东西。每到一个地方，櫔姓人家就被像神明一样供奉，他们的话成了金科玉律。这使得他们的研究成果得到最大范围的传播。因为土镇是櫔姓人家的居住地，所以土镇也就被那些饥饿的人当成远离饥饿和灾难的圣地。人们像朝圣一样拥向土镇。这些饥饿的人就像无情的秋风，席卷了一切可以寻找到的青草，树叶，树皮，为了捕捉虫子，他们摧毁了所有的田埂。灾难过后，许多人就此落脚在了土镇。那四年的蝗灾，风灾，干旱和紧随其后的洪水，不仅没有叫土镇的总人口少一个，还多出许多来。倒是后来的那三年灾难，叫土镇人口锐减得不成样子。很多当时来到土镇的逃难者，在经过漫长而艰难的繁衍后，终于有了一大家子人口，却无一幸免地死在那三年里。

那三年里，櫔姓人家去了哪里？櫔姓人家在。櫔姓人家当上了代粮办的领导，负责将一切不可能吃的东西，变成可以吃的，代替粮食。尽管櫔姓人家非常卖力，但是死亡人数却无法控制。这主要是因为櫔姓人家的号召得不到响应，树叶在树上，青草在山坡上，虫子在缝隙里，没有人去采摘和捕捉，大家有更重要的事情要办。

幸存的櫔姓人家继续担任代粮办的领导。不断的死亡叫那些蒙昧的人们逐渐认识到饥饿的本质以及饱腹的紧要。他们自觉地聚集在櫔姓人家身边，一切似乎都在往好的方面发展。叫人痛恨的是，总有那么一些当权者要随意更改櫔姓人家总结出来的吃法，为了使某种东西做出来有粮食的光泽，更像粮食，他们甚至做主添加或减少一些原料和工艺手段。这样的后果是非常严重的——直接死人，直接死了很多人。

榀姓人家被当成罪魁祸首，他们面临的是直接的死亡，非饥饿造成的死亡。

饥饿无法夺取榀姓人家的性命，他们却因为这样那样的原因，屈死了很多。在除饥饿之外的灾难面前，榀姓人家的生命力远比那些外姓人家的要脆弱。以至现在，榀姓人家幸存者已经寥寥无几。不过他们找到了食用石头和泥土的最好办法。

你想晓得么？我外祖母问我。

我当然想晓得。

用石头做成围栏，可以在里头得到牲口和家禽。在泥土上撒播种子，可以得到玉米高粱，黄豆芝麻，小麦稻谷……

我笑起来，我说这算什么办法，谁也想得到啊。

我外祖母揉揉眼睛，轻叹道，既然谁都想得到，为什么每年还有那么多人饿死呢？

致幻者

1

土镇濒临爱河，一年四季空气都很潮湿。每年的梅雨和秋雨季节，床腿上就会生一种白色的菌子。不只是床腿，所有的家具的腿上，接近地面的地方，靠近墙壁的地方，都会长菌子，偶尔也会出现粉红色的和黄色的，有一回我居然在我外祖母的木梳上看见了一丛蓝色的菌子。先是爬满一层白色的霉苔，然后有丝状的东西出来，接着就是菌子，一丛一丛的，很旺盛。不多久就看见它们渐渐萎缩，成褐色，随即黑色，慢慢烂掉，彻底死去。最后像被谁漫不经心地揩在那里的一泡鼻涕。不仅木器上会长菌子，而且那些衣裳上，抹布上，拖把上，包括地板和墙壁的缝隙，都会长出菌子，真是叫人开了眼界了。从梅雨季节起，菌子一直生长到入冬，秋雨季节的菌子格外旺盛。我的房间，凡我目光之所到，都可以看见独生的菌子，丛生的菌子，有的还连成片，黑色的、褐色的、紫色的、绿色的，还有早晨是一种颜色到了中午又成了另一种颜色，到了晚上，这颜色还会变化。和颜色的多样性相比，就是它们的形状，针状的、棒子形的……不过更多的是伞形。

菌子的气味很暧昧。有些刺鼻，有些酸酸的，有些腐霉。

2

据我外祖母说，很久以前，土镇有个家族专门以菌子为主食。

这个家族姓覃。覃姓人家的人一年四季里有多半时间都花在了寻找菌子和品尝菌子上。简直难以相信他们对于菌子会那么痴迷。为了采集到尽可能多的菌子，从清晨到黑夜，他们穿行在土镇所有的山林里，小溪边，他们的足迹遍布土镇任何角落——凡是可能长出菌子的地方，他们的足迹一定到达。

也不晓得从何时起，覃姓人家就意识到菌子可以通过培育获得。于是，他们总是耗费大量的时间来取水和喷水，让房屋和房屋前后的土地树木草堆保持湿润，潮湿有利于菌子的生成。在他们居住的房屋里头，无论是衣物还是家具，一律是潮湿的，目的当然只有那么一个，为了菌子的生成。在覃姓人家所处的环境里头，到处都是他们捡回来并精心搁置的朽蚀的木头，沤烂的草堆。他们的努力没有白费，他们的屋子里头到处都是丛生的独生的菌子，甚至在他们的房梁上都长着菌子。要进入覃姓人家的房屋，必须格外小心，因为到处都有菌子，正在长的和已经长出来的，或者已在悄悄孕育的。那些木头上，沤烂的草堆上，道路当中和两旁，各种形状的菌子，各种颜色的菌子，从来没有谁看见过这么多菌子，置身于如此潮湿的环境，空气中是一股黏稠的菌子的气味，得事先伸出手去搅动它们，才可能呼吸得进鼻腔。如果你一不小心踩坏了他们的菌子，简直比打了他们耳光还叫他们伤心和不可原谅。他们可能会因此将你驱赶出去，不再接受你的拜见。所有前行的路径都是他们给你指示好的，该从哪里下脚，该以怎样的步伐，你得完全按照他们说的那样去接近他们。否则，你可能会踩坏即将出土的菌子，或者你那冒失的一脚下去，会叫土壤板结，从此长不出菌子来。不让菌子出生，没有什么比这更难以叫他们饶恕了。

前去找覃姓人家的人很多。去找他们的那些人都表示很理解他们，严格遵循拜见的规矩，该走什么样的路线，该带什么礼物，该说什么话，该原路返回还是另辟路径，从来不会僭规越矩。这些人之所以对覃姓人家如此服帖和尊敬，是因为有求于他们，想要从他们手里获得菌子。

覃姓人家家族的人口很少，但是每年都会有很多人死亡。造成死亡的是那些他们从来不曾食用过的菌子。每出现一种新的菌子，都会相继有两三个人死亡，这是为寻找正确的食用方法所必须付出的代价。覃姓人家有个奇怪的名字，叫致幻者家族。这个奇怪的名字的最终确定，经历了漫长的岁月。最初人们用了很多名字来称呼他们，有叫他们吊脚鬼的，意思是他们老是走不稳当路，而且不可捉摸。也有叫他们癔症病的，意思是他们总是大叫大闹，哭笑无常，说些谁也听不懂的话语。还有叫他们魔魅的，这出于对他们的恐惧。反正叫法很多，很杂。随着对他们了解的加深，人们从众多的称呼中，觉得致幻者这个名字不错，最能体现和代表覃姓人家。

前来拜访覃姓人家致幻者的，有好些是失意的人，生意场上惨败，赌场上惨败，情场上惨败，或者什么郁结在心，化解不开，他们往往首先想到的就是致幻者。对于他们来说，致幻者就像是拥有魔法的人，随手拈起一个小菌子，就可以叫你立即幸福满足起来，那是一种难以描述的情景，唯有亲身经受，才可能体会得到。如果不亲身经历，别人怎么说，都可能给人吹牛的感觉。一个菌子下肚，只是眨巴眼皮的工夫，疼痛消失，忧烦没了，失去一疙瘩金银的你立即就会发现自己原来置身在一座金山银山之上。丢了一个女人算什么，现在，就现在，你可以拥有一万个女人，都那么淫荡，都那么风骚，都是你喜爱的。谁也想象不到一个菌子会有这么大的魔力，天大的悲伤和痛苦不仅可以被瞬间消散，还会平地里生出巨大的幸福和满足。只是这种幸福和满足无法长时间保持，要不了多久就会消散，而那些悲伤和痛苦将会重新归来。

这个时候，致幻者就会眯缝双眼，慢吞吞地诘问你，你见过什么东西是长久的？

为了获得幸福和满足，唯一的办法就是再去拜访蕈姓人家。值得一提的是，蕈姓人家不会拒绝任何一位拜访者，他们不吝啬那些菌子，只要你想要，他们就会给你。

3

无论是谁初次见到蕈姓人家的人，都会认为自己见到了天底下最不幸的人。他们衣衫褴褛，有好多还只是用一点布片子遮蔽住羞处。再看他们的面容，颧骨高耸，唇不闭齿，下巴又尖又细，真正的鹄面鸟形。谁都想象得到这副面容之下将是怎样的一颗饱受苦难摧残的心；也都意料得到，摆在他们前面的，将是一条怎样困顿的贫寒的绝路。

——其实并非如此。所有熟知蕈姓人家的人，都晓得他们是天底下最幸福的人，因为他们找到了一条可以快速抵达幸福与快乐彼岸的捷径，这条捷径，就是由一个个，一丛丛菌子搭建的。记得黄姓人家老爷曾经找到他们其中的一个致幻者，要和他探讨欢乐。缘由是黄姓人家老爷听了很多事关蕈姓人家的传闻，他不太相信那些看起来非常恶心的菌子会有那么大的魔力，他很为这样一个家族感到痛心。因为在他黄姓人家老爷统领的地盘，蕈姓人家看起来是最糟糕的，他们的住所，食物，穿着，都不忍目睹。包括他们的行走。蕈姓人家的行走像是在随风摇摆，加之瘦弱的形象，让人很担心他们会随时被狂风刮走，或者仆地倒毙。黄姓人家老爷企图拯救一下这个可怜的家族。他打算租赁给他们一些土地，租金将会是最低的，他还计划慷慨地送他们一些种子，包括耕地的牛。——再怎么，也不能让外地人看见土镇还有这样贫寒的濒临死亡的人啊，那简直就是在丢黄姓人家老爷的脸面。为了确保自己的努力和好心不会瞎子点灯白费蜡，黄姓人家老爷觉得有必要和致幻者探讨一下，主题就是欢乐，因为他听说很多人都跑到蕈姓人家门上去找欢乐。

　　你晓得什么是欢乐吗？黄姓人家老爷问。致幻者没搞明白，他茫然地看着黄姓人家老爷。黄姓人家老爷笑笑，指着自己的心窝子，说，欢乐就是这里舒坦，安逸。致幻者明白了，笑起来，摸着自己的心窝子，说，我这里随时……都很舒坦，安逸。黄姓人家老爷觉得这简直就是鬼话，心想好好跟你谈话，你怎么敢如此糊弄？压住愤懑，冷笑说，那么你的那些舒坦，安逸是怎么得到的呢？致幻者反问道，老爷，你呢？你的舒坦和安逸是怎么得到的呢？黄姓人家老爷双手一展，说，这土镇，地大物博的土镇，都在我的统辖之下，我想叫哪块土地出产什么，那块土地就会出产什么；我想叫谁哭泣，谁就会掉眼泪；我被人尊敬，被人景仰，我粮仓里有三年的陈粮，我钱库里数不完的金银。这就是我舒坦和安逸的源泉。致幻者打了个哈欠，淡漠地说，哪里要得了那么麻烦，老爷。他摸出一个菌子来，晃了晃，接着说，靠这个，我就可以得到你刚才说的那一切。

黄姓人家老爷愤怒地叫人将致幻者撵了出去，从此他也就放弃了拯救蕈姓人家的计划。

　　致幻者说得没错，菌子就是蕈姓人家一切欢乐与幸福的源泉。

4

　　蕈姓人家基本上是不耕种土地的，他们吃的那少量的粮食，都是那些拜访者送给他们的。他们的主要食物是菌子。

　　蕈姓人家只食用自己采摘的菌子。

　　为了采摘到足够多的菌子，蕈姓人家一年四季都很忙碌。夏天和初秋，是菌子大量生长的季节。这时候蕈姓人家的人会倾家而出，尽可能多地把那些菌子采摘回来，晾晒，腌制，储存备用。冬天蕈姓人家也不会闲着，他们会扒开积雪和冻土，仔细搜寻，也总可以得到一些新鲜的菌子。新鲜的菌子是蕈姓人家最喜爱的东西，不过他们一年中除了菌子盛产的夏天和初秋，大多数时间吃的都是储存在那里的陈货。

　　菌子这个东西是不好储存的，因为水分太多，太娇嫩，弄不好就沤了，霉了，烂了，化成一摊摊渣滓和水。因此，无论什么时候，菌子对于蕈姓人家，都是无比金贵的玩意儿，他们为了得到菌子不辞辛劳，得到了也是格外珍惜。为了储存好菌子，蕈姓人家想了很多办法。为了得到更多的不同种类的菌子，蕈姓人家想的办法更多。

　　一是自己培育。

　　树蔸，树根，树干，烂草，秸秆……不同的材质，可以培育出不同品种的菌子。不同的树不同的草不同的秸秆，长出的菌子也不尽相同，早晨，傍晚和深夜，长出的菌子也各有区别。最值得蕈姓人家欣喜的是，通过培育总是可以产生出许多在外头不曾见过的菌子。

当然，惊喜还总是在外头。这就是为什么蕈姓人家一定要耗费那么多时间和精力到野外寻找的原因。

每当发现一个新的品种，蕈姓人家就会按捺住难以抑制的兴奋，不惜冒生命危险，来找出隐藏在那毫不起眼的形状背后的魔力。已知的菌子太多，这才发现的菌子似乎并无特别之处。但是蕈姓人家晓得它们之间的区别，如同再相似的孪生子到了母亲手里也能轻易地分出谁长谁幼一样。蕈姓人家每个人都是致幻者，每个致幻者都有各自的一套食用菌子的方法。可是每年总有那么几个致幻者的方法会在新发现的菌子面前失去效用，因而丢掉性命，这些丢掉性命的致幻者，几乎无一例外的是年轻人，只怪他们的冲动和经验不足。

相对年轻致幻者的冲动，年长的致幻者对待那些新发现的菌子，显然要老道得多。他们会仔细观察面前的菌子，尽力查找出它们和已发现菌子的不同与相同之处，比如形状，颜色，然后才开始思考怎么吃掉它。思考是一个艰难的过程，必须要周详，因为这是用自己的生命来做代价的，如果方式方法不对，将可能一命呜呼。如此的话，下一个发现这种菌子的人，还将冒和他一样的险。所以，很多时候，等致幻者终于想好食用的方法时，那被发现的菌子已经坏掉了。

吃下菌子后，就该等待即将到来的惊喜了。那些新发现的菌子总有许多值得永久记忆并继续吃下去的惊喜，它们带来的感觉将会是最新鲜的，是此前从来没有谁体验和经受过的。就为了这，也该值得冒生命的危险。

当获知了新发现的菌子蕴藏的秘密后，致幻者会带着菌子找到当家老爷，当家老爷会召开一个规模不小的会议。会议上，那新发现的菌子放在显眼的位置，连同它的发现者，那位致幻者。然后大家会认真地听他讲述是在哪里得到这种菌子的，它四周的环境是个什么样子，它是生长在什么上头的，是头朝下，还是歪着身子长的。然后，这很关键，致幻者开始讲他是怎么安全地吃掉这菌子的。有些致幻者会一口气提供很多种吃的方法，煎炸烧烤炖……每一样吃法，味道和隐藏在味道之下的惊喜都是不一样的。

用烤的方法吃，如果烤七成熟的话，吃下它会使人发笑，笑不深，很浅，但是心头的欢喜很重。致幻者总结说，如果是用炖的方法吃，三瓢水炖成三碗汤，连喝三碗，将会让心头的欢喜像涓涓溪流一样，从发梢到脚指甲，流过之处，尽是欢喜。唯一不太好的地方——致幻者停顿片刻，老实说了这种菌子的不足，就是吃下它之后，无法控制排便，大便小便总是不自觉地就出来了。

这哪里算什么不足呢？覃姓人家老爷说，将这种菌子和上回发现的那种头向下长的菌子混合在一起吃，不就解决弥补了这个不足么？这是个很不错的发现。大家要好好记住这种菌子，记住它的发现者的功劳。

在覃姓人家，凡是发现新菌种越多的，就视为他的贡献最大，功劳最大，他就可以受到整个家族更多的尊重。如果他发现的菌种多过当家老爷，并且有效地发现了蕴藏在这些菌种下面的感觉，那么他将可能成为新的当家老爷。这是很公平的做法，没有任何人会有怨言，包括曾经的当家老爷。

于是就有这么一个人，他从很小的时候起就想着要做当家老爷，统领覃姓人家，去发现更多的菌子，享受更多的幸福和欢乐。

5

　　这个人没有名字，覃姓人家的人都叫他小神仙。他还只有三岁的时候，他的父母就在寻找新菌种的时候死去了。他在娘胎里的时候就尝到了菌子的妙处，所以当他刚会爬行，就晓得到处去找菌子吃了。小神仙的菌子都是生吃，他像一条蛇一样爬行，他的鼻子比狗还敏锐，他可以闻到一百步以内任何地方的菌子。一旦发现菌子，他就飞快地蠕动身子。

　　之所以称小神仙为小神仙，是因为覃姓人家从来没有在别人的脸上发现他那种神态。每当小神仙吃了菌子，就见他仰面躺在土坎上，微笑的面容像盛开的花朵，幸福的目光像闪烁的星辰。这娃娃是在做神仙啊，瞧瞧，正飞云驾雾，快活得很呢。从此，覃姓人家的人们就开始叫他小神仙了。这样小的年龄就品尝到菌子的妙处，在覃姓人家，小神仙还是第一人。最叫大家惊奇的是他寻菌子的本事和生吃菌子的能耐。他还不能行走就尚且如此厉害，倘若能双脚直立了，岂不更不得了？大家预言，只要他一长大，这覃姓人家的当家老爷，肯定会被他接替了去。

　　小神仙一直爬行到十二岁的时候才开始直立行走。这个时候，凡是致幻者们吃过的菌子，他已经统统都吃过了，他已经成了名不虚传的致幻者，有了很大一群拥护者和追随者。凡是那些前来拜访他的，他都让他们吃生的菌子。说这样才能保持菌子的原味，才会完全感受到菌子带来的种种感觉。

　　为了获得新的菌种，小神仙总是在开春就出发，跋山涉水，足迹到达前人从来没有去过的地方。霜降的时候他才回来，背上的包袱里满满当当的全是菌子，这些菌子都是其他致幻者们之前没有见过的，就连见多识广的蕈姓人家老爷也没见过。漫长的冬季只属于小神仙和蕈姓人家老爷。他们一老一小坐在一起，不停地吃菌子，一刻不停地享受各种感觉，快乐的，幸福的，舒坦的，安逸的，满足的……他们简直是天底下最幸福的人。

有一天，小神仙在离家半年多时间后，终于回来了。那些日子蕈姓人家老爷天天都在门口翘首盼望。蕈姓人家老爷是蕈姓人家迄今为止年岁最长的人。之前，他也曾经有过小神仙那样的风光，总会带回许多新的菌种叫大家刮目相看，从而被推举上当家老爷的位置。他一直以为，自己将是蕈姓人家见识过最多菌种的人，前无古人，后无来者。他没想到这个纪录会被小神仙打破。对于小神仙，当他刚刚崭露头角的时候，蕈姓人家老爷就开始动了要除掉他的念头，因为蕈姓人家老爷清楚地意识到，小神仙将会把他从当家老爷的交椅上撵下来，——凭着他现在的表现，这要不了多久。自己之所以还在当家老爷的交椅上待着，目前看来，仅仅是依仗见多识广这一点点优势。蕈姓人家老爷之所以贪恋当家老爷这把交椅，并非只是为了享受大家的尊敬，其实要得到尊敬非常简单，一个菌子就够了。他是为了吃到更多的菌子，有更多的奇妙的感受。在蕈姓人家有一条祖上沿袭下来的规矩，每一个被新发现的菌种，在找到安全食用的方法后，必须奉呈当家老爷品尝。在获得他的肯定后，才可能在家族的会议上被推荐，发现者和他的发现也才会被大家认知。蕈姓人家老爷一直在犹豫要不要对小神仙下手，如果弄死他，那么自己以后将难以吃到新的菌种，想想那些未知的美妙吧，那么多，就等着小神仙去发现，然后奉呈给自己。

小神仙打开包袱，拿出一个新的菌种。这菌子的模样非常特别，就像一根棒子，没有伞，也没有根。说来几乎不会有人相信。小神仙说，这种菌子确实没有根，它平躺在那里，如果有风吹过，而风够大的话，它还会滚动呐。

覃姓人家老爷拿起那奇怪的菌子，问，有什么妙处？和其他的菌子相比，有什么不同？

哦。小神仙笑笑说，它还真的很特别。吃过它之后，人会变得非常坦荡！非常坦荡！心像天空一样广阔，天空是湛蓝的，没有一丝云彩……

覃姓人家老爷从来没有过心像天空一样广阔的感觉，毫不犹豫就吃了那像棒子一样的菌子。奇妙的感觉很快就出现了，覃姓人家老爷果然有了心像天空一样广阔的感觉，天空湛蓝，邃穆，静恬。但是覃姓人家老爷却猛然发现天空中有一道泪蜿蜒流过，划出一道深深的痕迹。对这道深长泪痕的出现，覃姓人家老爷大惑不解。小神仙小心问道，老爷，你的心里是不是有什么死结？这么一提示，覃姓人家老爷想起来了。他坦荡地说，是忌妒，对你的忌妒。这时候那道深深的泪痕逐渐消散，被破坏的天空开始弥合，重新变得湛蓝，邃穆，静恬。

这样美妙的感觉整整保持了一天时间。当覃姓人家老爷从广阔的天空归来，在和小神仙进行了短暂的商榷之后，立即召集家族会议。他要宣布一件重要的事，将自己当家老爷的交椅，塞到小神仙的屁股之下。

覃姓人家老爷之所以这么爽快地下决定，是因为他就一件事情和小神仙达成了协议。如果他把当家老爷的交椅给了小神仙，那么小神仙将使他享受到天底下从来没有谁享受过的快乐，这快乐是巨大的，巨大得一般人根本就无法承受住。

就在小神仙继任覃姓人家老爷的那天晚上，他给了他的前任一个菌子。那菌子其貌不扬，丝毫没有特别之处。前任老爷吃下菌子片刻，就喊叫起来，就呼号起来，就挣扎起来，他抽搐，流泪，家族里头的人都被这场景吓住了。小神仙要大家大可不必惊惶，笑呵呵地说，他这是在快乐里头欢腾呢。瞧瞧，他正被那巨大的快乐折磨得死去活来！

蕈姓人家前任老爷在饱尝了那巨大的快乐之后，凌晨的时候死去了。他双手抱着脑袋，身子蜷缩成一团，似在偷偷享受另一个新菌种的绝妙。

新任蕈姓人家老爷小神仙想要活过前任老爷，他要成为蕈姓人家最长寿的人。为了这个目标，小神仙开始在新菌种中筛选可以使人长寿的菌子。他的工夫没有白费，十几年的努力之后，小神仙筛选出了十多种可以使人青春永驻的菌子。他每天不分昼夜地吃那些菌子，十几种，听起来似乎很多，但是对于一个天天吃它们的人来说，就显得单调多了。为了不让自己厌倦，小神仙想了很多办法，煎炸烧烤……几十种烹饪方法对付十几种菌子，的确搭配出了花样百出的风味。菌子开始展示出了它们神奇的功效。小神仙发现自己的精力格外充沛，浑身像是有使不完的力气，那些力气在体内蓄积，冲撞，使得他老是感觉到自己是一头牦牛。他发觉自己原来松动的牙齿无比坚固，眼角的皱纹消失，皮肤光洁红润，脸和胸背肩部位开始长出意味着青春来临的痤疮。

返老还童了。小神仙高兴得很，照这样下去，别说活过前任老爷，也别说一百岁，只怕三五百年后自己都还健壮地存在。

也就在这个时候，小神仙意识到有可怕的事情在自己身上发生了。他感觉不到菌子带来的美妙了，吃再多的菌子都没用。过去只要半个菌子就可以让自己欢快得像飞翔在春天里柳枝间的鸟一样，现在那样的菌子吃上半筐子，心情却还沉重得像块深陷淤泥里的石头。所有的菌子在小神仙那里全都失去本应有的效力，它们和苞谷和稻米没什么本质的区别了，除了能填饱肚皮，能解除饥饿，再没有特别之处了。

自从菌子在小神仙面前只作为食物存在之后，小神仙就感受到各种各样奇怪的痛苦的感觉像野兽一样从四面八方袭来，没办法防备，没办法制止，只有听任它们的肆意糟蹋折磨。

覃姓人家很多人都对前任老爷的死亡表示怀疑，认为那一定不是快乐死的，而是痛苦死的。这样的质疑叫人痛苦，此外他们开始对小神仙不恭，辱骂他，刁难他。他还被人瞧不起，认为他是阴谋家。而那些外姓人家，当他是最倒霉的家伙，有可怜他的，也有唾弃他的，还有打骂他的……饥饿，寒冷，苦恼，忧烦，悲伤，酸楚，惊惧，惶恐，惨楚，怨恨，瘙痒，绝望……轮番袭来。过去这些东西并非不会光顾，但是对付它们十分简单，只需要一个菌子就烟消云散。但是现在，——痛苦在与日俱增，小神仙备受煎熬。

如果这些痛苦落在外姓人家的人身上，不说受之泰然，人家肯定是勉强能够担当得了的。但是覃姓人家——尤其是像小神仙这样的人，自小就没受过什么痛苦，如今当痛苦翻滚而来的时候，那该是怎样的折磨啊。

覃姓人家虽然对当家老爷不敬，却还是照老规矩向他奉呈他们新发现的菌种。这些新发现的菌种蕴藏着从没被尝试过的美妙感觉，但是小神仙吃起来却味同嚼蜡。只是菌子。只是菌子，什么都没有。他痛苦地说。

小神仙尝试想要像外姓人家那样生活，抛弃菌子，去种田，去丰收粮食，去积蓄金银，去建造高大的房屋，把环境变得干燥起来，让睡的地方温暖柔软，坚决不允许潮湿，清除掉腐朽的木头和沤烂的草堆，不让菌子生长，杜绝那种气味的诞生……小神仙所有的努力，不外乎是想追求另外一种欢乐和幸福。

——小神仙的努力白费了。在菌子里寻求到的欢乐和幸福，与通过种田和积蓄去追求到的幸福和欢乐，完全是两码子截然不同的东西。更何况他一个覃姓人家老爷，又怎么可能通过寻常人家的方式去得到欢乐和幸福呢？即便偶尔得到，又怎么会是他熟识的那种呢？而且最让小神仙痛心的是，他的努力在覃姓人家和那些外姓人家看来，是那么的荒唐滑稽，难以容忍。

小神仙绝望了。他盼望尽快死去，早点结束这难以忍受的痛苦。他希望自己得病，饿死，摔死。但是死亡对他来说却是件艰难的事情，他是那么年轻和强壮，像一块千锤百炼的金刚石，百病不侵，没有饥饿，摔在石头上只会是石头碎裂。曾经那长命百岁的心愿和努力，如今都成了嘲讽。这种不死的痛苦远胜于其他的痛苦。可能从来就没人想过，天下还有什么比死不了更叫人痛苦和忧愤的呢？

小神仙最后求教外姓人家，他们不太相信死真的会有这么困难。在经见过小神仙两次死不下去的表演后他们相信了，给他丢了根绳子，说，树活一张皮，人活一口气——如果你还是人的话，可以试试这个。

整整三天三夜，小神仙才把自己勒死。他挂在高高的树上，树上长满了菌子，五颜六色，形状各异，大小不一，大如斗，小如豆。而死后迅速萎缩的小神仙，更像一个菌子，只是和那些菌子相比，他更硕大。

6

所有的土镇人都不可能像覃姓人家那样自由地安排自己的情绪和感觉。只需通过菌子，他们就可以得到这世间的一切。

一个成功的致幻者的一天是这样度过的。他会在清晨一起来就将早已经准备好的一个个菌子按照自己的情绪和感觉需要，依顺序排好。他会遵照这个顺序吃下它们，他也就有顺序地得到他想要的情绪和感觉。最开始吃下的那个菱形的菌子，会让他享受到美酒、鲜花和掌声，还有接受众生朝拜的俯视。接着吃下去的一个花斑的菌子，会让他聆听到天神的声音，以及由天神亲自督制的天籁之音。如果他即兴想要在这一天享受一下上天入地的飞腾感觉，那么他可以从一旁挑出一个金色的菌子……时光在享受中飞速流逝。转眼已经到了夜晚，这个时候他的面前还有两个菌子，一个黑色的，一个白色的。他打了个哈欠，先后吃下它们。这两个菌子会让他的这个夜晚十分舒坦，因为他可以享受到大约一百个漂亮女人的爱抚，每一个都是那么温柔和湿润。

　　次日，他可以继续昨天的享受，遵照那个顺序。他也可以来点刺激的，中途加上点被金钱所累的痛苦或者女人丢失后的惆怅，也可以来上点儿跌落云头的痛楚。

　　那时候总见那些外姓人，络绎不绝地前往覃姓人家住地，虔诚地拜访他们。覃姓人家当然清楚每一个前来者的目的，根据来者的需要，毫不吝啬地给他们欢乐，给他们幸福，给他们满足，给他们想要的一切情绪和感觉。

　　唯一对覃姓人家心怀不满的是那些开大烟馆的。因为大家对菌子的痴迷和热爱，使得他们丧失了很多烟客。这种情况很快就得到了改变。他们暗杀了好些个致幻者，并且到处散布谣言说菌子是邪恶的东西，之所以邪恶，是因为它们无中生有，——谁见了菌子的种子？

乙部..

忧伤的西瓜.

忧伤的西瓜

1

十四岁以前，我只在课本上见过西瓜的模样。一个圆球样的绿东西，上面黑色的花条纹，老师拿着竹棍，教我们认识那东西，西瓜的西，西瓜的瓜，西瓜。

有一个关于西瓜的笑话，在我们秦村久远流传。说老庚从爱城给玉兰带了个西瓜，后来老庚问她，西瓜还好吃吧。玉兰噘嘴说，什么好吃啊，把瓤挖掉，就没剩多少皮肉了。

玉兰是一个喜欢笑的女人，长得像朵萝卜花，牙很白。她是我狗老辈子的女人。在秦村，不兴叫叔叔，而叫老辈子。狗老辈子本名叫安玉民，因为生肖属狗，人称狗娃子，我没那么不礼貌，而叫狗老辈子。狗老辈子和我们是远房，却与我们走得很亲近，主要是他很信我父亲，大小事情总要请他给拿个主意。狗老辈子从来都相信我会是个有出息的人，他总说要把我看待好一点，为的是让我能记得他，日后落些好处，因此老是许愿说请我吃西瓜。

“等哪天带你去爱城，买了西瓜请你吃，管够!”

我十四岁了，关于西瓜的模样和吃西瓜的常识我已经烂熟于心，但是西瓜却还距离我非常遥远，在爱城，一个我从来没有去过的充满诱惑的地方。爱城之所以对我充满诱惑，是因为我以为那里西瓜遍地。

2

狗老辈子在他老婆玉兰死之前，并不经常到我们家来。我父亲将狗老辈子拉到玉米地里，悄悄跟他说，老弟啊，看着是本家，我才要告诫你几句。狗老辈子吓了一跳，以为出了什么事。我父亲说，也没什么事，我就是告诫你，你要小心，小心祸从天降啊！狗老辈子不解。我父亲只说他有灾祸，却再不愿意把话说破。狗老辈子走了，回头碰见熟人，还跟人笑话说我父亲装神弄鬼。可是没过多久，他的老婆玉兰就死了。

玉兰死在傍晚。那天夜里，狗老辈子来到我们家。我父亲给他取烟，他不抽；给他倒水，他也不喝，他嘴巴瘪了瘪，眼泪流了出来，硬撅撅地扑通一声跪在我父亲跟前。

大哥，在咱们家族里，你是有本事的人，可得要帮老弟撑个腰杆啊！

父亲叹息一声，把他拽起来，说，我就担心你出事，可没想到事情出在她身上。

现在怎么办呢？狗老辈子一把鼻涕一把眼泪地哭着问。

明天一大早，你就去爱城！去找老庚……嗯，就说玉兰身体不好，脑壳疼。我父亲叮嘱说，关键是要装着什么事情也没发生，别让他看出什么破绽来了！

狗老辈子一个劲地点头。

3

　　狗老辈子的老婆玉兰的死，跟老庚有直接的关系。也就是说，玉兰是老庚害死的！

　　老庚是狗老辈子的老庚，叫什么名字我不记得了，只记得村里人都顺着狗老辈子喊他老庚。老庚，就是同年。狗老辈子和他这个老庚并不是生在同一年，老庚比他大两岁，两人因为关系要好，一时找不到亲近的理由，最后觉得年纪相仿，就做了一对"同年兄弟"，彼此都亲热地喊对方"老庚"。

　　老庚是知青，来自爱城，跟他一块儿来的还有几个。那几个没待多久就招回城里去了，就剩下他一个城里人孤零零地留在秦村，被爱城遗忘了似的。孤零零的老庚因为心情不好，老爱跟人生事，招惹别人。这一天，他招惹到了五道河的几个年轻小伙子。这些小伙子早就对知青有气了，因为知青夺了他们在村里年轻女娃子眼中的光彩，而且要了女娃子又不负责，坏了人家名声过后，屁股拍拍就走了……就像狗啃玉米棒子，啃两口就扔了，气人不说，还让人窝火。老庚被几个年轻人追得满田坝里跑，这时候狗老辈子出现了，他提着两把刀，一把菜刀，一把砍刀，挡住那几个年轻人。那几个年轻人正追打得兴起，见了狗老辈子，青红皂白不分地也要打。谁知道狗老辈子刀一挥，将其中一个人的二分头削成了个秃顶，那些人吓得魂飞魄散，这才住了脚。

　　老庚是知道谢恩的人，回了趟爱城，带了个西瓜给狗老辈子，也从此给秦村留了个吃西瓜去瓤留皮的笑话。不管是不是真有那回事，反正从那以后，狗老辈子和老庚关系密切了，做了一对虽不是同年却亲如兄弟的老庚。

狗老辈子是真拿老庚当亲兄弟的，他让老婆玉兰弄了一箩筐粮食，将自家的几只公鸡母鸡圈到里面，可着劲地让它们吃，等肥实了，用一只筐子将那些鸡装了，交到老庚手里。老庚感动得热泪盈眶。凭着那几只大肥鸡，老庚顺利地回了爱城，还上了班。

老庚对狗老辈子也不赖。老庚每到星期天放假，就要一大早赶到秦村，帮狗老辈子干活，不管是地里的还是家里的，下地锄草，洗碗涮灶，每一样他都抢着干。此外，老庚遇着发了薪水，还要从爱城带些糖酒花布到秦村。狗老辈子逢人就夸他老庚好，仁义啊——

独独我父亲不怎么看好他们的关系。

都以为我父亲有先见之明，在别人面前，我父亲是默认的，但是在我母亲面前，他是要说实话的。我父亲往地上唾了口唾沫，呸！我说眼睛都瞎了，那都看不出来！呸！

4

我父亲说，他原来很担心狗娃子会被害死。

我父亲是从一件小事上看出问题的。那天父亲赶着我们家的大水牛路过狗老辈子家门口，突然有东西从狗老辈子门口的竹林里蹿了出来，把大水牛唬得一个趔趄。我父亲以为是狗，一看却是一个人，是狗老辈子的老婆玉兰。玉兰看到我父亲很不好意思。这时候狗老辈子从屋里走出来跟我父亲打招呼，请他进屋坐，喝口水。我父亲没答应。刚走过去几步，听见背后有动静，回头一看，老庚从竹林里钻了出来。狗老辈子问老庚和站在一边的玉兰，你们看见有蘑菇没有？老庚说，找了一圈，没看见。狗老辈子说，我就说嘛，现在还没到有蘑菇的时候呢。

我母亲说，就这，你也能看出什么问题来？

我父亲说，玉兰和老庚的嘴巴肿亮亮的，怎么会没有问题？

我母亲"噢"的点点头。但是我却不明白，从人家的嘴巴上，我父亲怎么就可以看出人家有问题？第一次跟女朋友亲吻，我们就像贪吃的小猪彼此啃着对方的嘴巴，后来我去照镜子，发现嘴唇又红又亮，饱满得如同两瓣熟透的橘子，想起当初父亲说的那话，我不由得对他敏锐细致的洞察力感到钦佩。

其实远不止这一点，父亲说他还看见玉兰屁股上有个巴掌印，那巴掌印很大，很新鲜，应该不是狗老辈子的……

我母亲说，玉兰长得不赖，老庚也生得不错，一个干柴一个烈火，迟早是要出事情的。我父亲对我母亲的这个看法表示赞同，他感叹说，奸夫的心是青竹蛇的口，奸妇的心是黄蜂尾后的针，如果玉兰不死，狗娃子就难逃劫数了！

5

传说玉兰是被老庚搞死的。这在我们小伙伴们当中传说得尤其神秘，说是老庚胯下的那东西有毒，而且又硬又长，如同铁棍。老庚趁着狗老辈子不在家的时候，脱了玉兰的裤子，把那带毒的铁棍塞到玉兰的肚子里一阵瞎搅和，玉兰就中毒了，开始流血，流脓，坏了……就死了。

狗老辈子照着我父亲的吩咐去了爱城，找到老庚，说玉兰病了。老庚问什么病。狗老辈子说脑壳疼。老庚说你等等，就回去拿了钱，然后请了假，买了些药，随着狗老辈子一起到了秦村。

一进秦村，老庚就发觉不对劲了。狗老辈子说，你回去不成了，玉兰死了。老庚想要跑，却被一群人团团围住，人人手里都拿着棍棒和锄头，怒目而视。狗老辈子说，你别跑，你跑了，他们会像打死一条蛇一样打死你。

老庚吓得面如土灰，心惊胆战地跟在狗老辈子身后，进了家门。

玉兰躺在堂屋里的一张破席子上，屁股下面是一摊厚厚的草木灰。人死了，却还在不断地流着血水。

不关我的事情……老庚一进屋，一见玉兰，立即瘫软在地上了。

前几天你走了过后，玉兰就开始流血，我问她这怎么回事，她不说，等到都不行了，她才说。说了就死了。狗老辈子悲痛欲绝。

老庚再无话可说。

6

狗老辈子问我父亲，老庚怎么处理。

当时在秦村已经出现了两种意见。一是将老庚给政府，顺便通知他的单位，让他身败名裂。这一条我父亲不赞同。二是将老庚打断双腿，再把他做男人的本事废了。我父亲问谁来做这事，大家都不吱声，看着狗老辈子。狗老辈子叹息说，我做不出来。

此事不声张，将老庚放回爱城。我父亲说出了第三条意见。我父亲说，老庚确实是畜生，杀他剐他都不为过。可是等到这事完结过后，狗娃子有啥实际好处呢？

老庚被拎了上来，一把鼻涕一把泪，嘴里嘟囔着骂自己不是人，是畜生，恨不得把自家祖宗八代都掏出来摆在大家面前，一个个咒骂得血肉模糊，以表明自己的悔恨……

老庚已经想到了最坏的结果，他以为自己会被打得半死，落下个终身残疾，然后在班房里蹲上几年……可是没想到会被宽大处理。在我父亲和村里几位长辈的主持下，狗老辈子给老庚开了个账单：

娶玉兰花费 300 元

玉兰父母赡养费 2000 元

玉兰丧葬费 420 元（含棺材一副 120 元）

狗娃子再娶一个老婆花费 2000 元

杂费 500 元

合计 5220 元

7

老庚当晚写下字据，连夜赶回了爱城，第二天傍晚，就送了三千块钱回来。老庚说，他是到处借的，还去血站卖了血。对于剩下的二千二百二十元，老庚说他一时还想不到办法。狗老辈子看着老庚苍白的面容，叹息说，不急。老庚松了口气，起身就要回爱城，被狗老辈子拦住了。狗老辈子说，你跑这么远的路，肯定累了，看看天又要下雨了，就在这里住到明天一早走吧。

老庚看看大家，又看看狗老辈子，拿不定什么主意，不敢住，惊惊慌慌地连夜走了。

第二天狗老辈子去了丈母娘家，将两千块钱赡养费送到玉兰的父母手里，看着两个老人家哭得厉害，又将口袋里剩余的一点钱全部给了他们。两个老人还哭，诉说着玉兰生前的孝顺，悲叹自己后半辈子从此没了着落……狗老辈子也陪着哭。傍晚的时候，狗老辈子请了几个人，将家里的粮食全部担到了丈母娘家里，还将玉兰生前穿的衣服，用品，也一起送了过去。

庄稼收了又种下了，种下的又开始收了。玉兰坟头上的青草枯了又绿了，绿了又枯了……

老庚再没来过秦村，大家好像都把他忘记了，也忘记了玉兰。大家都很忙，料理完地里的庄稼，还得赶紧回家喂牛羊猪鸡，万元户如同雨后春笋，一个个骨碌碌直往外冒，大家都看热了眼，谁有工夫总是惦念那陈年旧事啊。

狗老辈子也没怠慢，他想了个种西瓜的路子。瓜秧是他去爱城讨债的时候顺道买回来的，种的时候我们一群小伙伴都去了，憧憬着西瓜遍地的丰收景象。因为我和狗老辈子的特殊关系，我被允许下田，帮他往坑里放瓜秧。瓜秧很鲜活，遍布着绒毛，我生怕弄伤了它们，格外小心翼翼。狗老辈子许愿说，等瓜熟了，他会搭一个小棚，让我和他一起守瓜，如果渴了，摘一个吃就是了。狗老辈子说得我心花怒放，听得小伙伴们个个眼放绿光，羡慕不已。

种完西瓜那天夜里狗老辈子在我们家吃的饭。自从玉兰死了过后，狗老辈子就没吃过晚饭，他懒得做，孤零零的一个人在灶前灶后跑着心慌。其实还有一个原因，就是狗老辈子粮食不够吃，每到收获季节，他的丈母娘和老丈人就要跑到他门口哭，狗老辈子心肠软，见不得，就将刚收回来的粮食弄一大半送去。那天晚上我和狗老辈子种西瓜种到很晚，父亲来找我，顺道将他也请到我们家，说我母亲正好买了两块豆腐。

吃饭的时候我父亲问狗老辈子讨债的事情怎么样，狗老辈子摇摇头，不言语。

每次狗老辈子去爱城讨债，临行前夜，总是要到我们家坐坐的。我父亲照例是要问他什么时候出发，什么时候回来，除了讨债还要做什么……等问完了，照例还是要关照几句老话，诸如不要和人家争吵，要摆明困难等等。

其实狗老辈子的困难都是他丈母娘和老丈人给他找的。两个老人经常跑到狗老辈子门口，说身体不好，要吃药，说没衣裳穿，要买衣裳……狗老辈子没办法，就去爱城讨债。但总是空手而归。老庚自从给了那三千块钱过后，就再没给过钱。有一次狗老辈子的丈母娘还真病倒床上了，狗老辈子去爱城讨债，一连去了两天也没讨着一分钱，还是我父亲叫我母亲把猪卖了，给他凑了两百多块钱救急。

我父亲本来早就不想管狗老辈子的事情了，但是当初的第三条意见是他出的，他说如果不管，心里过意不去，只有等到老庚那剩余的二千二百二十块钱给了，他也就心安了。

我父亲安慰狗老辈子说，你别急，讨债嘛，本来就是磨性子的事情。

狗老辈子有同感，说是啊，但是……我发觉他想赖账！

我父亲被狗老辈子的话吓了一跳，说，赖账？有字据呢，怎么赖？

狗老辈子说，是啊，他就是赖也赖不掉的！赖得了毛，赖不了皮……

我父亲赶紧说，你别往其他方面想，你只要债！我们的中心目的，就是要债！凭着字据要债！

我母亲在一边答话说，等要到了钱，好好去寻一门亲事，等你有老婆了，玉兰的爹娘就不好意思来搅和你了！

8

狗老辈子的西瓜秧儿在他去爱城的时候，被晒死了。

西瓜秧儿栽下去没几天，就有人给狗老辈子说媒了。从狗老辈子脸上飞扬的神色就可以看出来，那女子肯定不错。

头婚，长得有我这么高，读过书，白白净净，爱笑，一笑脸上一酒窝，五道河的人……狗老辈子跟我母亲描述着那个女子的模样。听得我母亲也眉飞色舞的。

你可要把握住机会了！早点娶过门！我母亲叮嘱说。

狗老辈子兴奋地说，那是肯定的。

就没有什么条件？我父亲在一边冷语道。

狗老辈子愣了一下，说，条件是有，不过也不苛刻，让我拿三千块钱办彩礼，彩礼办了，就过门做酒结婚！

我父亲点点头，说，这年头三千块钱也不算多，何况你是二婚呢。

明天我就去爱城！狗老辈子的语气很坚定。

两天过后，狗老辈子回来了。当时我和父亲母亲他们正在他的西瓜地里浇水保苗，连着两天的烈日，西瓜秧儿蔫得跟一茎枯草似的。狗老辈子比西瓜秧儿还蔫，他拖着双腿走到地边，还没开口，就一个筋斗栽倒在了地里……

狗老辈子不仅没有讨着一分钱，而且还连着饿了两天，粒米未进，他不是不想吃，是因为口袋里没有钱。

西瓜秧儿枯死了，狗老辈子也病倒了。

9

我父亲要狗老辈子放宽心，说只要有命在，就什么都会有。狗老辈子却看不到光明似的，只是流泪，叹息，一声比一声沉重，听得我心里都沉甸甸的了。

狗老辈子身体刚好，就又去了爱城，连着去了三次，都是空手而归。

我父亲跟狗老辈子说，你要继续去讨，我帮你凑一千块钱，等你把那债讨回来了，就去把那姑娘娶过门！

狗老辈子感激不已。于是重振信心，再去爱城……

10

拿了通知书，就放暑假了。本来我是有一次去爱城的机会的，但是被我葬送了。

父亲跟我说，如果我成绩考得好，他就带我去一趟爱城。考试结果出来了，我是班上倒数第三名，倒数第一名和第二名，一个是傻子，另一个还是傻子。

狗老辈子对我却没有表现出失望。他安慰我说，考试跟种庄稼一样的道理，庄稼种坏了一季，试考差了一次，还有机会嘛。还说我是他见过的最聪明的人，将来肯定有大出息的，看朋友他会走眼，但是看我是不是有出息，他是绝对不会走眼的！

只要不读书，早晨我是可以睡懒觉的，想睡到什么时候就可以睡到什么时候。但自从这次试考得差过后，我睡懒觉的资格就被取消了。每天早晨天刚蒙蒙亮，我就被父亲呵斥起来，牵着大水牛出了家门。

这一天早晨，我又牵着大水牛出了门。我瞌睡沉沉的，似乎还有大半个身子陷在梦境里，走路的时候脚下磕磕绊绊的，恨不得就地倒下，继续睡觉。

我把牛牵到小山坡下，准备把它拴在一棵树上，然后去找一个干草堆，躺在里面好好睡上一觉。草堆找着了，却躺不下去，因为露水将草濡得湿漉漉的，旁边还有几疙瘩恶臭的狗屎。

正郁闷中，突然听见有人喊我。是狗老辈子，他站在对面的小路上。

去爱城。跟我去么？狗老辈子问。

我放牛呢。我说。

想去么？狗老辈子问。

我说当然。

那走啊！狗老辈子说。

11

如果狗老辈子不说吃西瓜，我是肯定不会跟他去的。我知道去爱城有很远的路，而且我还没吃早饭，还有就是我得放牛……我知道擅自离开秦村去爱城，将会面临多严重的后果，我父亲正要找机会"调理"我呢。

狗老辈子说，走吧，我带你去爱城吃西瓜。

我心动了，问他，你有钱吗？

放心。狗老辈子说，西瓜管够！

我把牛拴在一棵大树下，跟着狗老辈子离开了秦村。半路上太阳出来了，我们都很热。狗老辈子脱了衣服，甩着黝黑的膀子走路，我要学他，他不让，说我的皮肉嫩，经不住晒。见我走得懒洋洋的，狗老辈子开始许诺，说要了钱，不仅要吃西瓜，还要进馆子去吃猪头肉，吃麻婆豆腐，吃白米干饭……

中午的时候，我们到了爱城。一进城，我就看见了西瓜，不是一个西瓜，而是一堆，高高的一堆。高高的一堆西瓜上面，撑着一把巨大的伞，遮挡着炎炎烈日。

我说那是西瓜吗？

是啊，那就是西瓜。狗老辈子漫不经心地答道，害怕我掉进西瓜堆里去了似的，赶紧过来抓住我的手，牵着我逃似的远离了那堆西瓜。

那些西瓜真大，比书上画的都大。我说。

我知道你惦念西瓜呢。狗老辈子望了望天空中白花花的太阳，问我，你说，如果咱们在家里，这个时候吃了饭没有？

我说肯定是在吃了。

狗老辈子点点头，说，这城市里的饭，要比我们秦村早一些，这个时候他可能正在家里睡午觉。

我们走过几条大街，穿过几条巷子，七弯八拐地，进了一个小院。小院里很安静，一个肥硕的女人穿着件阔大的衫子，撅着个圆滚滚的屁股正在洗头，听见动静，她偏着满是白沫的脑袋看了看我们，说，他不在。

狗老辈子没有理会她，松开牵着我的手，走过去敲一扇紧闭的房门，咚咚咚……咚咚咚……

给你说了，他不在！那个肥硕的女人勃然大怒，冲着狗老辈子吼叫道。

12

那个肥胖女人是老庚的邻居，不是老庚的娘，老庚没有娘，也没有爹，跟狗老辈子一样的命运。狗老辈子的娘是得病死了的，爹是拾粪的时候被毒蛇咬死了的。老庚的娘也是得病死了的，不过他爹不是被毒蛇咬死的，而是在"文化大革命"的时候武斗死了的。狗老辈子说，他就是看着老庚跟他一样可怜，才跟他要好的，才把他当亲兄弟的……

其实他现在日子挺好过的，不像其他人，有爹有娘要自己养着，他一个人，自己挣钱自己花，怎么花得完？前些日子他还买了辆摩托车呢！狗老辈子说。

我问狗老辈子，我们又往哪里去。

去找他那个工厂。狗老辈子回头看了看我，问，你累了是不是？

饿了。我说，我连早饭都没吃呢。

狗老辈子松了牵我的手，伸进口袋里摸索着，摸了几张钱出来，走向街边一家小店。我一阵窃喜，以为狗老辈子是要给我买东西吃，让我垫垫肚子。我的眼珠子落在了那些花花绿绿的糖果上，汽水瓶上……我期待着狗老辈子把钞票递进去，有糖果和汽水递出来。狗老辈子把钞票递进去了，里面递出来的，却是一盒烟。

不是这，是熊猫烟。狗老辈子说。

很贵的！店里的人说。

贵就贵。狗老辈子的话像是咬着牙齿说出来的。

13

老庚的工厂不在城里，在爱城的郊区。狗老辈子只知道那工厂的名字，我们是一路问着走去的。狗老辈子问路的时候，是又发烟又点火，点头哈腰，跟孙子见了爷似的。到第五支烟的时候，我们看见了那个厂子。

到了工厂门口，狗老辈子拿出烟来，给看门的发了一支，点着火，然后小心翼翼地跟人家说了名字，问在不在里面。那看门的很热心，说你等等，我去给你问问。过了一阵，他走出来说，今天没上班，他休假。

狗老辈子走上去又取了支烟给看门的。看门的说有呢，还抽着呢。狗老辈子直说拿着吧拿着吧，生怕人家不要了似的。

看门的接过烟，别在耳朵上，说，你是不是还有什么事情？

狗老辈子犹豫了一下，说，我想找你们领导……

找领导？你找领导干什么？

狗老辈子不好言语了。

看门的说，真是不凑巧，领导去开会了，可能得一周左右才回来。

我们又回到爱城。

我实在饿得没一点力气了。在街边一棵树的阴凉处，我一屁股坐下，再不想起来。狗老辈子转回头来拉我，看见我眼泪汪汪的，笑笑说，走吧，咱们再找一圈，再找不着，我们就去吃饭，吃西瓜。

我缩着手，不让他拉我。

起来吧，咱们这就去吃饭，去买西瓜吃。狗老辈子叹口气，舔舔干裂的嘴唇。

早知道我就不该跟你来，要在家里，这时候我肯定跟他们在河里洗澡了。我站起来，嘟哝说。

狗老辈子没答话，拍拍我屁股上的灰土，牵着我，我们又继续往前走。

14

狗老辈子并没有带我去吃饭吃西瓜，而是牵着我又去寻找。一盒烟完了，还是没问到老庚的踪影。狗老辈子又去买了一盒。

我赖在一边不跟他去了，我说你去找吧，我饿了。

狗老辈子想了想，说，你还是跟我一起去找吧，再坚持坚持……要不，我背你！

我摇摇头，强忍眼泪，可是眼泪还是簌簌掉了下来，在地上溅起一个个湿印。

走吧，咱们到街口去，就是今天来的时候，看见那个卖西瓜的地方，咱们到那里吃西瓜去！等吃饱了再来找。狗老辈子愤恨地说，我就不相信今天找不到他！

我没让狗老辈子背，他的衫子上全是白花花的汗渍。

所谓踏破铁鞋无觅处，得来全不费工夫，老庚突然就出现在了我们的面前。

——是我先看见他的。其实我对老庚并不熟悉，在脑子里，他的印象甚至是很模糊的。我看见前面一个男人怀里抱着个大西瓜，我嘟哝着说，那是不是老庚嘛！其实我的意思是让狗老辈子看清楚那个男人怀里抱的什么，让他知道西瓜遍街上都是，用不着非得到街口那个瓜摊上去吃。谁知道狗老辈子浑身一阵哆嗦，激动地说，就是他。

就像反特片里的侦察队员跟踪特务一样，我们尾随着老庚，穿过了一条大街两条小街，然后进了一个胡同，老庚推开了一扇虚掩的门，我们都听见了一个女人的欢呼声，哇，西瓜！

15

当卖西瓜的老汉把一个西瓜递到我们手上的时候，已经是黄昏了。

狗老辈子从老汉手里接过瓜刀，一刀切下去，圆圆的西瓜就像一朵花儿一样绽放开来，露出鲜红的瓜瓤，飘着淡淡的清香。

一个西瓜很快就吃完了。

还要一个么？老汉问我们。

要！狗老辈子抹抹嘴角的汁水，打了个响亮悠长的嗝，掏出钱来，递给老汉。

这一个西瓜我们吃得慢了。

走的时候，狗老辈子用那盒烟跟老汉换了个西瓜。狗老辈子说，这烟很贵，熊猫牌的，要是照钱的话，可以买两个瓜的。老汉拿着烟看了看，只愿意换一个小瓜。

狗老辈子脱了衣服，兜着那个西瓜，我们慢慢地往回赶着路。

我本来是不想问的，可是如果不问的话，就像有什么东西哽在喉咙上不舒服。

未必就这么算了么？我问。

狗老辈子没答话。

原来我想，老庚就算是没钱，好话也总会有两句的，可是就没想到他会那么耍赖，那么无耻。他见了狗老辈子，冰冷着面孔说，你怎么像个阴魂不散的鬼啊。狗老辈子沙哑着声音说，我们已经找你差不多一天了。老庚没有理会狗老辈子，而是冲着里屋叫道，快出来看啊，我跟你说过的那个不要脸的男人又来找我了。一个女人钻出来，手里拿着西瓜，哧溜哧溜吃着，然后把西瓜皮往狗老辈子脚下一扔，说，你都诈骗了他那么多钱了，还有完没完啊……

那个女人是老庚的相好，两人一唱一和，就像说相声一样，招惹得街坊都过来看热闹。过了一阵子，都知道了狗老辈子是一个唆使自家女人勾引知青，然后诈骗人家的不要脸的家伙。大家一边谴责狗老辈子，一边愤恨不平地给老庚他们出主意，说要么揍这个不要脸的家伙一顿，要么将他送到派出所去，甚至还有人提出要将狗老辈子两条腿打断，然后丢到爱城河里去喂鱼。

狗老辈子牵着我几乎是落荒而逃。

16

　　我是被狗老辈子背回秦村的。才出爱城不远，我就走不动了，腿又酸又疼，而且不停地打瞌睡，好几次差点跌倒。狗老辈子背着我，手里还要拎着个西瓜，很不方便，他建议我们把西瓜吃了。

　　本来是给你拿回去吃的。狗老辈子抱着西瓜，在膝盖上使劲一磕，砰一声，西瓜碎了。我吃了一点就吃不下去了。

　　你得多吃点。狗老辈子说，也不知道你要多久才又到得了爱城呢。

　　我说等我今后考起学了，就可以天天在爱城了。

　　真有出息！狗老辈子摸摸我的脑袋，赞许道。他手上全是西瓜汁水，弄得我的头发湿漉漉的。

　　我又吃了几口，感觉到肚子一阵抽搐。我说，我实在吃不下了。

　　那这些西瓜咋办？狗老辈子问。

　　我说你吃吧。

　　这个瓜是专门给你买的。狗老辈子说，要不这样吧，你还是继续慢慢走，我把西瓜给你捧着，等你想吃了，就又吃。

　　为了不使我打瞌睡，狗老辈子开始没话找话地跟我说话。狗老辈子说了五道河的那个女人有多么好看，说假使有一天和那个女人结了婚，他会养一群鸭子，就养在秦村的那条河里，还会种一片西瓜，如果我到爱城读书去了，就专门给我送来……

　　我在前面磕磕绊绊地走，狗老辈子在后面捧着西瓜呢呢喃喃地说。没走多远，我被脚下一个什么东西一绊，扑通一下摔倒在地。狗老辈子为了抢上来扶我，把手里的西瓜也丢了。我的膝盖磕破了皮，火辣辣的疼。狗老辈子蹲下身子，将我背在背上，却不开步走，原地打了个圈儿，说，侄儿啊，你看得清楚么？

我说看什么？

看我们现在是在什么地方啊？狗老辈子说。

我说看得清楚，有月亮呢。

好。你就看清楚了，看清楚咱们是在什么地方摔了西瓜的！狗老辈子声音哽咽，悲怆地说，不管今后发生了什么事情，你都要记得好好做一个人，要上进，要发奋，做什么事情都要凭良心……

我弄不清楚狗老辈子怎么了，赶紧唯唯诺诺地应着，希望他快点上路回家。

17

回到家里我就生病了，又拉肚子又发烧。两天过后我下了床，听说了一个惊人的消息，狗老辈子杀人了。

狗老辈子杀的是老庚。他在送我回到秦村的当天晚上，就又折身去了爱城——

据说那天早晨太阳出得格外早，还不过七点钟，金色的阳光就洒满了爱城，使得爱城如同一座金子铸造的城池。睡眠充足精力旺盛的爱城人们，就像一条条鱼一样快乐地游走在大街小巷，游走在金色的阳光里。

突然一阵尖叫声打破了宁静与安详。

杀人啦，杀人啦。人们看见一个男人一边尖叫一边奔跑着，身后一个男人手持菜刀紧追不舍。厉声尖叫的男人没有跑过拿菜刀的人，人们看见一道炫目的白光闪过，尖叫声戛然而止，他的脑袋就像西瓜一样成了两瓣……

18

我父亲开始经常往来于爱城与秦村之间，所有关于狗老辈子的消息，都是他带回来说给我母亲，我母亲又说给我的。

他在里面又胖了。几乎每次的消息里，都包含着这条内容。

一年过后的一天傍晚，我父亲从爱城回来了，给我带了个西瓜。父亲把西瓜递给我的时候，眼睛红红的，他说，你狗老辈子走了。

我一时没明白过来。在一边的母亲眼睛也红红的，哽咽着说，走了好，早走早投胎……

父亲说，狗老辈子走的时候专门叮嘱他了，说西瓜熟了，叫给我带个西瓜回去。

忧伤的炸弹

1

芒种躺在床上突然间萌生了要搞个炸弹的想法。也就那时候，这些天的哀伤与悲愤突然就消失了，芒种开始兴奋起来，自己也感觉到了眼睛里在闪耀着熠熠的光芒，他要赶紧去找立秋，把这计划告诉他。

立秋正在数他的啤酒瓶子，那是他积攒了两年的财富。两年时间里，立秋一有时间和机会，就四处搜寻空啤酒瓶子，然后把它们一个个宝贝般珍藏在那间已经废弃了的堆放炸药和雷管的屋子里。没有事的时候，立秋就进去数那些酒瓶，一个两个三个四个……嘴巴里念着数，手上拿着块破布片，将那些瓶子擦得亮晶晶的。立秋跟芒种说，他的啤酒瓶子已经有五百多个了，每个四毛钱，就可以卖到两百多块钱，如果实在等不到丘八回来，他也可以拿着卖啤酒瓶的钱回老家了。立秋直起身子，用看着一片等待收获的金灿灿的稻子般的目光，无比幸福地看着他的啤酒瓶，吁了口气说，回去的路费一百多块，还剩些，我可以在火车上气气派派地买上一瓶啤酒喝了。芒种说，那我呢？立秋瞥了一眼芒种，笑笑说，你继续在这里等着，等着丘八回来结算工钱啊。

说起丘八，芒种就不得不佩服立秋和谷雨。丘八是他们在火车站门口遇着的，他们望着水般流淌的车和人，掏掏早就空了的口袋，已经找不到要去的方向了。正茫然着，丘八来了。现在想起来，丘八的舌头简直是天底下最灵巧的东西，他并没有费多大会儿工夫，就把芒种他们说得一个个按捺不住地要急着去那能挣大钱的地方——丘八的煤矿企业，那地方很遥远，对美好未来的憧憬在那遥远的路途上被剧烈的颠簸和不停地呕吐折腾了个丝毫不剩。第二天早上起来，三个人看着那被称之为煤矿企业的破败的小煤窑，都后悔了。丘八说，干吧，工钱不是问题，年底结算，这是规矩。可能刚开始的时候立秋就多了个心思，没事就四处搜寻啤酒瓶，而谷雨则挖空心思地跟丘八借钱，尽管挨了丘八很多骂，但是三块五块的毕竟能借得出来，因为他是炮工，矿下打炮放炮都是他，也算得丘八的臂膀。这谷雨借了钱就一个人偷偷摸摸跑几十里地去街上看黄色录像和喝酒，听说有人还在村头老寡妇家门口见过他。第一年，丘八食言了，没有给他们兑现，但是却给他们打了条子，说来年年底再一次性清算。三个人就在矿上过了年，然后又接着干，没事的时候立秋就去捡啤酒瓶和数啤酒瓶，谷雨就去借钱上街看黄色录像和喝酒，还经常去嫖那比他大二十多岁的老寡妇。这一年又到了头，丘八却突然不见了，他就像只鸟儿一样从这个偏僻的小村子的上空飞走了，消失得无影无踪。刚开始大家都还坚信丘八会回来，但是随着时间的推移，这种坚信也慢慢失去了最后的力量，很多人哭着，流淌着眼泪和鼻涕，边走边诅咒着丘八，一步三回头地离开了矿井。现在这矿上，只剩下芒种他们仨了，因为他们在矿上连着干了两年，比不得那些只干了一年或者半年的，那丘八欠着他们的，是一个很大的数目。他们一直幻想着丘八会回来，这种幻想随着一天一天度日如年的等待和年关的临近，也渐渐失去了底气。

芒种后悔起来，后悔自己当初没有学着立秋去猎狗般搜寻那些啤酒瓶，不然自己也应该拥有那五百多个酒瓶的财富了；后悔自己当初为什么不学着谷雨，去挖空心思地跟丘八借钱，然后去街上享受黄色录像和高粱白，或者去嫖那老寡妇，也算尝了女人的味道。自己居然还去取笑立秋，说他是个收荒匠，而且还规劝谷雨，叫他别挥霍，挣钱不容易。呵呵，瞧瞧自己，和立秋谷雨相比，自己真他妈的是个蠢驴！他们多有先见之明啊！

2

芒种激动地讲完自己的行动计划，立秋的反应却很平淡。立秋站起来，挠挠脑袋，说，我怎么发觉我的啤酒瓶少了十几个啊！

芒种有些丧气，知道自己刚才讲的时候，立秋没认真听，他的脑子里塞满了他的酒瓶子。

肯定又是谷雨给我偷去了！立秋愤恨起来。说起谷雨，那家伙也的确不是个东西，谁的主意都敢打，他不仅偷着卖立秋的啤酒瓶——为了这，两人还打过一架，至今两人也是仇视的，而且有一次还将芒种藏在床下的一双矿用长筒胶靴拿去换了酒喝。当然，谷雨也打矿上那些东西的主意，比如铁锹，比如电线，还有钢铁，以及枕木，只是那丘八消失后，大家伙儿哄抢着，将拿得走的都拿走了，能卖的都卖了，现在可供谷雨拿去换钱的，除了几个大铁煤斗和几根生满黄锈的道轨，再没有了。但是谷雨依旧不甘心，瞪着两眼睛，这里瞄瞄，那里望望，这让芒种想起村子里那些一身乱毛的肮脏的山羊，它们的眼神和谷雨非常相似，淫荡而且充满着邪念。

这狗日的！立秋咬牙切齿地骂着，然后锁上门，好像担心不牢固似的，又伸手推了推，最后才离开。上一个土坎，就是他们的宿舍了，偌大的一排房子，曾经挤满了欢声笑语或者哭喊打闹，现在却冷冷清清的。

芒种说，你把那些啤酒瓶卖了吧。立秋乜斜了他一眼，眼神刁刁的，好像芒种说这话的意思也是在打他那些啤酒瓶的主意。立秋曾经用很忧虑的口气跟芒种说过，说谷雨看那些啤酒瓶的眼色都是绿的，他真担心早晚有一天那些啤酒瓶会被他图去。那时候芒种就劝过立秋，让他把啤酒瓶卖了算了，省得招腥。但是立秋却说没到最后时刻，他要到最后时刻才卖那些啤酒瓶。芒种知道立秋对那些啤酒瓶有着多么深厚的感情，也明白那些啤酒瓶是他最后的希望。现在，立秋乜斜了一眼芒种后，依然是那句话：还没到最后时刻，时间到了，他自然是知道卖的。

中午是立秋做的饭，立秋拍了拍那小半口袋米，说，芒种，你看看，这米是不是少了些，怕不是又被谷雨那狗日的偷去了吧。那些米是芒种立秋和谷雨三人舍着性命保下来的，大家决定离开矿上的时候，无数人溜达到他们住的那间屋子门口，眼睛在那口袋米上瞄上瞄下。那原本是一整麻袋米，近两百斤，是丘八留在矿上唯一最有价值的东西。那曾经是大家共有的食粮，趁着大家不注意，他们三个将米抬进了自己的屋子，强行霸占了，因为保住那袋米，就有了继续在矿上等待丘八的本钱，就有了拿钱到手的希望！那一天，三个人表现出了前所未有的团结，就连平日里横眉冷对的谷雨和立秋，也仿佛成了生死患难、并肩迎敌的战友。他们两人坐在门口，谷雨拧着明晃晃的铁锨，立秋在手板上啪啪地拍着一把生满了黄锈却很宽大的菜刀，而芒种则站在他们身后，手里掂量着捅炉子的火钩，仿佛最后一道防线。三个人戳在那里，目光冷峻，却又暗中显露杀机。那些人尽管心里搁不下那袋大米，终究还是没敢造次进去抢夺。芒种没有理会立秋说什么，他坐在门口，看着外面皑皑的白雪，脑子里也白茫茫的一片。前几日连绵大雪，将什么都掩盖了，看不见了黄土的颜色，甚至连鸟儿也绝了踪迹。立秋把米盛进铝锅，也没淘洗，就坐在了火炉上，水滴在火焰上哧哧地响着，冒着白烟。立秋拍拍手，指着米口袋，说，芒种，米不多了，吃完了又咋办？芒种回头看了看那米口袋，说，吃完了，就做茧子呗。立秋笑了，他应该笑的，他是有本钱笑的，因为他有酒瓶子那笔财富搁在那里没动呐。

立秋靠在芒种身边坐了下来，问道，你不是说你有个计划么？芒种瞥了立秋一眼，说，我还以为你不感兴趣呢！你听好了，我不会再说第二次了。然后，芒种重申了他这个计划的可行性，最后表态说一旦成功，就算他们打上十年二十年的工，也不见得会得到那么多钱！立秋拍了芒种一下，说，什么计划这么厉害，你直接说了吧。

其实芒种的计划很简单，他要将立秋绑架了，这绑架的地点要选择人多的地方，最好是商业繁华的地方，有人被绑架了，自然会惊动公安局。

芒种说，一惊动他们，咱们就算成功了，我就要挟他们给我拿十万块钱来，像咱们看过的警匪片那样，要零票，不要大额的钱。立秋问，为什么？芒种说，如果是大额的，他们就会做上记号，今后一用，就会被认出来，就会逮住咱们。立秋有点担心，说，他们会给钱么？

你的命如果搁在这煤矿，就是一千块钱也不值，如果搁在很多人面前，就肯定值了。因为那地方人很多，而且还可能有外国人，就算是撑面子他们也要拿钱出来赎你的命的，没有见死不救的道理啊！芒种得意地笑着说，等他们把钱给了我，我再胁持你离开，然后叫他们不准跟上来，咱们不就成功了么？

立秋拍拍脑袋，想了想，问，你拿什么胁持我啊。

炸弹！芒种瞥了立秋一眼，说，当然是假炸弹了，演戏嘛。

要是被人识破了，抓住了呢？立秋脸上有些慌张。

为什么要被人识破？咱们必须演得真真的，除了那炸弹是假的，其他的都必须是真的，我打你是真的，骂你是真的，你受点苦，咱们今后就幸福了。十万，咱们一人五万，回家修房子娶老婆，都随着自己。芒种见立秋脸上的慌张依然还没消退，就又说道，就算是咱们被抓住了——当然，这种可能性小得不到千分之一——如果真的被抓住了，我胁持的是你，你是谁啊，我哥们，兄弟，朋友，又不是别人，你不告我，自愿被我胁持的，他们能拿我们怎么着！至于咱们要钱，那是因为咱们被丘八骗了，没钱才想出的绝路，他们自然会给咱们申冤的，就算不申冤把咱们关起来，也总比在这山沟里挨冷受冻，天天吃那没盐没菜的烂米饭好啊，听说监狱里隔天还有肉呢。

立秋愣愣地听着。

老哥，试一试咱们还有机会，不试一试，咱们连机会都没啊！芒种语重心长地跟立秋说。立秋腾地站起来，一拍脑袋说糟糕，煳了。

火炉上的铝锅里冒着腾腾的黑烟……

3

芒种和立秋原本是不计划让谷雨知道他们的行动计划的,但是要制作炸弹,而且必须制作得非常逼真,这就需要谷雨的帮忙了。

谷雨这家伙天生就是爆破高手,他在家的时候,居然可以用那叫作硝氨的肥料制作出炸弹,芒种和立秋就经常尾随在他的身后,去河里炸鱼。芒种认为,他们三个人的友谊也就是在那时候建立起来的,而且也是最好的。谷雨往河里扔炸弹,芒种和立秋就下河去捞那些被炸死和震晕了的鱼……那段时间,他们仨几乎是天天在一起,形影不离,他们和人说话的时候,总是打着喷香的嗝,他们吃了太多的鱼,个个都是油光水面,腆着愉快而满足的肚子。但是好景不长,有人投诉了他们,说他们破坏渔业资源,损毁了河堤,他们被通知到派出所就被关押了起来。先是谷雨挨打,然后是立秋,最后是芒种,三个人被打得歪歪扭扭回到村子里,在家人的哭骂声中,将能卖的卖了,缴了罚款。那天晚上,谷雨说,这里怕是容不下咱们了,咱们出门打工吧!然后三个人就以一种共赴灾难的义勇,悲壮地告别了村庄,上了火车,来到这里。

立秋是坚决不去找谷雨的。立秋说,别说叫我去求他做炸弹,就算是去求他给我一疙瘩黄金,我也不去!芒种说,你不去,我就去吧。

立秋非常瞧不起谷雨,说先前怎么也没想到谷雨还长着条狗尾巴,见了丘八那狗日的,会把那尾巴摇得比真正的哈巴狗还欢,然后又说怎么也没想到谷雨居然还长着一副贱骨头、贼骨头……芒种曾经向谷雨转达过立秋对他的看法，谁知道谷雨一声冷笑，说，这年月，活得快活就是神仙，做人嘛，图的就是个现在快活！

咯吱咯吱地踩着厚厚的积雪，没多久工夫就到了村头，远远地就看见了谷雨在打扫那老寡妇院子里的积雪。谷雨说，你来干什么？芒种探头往里望了望，说，你那老相好的呢？谷雨袖起手说，她进城去了，买年货去了。芒种说，你帮我个忙。谷雨见芒种耳朵被冻得红红的，鼻涕哧溜哧溜直往外淌，说你跟我进去说吧。进了屋，芒种捧着谷雨递给他的热茶，东张西望地说，谷雨，你莫不是要在这里安家吧，也好，你就在这里安家吧。谷雨说，你有事么？说吧！

芒种不好直接说要谷雨帮忙，就说了他的计划，然后补充道，我来就是请你参加，原本只是计划我和立秋的，但是咱们仨一起出来的，有好事了，不能把你丢下。谷雨想了想，摇摇头说，我不参加，我就安安心心地赖在这里，等到明年开春，要是还等不到丘八回来，我再去找事情做，那活路，你们去干吧，拿到钱了，别忘记我就是了。芒种说，你真不愿意参加？谷雨说，是。芒种说，那好，等拿到那钱了，我就来找你，给你三万两万，谁叫咱们是好朋友呢，谁叫咱们是一起出来的呢？不过，你得帮帮忙，给我们做个假炸弹。谷雨说，这个忙，不成问题，只是到时候你们吃肉，别忘了给我喝点汤就是了。芒种说，那是肯定的，不过那炸弹要做得跟真的一模一样，让警察也看不出真假来！谷雨说，这没问题。

听说谷雨做炸弹要用他的酒瓶，立秋就破口大骂起来，说你拿什么做不可以啊，为啥非得要我酒瓶啊？我知道，我那些酒瓶搁在那里，硌你眼睛是不是？你说，你前不几天是不是又偷我酒瓶去换酒喝？谷雨回嘴道，我偷你酒瓶？去你的吧，我在大姐那里，天天有喝不完的酒，还偷你酒瓶换酒喝？笑话！立秋冷笑说，笑话，我看你才是笑话，就那个老寡妇，吝啬得把球毛都想扎成捆卖的样子，你喝她的酒？喝她的老尿吧！谷雨指着立秋，回头跟芒种说，你看看，我是来帮你们忙的，又不是来挨骂的。说着就抬脚要离开，被芒种拉住了。芒种冲立秋吼道，你嚷个屁啊，不就用你几个酒瓶吗？然后转头问谷雨，你说要几个酒瓶。谷雨说，四个。谷雨拎着四个酒瓶去了寡妇家，说做好了就送回来。

傍晚，立秋正在担心谷雨会不会把他那四个啤酒瓶拿去卖了的时候，谷雨回来了。谷雨做的炸弹很特别，他将四个啤酒瓶扎在一起，在瓶口引出一段导火索，然后把四根导火索束在一起。

这就是炸弹？咱们就用这个去？立秋疑惑地看着芒种。

你看像不像电影里炸坦克时捆绑在一起的手榴弹？芒种怀抱着那束啤酒瓶，手臂一挥，兴奋地做了个"冲啊"的姿势。

4

第二天一大早，芒种和立秋就出了门，他们走过村庄的时候，太阳冒出了山峁，阳光灿烂地照耀着大地。

今天天气真好啊，立秋眯缝着眼睛，说，这太阳真温暖啊，晒在身上，像穿了件新棉袄。

是啊是啊，芒种笑笑说，你看，立秋，这太阳照耀在雪地上，就跟洒满了金子一样。

两人说到这里，就走出了村庄，上了大路，他们拉开了距离，做得跟陌生人似的，各走各的道儿。一路上，芒种脸上始终挂着微笑，但是立秋却忽然觉得心里不踏实起来，他几步追上芒种，说芒种，我怎么感觉不踏实啊。芒种有些生气，说，不是跟你说了吗，咱们要跟都不认识的人一样，要不，待会儿我怎么绑架劫持你啊！立秋说，这我知道，但是我心里觉得不踏实了。芒种无可奈何地叹息说，你是不是还在担心你的那些酒瓶子啊。立秋点点头说，我就担心，咱们前脚一走，那啤酒瓶会不会被谷雨给偷去卖了，早知道，应该把啤酒瓶拿去卖了，咱们再去行动，要不，我回去先把啤酒瓶卖了？芒种生气了，一跺脚，压低声骂道，我说你个挨球的立秋啊，你那点啤酒瓶算什么啊？咱们这可是去拿十万块啊！十万块，换成啤酒瓶，够你数半辈子的！立秋却依然皱着眉头，惦念着他的那些啤酒瓶。芒种搡了他一把，用近乎哀求的嗓门说，立秋，走吧，你要真舍不得那些啤酒瓶，等咱们把事情办了，你再回来处置你的那些啤酒瓶吧。立秋叹了声，挪动了脚步，边走边嘀咕，妈的，我可捡了两年呐，有一回还被人踩肿了手背，我啥都不担心，我就担心那狗日的谷雨打那瓶子的主意。

两人拉开距离没走多久，立秋又追了上来，他拽住芒种，摸了摸藏在衣服里的那束炸弹。芒种黑着脸，说你又干什么嘛。立秋吞了吞唾液，说，芒种，我怎么还是感觉不踏实啊。芒种无可奈何地苦笑着，看着立秋。立秋说，你说，谷雨做的炸弹会不会不是假的？芒种心里咯噔一跳，看了看白晃晃的太阳，说他怎么会。立秋想了想，点点头说，走吧。

芒种走到街口的时候，回头却突然不见了立秋。芒种以为立秋害怕，跑了，正着急，却见立秋拎着个啤酒瓶，东张西望走了过来。

芒种和立秋选择的行动地点是一家银行旁边的墙角落，那里四通八达，是个十字路口，人来人往，很热闹。

芒种定定神，大步跨过马路，向对面的立秋走过去，一把扼住他的脖子，然后抖开自己的衣服，胸口上露出一挂吊在脖子上的啤酒瓶。芒种冲着来来往往的人群喊叫道，拿钱来，快点拿钱来！

往来的人谁也没有理会他们。

芒种大声吆喝道：拿钱来，再不拿钱来，我就要杀人了！立秋非常识时务地拖起了哭腔，喊救命。然而这一切都仿佛是徒劳的，他们并未引起太多人的注意，就算有人发现了他们，也只是不冷不热地睽一眼，就走开了，只有一个姑娘，她在快要走过的时候，回头厌恶地瞟了他们一眼，然后像吐唾沫似的吐下了一句话，神经病！

芒种愤怒了，他抽出掖在立秋裤袋上的那个啤酒瓶，对着立秋的脑袋啪地就是一下，瓶子破碎的声音清脆响亮，往来的人都把目光投向了他们——

立秋惨叫着，捂着脑袋蹲在地上。芒种一把将立秋从地上拎了起来，环手扼着他的脖子，凶狠地叫道，我要杀人了，我要杀人了！立秋惨叫着，鲜红的血从他乱草一样的头发里渗出来，顺着面孔，啪嗒啪嗒地摔打在地上。

救命啊，救命啊！立秋惨叫着，哭着。往来的人们被吓着了，他们看见那劫持者瞪着红红的眼，脸上的肌肉抽搐着，显得十分狰狞可怕；而那被劫持者，一张血脸，惨叫着，哭号着，一身哆嗦不停，那血撒尿般在他跟前滴落着。有人说，赶快打电话报警啊！芒种心里一阵得意，他用胳膊紧了紧立秋，把自己的得意传递给立秋，告诉他，他们的目的就快要达到了。立秋这家伙平日里看起来好像是个尿不出来的东西，现在却还挺明事的，他开始提高了惨叫和哭号的嗓门，救命啊救命啊！芒种从裤袋里抓出打火机，啪的一声打着了，亮出胸口前那挂酒瓶，凶狠地说，老子这是炸弹！人们看见了那瓶口上的一束导火索，尖叫着，呼啦一声全部后退得老远。

很快来了一群警察，他们先是将围观的人群隔离开了，然后才走过来和芒种说话。

你干吗呢？一个警察边走过来边说。

你给我远点，我这里有炸弹，你要再往前走，我可点了啊！芒种晃动着手里的打火机说。不妙的是，一股风过来，那火灭了，但是芒种又啪的一声打着了，把火头凑近那导火索。

你别冲动，有什么事情好商量！那警察站住了，说道。

你给我后退，要不我就点了！芒种说后退，那警察果然后退了，芒种有些得意，说话的声音都变了，他说，我要钱，你们赶快给我钱，要不，我就把炸弹点燃了！炸死他！

你也跑不了啊！那警察像是漫不经心地说，他的态度让芒种和立秋心里嗖的一凉，那警察接着说，你凭什么跟我们要钱啊！芒种一时语塞了，是啊，凭什么跟人家警察要钱呢，人家又不欠自己的。那警察说，你还是把人放了吧，有事咱们商量解决。

你站住！芒种看见那警察的脚步有想往前移动的意思，大声说，你别过来啊，过来我就点了！

那警察举着手，说，我没动，我跟你谈谈，你说，我们凭什么给你钱啊！

凭什么？凭我手里有炸弹，你们不给钱我就点炸弹！芒种说着做了个点的姿势。

你先把人放了再说吧，有困难我们会帮你的！那警察微笑着说道。这警察让芒种感觉到很狡猾，芒种知道，如果不来点厉害的，他肯定还会这么磨，半天也扯不到正题上，而立秋哆嗦得厉害，他可能早被这场面吓熊了，要是再吃不住，他要一胡乱嚷嚷，就坏事了，你看看，这家伙现在跟死的一样，也不叫唤了，连哼哼唧唧也停了。

我要钱！不给我钱我就点炸弹！芒种却并不把那火头凑向导火索，而是往立秋头发上一点，只听得嗤的一声，立秋的脑袋闪起一股昏红的火苗，腾起一缕青烟，一股难闻的焦臭四下散布开来。

围观的人们倒是被那股昏红的火苗吓了一跳，一阵慌乱，竟然有人被挤得跌倒在地上。

我告诉你们，我这可是真正的炸弹，不是闹着玩的！芒种挺了挺胸口面前的酒瓶，说，里面全是炸药，这可是煤矿爆破用的炸药，少说也有十斤，你要以为我说的是假的，我就点了！

别激动！别冲动！有事好说，有事好说！那警察紧张起来，刚才的微笑不见了，他向后挥挥手，几个警察止住了企图向前的脚步。

我原来是在煤矿干事的，老老实实给老板卖了两年命，一个子儿也没拿到，我要回家，我要娶老婆，我要买彩电，我要顿顿吃肉喝酒，我也不想这么着，但是我实在没办法了！芒种说着，哽咽起来，立秋也揩着眼泪，芒种接着说道，你们不给我拿钱，我就点燃了，一起同归于尽！

你别这么过急，有事好商量，你说你要多少钱？那警察问。

十万！芒种说。

十万？！芒种说出的数字好像一块烙铁似的，将那警察的舌头烫得一跳老高，那警察一对圆眼，发现怪物似的瞪着芒种，说，十万，这么大一笔数目，你心太黑了点吧！你让我们去啥地方给你拿十万块去？

银行啊！芒种冲旁边的银行噘噘嘴，说，你去拿十万块不就成了吗？

你以为是十万个纸片么？就算撕十万个纸片，也得半月呢，那么容易么？那警察一脸的为难，说，那可是国家的银行，你要十万，得中央批了，才拿得出来。

十万，必须十万！不给十万，我就点了！芒种又晃起了打火机。

不管多少，给点算点吧。立秋悄声说，你看，打火机好像已经没有多少气了。芒种这才发现那火苗明显弱了下来，不由得暗中着急起来。立秋还要说什么，却被芒种一把扼住喉咙，立秋被扼得直翻白眼。芒种恶狠狠地叫喊道，快点拿钱来，不然，我就先掐死他，然后点燃炸弹！

那警察慌忙说，你别乱来，你别乱来，你提的要求我们可以考虑！可以考虑的！

芒种松了松手，立秋吭吭地咳嗽起来。他们都看见了那个警察掏出电话，焦急地跟谁说着什么。

5

芒种和立秋怎么也没有想到，他们的好事，居然败坏在了那可恶的老寡妇手里，而且那个警察会有那么精明，居然看出了他们的破绽。

芒种和立秋都在以为那个警察打电话是在跟谁调钱过来，却不想他挂了电话，又恢复了当初那张笑脸，说，你们是在演戏吧！

芒种和立秋都被这句话打懵了。

如果不是演戏，你为什么咳嗽要向着旁边，你是不是怕把打火机给吹灭了？那警察笑着指着立秋说道。

不仅那警察发现了这个破绽，而且围观的人们也发现了，有人说，这不是苦肉计吗！

好，当我是在演戏，我就点燃给你们看看！芒种咆哮着，他有点老羞成怒了，他挺了挺胸口前面的那挂啤酒瓶，将打火机凑近导火索，就在这关键时刻，那警察吼道，你别乱来。

芒种看见那警察的神色，又紧张起来，他到底还是吃不住他们是不是在演戏。芒种知道在这工夫不能软下去，否则什么都完了，他学着电视里那黑社会老大的样子，努力做出一副狞笑的面孔，咬牙切齿地说，快点拿钱来，老子的忍耐是有限度的。

就这时候，从人群里钻出一个人来——

老寡妇！

老寡妇是来看热闹的，当初并不敢确定是他们，她挤向前的目的，就是要看看是不是芒种，是不是立秋。等真的看清楚了，老寡妇笑了，跟围阻人群的警察说，那两个我认识。

老寡妇指着芒种和立秋，喊道，嗨，我说你们两个在搞啥鬼呢？耍猴呢？谷雨呢？谷雨是不是也来啦？

人们终于明白是怎么回事了，哄笑起来。那些警察也笑了，他们一边笑着，一边向芒种他们走去。

被识破把戏，芒种很懊丧，却依然不放弃最后的威胁，他晃着胸口的那束啤酒瓶和手中的打火机，叫嚷着，你们别过来，我点了，我可真点了！

芒种拙劣的表演和那没有底气的叫嚷逗得人们哄堂大笑，人们哄笑着说，让他点吧！让他点吧！

一声巨大的轰响，待浓烟散尽，围观的人们发现，刚才那些人已经无影无踪。

过程或者结束

1

枪毙王一木那天正是立冬。

几个武警走过来，拿一根绳子，将王一木摁在地上，捆起来。王一木斜眼望望天空，雾蒙蒙的，像要下雨了。王一木说，要下雨了么？

武警没有理他，把他拎起来，提着往外走。

远远地王一木就看见了那个疤脸警察。王一木猛地站住，艰难地拗回头。

那钱真的是真的么？王一木吆喝道。

2

王一木是秦村人，秦村是爱城最偏远的一个山村，在过去打着马儿到爱城要一天半的时间，现在赶汽车也得要半天。

发现假钱时王一木正在茅房里。那段时间王一木每天要去二十几次茅房，王一木得的是一种王木通说不出名字的病。王木通是赤脚医生，原来是医人的，现在牲口也治。

王一木憋了一个多月，实在憋不住了，就来到王木通的药店。

王木通说，咋了，你家猪咋啦。

王一木说，你家的猪才咋啦呢，是我，我有病。

哪里有病？王木通捉过王一木的手，号上脉。

我跑肚。王一木开始坐立不安，一脸的苦色。妈的，又出来了。

跑肚么，去山上薅点木香吃了不就完了么。

不是那跑法，已经有二十多天了，每天二十几次呢，你还没察觉，它就屙了，一身还没劲，一下地，两脚就像踩上了棉花。王一木说着，从桌上抓起两张处方笺，哆嗦着到后面茅房去了。

王木通跟着去看了王一木的便色，摇摇头说他不知道啥病，估计是肠子的问题，就包了几十粒大大小小的药丸。王一木说你给我挂在账上啊，等我猪卖了，新账老账一起结。

王木通笑起来，说你个鸟人，又欠么？我都给你记了大半个账本了。

猪卖了就还你，王一木说。

你那猪，只长毛，不长肉，谁知道啥时候能够长得大啊。王木通叹了口气，语重心长地说，王一木啊，咱是本家才说你，你现在落下这么个不晓得名字的病，你得想点办法赶紧去爱城大医院检查检查，要是不赶紧，屙到最后，怕是连命也屙得不在了呢。

没钱，治个球啊。王一木把药揣进口袋里，吁叹道。

叫你女人白糖包子出去打工啊，你现在这个样子，就是把女人拴在裤带上，你也用不上啊。

出去打工？王一木瞪大眼睛。她能够做什么？

你去找找王二毛啊，听说他在爱城捞了好些个工程，咱们秦村已经有好些人跟他去了呢。王木通挥挥手，你快去，我昨天晚上看见王二毛回来了，你去找找他，让白糖包子跟他到爱城去做工，挣了钱，可得赶紧去医院，别死了都不知道自己得的啥病死的啊。

王一木的老婆叫白大娜，因为长得白净，而且丰满，漂亮，秦村的男男女女都叫她"白糖包子"。白大娜的娘家在三道河，十八岁那年认识了王一木，十九岁就嫁给了他。村里几个婆娘在一起，免不了要开白大娜的玩笑，问她这么个好看的人，要脸皮有脸皮，要身材有身材，为啥要嫁给他个长得灰头灰脑的王一木啊。白大娜叹息说，等稀里糊涂地结了婚，醒悟过来已经成了人家的婆娘了，晚了，有啥办法。

没想过离了，再找个好的？

白大娜想了想说，其实王一木也有好的地方，心疼人……

去爱城那天早上，白大娜穿着一件十年前结婚时买的黄呢上衣，说是黄呢，却洗得成了白麻布，只是厚实，没有破洞。白大娜穿上自己做的布鞋，把长长的头发绾成一个大大的发髻，别上根黄杨木做的簪子，然后有一搭没一搭地和王一木说话。

已经快夏至了，田里的活，你这样子，能够做就做一点吧，别让长满了草就行。

王一木唔唔地应着。王二毛在房子下面的路上吆喝起来，问去不去。

去，咋不去啊，换衣裳呢。白大娜急急跑到门口探长脑袋应道，然后回转身，提起包袱，说等我挣了钱回来，就带你去医院检查。

王一木点点头。

那我走了。白大娜说着就要跨出门去。

王一木叫住她，半晌却不知道说啥。

咋了？白大娜盯着王一木。

你走了，在外面，可别乱给人家用。王一木闷声闷气地说。起初白大娜还没有明白过来王一木说的是啥意思，但是却从他那躲躲闪闪的眼神里看出了眉目，气得冲过去在王一木身上一阵乱拧。王一木没有躲闪，任她拧。

白大娜走了。王一木摸摸刚刚被拧的地方，嘶嘶地吸着凉气，心说这婆娘，手咋下这么狠呢。

这时候，房子下面传来王二毛的声音，说你看都是啥时候了，入夏了，咋还穿这毛呢呢？

没衣服穿，总不能光着身子啊。白大娜咯咯的笑声像一把沙子似的撒在王一木的脑袋里，硌得生疼。

白大娜回来那天晚上王一木已经上了五次茅房了。第六次的时候，正在茅房里的王一木听见山下面传来摩托车的声音，声音慢慢大起来，然后在房下面的那条路上停了下来。王一木听见一阵唧唧声，那是一种让人很糊涂的很模糊的声响。王一木提上裤子，听见摩托车响起来，然后看见那辆摩托摇着根白花花的光柱，突突地走了。这时候，一个人影飘过来，飘进屋子里，屋子里灯亮了。王一木听见儿子喊妈妈的声音。

王一木推门进去，白大娜正在和儿子亲热，儿子跳进白大娜的怀里，一个劲地说妈妈我好想你哦。

你爸爸呢？白大娜说。

我在这呢。王一木说，又有了要上茅房的感觉。

你去哪了？不陪着娃娃。白大娜转过身差点没把王一木吓个屁股墩。白大娜一对浓黑的眉毛成了弯弯的毫不起眼的两线，脸上白刷刷的粉，在昏黄的灯光下映成了一张生硬的面饼，倒是那张血红的嘴巴，闪耀着让王一木心惊胆战的光亮。

屙去了。王一木说。

你还在屙么？白大娜从摆在床上的一只口袋里掏出几样玩具，塞在娃娃怀里，这下可把小家伙乐得在床上又蹦又跳。

别把床蹦垮了。王一木喝道。

你怎么这么粗鲁啊？白大娜瞪了王一木一眼，从口袋里掏出一大包药，摔在王一木面前。去吃了，看还屙不屙！

你说啥？我粗鲁？你咋懂粗鲁这个话语了？王一木突然想起了那辆摩托车的突突声，想起了那唧唧的声响……

谁教你的，谁教你说我粗鲁的？王一木说。白大娜回头翻了他一眼，两把把衣服脱了，扯上被子，把儿子搂进怀里，脚一动，那撂在床上的药掉到了床下。

王一木捡起来，悻悻地说，王木通在要欠的药费钱，娃娃上学快半年了，学校在催缴学费呢。

白大娜一屁股坐起来，从身边的口袋里掏出两张百元的票子，扔在王一木面前，啪地灭了灯。

王一木攥着那钱，嘎巴直响。

3

第二天王一木起了个大早，带着白大娜给他买的药和两张百元票子，去了王木通的药店。王木通正坐在门口打喷嚏，这是他三十多年的一个老毛病，每天起来，第一件事情就是坐在门口打喷嚏，一个接一个，一个比一个响亮，不能自抑的样子。

打完喷嚏，王木通开始一块一块地取下店门板，然后像才突然发现王一木似的，冲他点了点头。

你给我看看这药。王一木把手里的那包药递了过去。王木通慢吞吞地扫完了地，泡好一杯茶，然后端端正正坐在椅子上，点着一支烟，轻轻地吸了一口，眯缝着眼睛回味了一阵，这才接过王一木的那包药。

白糖包子回来啦？王木通两眼盯着药包上面的说明文字，漫不经心地问道。

你咋知道？

地球人都知道。王木通抬眼一笑，喷了口烟雾在那药包上。王一木脑袋里又是那突突的摩托车声音和那唧唧的声响……

这时候，还真有一阵摩托车的声音传来。王一木回过头去，看见王二毛突突地一溜烟跑过去了。

白糖包子回来了，你鸟人昨天晚上肯定是瘦狗落在了茅坑里，饱餐了一顿吧。王木通的笑一直没有从脸上褪下去，浮在那里，变得有点意味深长的样子。不过你鸟人可得顾着自己的身体啊。

王一木"唔"了一声，从口袋里掏出那两百块钱，放在王木通面前。

你鸟人还真干了啊？你不要命了哇？王木通抓过那两百块钱，瞪着王一木。

球。王一木抓起两张处方笺，边哆嗦着往茅房里走，边回头说，你把药钱给我算算。

昨天晚上，王一木还真想那事情，看着白大娜那新鲜模样，还真有他妈的另一个味道。王一木爬过去，把手放在白大娜的胸口上，然后一条鱼似的慢慢游到肚皮上，游到下面那片温暖的水域里，正欢快着，却被白大娜拎出了水面，扔一只破鞋似的给重重地抛在一边。你不还屙么？你都什么样子了，还想这事情？白大娜转过身，搂着儿子，把那只肥硕的屁股墙一般堵在了王一木面前。肚子里一阵汩汩响动，王一木慌忙地下了床。

王木通说这药不是我经常给你用着的么？效果怎么样？

效果个屁！

有效果，怎么会没效果呢？它到底是药啊，是不是？王木通一边对着账本敲打算盘一边说，你这病真得去爱城的大医院里检查检查，你家老婆白糖包子不是挣了钱么？她现在对爱城也肯定熟得很了，让她带你去检查检查，弄清楚病因，就好办了。

那得多少钱，你估计。

一百五十六元。王木通指着算盘说，你欠我的药钱一百五十六元，检查么，可能也就一百多块钱吧。

那我就先给你这一百块钱欠账，剩下的，我把猪卖了还上。王一木眼巴巴地看着王木通，我得再找点钱去检查，我才不要她陪我呢，我认得路。

你还有什么猪啊，你那两只猪不早死了么？王木通犹豫了一下，把一百块钱拍在桌子上，无可奈何地摇摇头。

我就是下辈子做牛做马，也会把钱还给你的。王一木把钱揣进口袋里，拿着那包药，边走边说，我检查出啥病了，回来还找你治啊。

我上辈子欠你个鸟人的！王木通在身后笑骂道。

4

王一木怎么也没有想到自己拿回来的那钱是假的。

怎么会呢？王一木说。

那天王一木从王木通那里回来，桌上一碗稀饭凉在那里，已经结了一层坚硬的皮。正吃着，白大娜风风火火地回来了，说你拿着钱咋不去给娃娃缴学费呢？

王一木说，钱全部给了药钱。

你骗人！白大娜也斜着王一木，冷笑着。我先送娃娃去了学校，赵老师说你还没去，我以为你还在王木通那里，就去找你了，王木通都跟我说了，你窝藏着那一百块钱做啥？

我要去爱城检查病呐！

不就多屙几次么？一时半时的又不会要人命，娃娃读书重要还是止住你不屙重要啊？要真的不屙了，你不又急了。白大娜把手伸在王一木的碗口上。你先把钱拿出来，等缴了娃娃的学费再说。

白大娜前脚一走，王一木的肚子就一阵汩汩急响，搞得他慌不迭地上了茅房，这一蹲就是半个时辰，直蹲得他两眼冒花儿，脑袋闷闷的，像灌满了水的葫芦。

王一木，王一木，你个砍脑壳的，我给你的钱，咋一下子就变成假的了呢？白大娜火燎了屁股似的一溜烟到了家，把门摔得哐哐直响，在屋子里一边叫骂，一边寻找着王一木。

啥假的了？王一木艰难地扶着墙站起来，一边系着裤带，一边哆嗦着双腿，刚从茅房里出来，就看见那张百元票子在眼前挥舞着。

这咋成了假钱了？

白大娜说，她拿着王一木给的那钱，去给娃娃缴学费，可是人家赵老师不收，说是假钱。

这咋成了假的了？你说！你说！白大娜把钱在王一木眼前挥舞着。你不把真钱给我拿出来，我，我就跟你没完！

我哪里有啥真钱假钱啊，这钱不是你昨天晚上给我的么？王一木的眼睛很快就给那挥舞的人民币弄花了，眼前像飞舞着一群蝴蝶。任王一木怎么解释，白大娜就是不听，越骂越厉害。

你以为这钱这么好挣么？你道我这钱来得容易么？我咋嫁了你这么个赖皮男人啊，你看看这个秦村，谁家男人像你啊，窝囊废！女人出去挣钱养家，给你买药治病，你倒好，弄张假钱把我的真钱换去，那是给娃娃缴学费的钱，你都这么狠心啊……

我吃药都是挂的账，连一个像钱的纸片也没有，我还有啥假钱啊？王一木脑袋嗡嗡叫着，放了一桶蜂子进去似的。

白大娜先是骂，然后索性一屁股坐在地上哭起来。白大娜的哭声尖厉而悠长，像丧葬上的长杆唢呐，泪水哗哗地流着，将早晨涂抹上去的胭脂水粉，搅和得成了一团溃烂的面泥，斑斑点点，王一木好像已经闻到了那面泥散发出来的腐味。

你哭什么呢？我真的没有动那钱，你给我什么样的，我给你的就还是什么样的。王一木哆嗦着。

白大娜依旧哭着，声音越发大了。白大娜从没有过如此的悲伤，像是沉积了一个夏天的暴雨，突然一倾如注，再也无法收拾了似的。

王一木哆嗦着，感觉到一股热热的东西顺着大腿慢慢地流着……他扶着墙根，摇摇晃晃地瘫倒在白大娜身旁，也呜呜地哭起来。

5

当王一木把那张百元钞票拍到王木通桌子上的时候，王木通差点没有蹦到桌子上。

我把钱给你，我就去上茅房去了，两百块，是不是？王一木把钱往王木通面前推了推。然后我回来，你把账算了，我说余下的等我把猪卖了再还你，你就退了我这张一百元的，就这张，是不是？

是你妈的球！王一木，你个鸟人，真是狗咬吕洞宾，我为你好，你反倒拿张假钱来讹诈我！王木通指着王一木的鼻子，叫骂道。

你给我的这钱，我又没有动，白大娜去给娃娃缴学费，才知道是假钱。王一木说。

那你就认定这假钱是我换给你的了？王木通叫嚷着，唾沫星子飞溅了王一木一脸。

当时你把钱给我，就是这张，一百元的，也是这色，我就揣进口袋里，然后白大娜说去给娃娃缴学费，才知道是假钱。王一木感觉到自己的声音很微弱，像一个柔软的屁，轻轻滚出来，毫无力气，随风就散了。

你自己搞的啥，你自己清楚。王木通冷笑着。你婆娘白糖包子叫你拿钱给欠我的药费和娃娃的学费，你不给，窝藏到自己口袋里，肯定是你婆娘问你要钱，你赖不过，给的她这张假钱！倒好，反过来咬上我一口了。

我为啥骗她啊？她是我婆娘呐，我骗她做啥呐！王一木舌头有些僵硬，话都差点说不囫囵了。

你婆娘？你婆娘？你王一木现在还有婆娘么？王木通哧哧地笑着，挥挥手。算了，地球人都知道的事情，我也不把话说白了，你把这钱拿回去，该找谁找谁去！看在本家的分上，我也不和你鸟人计较。

王一木还想说点什么，回头一看，四周站满了人，都看着他，都一脸不可捉摸的笑。

王一木肚子一阵汩汩响动，抓了两张处方笺，拿着那张钱，哆嗦着往茅房走去。

身后是王木通一声长长的叹息。

6

赵老师看见王一木来了，拍拍身上的粉笔灰，老远就迎了上去，把他请进了办公室，还给他倒了杯开水。

你家娃娃的学习还是不错的。赵老师说，两眼却紧盯着王一木伸进口袋的手。王一木从口袋里摸出了那张钱。

对赵老师，王一木总是感到很歉疚。赵老师是娃娃的班主任，上学期缴学费的时候，白大娜给他拿的有钱，但是他却去了趟爱城，把那俩学费钱给稀里糊涂地用了，回家一直不敢说，但是又怕赵老师找到白大娜催要，就跟赵老师说，要他帮助瞒着，说等自己有了私房钱，一定还上。赵老师笑起来，说没关系，我给你先垫上。王一木很感动，当时还许诺请赵老师一顿酒。

你这钱，不是一早你爱人拿来的那张么？赵老师说。

这钱是昨天晚上白大娜给我的，让我去给药费，再把娃娃的学费给了，我给了一百块钱的药费，其余的先欠那里，我想去检查检查病，你是知道的，赵老师，我这病……病要不好，我就啥也做不了。

赵老师点点头，一脸的同情。

后来白大娜又硬把钱要去，说给娃娃缴学费，回来咋说这钱就是假的了。王一木摊摊手，满脸的哀愁。

你是晓得的，学费收不起来，这么些年我的俩工资钱差不多都给贴到学校的书本费里去了，这一百元的大票，我的口袋里还没有咋的揣过，是不是假的，我也弄不清楚，但是你别急，咱们多叫些人来看看。赵老师站在门口，叫了几个老师的名字，说让他们帮助鉴别一下这是假钱还是真钱。王一木把那张百元大票递给赵老师，赵老师再交给他们。

一位年轻的女老师捏着那张票子，用一根指头弹了弹，再在耳朵边弹了弹，听听那声音，然后递给另外一个中年男老师，说王老师你给看看。

那位姓王的老师将那张票子举在眼前，对着室外的亮光，眯缝着眼睛仔细地看了会儿，说就是油墨有点模糊。

另一位老师也把脑袋探过去，看了看说，是有点模糊。

响声不对。那位年轻的女老师沉思了一下说，真钱的响声是嗤嗤的，不是扑扑的。

还有，真钱摸在手里，感觉很厚实，但是这张呢。赵老师拿过那钱，凑在王一木面前。你摸摸，你摸摸就知道了，这钱摸在手里滑滑的，有点像蛇。

王一木摸在手里，感觉是有点滑滑的。

是有点像蛇。王一木说。那这钱究竟是谁的呢？

四个老师彼此看看，微笑着摇摇头。

7

赵老师肯定不会偷梁换柱的。那是谁呢？

王一木一幕一幕地回想着早晨在王木通那里的场景，两腿不知不觉地又挪到了王木通的药店门口，正在犹豫是不是要进去的时候，王木通喊他了。

你去学校了？王木通问。

王一木点点头。

人家老师肯定不会这么缺德！你个鸟人啊，怕是逼疯了，你找人家老师干啥啊？

我找他们帮忙看看是不是假钱。王一木从口袋里摸出那张钱来，递给王木通。

你给我干啥啊？仿佛那钱是一块火炭似的，王木通把手缩在背后。

你给看看，究竟是不是假的。王一木努力把钱往王木通面前递着。王木通小心翼翼地接过那钱，端在手上，对着光亮细细地看着，再弹了弹，然后递给王一木，问老师怎么说。

老师说是假的。

肯定是假的。王木通说，你看有点滑滑的，还有点凉凉的，像摸着条蛇一样，真钱是不凉手的，还有，这油墨有点模糊，响声也不对，是扑扑的声响，不是嘶嘶的声响，真钱的声响是嘶嘶的。

那这钱究竟是谁的呢？王一木拿过那钱，揣进口袋里。

是谁的？你还不知道？王木通的嘴角一瘪，笑得有点高深莫测。你回家仔细问问你家白糖包子不就明白了么？

她晓得个屁啊，要是她晓得，还跟我闹死闹活的么。

你鸟人真的是个猪头狗脑啊，我就怕你不开窍，才叫住你的，要依我的气头，我十年也不会理你！王木通示意王一木把脑袋伸过来，他俯在王一木的耳朵边悄声说道。看着是本家，我还真怕你的皮给剥下来做了袍子，还不知道自己是当条狗给人家卖了……

王一木回了家，先是上了趟茅房，然后端了根板凳，坐在白大娜面前。白大娜依然在有一搭没一搭地抹着眼泪。

王一木掏出那钱，在白大娜眼前晃了晃，说咱们今天暂时不说这假钱的事情，你先说说出去的这两月你都做啥了？

白大娜只是抹着眼泪，没有理会王一木。

你跟我说都出去做啥了？是不是做鸡了？你不要不承认，你回来那天晚上我就知道你是去做鸡了，你就像个鸡样！还一身的鸡味！王一木哆嗦起来，举手就打，拳头落在白大娜的身上扑扑直响。白大娜一回身，一伸手，王一木就像件破棉袄似的，给撂倒在了一边。

白大娜站起来，抹抹泪水，说我是去做鸡了，我就去做鸡了，你咋的！

快，快扶我起来，我要上茅房。王一木痛苦地叫唤道。

8

白大娜说她到了王二毛的工地上，才发现并不是秦村那些人传说的那样，其实啥活儿也没有，去的都闲着。王二毛说工程暂时还没下来，大家愿意在这里住就等几天，也算是玩儿呗。这一玩，就是一两个礼拜。白大娜可吃不住这么玩，就去找王二毛，让她帮助在爱城暂时找一个事情做。王二毛问要找啥事。白大娜说啥事都可以，只要不闲着，能挣钱就行。王二毛就把她带进了一家旅馆，开了个房间，放了一百元钱在床头上，对白大娜说，你知道怎么做了不？

白大娜摇着脑袋。

王二毛脱了白大娜的衣服，自己也脱了。完了事，王二毛把那一百块钱放在白大娜的手上，说这下知道了不？

白大娜点点头。王二毛说，那我就给你介绍一个歌舞厅吧。

才做了不到一个礼拜就染了病。白大娜悲伤地大哭起来，差点从死边过一遭呢！

白大娜说等病医好过后，想回来，但是又一想，做都已经做了，就继续再做吧，那东西闲着也是闲着，还不如换俩钱呢。

王一木绝望地哀号一声。

我把治病的钱还干净，算算出来已经快两个月了，心想也应该回家看看娃娃了，但是那几天搞严打，生意很差，王二毛就说他女人出远门去了，让我陪陪他，每天五十元，我陪了他一周。

那这钱就是他给你的了？王一木从床上弹了起来。

白大娜点点头。

一周是七天，每天五十元，那就是四百五，哦，不对，三百五，你给了我两百，你身上不还有一百五？

你的药不要钱？给娃娃买玩具不要钱么……我又不会偷，我身上就还有五十块钱了，这是我给自己留着去爱城的车费，万一去了没有生意，也好支持两天生活。

你还去爱城？——做、做那事情？王一木像过了电似的，身子绷得笔直，恐惧地瞪着白大娜。

我不去，你去？白大娜抽泣起来。

我去，你把那五十块钱给我，我把这一百块钱找回来，等我把病检查出来，几下子治好了，我去打工挣钱！王一木说着下了床，气咻咻地说，我马上去把那一百块真钱要回来！

你去哪里要？

找你的买主！王一木狠狠地摔上门。

王一木的家在秦村上村，而王二毛住在下村，抄近路也得翻两个山头。这一路，王一木屙了三次，到了王二毛家的时候，又在人家门口屙了一次，完了才去敲门。王一木的敲门声很大，远远近近的狗都被惊动了，汪汪地向这边叫着。

王二毛问谁呀。

王一木说是王一木。

王二毛问啥事啊。

王一木说要紧事。

门开了，王二毛挡在门口，说啥要紧事啊？

进去说。王一木硬把自己从王二毛身边挤了过去。在灯下，王一木拿出了那张一百元的票子，在王二毛眼前晃了晃。这是你给白大娜的？

咋的啦？你不要？王二毛伸手要拿。

假的！王一木重重地把那钱拍在旁边的桌子上。你给的是假钱！

假钱？王二毛拿起那张钱，对着灯光看了看，又弹了弹，然后一语不发地递给王一木。

你有没有良心，你说带我家白大娜去爱城找钱，却不安好心让她去做、做鸡，她把啥都给你了，你倒好，给她张假钱！

没良心？王二毛嗤地笑起来，我没良心？要不是我，她早死了，她得病要用钱还是我先给她垫着呢，你问问她，哪一次我白用她的了，就她那货色，我还是给的最高价钱呢！

那你咋给她假钱了？王一木哆嗦着。

我给假钱？我的钱都是银行里一捆捆提出来的，我会有假钱？王二毛像是听了一个荒唐滑稽的笑话，再也忍不住了，哈哈笑起来。就她白糖包子，就是白吃了她也是乐意的，一个毫子不花，哪里还用得着去给假钱？王二毛止住笑，拍拍王一木的肩膀，叹息说。我也是看见你们一家困难，但是我总不能白给钱啊，这世道，讲究的就是个公平交易啊，是不是？

那你为啥给她假钱？

我说了没给假钱！王二毛愤怒的声音把头顶的电灯泡震得都摇晃起来，就像电影里黑社会老大的模样，他用一根指头戳着王一木的胸口，一字一句地说：王一木，你想钱也用不着坏我的名声啊，出这么下三烂的主意！你要是穷得慌了，叫你家白糖包子继续来陪我，反正我的女人要过年才回来，叫她来陪我，每天还是五十块！

王一木是被王二毛推出门去的。

你个王二毛挨飞子儿的，你为啥给她假钱？你买得起，就该给得起！王一木恶狠狠地叫骂道。

给就给了，你敢把老子怎么样？王二毛靠在门框上回骂着。你个王八蛋要是想钱想疯了，就叫你家白糖包子来陪我，每天还给五十，养着你个王八！

你明天要是不给真钱，看我不要了你的命！王一木肚子汩汩一阵响动，慌忙扒下裤子，边屙边骂。

我等着，就看你能够咋的！王二毛轰地关上大门。

野外一片狗叫。

9

六月秦村的早晨，因为地处大山腹地，不仅没有夏天的感觉，反而有些清寒。

王一木早早就坐在王木通的药店门前了，打扫清洁的王木通还差点把一盆洗脸水泼到他头上。

你咋的啦？王木通问。怎么这么早，找到钱了，去爱城检查去啦？

等人。王一木闷声说道。这时候王木通突然看见他的怀里抱着一把明晃晃的尖刀。

你拿着把刀干啥？

杀人！王一木头也没回。

杀人？你那样子，路都走不稳了，还杀人。王木通哧哧地笑着进了屋。像突然想起了什么似的，王木通探出脑袋问王一木，我今天咋没有打喷嚏呐？

过了一会儿，王木通听见一阵突突的摩托车声音由远渐近，在药店门口停了下来。

你给不给？王一木的声音。

啥给不给？王二毛的声音。

钱，真钱！王一木的声音。

什么真的假的？王二毛在笑。

你为啥给她假钱，她把啥都给你了，你为啥给她假钱？王一木的声音开始歇斯底里了。

你想钱想疯了……王二毛的笑声像突然被什么击中了似的，戛然而止。

王木通慌忙跑出屋去，看见王二毛歪倒在摩托车旁，王一木正弯腰从地上拾起那张百元的票子，弹了弹，然后对着早晨的阳光看了看，揣进口袋里，慢慢地在王二毛身边坐了下来。

王木通开始一声接一声地打起了喷嚏。

公安局是下午到的。

王一木很奇怪，今天怎么还没有去一次茅房呢？

　　那个疤脸警察给他戴手铐的时候，王一木努力挣了挣肚子，肚子里很稳妥，丝毫没有要上茅房的感觉。

　　临上车的时候，疤脸警察把王一木身上的东西挨着搜了一遍，什么钥匙草纸，全放进了从王木通那里要来的一个纸盒子里，那张百元的大票，也放在里面，十分扎眼。疤脸警察问，你说的那张假钞呢？王一木说在这里呢，把眼睛投在那张百元大票上。

　　这是假的？疤脸警察将那张票子拿起来，看了看，又放进那个纸盒子里。你把那张假钞究竟放在了什么地方？

　　就是那张啊。王一木说，你刚才拿的那张。

　　我搞了三十几年刑侦工作，我会连一张假票都认不出来？疤脸警察斜了王一木一眼，说，究竟在什么地方？

死亡反击

看样子老丘要对我们下手了，麻袋瞥了一眼麻三。刚才我做了个噩梦，梦见和你在巷道里正走着，眼前亮光一闪，给炮炸翻在地上，然后被人拖着，丢进了一个废矿坑里，那个坑漆黑，咱们怎么掉也掉不到底，心里一晃悠，就醒了。

你看见咱们是被谁拖着丢矿坑里的？麻三问。

老丘。麻袋说着一跃下了床，猴儿似的，蹦跳到墙角边。墙角边是一大堆酒瓶，醉汉般横七竖八地躺在那里，在柔弱的灯光下，反射着清冷的光亮。麻袋已经断了好几天的酒了，每天晚上睡不着的时候，他都要跳下床，蹲在那堆酒瓶里去找酒喝。他不厌其烦地拿起一个又一个酒瓶，在耳朵边晃晃，没有动静，却不相信自己耳朵似的，再拿到眼睛前面瞄瞄，仿佛能够瞄出点希望来，然而里面确实是空空的，这才嘟嘟囔囔地扔一边……尽管如此，麻袋总还是能够在这堆酒瓶里寻找到一点残留的酒水。麻袋得意地咯咯笑着，声音很怪异，像山崖上的夜鸟叫唤，他先把鼻子凑上去，深深地吸一口，眯缝着眼睛陶醉了似的摇晃着脑袋，然后仰脖儿把酒瓶里的东西一口灌下去，喉咙里发出呵呵的声响，像门外北风刮过树丫的声音。

麻三披着衣服，下了床，给炉子里添了些煤块，再坐上一壶水，水滴进炉子里，冒着嗤嗤的白烟。屋子里依然很冷，蹲在酒瓶堆边的麻袋已经哆嗦不停了，他还没有找到那残留在瓶中的酒。麻三乜斜了他一眼，爬上床，拥着黑乎乎的被盖卷，靠在墙上，听着麻袋翻动酒瓶的哐当声响。

这堆酒瓶，不知道是从哪年开始喝的，但这喝酒的人，肯定是和麻袋他们一样，都是挖煤的，来自五湖四海的挖煤的。这间小屋子，肯定也和当初麻六活着的时候一样，曾经充满了欢声笑语，大家大碗地喝着酒，盘算着一天下来的收入，嘴边挂着张家女人李家女人，喝吧喝吧，完了，瓶往那酒瓶堆里一撂，再开一瓶……

这地名儿叫大同南郊区鱼儿嘴，麻袋他们挖煤的矿叫老丘井，矿长叫老丘。

麻袋和麻六是去年开春来的，麻三在被窝里扳着指头算了算，自己也干了一年多了，去年中秋来的，现在已经是腊月二十四了，就要过年了。

麻袋咯咯笑起来，外面那山峁上的夜鸟也叫唤起来。可能是冻急了，麻袋举起瓶就往嘴里灌，刚灌了一口，就跳起来，把酒瓶扔得老远，钻进墙角，"哇哇"地呕吐起来。屋子里一股刺鼻的臊臭味。那酒瓶里不知是谁灌的尿。

先下手为强，咱们杀了他！麻三说。

麻袋不呕了，回头看着麻三。

咱们杀了他！麻三面露杀气。

手里攥着麻三给的十块钱，麻袋行走在雪地上，脚下嘎吱嘎吱的声音像是在不断重复刚才麻三的那句话：杀了他！杀了他！

麻三说，他就剩下这十块钱了，原本是要上街去照一张照片，寄回老家去，给他那对象。但是现在不用了。麻三把十元钱拍到麻袋手里，有些悲壮地说。这钱在麻三身上不知揣了多长时间，麻袋感觉到手里像是攥着一把汗水，湿漉漉地冒着酸气。

月亮刚爬上山峁，把雪地映成灰蒙蒙一片，四周十分寂静，空落落的。这里先前还是很热闹的，矿井口灯火通明，下班的一出了井口，连澡都顾不上洗，就聚在小卖部门口，抄着不同的方言，喝酒，和女老板胡闹。小卖部的女老板是下面村子里一个长得像油饼似的姓张的寡妇，卖烟酒、花生米和盐大豆，也卖自己的身子。张寡妇成天一张笑脸，两只小狐狸眼睛崩着火星子瞄瞄这个，看看那个，浪里浪气的笑声让每天的日子都觉得是热燥燥的。

麻袋总共去过三次。每次三十元，不过不用付现钱的。张寡妇会跟老丘说，谁谁谁，什么时候几次，老丘就把你叫过去，你在一张纸上写上你的名字就成了。那钱，到时候老丘自然会从你的工钱里扣出来的。头一次麻袋觉得很亏，许是憋的日子太久了，像一支蓄满力量的箭，刚要射出，弓却突然断了。张寡妇还没有等麻袋从刚才的懵懂中回过神来，就把他推出去了。第二次麻袋很成功，张寡妇的叫唤声让麻袋快乐了一个多月。最后一次麻袋赖在床上不起来，连着要了张寡妇四次，每次完了张寡妇都要比画着指头给他看：这是第几次。第二天早上老丘虎着脸把麻袋叫进屋子里，让他在那张纸上连着写了四个名字。一百二十块！一百二十块知道不？老丘的眼睛像是要喷出火了。

啥？一百二？麻袋的喉咙被一块痰迷住了，声音在里面翻滚着，含混不清。

你个鳖蛋真不把钱当钱呐，这钱是不要你给咋的啦？老丘拿着根指头敲击着纸上的名字。瞧瞧，四次，你不把钱当回事你还得把身体当回事啊，你要身子骨亏了谁给我下井去？你个鳖儿！

那天下井的时候，麻袋是觉得身体有点吃不消，手脚直晃晃，老走神，气也比以往喘得粗了。麻六劝他说，挣那俩钱也不容易，只要给钱，那张寡妇跟猪狗都可以来两下子，你还把钱往她那儿塞？麻三也说，好好挣钱，省着点，回去找个媳妇，不管老的少的，总是自己的，干净，到时候你想怎么来就可以怎么来！

麻袋和麻六是一块儿离家的。离村的时候，麻六有人送，麻六老婆含着两汪眼泪，在村口一个劲地让怀里的娃娃叫爸爸，娃娃刚满月，张着小嘴直哈欠。麻六捏着娃娃肉嘟嘟的小手，也是止不住地流眼泪。又不是去送死！麻袋一跺脚，咕噜了一句，大步走前面去，在一块石头上坐下来，捧着脑袋发呆。麻袋没有人送。麻袋是村里有名的孝子，他和他的老父老母相依为命过了三十多年，村里好多人邀约他出去找钱，麻袋不干，说他走了他父母在家没人照顾。麻袋先把他老父亲送走了，然后又把老母亲送走了，孤孤独独地在家过了年，这才决定出门去打工。麻袋、麻三和麻六三个人在一起商量了差不多一个礼拜，密谋似的凑在一起，拿着本地图，最后选择了大同。因为听人讲那里需要挖煤的人多，工作好找，钱也能不少挣。第二天就要出门了，头天晚上麻三却突然说不去了，说他的未婚妻家马上要盖房子，他要去帮工，要是和他们去了山西，那门子亲事肯定也就吹了。

走几步，麻六的老婆抱着娃娃就跟几步。还走不走啊！麻袋火了。早知道现在这样你们就不结婚了，不结婚，就不欠人家钱了，不欠人家钱了，你们就不用分开了，就可以天天蜜糖一样黏一起了。麻六老婆跟上来对麻袋说，麻袋哥，你比麻六大，啥事顾着麻六啊。咱们是去挣钱，不是去送死！麻袋的叫唤声把麻六老婆怀里刚迷糊上眼睛的娃娃吵醒了，娃娃哭起来。麻六老婆忙蹲下身子，撩起衣服把奶子塞进娃娃嘴里。麻六痴痴地看了看老婆，叹息一声，甩手走了。谁料到麻六还真死在外面了。

麻袋在地上捡起一块煤块，对着小卖部的房顶扔过去，声音像被惊起的夜鸟，咕噜咕噜响得很远。麻袋就是今天晚上把这房子给拆了，也没有人阻拦。大家都回去过年了，张寡妇也一样，那婊子这时候说不定正躺在哪个男人肚皮底下叫唤呢！啊——呸！麻袋往小卖部狠狠地唾了一口，仿佛是冲着张寡妇那张布满虚假笑容的油光可鉴的大脸。

麻袋翻上山垴，下去就是村子。站在山垴上，麻袋看见了村子里闪烁的灯火，还听见了村子里汪汪的狗叫声。

一个小时过后，麻袋抱着两瓶酒回来了。

真冷，这大老远的路，也没有见得把我走热和起来。麻袋说着，把酒搁在麻三的床上，然后从口袋里掏出一袋盐大豆和一盒烟。两瓶高粱白七块二，大豆一块七，还剩一块一，刚好我就给自己买了盒迎宾烟。

等麻袋抱着自己的被卷爬上麻三的床，麻三已经把盐大豆拆开，而且将喝酒的两只碗也准备好了。

麻袋以为麻三要责怪自己买烟，因为麻三不抽烟。一气用了麻三十块钱，麻三不仅没有半点责怪的意思，反倒是主动给麻袋倒好了酒，端起来，示意一起喝了。连着喝了两大口酒，麻三打了个嗝，问麻袋，你敢不敢？

麻袋不敢开腔，从麻三直直地瞪着自己的眼睛里，麻袋知道看到了一股邪邪的东西，心里一凉，禁不住打了个寒战。

你敢不敢？麻袋感觉麻三的语气像一只恶狗，狠狠地把自己逼到了墙脚。你说，你敢不敢？

你敢我就敢！麻袋端起酒碗，咕咕地灌了几口，一股火苗子蹿下去，肠肠肚肚燃烧起来，旺旺的，像看得见火光。

下午我去找老丘了，那家伙正在跟张寡妇吵架。麻三说。

他两个吵架？麻袋做出一副是不是听错了的样子，探着脑袋，乜斜着麻三。他两个一个名字叫鳖，一个名字叫王八，一家子货色，还会吵架？

为了钱！知道不？为了钱命都可以不要！麻三提起酒瓶，汩汩地倒了半碗，呷一口，再抓起两粒盐大豆，扔进嘴里，一边嘎嘣嘎嘣地嚼着，一边说。两人正在算账呢，张寡妇说算少了，老丘说算多了，两人就像老叫驴样的吵起来。张寡妇骂老丘不是人，心地黑，比烧饭的锅底还黑，是煤炭渣子做的。张寡妇说为了挣那俩钱，屁腚子就差没给那些鳖孙子掀掉了，就那钱你个老叫驴还要变着方儿往自己腰包里抠。

麻袋笑起来，点着根烟。老丘咋骂的？

麻三叹了口气，说，你还笑得出来，咱们就要死到临头了。

麻三说他当时就坐在门口的矮凳上，张寡妇搭着腿坐在老丘的炕沿上，老远就能够感觉到那炕热乎乎的，屋子里暖和得像三月阳春天。老丘盘腿坐在炕上，嘴上叼着烟，直笑，笑得脸上横肉直哆嗦。老丘对张寡妇说，你来咱矿井，我给你铺好床，全矿井几十号人的生意都写在你一个人的肚皮上，账有人给你管，钱有人替你收，你就扎哈着俩腿躺那里快乐得直哼哼，年底了，抱忒大一笔钱回家，你还不知足？不是我罩着你，你被别人搞了怕也是白搞，还指望甚钱呢？

张寡妇气得呼呼地喘着气，胸口像窝了两只兔子，直扑棱。

你在矿井上占着我的地盘，开着个小店，我也应该算个股份，但是我让了你，你还说我黑？老丘眼睛投向在门口坐着的麻三，问，麻三，你说我够仁义不？对得起她不？

够仁义够仁义！麻三站起来，点着头，哈着腰，把张笑脸送到张寡妇面前，劝说道，其实这一两年你也赚了不少呢，咋的算法你也比三两个挖煤的强啊，老丘大哥还真对你不错呢，够仁义的了！

他？仁义？等你吃不着年夜饭你就知道他的仁义了！张寡妇嗤嗤地冷笑起来，两眼上上下下打量着麻三，那笑声和那眼神让麻三浑身起满了鸡皮疙瘩。

妈的，说甚鬼话？再说，你就过了正月十五来结算得了！老丘把手中的本儿往炕上一摔，火了，脑门上蚯蚓一般粗的青筋，突突地一蹿一蹿的。

张寡妇垂着头，嘤嘤地抽泣起来，身子直颤悠。麻三从心里升腾起一股子怜爱，很想走过去，轻轻拍拍她的后背，安慰几句什么。在老丘井这么多挖煤的当中，只有他麻三和死去的麻六没有跟过这女人。其实麻三还是去过，但是没有成功，张寡妇拒绝了他。那是麻六死后不久，他闷闷地喝了些酒，连夜班也没有上，就去了张寡妇的小卖部。进了门，麻三就急急躁躁地把张寡妇往床上搋，一张喷着酒气的嘴巴在张寡妇的身上胡乱啃。张寡妇推开麻三，说来不得了，坏了。麻三没有理会，狠着劲一下子就把张寡妇撂倒在床上了，还没有趴上去，就给张寡妇一巴掌打了个眼冒金星。张寡妇也像现在这样，坐在那里，垂着头，嘤嘤地抽泣。你咋啦，不来就算了，哭球个啥呀？麻三当时一下子慌了神，酒也醒了。张寡妇的哭泣声越发大了，边哭边骂：你们男人都他姥姥的没个好东西，呜呜，我的命为甚就这么苦啊……

哭你娘个丧啊！老丘骂道，把张纸塞到张寡妇眼睛底下。给你算好了，五五分账，你这么多！说着，老丘下了炕，披上衣服，趿着鞋子，在炕下的那只朱红色的保险柜前蹲下来，从腰里摸出串钥匙，打开，像拿砖头似的，拿出两大捆钱来。

那可全是一百元一张的大票啊，新版的，闪着眼睛的红色，麻三说。当时看得我眼皮突突直跳，你知道不，那些是咱们的钱呢，是咱们的血汗钱，他管我们的血汗钱像他自己的东西一样锁在他的保险柜里呢。

张寡妇数钱的时候还在哭泣，但是数着数着就住了声，把那些钱卷巴卷巴揣进怀里，出了门。麻三说，张寡妇出门的时候还回头瞅了他一眼，他没有看清楚那眼神，但是觉得心头慌慌的，他说他隐约感觉到了张寡妇说的"吃不着年夜饭"是啥意思了。

咱们应该感激人家张寡妇，她给咱们提了个醒！麻三说。要不就是咱们死了，也还不知道是咋死的！

麻三对老丘说，我们要回去过年了，你就把账给我们结了吧。

老丘再次打开保险柜，把刚才余下的钱放了进去，哐的碰上那厚实的铁门，边掂着钥匙，边对麻三说，你们的账我已经给你们算好了，麻袋在这干了快两年，钱最多，算下来把甚除干净，一万六千多块，你呢，也差不离一万吧。

麻六的钱呢？麻三早给自己算好了，起码也应该拿一万三四，但是钱在老丘这龟孙子手上，搞得像挂在树尖上的那棵枣，透着香气，却怎么捅也不见掉下来，差不多就要成了水里的月亮了，不管多少，能够拿到手就算不错了。然而最让麻三惦记的还是麻六的那笔钱，那才是大数目，活着时候的工资，加上死了赔的命钱，差不多有五万块，这死人的钱，他老丘该不会乱来吧。

我说你怎的背着麻袋一个人来找我要钱了，原来是瞄着麻六那钱啊？老丘两眼刀子似的盯着麻三，仿佛看透了他的五脏六腑。

都回去了，就我和麻袋留在这里，麻三嗫嚅着说。就要过年了，家里盼着拿钱回去呢，他和麻袋已经在矿井过了一个年了，这次是非得回去了。

今年过年不留你们，明天下去把下面的撑子检查一下，给那些个煤斗子的轱辘儿打上些油。那些斗子轱辘儿要是生锈，等开年上班就推不动了，干完这些你们就回去，拿着你们的钱回去！老丘说着拍拍那朱红色的保险柜，钱都给你们放在这里呢，明天晚上就来拿吧，好好回家过个年！

好好回家过个年——老丘说这话的时候，麻三看见他的脸上嗖的闪过一丝什么东西，在回矿井的路上，琢磨了好半天，麻三才明白那是啥——这个黑心的老狐狸，终于让我觉察出你的尾巴了——狗日的老丘，你真要对我们下手了！

咱们得赶在他前面下手！麻袋说完这句话的时候很吃惊，他仿佛感觉到自己心里有一套杀人计划正轻轻地浮出水面，慢慢地变得清晰无比。以前这酒真他妈的不是个好东西，但是今天晚上却不一样了。麻袋心里说，它让我手不抖了，心不慌了，还让我知道了应该做啥事情了。

麻袋刚满月就会喝酒。麻袋在他母亲怀里哭得止不住嘴，他父亲就用筷子头给他沾了点酒在嘴巴里，麻袋吧嗒吧嗒嘴巴，一下子不哭了。读书的时候，老师问大家，刚才麻袋还在上课，咋的突然不见了呢？有同学说他在你寝室里偷你酒喝呢，老师跑去一看，这家伙抱着个酒瓶已经躺在桌子底下睡着了。麻袋的父亲喝酒在村子里是出了名的，把个家喝得只剩下几只酒杯和一酒瓶了。麻袋要上中学了，他母亲淌着眼泪卖了最后两只老母鸡给他凑够了学费，下午麻袋却背着一个塑料桶回来了，塑料桶里全是酒。这可把他父亲乐得，说麻袋有出息了，孝顺。麻袋把气瘫倒在地上的母亲扶起来说，我不读书了，读书有啥用，我得干活，挣钱，给爹买酒喝，给娘买、买……娘，你说给你买点啥呢？

麻袋的父亲老了，得了病，医生说千万不能再喝了。不能喝酒了的父亲告诉麻袋，让把他扔粪坑里淹死得了。麻袋问为啥。他父亲说，不能喝酒了还不如死了的好。麻袋说，不能喝酒可以闻闻啊。麻袋就在他父亲的床头放一酒瓶，说你要是想喝了，就揭开盖，闻闻气儿，你要真想死，也得等我给你娶了儿媳妇，你喝一口儿媳妇的孝敬酒，才能死。麻袋的父亲答应了，就抱着酒瓶闻着气儿过了半年。一天夜里，麻袋父亲实在憋不住了，把那半瓶酒灌下去了。等麻袋第二天早上起来的时候，他父亲的身体已经硬邦邦的了，抱着空酒瓶端端正正躺在床上，脸上还挂着微笑。

麻袋的孝心在村里出了名，有人打老远给他介绍了门亲事，那女人傻模傻样的，但是长得白净，麻袋很高兴，女方父母也很满意。事儿本该进行得很顺当的，但是出岔子了。端午节那天，麻袋一大早起来就准备好了礼物。今天过女方家去，主要是商量婚期，可别喝多了啊麻袋，麻袋母亲拉着麻袋的手叮嘱了一遍又一遍。麻袋说不会，我不喝，打死我也不喝，你就等着你儿媳妇过门吧。

说打死也不喝的麻袋怎么见得了酒呢？女方家里那天圆圆满满地坐了三大桌客人，麻袋坐在席首，先是大家劝他喝，到后来是他劝人家喝，三桌客人喝趴下了两桌，麻袋拎着个酒瓶，还高高地站在板凳上吆三喝四地往自己嘴里灌。

麻袋母亲临死的时候瞪着麻袋说，你就少喝点吧，讨个女人。麻袋哭着说，等把你埋了，我就出去找钱，找钱再不买酒了，我要娶个老婆，生个娃娃，逢年过节我带着老婆和娃娃到你坟头给你磕头！

想到这里，麻袋的眼泪就流出来了。这些年来，麻袋经常是喝着喝着就哭了，流着泪，一个人说些谁也听不懂的话。

非得要他的命么？麻袋捉着烟屁股，狠吸了两口，手指一弹，那烟屁股划出一道漂亮的红光，掉在地上。

钱就是他的命，不要他的命，我们能拿着那钱？麻三冷笑道。这家伙早就该死了！把他灭了，算是给咱那些个屈死冤死的挖煤的伙计报了仇，也算是除了一大害！

对对！动手动手！麻袋点着头，觉得热血沸腾，一副摩拳擦掌的样子。要不，咱们俩兄弟早晚也要给他祸害了！

还早晚呢，这家伙从去年就开始打咱们主意了，要不，为啥去年就扣着钱不让我们回家过年呢？麻三叹息一声，说，要不是有内蒙俩小子站在咱们前面顶着，咱们还不早给他算计了？

那两人我还记得，他们请我喝过酒，一个姓王，一个姓刘，我还许了愿说请他喝酒呢……麻袋叹息一声，又点燃一支烟，叼在嘴上。

去年过年的时候，老丘将麻袋、麻三、麻六和两个内蒙人留在了矿井，说让他们值这过年的班，守守井口，搞一些日常的检查，每天每人二十元。等其他的人过完年上班了，就给他们结算所有的工钱，然后放他们的假，回去补一个年！

那些天，大家基本上是不用干活的，围着火炉子喝酒。麻袋喝得眼睛泛着亮汪汪的泪花，成天都是红的，麻六乐呵得更是合不拢嘴，扳着指头盘算这一年的收入，睡着了也能听见笑声。那两个内蒙人也和麻六的情形差不多，他们已经在老丘的矿井上干了两年了，说除了所有的开支，老丘也得给他们拿个三两万。

一个酒后的晚上，麻袋突然问麻三和麻六，你们今天看见那两个内蒙人没有？大家这才意识到那两个内蒙人已经从他们蒙眬的醉眼里消失好些日子了。问老丘，老丘说他们已经回去过年了。麻袋说那我们也要回去，你把账给我们结算了，我们也要回去过年！老丘说，你们要回去也可以，马上就给你们结账，但是你们明年就别在这里干了。为啥明年就不能在这里干了。麻三问。不听安排谁还要你们？叫你们给守守矿井，你们却惦念着怎么回去过年，每天玩着也挣二十元，是不是嫌少了？回家去谁给你们二十元？

麻袋、麻三和麻六想了想，都说也是，回去谁给你二十元呢？

就安心地在矿井上待了吧。年过完了，大家都陆陆续续回来上工了。麻袋他们提出回去过年。却不料老丘笑着说，年早都过完了，还回去过甚年呢？麻袋他们说那把账结算了啊。老丘说账都是明摆在那里的，有甚结算的呢。麻袋他们说我们挣的钱应该放在我们口袋里才是啊。老丘说钱放在他的保险柜里，比放在甚地方都保险。麻袋他们说，我们要回去，拿着钱回去料理料理家里的事。老丘火了，说你们回去料理家里的事，谁来料理我这矿井的事啊？现在矿上人手不够，要回去，也得等到那两个内蒙人回来再说。

但是却始终也没有见那两个内蒙人回来。

要不是那老骚棍给咱们提醒，谁还会想到我们居然是摆在老丘那砧板上的肉哪？麻袋抹抹眼泪。还是老骚棍聪明，挣两个钱现时就把它花干净了，省得别人打主意。

说起老骚棍，麻三是最熟悉的，老丘谋财害命的事，就是他从老骚棍嘴里套出来的。老骚棍因为隔三岔五就要到张寡妇的床上躺那么一下，所以得了个"老骚棍"的外号。一天下井的时候，麻六问老骚棍，你挣钱挣得这么辛苦，不省着点，为啥要扔进张寡妇那坑里去啊？老骚棍冷笑道，像你们那么死攒着那钱，我怕早没命了，现在还有命，为啥不去图个快活？麻三从老骚棍的这句话里隐约听出了点什么，当晚就约他到山茆上去喝酒，一块去的还有麻袋。半瓶酒下肚，老骚棍说话了。他说他在老丘的矿井里干了好几个年头，挣俩钱，不是吃喝了，就是拿去嫖了，到年底的时候，有俩路费钱回去一趟就够了。老骚棍说，你挣老丘的钱，少就能兑现，要是多了，就得把命赔进去。老骚棍说，钱对有些人来说，是身上的泥垢，搓洗没了还会再有，不用去惜疼；可是对另一些人来说，钱就像是他身上的肉了，动哪一块都是一个字——"疼"！这老丘就是后一种人。老骚棍说，自他到矿井就知道，每年都会有一两个人不明不白没了，失踪了。而这失踪了的人，就是挣老丘的钱挣得最多的人！今年是内蒙那俩小子，明年哪，差不多就是你们兄弟仨了！老骚棍说完，摆摆手，瘫倒在山茹上呼呼地打起了鼾。

麻袋和麻三给老骚棍这番话唬得心惊肉跳，回去跟麻六说，麻六却不以为然，风轻云淡地说，那老骚棍的话也能相信？现在，老丘的屠刀真的悬挂在麻袋和麻三头上了。麻袋恨恨地说，老丘这狗日的，真他妈的不是人！

别说老丘不是人，我们他妈的也还真不是人呢！麻三灌了口酒，话像是从牙缝里挤出来似的，低沉，却非常尖厉。麻袋一哆嗦，他知道麻三的话中是什么意思。

麻六是端午那天死的。

出事那天早上麻三正闹着要回老家去，委托麻袋和麻六把他的工钱给结算了，年终带回来。

要是结算不了怎么办？麻袋说。

你们都能够拿着钱，为啥我的就结算不了？

就不怕我们给你分了，然后说老丘不给你结算？麻六半开玩笑地说。

麻三一拍脑袋，出去跟人要了一张纸和一支笔，趴在床前写着。麻六走过去一看，见麻三歪歪扭扭地顶头写着"欠条"两字。写完了，麻三拿着那张"欠条"说，你们谁签名啊？

麻六哈哈大笑，我们谁欠你钱了，你让谁签名啊？

麻三的意思很简单，就是委托麻袋或者麻六把他的工钱给结算了，但是又害怕被委托的这人做他那钱的手脚，为了保险，就让被委托的这人给他打一张欠条，说欠他麻三工钱多少多少……

好说歹说，麻六签了麻三的这张欠条。麻六是经过深思熟虑的，盘算了又盘算，麻三除去这样那样的开支，是可以拿到六七千块钱，再压缩压缩，四五千块吧。两人讨价还价，最后以三千块钱达成了协议。麻六签字的时候，麻袋叼着支烟在一边嗤嗤地冷笑。麻六签完字说，要是老丘实在不给结算，我是不认你这欠条的。麻三说，我不管，反正你是签了字的。

麻三揣着欠条，去找老丘要路费钱。

老丘说没钱。

麻三拖着哭腔说，他必须回去见见未婚妻，要再不回去，他未婚妻就怕要跟人家跑了。我不求你给我结账，你就给我几百块路费钱让我回去吧，回去看看，我还来！麻三抹抹眼泪。我今年都快三十了，好不容易找了个对象，你就宽让宽让吧。

麻三做出一副痛切的样子，无论如何他也得让老丘相信他说的话。麻三还真不知道他那未婚妻现在咋样了，当时他未婚妻等家里把新房子盖好后，对累得皮包骨头的麻三说了这样一句话——你家太穷了，啥时候盖起我家这样的房子了，我们再说。麻三这才明白，自己给人家当老黄牛使唤了，后悔当初没有跟麻袋和麻六他们一块儿走，要不，挣的钱也可以装大半个口袋了。

老丘才不理会麻三呢，冷冰冰地说，你要走就走吧，等年底，把工钱结算给麻袋他们就是了。

麻三也不知道自己是不是非得回去不可，只是觉得心慌，仿佛家里那个未婚妻真的在等着自己似的。

麻三回到屋子里，想找麻六想办法，他反正要付自己三千块钱的，先预支自己百十来块钱总行吧。正想着，外面吆喝出事了。

麻六给炮炸了。

放炮的人说，他刚一摁爆发器，就看见一个人在前面倒下了，这人就是麻六。麻六的脑袋被炸了鹅蛋大的一个洞，血汩汩地流淌着，躺在那里，奄奄一息。

麻六现在这样子还能够救活么？老丘把麻三和麻袋叫进屋里，问。

他还有气呢。麻袋说。

我们又不是医生。麻三说。

如果要抢救他的话，就是医多少钱我肯定也得给，但是看他现在这样子，是活不了的。老丘很冷静的样子，垂头思考了一会儿说。在我的矿井里，因为工伤死亡的，赔三万块钱，如果拉去抢救的话，可能也得花上个万儿八千的，明知道救不过来还得花个万儿八千的，划不划算？

死人死了，活人可还要活！老丘抬起头，看着麻袋和麻三。咱们得多为活人考虑，是不是？

麻三和麻袋点点头，又摇摇头。

我给他赔四万块钱！老丘咬咬牙，下了好大横心似的。我把这钱直接给你们，人不为己，天诛地灭！到家里，你们不说麻六死了，谁也不知道，这钱你们爱怎么分怎么分，爱怎么花怎么花，怎么样？

麻袋和麻三当时都有一种虚脱了的感觉，但是都毫不迟疑地点了头。

钱我先给你们放在保险柜里，等风平浪静了，就拿给你们！老丘说着，拍拍麻三和麻袋的肩膀，走了。麻袋和麻三坐在床上，彼此都不敢看对方。

到第二天早上，麻六才咽了气。

麻六死后的几个月里，麻袋和麻三两人都尽量避免待在一起，就是待在一起，也都不说话，也不敢看对方。能够像今天晚上这么亲密地待在一起，说话，喝酒，从麻六死后这么长时间以来，还是第一次。

咱们对不起麻六啊！麻袋哭起来。咱们不是人啊！

哭球！麻三说。咱们把那钱拿出来，一分不少地给麻六媳妇，也算补了咱们的过吧！

不，这样不行！麻袋举起酒瓶，咕咚咕咚地灌了几口。今天晚上咱们的行动，还得算上麻六一份子！

当然，除了咱们的工钱，剩下的，按照三份来分！

你看见——里面究竟有好多钱？

妈的，够咱们挣上好几辈子了，怕得拿上两个口袋装吧！

好好，咱们回去得先给麻六请上几个和尚，做做法事，然后再给他家盖上栋新房子！麻袋吐了口烟雾，幽幽地说。有了钱，我也不愁娶不上老婆了。

麻袋的行动方案还没有说完，就给麻三否决了。

不行！麻三说。

麻袋的意思是他到村上去，把老丘叫起来，就说矿井出了啥事情，等他到了矿井上，让麻三拿着木棒从后面使劲一下子！

你瞄准了，使劲一下子！麻袋挥舞着手里的酒瓶。

不行！麻三说。坚决不行！

麻袋很为自己的方案得意，当然要辩解一番。他的理由是老丘不是本村人，租的房子又靠在村外，包养的二奶前几天也回家过年了，他一个人待着，把他叫出来谁也不会知道……

你得考虑到老丘会不会出来！要是他不出来你怎么办？

那你说呢？麻袋确实没有想到这一点。

很简单！麻三说，示意麻袋给他支烟。麻袋将烟点着了，才递给麻三。麻三吸了几口，却不想被呛了，吭吭地咳嗽了一阵，低头沉思了一会儿，把手中的半截烟还给麻袋。我早就考虑好了，我们悄悄溜进村子里，因为老丘的房子靠近村外，就一定不会惊动任何人。

肯定不会！麻袋说。

他的围墙不是很高，你先搭人梯让我上去，然后我再把你拽上来，咱们再慢慢下去，你得记住了，千万不能出半点儿声，就是放屁也得憋着。

麻袋点点头，眼都不敢眨一下地盯着麻三，显得有些紧张。麻三也有些紧张，为了缓解一下这气氛，他端起碗，两人碰了碰，喝了几口，又各自拾起几粒盐大豆，放进嘴里嘎嘣着。

他的门闩是咱们老家那种木头的，用小刀子轻轻往边上一拨，就开了。麻三顿了顿，看着麻袋。这开门的事情我来做。

那我呢？

你拿着这个，门一开，我们就冲进去，你用这个对准老丘就是两下子。麻三从枕头底下拿出一根打磨得十分尖利的铁钎，递给麻袋。老丘当时要我们留在矿上的时候，我就开始准备家伙了。

那你呢？麻袋扔掉烟蒂，接过铁钎。

我还有一根。麻三下了床，趴在床底下，在里面翻腾了一阵，提出一根手臂粗的铁棒，紧紧握在手里，对准炉子上的水壶就是一下，只听得哐当一声，那水壶被重重地击打在墙上，又掉在地上，翻滚着，水洒了一屋，冒着腾腾的雾气。

咱们一起动手，我就不相信，他老丘的脑袋，会比这水壶硬！麻三走过去，踢了踢扭曲变形的水壶，轻描淡写地说。

把他打死了，那保险柜怎么开？得有密码啊，咱们总不能够背着个保险柜走吧！麻袋觉得这问题很重要，自己刚才那计划里，就遗漏了这个环节。

这你不用操心，密码我已经记住了，今天他龟孙子开保险柜的时候，我两眼睛可没有闲着呢。

然后呢？

然后，就是找只口袋装钱啊！钱装起了，咱们就有两个选择了！麻三竖起一根指头，一，把老丘弄到矿上，扔进矿坑里，这二么，就是不用管他，关好门，咱们一走了之！

那咱们选哪一个呢？

哪一个都可以，大家都忙着过年了，谁还会在意你个老丘在不在啊！等他们发现老丘死了，年怕也要过完了，这人海茫茫，谁还会想到是我们干的不成？

麻袋觉得麻三确实有两下子，那做派，简直跟一个指挥作战的军官一样，关键是他的那计划，周到。这小子，怎么以前没有发现有这才能呢？

那我们现在应该咋办呢？麻袋问。

麻三将最后几粒盐豆丢进嘴里，举起酒瓶，咕咚咕咚一气儿干了，啪地扔进那堆酒瓶里，提着铁棒，杀气腾腾地说道：杀人！

月亮低低地挂在天上，月光像水一样流淌着，地上开始细纱般的飘浮起淡淡的薄雾。

麻三和麻袋一前一后，簇拥着两团黑影，慢慢地爬上山峁。麻袋站在山峁上，酒在肚子里沸腾着，燃烧着，感觉到自己像个灯笼似的，发着耀眼的光芒。

村庄就在下面。被一团朦胧的薄雾掩罩着，如同一个熟睡的女人，身子轻轻地起伏着。

你闻到了没有？麻袋抽了抽鼻子，问麻三。

啥？麻三止住脚步，回头看着麻袋。

年的味道，从村子里飘过来的，你闻闻，这夜里全是这味道。月光下，麻袋神情很模糊，狗一样贪婪地抽动着鼻子。

走吧！麻三把铁钎扛在肩头，说。铁钎尖利的那头，在月光下闪耀着熠熠的寒光。

一切都和麻三计划中的那样，进展得十分顺利，顺利得让麻袋仿佛感觉到这不像是真的。

然而的确是真的，他们已经将那两只沾满鲜血的铁钎丢弃了，扛在他们肩头的，是两只装满钱的口袋。他们在雪地里奔跑着。

快点，咱们得趁着天亮前，赶紧赶路。麻三说。

我很累啊，我的腿像灌了铅，我跑不动了。麻袋说。

你想想你口袋里的钱，你就有劲了。麻三气喘吁吁地说。有了钱，你就可以修房子了，可以讨老婆了，可以在逢年过节的时候，带着你的老婆孩子，在你老娘老爹的坟前磕头作揖了！

我实在不行了，我得歇息一会儿。麻袋呻吟着。

两人在路边发现了一个破庙，推门进去，地上全是干草，柔软而温暖，月光透过房顶的破瓦，斑斑点点洒在草上。麻袋只觉得腿软软的，一点儿也不听使唤了，就把自己像只麻袋似的丢进了草堆里，呼呼地睡着了。

迷糊中，麻袋察觉到麻三爬了起来，坐在他对面，静静地看着他。麻袋想爬起来，却怎么也动不了。麻袋看见麻三冷笑着，把那只装满钱的口袋从他身下拖了出来，扔在自己那只口袋边，然后抱起一块大砖头，对着他的脑袋，举起来——麻袋惊得魂魄都出了窍，大叫一声——传来一阵敲门声，咚咚咚。

谁啊？麻袋感觉到喉咙像是着了火，发出的声音干涩而无力。

是我！你两个鳖儿，太阳都晒屁股了，还睡！快点起来和我下井去！老丘在外面一边敲着门，一边恶狠狠地叫骂道。

麻袋惊骇不已，侧过头去，看见麻三正惊恐万状地看着自己。

丙 部..

忧伤的西瓜·

柏木棺材

1

一条被称之为秦河的河流将秦村从中劈成两半。河不宽，河水清澈徐缓。河岸两边是宛如明镜一般的水田，越过水田，就是农舍。农舍后面是山，山势徐徐上升，最后上升成为两条带状的山，山上生长的全是柏树。这里的柏树生长缓慢，别的地方一棵树十年就碗口粗了，而秦村的柏树二十年却还只有胳膊粗。因为生长缓慢，所以木质就特别密实、坚韧。这样的木头，打家具费时，雕菩萨费工，却是做棺材的好料。

秦村的老柏木做棺材，究竟好在哪里？有一年土镇修水库，挖出了一座老坟，老坟迄今起码也有五百年，叫人称奇的是里面的棺材竟然完好无损，油光锃亮。这还不算，掀开棺材盖，尸体容颜依旧，栩栩如生，据说那棺木就是出自秦村的老柏木。人们赞叹那老柏木好，更赞叹打棺材的工匠手艺好。

方圆千百里，唯一能用老柏木打出那样棺材的工匠，现在只有一人，这人就在秦村，人称老木匠。老木匠原本是有姓有名的，由于手艺太好，大家都只记得了他的手艺，反倒把名字给忘记了。不过也没关系，一说老木匠，谁都晓得说的是他。

老木匠打棺材的手艺是祖传的，到他这一辈，已不知传了多少代。老木匠承袭祖法，打棺材只用秦村的老柏木，像楠木檀香木核桃木香樟木……均入不了他的眼，要让他用这些木料打棺材，无论你给好多报酬，他都是不屑一顾的。他看重的只有秦村的老柏木。打好棺材后，老木匠只收一半的钱，另一半，等到半年后再给。主人家豪爽，要一次给净，但是老木匠不依。老木匠将一块新鲜猪肉放进棺材里，说，半年过后，如果里面的猪肉没有腐烂，没有臭，你再给那另外一半钱。这是祖上传下来的规矩。

　　半年过后，主人家送钱来了，敬佩不已地跟老木匠说，那肉还跟刚放进去时一样……

2

　　小木匠是老木匠的徒弟。其实他们还有一层关系，小木匠是老木匠的儿子。因为这事并不光彩，大家虽然心知肚明，却也只在私底下说说，从来不拿到桌面上来，一是怕招惹老木匠不高兴，二来是怕损了老木匠的名声，老木匠毕竟是秦村的骄傲啊。

　　老木匠有过老婆，也有过娃娃。只是有一年他老婆突然疯了，抱着娃娃跳了秦河，从此老木匠就成了一个人。老木匠到处找人给他做媒，想再娶个老婆，他是急着想要有个后，担心那打棺材的手艺，到他这一辈就断了。但是晓得老木匠底细的，却没有谁愿意嫁给他，他老婆之所以跳水，是因他脾性太坏，打的。

　　秦村有个拖拉机手，在从秦村运肥料的时候翻了车，成了瘫子。瘫子最大的愿望就是在死的时候，能够得到一口由老木匠打的老柏木棺材。于是老木匠被请了过去。

老木匠亲自上山挑选的树木，亲自砍伐的，亲自锯成大板……到最后上漆，这口棺材统共花去老木匠三个月的时间。棺材刚一做好，瘫子就死了。秦村的人都说瘫子死得真是时候。

瘫子死后半年，瘫子的老婆竟然生出了个娃娃，这个娃娃就是后来的小木匠。

小木匠的娘在他十六岁的时候就死了。小木匠的娘一死，小木匠就进了老木匠的家门，说跟老木匠学手艺。

老木匠待小木匠很费心，他曾在酒后跟人吹嘘，说要把小木匠培养成一个像他一样的大师傅，让他的手艺能够在小木匠手里继续发扬光大，并且世代传承下去。

但是小木匠却对老木匠的手艺没有一点兴趣，他显得有些愚笨，老木匠说的话，他总是记不住。老木匠是个脾性很坏的人，一句话不对，就要打人，因此小木匠也总是被老木匠打。老木匠打起小木匠来，简直是下了死手的，小木匠经常被打得走不了路，或者拿不动斧头。在老木匠的棍棒下，小木匠到了三十岁的时候，终于勉强能给老木匠打个下手了。

老木匠心想，照这样下去，小木匠是学不会他的手艺的，他必得另外想办法才是。

3

小木匠早到了结婚的年龄，可是就没人上门提亲。老木匠到处托人，但是人家都说小木匠木讷愚笨。

最后，老木匠还是给小木匠娶了个女人回来，与其说是娶，还不如说是买，这个女人花去了老木匠半生的积蓄。洞房那天晚上，老木匠却让小木匠给棺材上漆，他钻进了洞房。小木匠一边听着那女人的嘤嘤哭泣，一边给棺材上着漆，一边泪流满面。

第二天小木匠看见了女人。她神色黯然，原本好看的面容，现在却如同一朵在风雨中凋零的花儿，支离破碎。小木匠这一天时间都是埋着脑袋，不敢抬头。

一天，女人找到小木匠，问究竟是谁娶的她。小木匠嗫嚅了半天，说，是我。女人说，我既然是你娶的，为啥要被他睡？小木匠说，我师傅说我的品种不好，已经坏了，要生出个后代来，肯定还是学不会那木匠活，成不了大师傅。女人说，听说你是他的儿子？小木匠说，人家说是。女人说，既然你是他的种，为啥学不会木匠活？小木匠不晓得如何回答。女人说，因为你是个孬种，所以你才学不会！

一年多时间过后，女人生了个娃娃。女人再次找到小木匠，问他，这娃娃叫谁爹？小木匠说，叫我。女人说，是你的种么？小木匠叹息一声，咬咬牙，回答说，不是。女人说，既然不是你的种，为啥要叫你爹？小木匠咬咬嘴唇，说，我要杀了他。女人想了想，说，我做你的帮手吧。

这一天，老木匠正蹲在地上逗哄娃娃，他手里拿着颗棒棒糖，娃娃伸手要的时候，他把手往回一缩。娃娃不要了，他又伸出那颗棒棒糖，在娃娃面前绕着。

喊爷爷，喊声爷爷我就给。老木匠说。

他怕是不应该叫你爷爷吧。女人突然出现在老木匠面前，冷漠地看着他。老木匠心里一凉，把糖塞到娃娃的小手里，讪讪地笑着要离开。

你在床上不是把我耍猴样的折腾来折腾去么？为啥现在见了我要躲呢？你不摸摸我么？女人把自己往老木匠面前送了送。

娃娃……娃娃正看着我们呢。老木匠瞥了一眼地上的娃娃。娃娃拿着那颗棒棒糖，使劲往嘴里塞。

他是你的小儿子，你还怕他看见么？你既然怕你的小儿子看见，为啥不怕你的大儿子呢？女人说。

他……他是傻子。老木匠说。

他是傻子你给他娶老婆干啥啊？娶回来你又不准他跟我睡，你要睡。你既然要睡，当初何不直接娶我就是了？女人高耸着颤巍巍的胸口，把自己往老木匠怀里送着，说，来啊……

疯子，你疯了……老木匠慌张地往后退着。退了几步，他退不动了，他靠在了啥东西上面。回头一看，原来是小木匠。

你站在这里干啥呢？不赶快过去把板子刨平。老木匠冲着小木匠吼道。

我站在这里干啥？收拾你！收拾你个老畜生！小木匠的话音未落，老木匠只感觉到眼前一黑，就啥都不晓得了。

4

老木匠醒来过后，看见小木匠拿着斧头，在女人的指点下，正在准备敲自己的膝盖骨。

你瞄准点。女人跟小木匠说。

小木匠额头浸着密密的汗珠，他抡了抡斧头，正要敲下去，被女人挡住了。女人拿出来个装满瘪谷的枕头，垫在老木匠裸露的膝盖上，说，这样敲，才不会破皮。

小木匠猛然抡起斧头，这一抡，老木匠看见了小木匠成为一个大师傅的潜质。他抡得很圆——只有这样抡斧头，才会力道充足饱满，着力点准确，不偏不倚——打棺材就需要这样抡斧头，只有这样抡斧头，才能把楔子穿进棺材板里……

嗵！老木匠没有听见斧头敲击木楔子的闷沉的响声，却听到了一声来自身体深处的碎响，紧接着又是一声。

老木匠嗷嗷地大叫起来，他在地上翻滚着，跟一条被开水烫了的黄鳝一样，扭来扭去。

老木匠再也站不起来了。

听说老木匠瘫了，秦村的人都来探望他，问他究竟是怎么回事，好好的怎么突然就瘫了？老木匠一阵悲叹过后，告诉人家自己是摔了，膝盖骨摔碎了。

你动不了，从此这天下就没谁享受得了那柏木老棺了！那些人都惋惜。

有。老木匠指了指站在一边阴沉着脸看着自己的小木匠。

他？

我走眼了，他是把好手。老木匠做了一个挥舞斧头的动作。

5

小木匠成了一位远近有名的木匠师傅，他最擅长的还是打造棺材。小木匠的手脚远比老木匠麻利，而且他的话语不多，不像老木匠，搞一阵子，就要喝喝茶，抽抽烟，说说话，然后再搞一阵。只要材料一摆在小木匠手里，小木匠就像一位冲入敌阵的威猛无比的将军，斧头挥舞得银光飞溅，那些刨花就像雪花一样飘散着……就在大家看得瞠目结舌的时候，斧头骤然停住了，那些雪花也消失了，四周安静下来，一具亮堂堂的棺材透露着死亡的气息，摆在那里，静静等候着，等候着一个亡魂……

　　小木匠在外面打棺材，家里的一切就由女人打理。女人又新生了个儿子，这个儿子自然是小木匠的了。老木匠如果就这么像一条狗一样的活在这个家里，他可能还会苟延残喘几年或者十几年。但是老木匠却不，他想从地上爬起来，重新站起来。

　　如果小木匠在家，老木匠会悄悄地把自己藏匿在某个角落。在小木匠面前，老木匠处处都表现得小心翼翼，这很明智，他晓得自己不是小木匠的对手了，他必须得像一条老得牙齿脱落，连声音都残缺不全了的癞皮狗，只有这样，他才可能活下来。小木匠的话语很少，目光深沉而坚毅，他的每一斧头每一凿子，都是那么准确有力，他甚至不会像老木匠当年那样，在喉咙里故作声势地低号一声。他很平静，这平静让老木匠既欣喜，又感到惧怕。

　　小木匠不在家的时候，老木匠感到空气不那么凝重了，才敢把脖子伸出来，自由地呼吸两口。呼吸够了自由的空气，老木匠就倚靠在门框上，眺望远方，回想自己当年提着斧头，行走四乡八里的场景。那多美妙啊！每走到一个地方，他就会被人们老远地叫住，递给他烟叶，邀请他到家里帮忙打棺材，那些人跟他说话都是那么毕恭毕敬，生怕得罪了他似的。老木匠不会立即答应，他故作非常繁忙的样子，说已经答应了某某。人家紧张了，许诺说已经准备好了甘甜的玉米酒，准备好了腊肉……能够躺进由老木匠亲手打造的棺材入土，是秦村乃至更远地方的那些将死的人的最后心愿。老木匠把打造棺材的过程作为人生最大的享受。那些木头刚刚搬到他面前，就在他脑袋里形成了一口棺材的样子。剩余的事情，就是把那多余的部分用斧头劈掉。他不用干得那么辛苦，喝喝茶水，再抽两口叶子烟，和那些小媳妇打情骂俏一阵，如果不顺心了，或者怎么了，可以拿小木匠暴打一阵，出出胸口的郁闷……要是主人家的饭菜酒水不合口味了，他会提上斧头就走，弄得主人家跟在后面一阵哀求，然后是杀鸡宰鸭，弥补过失……

这时候，女人突然出现在老木匠面前，故意挡住他的视线。

和其他那些匠人相比，小木匠没有任何不良嗜好，他不赌牌，也不抽烟，还不好酒，也不跟那些大姑娘小媳妇说笑……作为一个匠人来说，这太难得了。因此小木匠被大家公认为最好的匠人，他获得了匠人不可能享有的尊崇。由此，小木匠的工钱是很高的，他干一个月挣的，其他木匠半年也不见得能挣回来。小木匠把钱拿回来，就交给女人。女人是很会花钱的，她去秦村的裁缝那里缝纫了几套新衣服，又去金匠那里打了很多耳环，手链，镯子，戒指……她把自己穿戴得跟只黄灿灿的玉米棒子似的。

一个女人这样花男人挣回来的钱，哪里是好东西。老木匠唾了口唾沫，在心里暗自骂道。一边骂，老木匠一边后悔自己当初眼光不好，娶了这么个东西回来。

女人上前几脚将老木匠端翻在地，恶狠狠地骂道，站起来啊，老公狗，老畜生。

老木匠躺在地上，乜斜着女人，似笑非笑地说，贱人，现在装正经货了！想想你当初那浪劲，母狗样的叫唤……在我面前，你还有啥正经装的？婊子！

女人蹲下身子，在老木匠面前撩起衣衫，露出那丰满的乳来，握在手里一捏，一股奶水射了出来，溅了老木匠一脸。女人说，老公狗，老畜生，你不是最喜欢吃的么？来吃啊，站起来吃啊！呵呵，成了废人了吧！你个老畜生，没想到会有这么一天吧！

老木匠恨恨地瞪着女人，双手撑在地上，慢慢地起了身，然后抓住门框，悠悠地就要站起来了。女人吓了一跳，对着老木匠就是一脚踹过去，她被反弹了一个趔趄，老木匠身子晃了晃，最后笔直地站在了女人面前。女人尖叫一声，被吓跑了。

6

小木匠回家的时候，找了好半天才把女人找出来，女人藏在床上的角落里。

你怎么了？小木匠问。

他站起来了……他站起来了……女人颤抖着声音说。

听到小木匠回家的声音后，老木匠吓坏了，他以为小木匠会收拾自己。但是没有。几天时间里，小木匠连看都没看他一眼。老木匠很知趣，藏在角落里，无声无息。

突然一个早晨，老木匠听见了劈木头的砰砰声。老木匠听出来了，这是山上那棵老柏树，只有那棵老柏树，在劈它的时候才会发出那样的脆响，砰砰的，跟敲击铁器一样。那棵老柏树生长在一个陡峭的悬崖上，树根深深地扎进石崖里，已不知有几百年。一直有人想要把它砍下来打成棺材，但是因为困难重重，只有望洋兴叹。

这棵老柏树实在太老了，质地太密实太坚硬了，如果落在自己手上，怕是没有充足的力气动得了它啊！但是老木匠却听出来小木匠的力气很充沛，每一斧头都劈得干脆利落，木屑划过空气，发出簌簌的声音。

他是在打一口棺材啊。老木匠想着，谁有那福分配得上这样的老柏木棺材？

第二天黄昏，斧头声停住了。老木匠心里一凛，一种不祥的预感就像过堂的凉风一样，让他打了个激灵。

这时候小木匠过来了。他说，我打了口棺材，你要看看吗？

老木匠不置可否。

小木匠说，走，看看吧。

老木匠说，我动不了。

我帮你。小木匠拎着老木匠的衣领，提一截木头似的，将他提到院子里。

天空昏红，院子里弥漫着一股浓郁的柏木油的香气。几只早出的蝙蝠像是被香气熏昏了头，刺啦啦地飞来飞去，毫无目的的样子。那口柏木棺材摆在院子中央，发出亮堂堂的光。

看看吧，你使唤过这么好的老柏木么？小木匠问。

是好木头啊，我从来没有遇见这么好的木头。老木匠情不自禁地摸了摸那棺材，点点头，说，做工也好，比我好，看看，镜面一样光滑，不，摸起来跟丝帛一样……嗬……

你应该看看里面，你看不到一丝缝隙，我估计就算是把水银倒进去，也不会渗出来的！小木匠说着，脸上露出得意的笑容。

真是一流的做工啊，实在太漂亮了……老木匠喃喃地说着。

把新鲜猪肉放在这里面，别说半年，就是三年，也不见得会腐烂。小木匠说。

是啊是啊！老木匠就像重逢了那久别的故友，亲切地抚摩着，嘴巴里发出啧啧的感叹——

让小木匠惊愕的事情发生了。他看见老木匠手扶着那镜面一样光滑的棺材板儿，慢慢地从地上站了起来……

好棺材啊，这才是好棺材啊，真是好手艺，好手艺！老木匠俯下身子，嗅着那沁人心脾的香气，他不禁陶醉了。就在老木匠抬起脑袋的时候，他看见那光洁如镜的棺材板上映照出两张阴冷的面孔，那面孔是那么熟悉，好像在啥地方见过……哦，对，自己被砸碎膝盖骨那天——

　　老木匠发觉身子一飘，轰然一声栽进了棺材里。他还没回过神来，最后一缕阳光被阻隔在了棺材外面……

好心肠的陶先生

1

在土镇大多数人看来，陶先生是个医术并不怎么高明的医生，但是他有一副好心肠和一个很远大的理想。这个远大的理想就是发明一种神奇的药丸，那究竟是一种怎样神奇的药丸，陶先生在没见到三寸丁之前，都还没有想好。

三寸丁是马戏班的矮丑，身高不过两尺，可别小瞧了他，他是马戏班的台柱子，他的模样被画成大幅图片，张挂在马戏班的门脸上。在演出招贴上，三寸丁也永远占据着最显要的位置。

三寸丁有好些个拿手好戏，样样精彩。其实就算他不表演，只消往台上一站，底下的观众都会叫好，掌声雷动。瞧他是怎么表演的吧，装扮成个老人，本来个头就又矮又小，居然还拄着根拐杖，走起路来摇摇晃晃，这已经够搞笑的了，偏偏他的嘴巴里嘟嘟囔囔，脸上挂着不满，好像才从家里受了气出来，怎么能不叫人一见就开怀大笑呢？下一个节目就更逗人开心了。他一身功夫装扮，像是一个袖珍的江湖高手，可是面对一把椅子，蹦跶老半天也蹦跶不上去，最后像是费尽了吃奶的力气才爬上去，坐在那里呼呼喘息，可是不小心又跌下来了。然后又是一阵蹦跶，又是一阵爬，终于站在上头了，目空一切，不可一世，实在没有谁能够抵挡住这般搞笑。有人说，再严肃的人在三寸丁面前，也会忍俊不禁。

三寸丁和陶先生一样，都有一副好心肠。和陶先生不一样的是，他没有什么远大的志向，只想在马戏班里混，吃好喝好睡好，有一帮子不嫌弃自己的伙计，走到哪里都受到观众的喜爱。但是他们两个遇到一起，却引发了一场轰动一时的令他们啼笑皆非的事情。

事情是这样开头的——

马戏班在经过长途跋涉后，顺着爱河一路向东，来到了土镇。照例，他们在土镇的演出十分受欢迎；照例，所有的观众都很喜欢三寸丁，无一例外地都被他迷住了。其中就有陶先生一家人。陶先生并不喜欢马戏。但是陶先生年迈的母亲很喜欢，他的妻子和三个女儿也很喜欢，她们都是三寸丁的忠实观众，她们最大的愿望就是马戏班在土镇的所有演出，一场也不落下。

不过这对陶先生来说比较困难，因为马戏班的票价可不低。马戏班的第一场演出，陶先生还是很高兴地给了他妻子一笔门票钱的。但是第二场他就觉得难以承受了，如果不是自己那年迈的母亲开口，他一定会搪塞过去的。当她们提出还要去看第三场的时候，陶先生生气了。他那年迈的母亲比他还气大，说你这个家怎么当的，还医生呢，我们几个想看看马戏，你连门票钱都掏不出来。陶先生窘得无言以对。陶先生的母亲带着她的儿媳和孙女们气咻咻地出了门，她们来到马戏班门口，却犯了愁，因为口袋里没钱啊。

"奶奶，咱们回去吧！"陶先生的女儿说。

看着孙女们眼巴巴的样子，再看看儿媳那无可奈何的目光，陶先生的母亲从头上拔下簪子，拉着她们走向入口。

里头已经传出了锣鼓声，马戏就要开场了。但是她们却被守门人拦住了，因为他们只收钱，不收物品。

"纯银的！"陶先生母亲说，"这可是我出嫁的时候父亲送我的呢！"

"实在抱歉，老奶奶。"守门人很为难，因为按规定，他们是不能收取实物的。

"你总不能叫我们看不成马戏吧！"陶先生的母亲哀求说，"来，求求你，收下吧。"

就在此时，三寸丁出现了。前面说了，三寸丁是个有一副好心肠的人，他怎么能遇见人家有困难不帮助呢？更何况，她们都是自己忠实的观众。三寸丁掏出一大把钱，塞到守门人手里，告诉他说，"记住，以后她们来看戏，只管放进来，钱都由我出！"

2

这件事情叫陶先生万分感动。尽管他对马戏丝毫不感兴趣，却还是决定前往马戏班看看这位三寸丁先生的表演，陶先生把这当成对一位好心人的报答。

从三寸丁一登台，陶先生的嘴巴就没合拢过，他笑啊笑，出门的时候腮帮子又酸又疼。这天晚上躺在床上，陶先生一直在想自己为什么要笑，三寸丁为什么要逗人家笑。他那样装聋作哑，装疯卖傻，使劲卖弄自己的缺陷，究竟为什么？难道他不明白那跟尊严，跟人格有关么？而且，更叫陶先生难以忍受的是，这么一个好心肠的人，就应该一辈子侏儒么？连看一头猪都得仰视么……

陶先生越想越痛苦，越想越觉得老天不公平。最后，他终于把这一切和自己的远大理想联系起来了。

第二天早晨，陶先生起得很早，他谢绝了所有登门的病患，紧闭房门，开始了潜心研究。他的研究十分艰苦，必须查阅大量典籍，经过大量演算……

在历经三天三夜的苦战之后，研究出成果了，陶先生研制出了一种神奇的药丸。陶先生非常兴奋，带着药丸就去了马戏班。

演出已经结束。陶先生找到正在后台卸妆的三寸丁，感谢他对自己一家马戏迷的关照，然后拿出药丸，说这东西是我送给你的礼物。三寸丁怎么也不肯要，说这怎么能要呢？那是我该做的，我总不能让喜欢我的观众站在外头看不见我的表演吧。

"你就收下吧。"陶先生谦虚地说，"相比你为她们掏的那么多门票钱，我这点东西确实算不得什么的。"

"那么……这究竟是一种什么药呢?"三寸丁问。

"哦，这个……"陶先生一直在追求高尚和低调，他想，如果此刻就把自己的目的和这药的功效告诉了三寸丁，效果肯定不如明天早上他自己发现的好。于是笑呵呵地说道，"你吃吧，没妨害的，希望它能给你带来惊喜!"

三寸丁以为这不过是消除疲劳、舒筋活血的药丸，毫不犹豫地就把它吞下了肚皮。

3

第二天早晨，陶先生就端坐在屋子里，他在等人前来致敬和感谢。他等的这个人就是三寸丁。陶先生设想了那个场面，那个场面将是宏大的，感人的，可能很多人都会抑制不住哭泣起来。那么，他陶先生的名声将会很快超过土镇镇长，名字和传说将会像鸟儿一样飞出土镇，飞遍整个爱河流域。到时候，前来求药和敬仰他的人将会如同潮水，涌入土镇。而他呢，将会尽情释放自己的好心肠，只要是穷困人家，吃药非但不给钱，他还可以送他们盘缠，安顿他们吃住。如果赚取的钱很多，他还设想是不是在土镇修建一所医院。陶先生继续设想，那时候一定会有人提议在土镇为他竖立一块功德碑，上面将铭刻他的仁心仁术和功德事迹。

遗憾的是这是一个安静的早晨，不仅三寸丁没有前来，连平常喜欢在屋子里窜来窜去的老鼠也没了踪影。陶先生着急了，难道是出了什么纰漏么？药丸对三寸丁不起作用？自己的研究失败了？这不可能。陶先生不是一个盲目自信的人，但是这回他对自己充满了信心，要晓得他几乎是耗费了所有精力和心血，不可能失败，也不允许失败。那么就再等等吧。药丸也像人一样，有时候会有怪脾气，动辄是要讲究点个体差异的。

直到傍晚，三寸丁还没出现在诊所门口。这天晚上，前去马戏班观看演出的母亲和妻子她们回来，个个都表现得很懊恼，因为她们没有看到三寸丁的表演。对于这个问题，陶先生很感兴趣，他问是没看见三寸丁，还是没看见三寸丁演出。

"人影都不见。"妻子回答说，"整个场子都在呼唤三寸丁，要他出来表演，他就是不现身。"

"难道就没人去打听打听，他为什么不出来？"陶先生问，"或者是他出了什么情况？或者是……怎么了。"

"不知道。"女儿想了想，好像记得了一些细节，"不过我看今天晚上他们的表演糟糕透顶了，一个个慌慌张张的，就像是妈妈去买米的时候把钱丢了一样。"

"没有三寸丁上台，他们当然要慌张了！"母亲说，"那么多人都是为三寸丁来的，又不是来看他们的!"

陶先生忐忑难安，真不知道现在的情况究竟如何。那药丸起了作用吗？是不是因为那该死的个体差异，叫三寸丁衍生出了其他的病症，此刻他正生命垂危，奄奄一息，就要死掉？哦。老天！不可能。这么倒霉的事情怎么可能偏偏叫他遇上呢。

这一夜，陶先生几乎无眠。在天明时分，陶先生终于昏昏欲睡，就在他要进入梦乡的时候，一阵震耳欲聋的敲门声把他惊醒。陶先生赶紧跑出去，门已经被他的母亲和妻女们打开，她们站在那里，被眼前的情形吓得簌簌发抖。陶先生出门一看，一个高大的壮小伙带着一群人气势汹汹地站在门口，那架势好像要拆掉陶先生他们家的房子。

"怎么了？你们这是……"陶先生怯怯地问道。

"怎么了？你毁了我!"那个壮小伙挥舞着拳头，愤怒的样子活像一头豹子，如果不是后面的人拽住他，他就要把陶先生撕成碎片。

"究竟怎么回事？小伙子，你得让我明白……我搞不清楚你们这是怎么了。"陶先生一头雾水。

"怎么了？你还问我怎么了？"壮小伙回头向他的伙伴们苦笑着摊摊手，"哦，老天爷啊，他竟然像个无辜者似的，问我怎么了……"壮小伙眉毛一竖，狠狠一跺脚，两只手像鹰爪一样在胸前挥舞着，"瞧瞧，瞧瞧，你好好瞧瞧我，瞧瞧你都把我搞成什么样子了!"

"你是谁？"陶先生抻长脖子，想要把这个壮小伙看清楚。

这时候从人群中站出来个人，他把壮小伙扒拉到身后，自己站在陶先生跟前。所有的人包括陶先生，都认得这个人，他就是马戏班的老班主。老班主脸色铁青，眼中充满了仇恨，他瞪着陶先生，一字一句地问道，"陶先生，你是不是个医生?"

"啊，是的。"陶先生回答道。

"我打听了，听说你最大的志向就是发明一种神奇的药丸。"老班主问。

"啊，是的。"陶先生其实很喜欢跟人谈论他的志向，现在，他更想谈谈他的发明，要知道这种神奇的药丸经过他的努力已经诞生了……哦，见鬼，是不是那神奇的药丸出了什么问题，老班主，面前这个壮小伙……

没等陶先生把这事情事物联系起来思考，老班主又问道，"你的神奇药丸是不是已经取得成功了？还把它送给了我马戏班的矮丑三寸丁？"

"是啊。我是为报答他对我们一家的关照。要知道，我母亲她们看马戏，都是他掏的腰包……"陶先生嗫嚅着说。

"你那神奇的药丸都有些什么功效？"老班主的声音有些颤抖，看样子他在努力压抑胸中的怒火，"请你照实告诉我们，陶先生！"

"它会使人长高……一夜之间，就可以使人长高。"陶先生说。

"那么，请你看看你干的好事！"老班主把身后的壮小伙扯了出来，往陶先生面前一搡，"好好瞧瞧，瞧瞧他是谁！"

陶先生仔细一看，终于认出面前这个壮小伙是谁了，他跟跟跄跄后退了两步，跌倒在他母亲和妻子女儿脚下，呻吟了声，"啊，老天爷！"也不知道是因为惊喜还是因为受了恐吓，他昏过去了。

4

陶先生的研究成功了，他的神奇药丸在三寸丁的身上得到了超乎寻常的表现，一夜之间，就神奇地将三寸丁变成了个壮小伙！

谁能想到，这对于三寸丁和他所在的马戏班来说，真是一场如同天塌地陷般的灾难……

那天三寸丁非常愉快地吃了陶先生送来的药丸，然后躺在床上，期待像往常一样，很快地进入甜美的梦乡。然而这天晚上却很奇怪，三寸丁感到睡意全无，人变得异常清醒，脑袋里就像装满了清澈冰凉的泉水。三寸丁大惑不解，这究竟是怎么回事呢？是陶先生送给自己的药丸在作怪吗？当然，三寸丁一下就猜对了。接下来他痛不欲生的时刻就开始了。三寸丁感到周身疼痛，发热，就像被刀子割，被火灼烤。三寸丁以为这种痛苦会很快结束，但是看起来不可能。他恐惧地大叫起来，他的呼救声惊动了马戏班所有的人，他们蜂拥进来，都被眼前的景象吓呆了，几个表演高空飞人的女演员竟然被吓得晕了过去。因为眼前的三寸丁，正在像一团发面似的膨胀。

三寸丁穿在身上的睡衣被撑破了。他的关节发出嘎巴嘎巴的声响，听起来很像植物拔节的声音。而他的身体，正一点一点变长，变大。表演大变活人的魔术师看得目瞪口呆，他从来没见过这种骇人的表演。不仅他，就连最见多识广的老班主也瞠目结舌，好半天才回过神来。他双手合十，念叨着菩萨，神，老天爷，他以为是它们在作怪，祈求它们赶紧停止——

"快别这样了，我的菩萨，我的神，我的老天爷啊，你们就发发慈悲吧，再这么长下去，就把三寸丁毁了，就毁了我的摇钱树啊！"

老班主的祈求对抑制三寸丁的生长不起丝毫作用。到天明时分，矮丑三寸丁不见了，在矮丑三寸丁窄小的床上，躺着一个壮硕的小伙子。相对这张窄小的床，这个小伙子简直就像巨人，他有一多半身体搁在床外，床在他的身体底下摇摇晃晃，倘若再不采取措施，床就要坍塌了。

"把他挪挪吧。"老班主眼含热泪，招呼大家七手八脚把这个陌生的壮小伙挪到地上。

中午时分，这个壮小伙从生长的痛苦中苏醒过来。他亲热地跟大家打招呼，说感谢大家关照，让他从疾病中康复过来。

"那么，你记得你是谁么?"老班主试探着问道。

"三寸丁啊! 人见人爱魅力无穷的三寸丁啊!"壮小伙朗声说道。

"那么我是谁呢?"老班主问。

"你是老班主啊。"壮小伙说。

"我呢?"魔术师指指自己的鼻尖。

"你是魔术师啊!"壮小伙觉得好笑，指着魔术师旁的吞剑者，"你是吞剑者。"指着吞剑者旁边的耍缸者，"你是耍缸者……"

壮小伙把在场的所有人都认了个遍，还拿其中几个有不良嗜好的取笑了一番，然后说，"怎么着? 考我啊，这场病没把我折腾糊涂!"

"哦，老天爷啊!"在场所有人都捂住嘴巴，原来他还是那个三寸丁啊!

三寸丁从地上爬起来，习惯性地仰起脑袋，这一仰脑袋，所有人都从眼前消失了。人呢? 一低头，他们还在跟前。他感到奇怪，——他们怎么这么矮啊。随着腰板的直立，他的脑袋撞到了帐篷顶上。怎么，自己这是……

三寸丁被自己突然的高度吓坏了，哭得像个孩子似的问老班主，自己这究竟是怎么了。

有人出主意，叫赶紧去请高明的医生来瞧瞧，老班主不同意。老班主要大家严守这个秘密，千万不可把三寸丁已经长成巨人的消息透露出去，因为失去了三寸丁，就意味着失去观众。

但是这天晚上的演出却相当糟糕，就像陶先生的母亲所看到的那样，场面混乱，所有的演员都心不在焉。而观众更是不肯接受三寸丁的空缺，他们叫嚷着骂马戏班骗子，对每一个出场的演员都报以一片嘘声。

老班主以为三寸丁会像奇迹出现那样，再奇迹般的缩回到原来的样子。又一个夜晚过去，对于这个良好的愿望，他彻底不抱希望了。

接下来怎么办呢？

接下来对于陶先生来说，同样不啻天塌地陷——

5

尽管陶先生一再申辩，自己是出于好心，是出于感激……然而他的这些辩解却被三寸丁和老班主一一驳回。

"神奇的药丸让一个侏儒在一夜之间生长成为一个高大个。——这样的事情如果落在别的侏儒身上，陶先生，你肯定会被当成救命恩人的。但是很不幸，你把人搞错了，这是你必须明白的第一个问题，陶先生。"魔术师也加入到这场争辩中，他的话语就像他的魔术一样充满魔力，令闹哄哄的现场一下子安静了许多。

"是啊，这是第一个你必须明白的事情。"三寸丁抢过话来，可能是因为个头增高的缘故，他的声音比之前洪亮多了。他站在那里，摇摇晃晃，十分令人瞩目，"那么第二个问题呢，就是我的身体现在出了很多问题，这些问题很严重，叫我无法忍受！"三寸丁扳着指头，数落着他身体出现的问题。最让他感到痛苦的是，他无法适应自己有这么庞大的身躯，要知道之前他那么矮小，干什么都很快，吃一点饭就撑饱肚皮了，现在扒拉大半个时辰肚皮都还是瘪的。三寸丁说，因为身体突然增高，他的视觉被改变，要知道他之前是习惯仰视的，但是现在看很多东西都得低着脑袋，这搞得他脖子生疼。关键是，因为视距的关系，他看不太清楚路，所以老是栽筋斗。而且最要命的是他时常感到头晕，如同患了恐高症。

对于三寸丁说的这些问题，陶先生是没办法狡辩的。因为只需要想象一下，稍微有些常识的人就能明白，那些问题是完全可能出现的。

"而且，而且……"三寸丁感到这个问题让他万分痛苦，抑制不住地啜泣起来，最后捂着脑袋蹲在地上失声痛哭。

老班主和马戏班所有的成员都被感染了，一个个泪流满面，他们知道那是一个什么问题。那个问题不只是三寸丁的问题，也跟他们息息相关。老班主到底年岁大一点，控制力强一点，他揩了把老泪，说，"陶先生，你知道那是个什么问题吗？"

陶先生怯怯地摇摇头。

"那个问题就是，——现在还有人认得他是三寸丁吗？"老班主回头看看围观者们，"你们实话实说，还认得他是三寸丁吗？"

"认得。"有人说。

"你怎么认得？你凭什么认得？"老班主质问道。

矮丑三寸丁的相貌上有三处非常明显的特征。第一，他的眉间有颗黑痣。第二，他的下巴上有一处瘊子。第三，他走起路来左腿有点瘸。

土镇所有观看过矮丑三寸丁演出的人都看出来了，他相貌上的这三处特征，现在无一遗漏地都转移到了那个壮小伙身上。——这样说可能并不准确。准确的说法是，那些特征并没被转移，他照样还是在矮丑三寸丁身上，壮小伙就是三寸丁，三寸丁就是壮小伙，他们是一个人。

"他的眉间有颗黑痣，下巴上有一处瘊子，走起路来左腿有点瘸。他不是三寸丁是谁?"那人的声音突然小了,底气不足地说,"只是,只是,他比原来高大……"

"那么,我问你,你瞧瞧他还能上台表演矮丑吗?"老班主怒气冲冲地拽起蹲在地上痛哭的三寸丁,搡到那人跟前,"如果他上台表演矮丑,你会来看吗?"

"才不会呢。"那人实话实说,"他怎么可能上台去表演矮丑呢?瞧他这个样子,怎么可能?"

"他既然不能上台表演矮丑了,那么你凭什么还认为他是人见人爱的三寸丁?"老班主歇斯底里地叫道,"这世界上已经没有三寸丁了,没有了!你凭什么信口雌黄说还认得三寸丁?你怎么能这么不负责任?"

那人狼狈地退回围观的人群,被淹没了。

老班主继续咆哮,只是这一回换了对象,是冲着陶先生,他跺脚,攥着拳头,"陶先生,你这可恶的罪该万死的凶手,你谋杀了我的三寸丁!"

6

既然涉及人命,就不得不请土镇的镇长出面了。镇长是土镇的最高行政长官,他对待事物的洞察秋毫和严明公正素来令人敬畏。

陶先生首先做了阐述。还是那些老话,就是出于对三寸丁的感激和同情。他认为三寸丁是一个难得的好人,他是个侏儒,但是他的高尚品格高大过大山,他的善心宽广过海洋。这样的一个好人,怎么可以那样生活呢?他之前的所有日子都是在仰视中度过的,一只小野狗都可以欺负他。陶先生继续说，只要一想到三寸丁这个好心肠的人在舞台上以出卖自己的缺陷换取掌声和欢呼声以及生活资本的时候，他的心就如同刀割，他觉得那不仅是在出卖缺陷，更是在出卖尊严和灵魂。陶先生说其实还真得感谢三寸丁，自己的内心里老早就有一个很远大的理想，但是在没见到三寸丁之前，他这个理想如同一艘停泊的航船，因为不知道方向所以一直原地打圈。然而就在见到三寸丁之后，这艘船立马就确定了航向，并且以激动人心的速度鼓满风帆开始了艰难而伟大的航程。接下来的事情就是大家现在所见，他研究出了一种神奇的药丸，成功地帮三寸丁实现了生长。陶先生说，自己之所以这么干，是为了帮助他告别侏儒生活，告别仰视，告别歧视，重新获得老天爷本该公平赋予他的尊严和自由。

"不管三寸丁现在的态度对我是多么恶劣，不管老班主是多么痛恨我，但是，他们都不能否认，我的所作所为是伟大的，是出于医者博大的仁爱之心，是一种可以理解并且必须得到尊敬的拯救行为！"陶先生最后补充说。

如果不是镇长的威慑，恐怕陶先生的话早就被老班主和三寸丁打断一百回了，他们扑过去揍他也说不定。陶先生的说法叫他们忍无可忍，话音刚落，老班主就开始了声嘶力竭地控诉。

老班主说，三寸丁是个孤儿，也不晓得他的父母为什么那么狠心，竟然把他遗弃在乱坟岗上，要晓得那里的狐狸和野狼比粪坑里的苍蝇还多。三寸丁微弱的哭声已经引来了一大群饿狼，几十只狐狸也在草丛里偷窥。就在这些畜生龇牙咧嘴要扑上前的关键时刻，老班主说，我赶到了。

为了抚养三寸丁，老班主是既当爹又当娘，屎一泡尿一泡，可就是把他拉扯不大。老班主原来是指望他长成个堂堂正正的小伙子的，但是眼下却不得不接受这个事实，他是个侏儒。都十八岁了，他才两尺高。老班主不放心让他到社会上去，因为他的身高注定了他的命运。于是，老班主就把他继续留在身边，留在马戏班。谁又能想得到呢，这个侏儒竟然有着与生俱来的搞笑本领，他一登台就大受欢迎，喜欢他的观众送了他一个形象的艺名，三寸丁。

老班主说，三寸丁等于是他的摇钱树。没有三寸丁之前，马戏班因为魔术师和吞剑者等人而艰难维持，但是自从有了三寸丁之后，这个马戏班就因为他而辉煌了。三寸丁给马戏班带来了巨变，他们有了最漂亮的道具，演出服装新得像过年的衣裳，每个人的口袋里都有半个时辰才数得完的钱，吃饭的时候可以随着自己的爱好和心情点菜，打赏小费……

"但是现在呢。"老班主痛苦地摊摊手，"现在我们什么都将没有了！苦难的生活因为三寸丁的长高已经开始了！"

镇长点点头，从他的表情看，对于老班主，他已经流露出了理解和同情。

"我认为这是一场谋杀！"老班主指着陶先生，咬牙切齿地说道，"这是一场卑鄙的打着好心肠幌子的谋杀！他彻底毁灭了我们马戏班的幸福生活！"

"坦率地说，你说得并不十分准确。"镇长说，"我们还是来听听三寸丁……哦，对不起，在你没有新的名字之前，我只好这么叫你。来，现在你来陈述吧！"

三寸丁早等不及了，然而他还没开腔，眼泪就先奔流出来了。三寸丁几度哽噎，用一种令人心碎的悲怆声音低语道，"我现在……现在只想诅咒，诅咒……"

镇长点点头，鼓励他继续说下去。

"我要诅咒的是陶先生你！——你毁了我的一切！"三寸丁瞪着陶先生，他的两眼虽然被泪水模糊，但是谁都可以清晰地看见那双眼珠子血红血红的，像熊熊的火焰在燃烧。三寸丁紧握拳头，逼近陶先生，似乎要把他敲扁，撕碎。镇长赶紧用指头敲敲桌子，提醒三寸丁克制，这里不是动粗的地方。三寸丁撤回脚步，转身告诉镇长，他并不认为陶先生是出于什么好心肠，而是蓄谋的暗杀，再后退一万步，也应该算是陷害！

"他让我对这个原本熟悉的世界变得陌生了，我就像刚刚降临这个世界一样感到无所适从。我不认识我自己，所有的人都不认识我，因为他未经我的允许，就擅自改变了我看待事物的角度，改变了我的外形！这种改变，无异于毁灭！"三寸丁艰难地恢复了平静，开始阐述陶先生对他造成的伤害和恶果。他说，他已经不再可能登台演出了，他一无是处，就像新生儿一样没有一点生存技能，未来的日子如同地狱一样可怕。而更为可怕的是他的外形和内心无法契合，在他的内心里，他还是矮丑三寸丁，但是他的外表却是另外一个人，这很难形容，也不好比喻，如同一个女人长着男人的相貌，一只山羊披着野狼的皮，所以他时刻都在无法调和的矛盾中挣扎，那份痛苦真叫人求生不得，求死不能……

经过老班主和三寸丁轮番控诉，陶先生已经深刻地认识到自己所犯下的错误是多么的不可原谅，同样深切地体会到自己的自以为是给他们带来的苦难是多么深重。陶先生低垂脑袋，悔不该当初。

7

陶先生承认了自己的错误，并且当场向三寸丁和老班主致歉，恳请他们的谅解。陶先生这么做让镇长很满意，敢于承认错误承担责任，这是顺利解决问题的好兆头。然而老班主却不依不饶地要求处死陶先生，让他为自己自以为是的愚蠢行为付出代价。这惹恼了镇长。镇长对老班主一顿呵斥，"你这人这么大年岁了怎么还如此极端呢？你口口声声说什么伸张正义，不过是泄私愤。弄死陶先生你的摇钱树就回来啦？收起你的狠毒心肠！说，你要陶先生怎么做，你才满意？"

"那么，就让他赔偿我的损失！"老班主从口袋里摸出一页纸，上面写满了陶先生给他造成的损失明细账，后面的合计是一个大得惊人的数目。镇长看着三寸丁，要他说出自己的请求。

"人心都是肉长的，陶先生虽然对我造成毁灭性的伤害，我总不能以其人之道，还治其人之身吧。"三寸丁叹息一声，也摸出了一页纸，上面同样写满了陶先生给他造成的损失明细账，后面的合计，同样是一个大得惊人的数目。

镇长拿着两页纸，看了看，进行了裁决，"鉴于陶先生的所作所为虽然给老班主和当事人三寸丁造成了无法弥补的伤害和损失，但却是出于好心肠，可以谅解。因此，裁决陶先生按照三寸丁和老班主提出的损失，以三折进行赔偿。"

这个裁决对于陶先生来说，真是难以置信，他赶紧鞠躬作揖，表示服从。老班主见事已至此，也不好再抗议，只是手捂胸口，发出阵阵叹息和呻吟。然而三寸丁对这个裁决却难以接受，因为他的一生，凭借这点赔偿是无法终老的，"镇长老爷啊，要晓得我已经是个废人了，请设身处地地想想我今后的生活将是多么痛苦吧！"

"你的痛苦我怎么能想象不到呢？"镇长看着三寸丁，深表同情地说，"但是据我对陶先生财富状况的了解，他只有变卖掉全部家产，而且还必须四处借贷，才可能履行对你们的赔偿。他已经家徒四壁，一文不名了，你还能要求他做什么呢？"

"我要他以好心肠的名义，慷慨地送给我一个他的女儿！"三寸丁说，"他既然认为我是个好心肠才帮的我，那么就真正地帮助我一回吧，让他的女儿照料我今后的生活。"

这个要求还真叫镇长始料不及，也叫陶先生猝不及防。

还没等陶先生反对，三寸丁就以轻蔑的目光瞧着他，冷笑着说，"作为好心肠的人，难道你就忍心看着另一个好心肠的人不得善终吗？"

8

土镇有相当一部分人认为，陶先生的自作聪明给他带来了毁灭性的打击。事物的最初态势确实是这样的。当三寸丁带着陶先生最心爱的女儿离开土镇之后，陶先生就在愤怒和痛苦之下烧毁了所有的医药典籍，这其中当然包括那张他费尽心血研究出来的神奇药丸配方。更叫陶先生难受的是，他还得时时忍受妻子的埋怨，母亲的责骂。而剩下的两个女儿每天除了哭泣，还是哭泣。她们哭是因为之前三个人干的家务活儿如今落在了她们两个头上，而眼下这个债台高筑的家庭，对于她们将来的出嫁，肯定拿不出一文的陪嫁。

"陶先生成了咸鱼啰！"好些人这样感叹。

可是情况却突然逆转，这很像土戏演的那类峰回路转绝路逢生的故事。几个侏儒出现在陶先生的诊所门口，他们的哀求声就像清晨的钟声，惊醒了每一个土镇人。

——真是不可原谅，所有的土镇人都忽视了一个神医的存在！

对于每一个上门求治的侏儒，陶先生都热情接待，但就是不肯给他们施药。陶先生坦诚地说,出于一副好心肠,他确实很想帮助他们,遗憾的是他已经记不得那个神奇的药方子了,而且他也不想再回头做研究,这件事情伤透了他的心。尽管侏儒们失望而去,却并不妨碍陶先生成为一个神医,这是如今土镇的人们和土镇之外的人们所公认的。陶先生对神医这个称呼感到羞愧,说自己干了那么愚蠢的事,怎么配呢。

"我们要看结果。"人们说,"你运用药丸让一个侏儒成功地生长成为壮汉,这就是结果,这个结果显示了你高超的医技。浅显地说,你连侏儒都可以医成壮汉,其他的那些伤风感冒,头疼脑热,还都不是小菜一碟?因此,你是当之无愧的神医!"

陶先生依然固执地拒绝神医这个头衔,但是他的好心肠却叫他无法拒绝登门的患者。一时间,前来求诊的病患络绎不绝,他的诊所就像集市一样热闹,这种热闹一直持续到多年以后。

多年以后,有人在一个叫安州的地方看见了陶先生的女儿。那人说,陶先生的女儿挽着一个高大男人的胳膊走在街头。那人说,那个高大男人眉间的一颗黑痣,下巴上的一处瘊子和瘸着的左腿叫他似曾相识。

"那不是三寸丁嘛。"急性子问。

"这还真不好说。因为他的怀里像婴儿一样抱着一个跟他一样长着黑痣和瘊子的侏儒。那个侏儒他一点也不老实,还抻胳膊去拧陶先生女儿的脸蛋。"那人说,"我喊三寸丁的时候他们都回头看着我。"

此事很快传到陶先生耳朵里,他对此并不在意。要知道多年以后的陶先生已经实现他的所有愿望,他正在他的医院里忙得不可开交,更紧要的是还得为即将竖立在土镇街心的功德碑上的措辞费些心思。

你说你能尿多远

1

结巴说他只要一泡尿,就能把树上那日啊日啊叫唤的知了浇下来。牙六说我不相信。

你能尿那么高么?牙六眯缝着眼望望树上那日啊日啊不停叫唤的知了。那可比我家房檐还高一半呐。

没、没问题,你去给我端一瓢水来。结巴说。结巴就是结巴,要说出一句完整的话很困难,经常在说出第一个字的时候就给噎住了,急得脸红脖子粗也无济于事。大家都说,阎王爷在结巴投胎之前,给他喂了鸡粪。做鬼的时候吃了鸡粪,投胎做人的时候就会结巴。有一回春花让结巴张开嘴巴,她去闻了闻,说还真有一股鸡粪味道。

要水干吗?牙六问。

我、我喝了,喝了水才有那么多尿啊。

吃过早饭,牙六拿着书本跑过来,说跟结巴一起做完了作业,就去秦河摸鱼。才做了几道题,牙六就做不下去了。牙六做作业的时候屁股上像长了刺似的，坐立不安。牙六说走吧，等摸完鱼再回来做。结巴不敢，说他爹中午收工回来要检查，如果没有做完，肯定又得挨揍。说起挨揍，牙六不吱声了，他看见结巴爹是怎么治结巴的，那下手狠得跟揍贼似的，牙六一想起来，就背上透凉气。结巴趴在桌上，刚要演算才做起的那道算术题，牙六拍了拍他，竖起了耳朵，说结巴，你听——

啥？结巴问。

知了。

它、它叫它的，你、你做你的。

它叫得我心烦，我这人有一个毛病，听见这叫声，不把它弄下来，我就没有心思做事情。牙六说着跑出去，果真在棵大梧桐树上发现了那个知了。知了趴在上面，喘气似的鼓动着肚皮，日啊日啊地叫。牙六说得赶紧找蜘蛛网做一个粘子，把它粘下来，逮一个活的。

结巴说他能把它尿下来。

牙六半信半疑地给结巴端了一瓢凉水。结巴捧在手上，咕咚咕咚一口气喝了。喝完水，结巴把瓢交给牙六，自己在地上蹦了蹦，然后又在院子里小跑了一圈儿，双手兜兜肚皮，说，可以了。

结巴站在树下，解开裤带，让裤子滑在脚踝上，两腿微微叉开，翘着圆滚滚的肚皮，两手捏着那只"小鸟"，抬头看了看那只还在叫个不停的知了，调整了一下刚才站的位置——

你是还要瞄准么？牙六觉得好笑。还没等笑出来，就看见一根尖细的水柱嗞的一声，从他头上飞过，准确有力地击中了那只知了。那只知了尖叫一声，啪地掉在了结巴脚下，晕过去了似的，一动不动。

2

牙六话还没有说完，春花就骂他是流氓，拉起妹妹春雨就走。牙六急了，跑到前面去，伸手拦住她们的去路说，是真的，不信？不信，马上表演给你们看。牙六开始大声吆喝起结巴来。

结巴、结巴！

结巴躲在竹林里，不敢出来。

开春的时候，结巴和春花两姐妹打了一架。起因是结巴走在田埂上，春雨急着过去，差点把结巴挤到水田里。结巴骂道，你、你奔丧么？春雨回头骂了句结巴吃鸡粪。结巴看看四处没有人，就说，你、你再骂一句。春雨骂了，结巴给她脸上甩了一个巴掌。春雨摸摸脸，号起来，声音很大。结巴给吓住了，想跑，四下里一看，没人，就走过去又是一巴掌，说，你叫我声爷爷，我、我就不打你了！春雨不叫，捂着脸哭。这时候春花不知道从什么地方跑了过来。结巴给春花连着打了好几个巴掌，才想起是应该还手的。但是结巴哪里是春花的对手呢。春花从地上捡起一块土疙瘩，对准结巴的脑袋就是一下，结巴的额头立即有热乎乎的东西流淌了下来，一摸，满手鲜血。结巴号起来，叫着娘。

春花还不解气，又一掌将结巴打倒在水田里，恶狠狠地骂道，你敢打我妹妹，你是什么东西。骂完，冲躺在水田里滚得跟泥猪样的结巴吐了口唾沫，拉着春雨走了。

春花和春雨的爹是秦村的书记，别看他每天晃晃悠悠，一张脸给酒灌得跟茄子似的，全村的人可都畏惧他。

老子就他妈的不怕你！结巴娘和爹拖着一身泥水的结巴，跑到春花她们家门口，大闹起来。

咋的啦？春花爹醉醺醺地剔着牙，大着舌头从屋里走出来，乜斜着结巴他们。

仗势欺人！结巴爹愤怒地指着春花爹，你别以为你当了个书记就有啥了不起的！

不就是没准你生娃么？那可是国家法律规定的！春花爹打了个嗝，回头招招手，春花那丫头片子立马跑去端了根板凳，塞在她老子屁股下。

杀人犯！你们全家都是杀人犯！自己没那个屁眼生个带把的，还不准别人生？不得好死！结巴娘话刚一出口，春花娘就噌的从屋里蹿到她的面前，挥舞着双手，一嘴的唾沫星子让结巴感觉像是在下着小雨。

谁不得好死啦？就你这个也算是带把的？连一句话都说不利索，还叫带把的？春花娘瞥了结巴一眼，一脸冷笑。像这么个货色，就是母猪腚也能拉出十个八个来，我要生出这么个货色，早扔茅坑里去了，还生，生出来还不是这货色！

两家人，结巴爹和春花爹两人一组吵闹着，结巴娘和春花娘一组吵闹着。结巴知道两家是积怨很深的，因由也很简单，那就是春花爹带人杀死了结巴的弟弟。

结巴的弟弟其实根本就没出世，那天他爹带着他大着肚子的娘刚逃跑出门，就被春花爹领着秦村几十号人围追堵截，在一个树林里抓获了。结巴看见他爹都给春花爹下跪了，说看在几十年兄弟情分上，放了我们吧。春花爹大手一挥，几个人抬着结巴娘，塞进一辆车里，一溜烟走了……

第二天，结巴看见娘回来了，原本鼓鼓的肚皮瘪了。

杀人犯啊，杀人犯啊。结巴娘摸着自己的瘪肚皮，哭着骂着。

两家大人越骂越起劲，招惹得村里的人都远远地张望着。

结巴看了看春花和春雨两姊妹。她们都做出一副愤怒无比的样子，好像随时都会冲过来把他撕成碎片似的。

冷。结巴哆嗦着，他扯了扯娘的手。他娘没有理会他，和春花娘吵得正欢，活像只竖着脖子的斗鸡。

我、我冷，爹。结巴牵了牵他爹的手。结巴的身下洇着一摊水，脸上的泥污好像已经干了，很不舒服，感觉自己就像个冰疙瘩似的，越来越冷，禁不住牙关咯咯地发出声响。我冷，我们回去吧，爹。

结巴爹不知道被春花爹骂了句什么，低头瞥了结巴一眼，松开手，然后扬起来，结巴脑袋一懵，仿佛只瓜似的，被爹的大巴掌抛得老远。

3

春花爹一回家门，就觉得两姐妹有点不对劲。这俩小家伙，跟两只小母鸡似的，咯咯地说着悄悄话，时不时地还脸红，偷偷摸摸的好像捡了什么东西。

搞啥？鬼鬼祟祟的，都中午了，还不去做饭？春花爹把公文包往墙上一挂，冲俩女儿吼道。春花和春雨做了个鬼脸，赶紧跑进灶屋，一个涮锅，一个烧火。两姐妹正忙着，爹在外面叫起来。

去，把你娘找回来，下午我没有啥事情，叫你娘去把老王家送的那鸡宰了，我要喝两杯。春花爹打了个哈欠，进屋睡觉去了。

老王家送的是只母鸡，肥得都跑不动了，春花抱在怀里，沉甸旬的。

可惜了，真可惜了。春花娘提在手上，拿手指在鸡屁股处探了探，说，屁股都空了，就快要生蛋了。

可惜是可惜，春花娘却不敢不依春花爹的话，只得叫春花拿碗来，春雨拿刀来。春花娘生下春花的时候，她爹脸色还好看，去托人算了命，说照他的命，下一胎肯定是个男娃。当屁腔里撅出春雨的时候，春花爹脸色就变了，动不动就发脾气，连离婚的话头都出来了。

春花娘正拔着鸡脖子上的毛，屠夫刘一刀探头探脑地走了过来。

杀鸡呐，书记娘子。刘一刀笑嘻嘻地说。

这不杀鸡还杀人啊！春花娘没好气地瞪了刘一刀一眼，拔着鸡脖子上的毛，那鸡被拔得长一声短一声地叫唤。

就别杀了，可惜，留着生蛋多好啊！刘一刀说着从背后取出一挂肉来。这可是我专门给书记娘子留着的，半肥半瘦，老陈家的猪，嫩着呢！

看你，来就来么，还带啥东西呢？有啥事？要我把他叫起来么？春花娘放了那鸡，满脸堆笑地接过那块肉，招呼春雨给端板凳，春花倒开水。

没啥事，就想陪咱们书记大人喝点。刘一刀从口袋里摸出一瓶酒来。

中午吃饭的时候春花和春雨怎么也不敢上桌子，说怕刘一刀。在秦村，没有哪个小孩不怕刘一刀的，小娃夜哭，一句"刘一刀来了"，就立马住了嘴。别说孩子，连一些小伙子小媳妇，也都惧怕他。

刘一刀是远近有名的屠夫，有人说他长得不像是杀猪的，倒像是杀人的，五短三粗，一脸横肉，眼睛小，却露着叫你不寒而栗的凶光。村里再烈的猪，到他手里，就跟小绵羊似的。就连村里的那些狗，见了他，也是夹着尾巴，哆嗦着后腿，抵着老墙，不敢吭气儿。

一天春花和春雨在外面打猪草，看见刘一刀赶着一头猪迎面走来。春花两姐妹忙闪在路边，要等刘一刀过去，才敢上路。也不知道那猪是怕刘一刀还是咋的，竟然瘫在路上了。刘一刀怎么也赶不走，他招招手，叫春花两姐妹过去帮忙，两姐妹哪里敢去，晃着脑袋直哆嗦。只见刘一刀红着眼睛，从裤带上拔出刀来，噗的一声就喂进那猪的胸膛里，一股鲜红的血汹涌着喷了好远。春花吓得大哭起来，春雨尿了一裤子。

这是你的家，有啥怕的。春花娘硬把姊妹俩拉上桌子。

我看见你们今天在那竹林边上和小结巴做啥呐。刘一刀说。

你们和那个小混蛋在一起？不是说了不要跟他在一起玩么？春花娘拍着桌子，喝道。

好像还有牙六那小子呢。刘一刀和春花爹碰碰酒杯，吱一声干了，说道。那小结巴和他的爹娘一样，不是个好玩意儿，书记，书记娘子，这里你们别嫌我话多，那家伙当着你家这两个闺女脱裤子，玩鸟鸟呢！

啥？春花爹差点没有把酒杯摔在地上去。妈的，反啦，黄瓜才起蒂儿，就敢耍流氓啦！

不是，结巴可神啦。春雨指着房梁说，结巴可以尿那么高。

4

结巴爹听牙六说了，目瞪口呆。

牙六爹说，我家牙六从不敢在我面前撒谎，你就叫结巴给我表演看看，活了四十几岁的人了，也开开眼界。

那么高？他那又不是喷水枪。结巴爹笑起来，仿佛牙六父子俩在跟他开一个荒诞不稽的玩笑。

真的，叔，你家结巴今天给我表演了一回，还给春花和她妹妹春雨表演了一回呢。牙六赌咒发誓地说，谁要骗你，谁就不是妈生的！

说你娘的个屁呢。牙六爹在儿子脑袋上拍了一下。

结巴爹的眼睛在屋子里搜寻起结巴来。结巴早就躲进里屋去了。

你给老子滚出来！

听见叫唤，结巴畏缩着贴着墙，站在大家面前。

你就尿一泡给我们看看。牙六说，要不，他们还说我在吹牛。

结巴摇摇头。

叫你尿就尿啊！我倒要看看，你是不是真有那能耐！结巴爹一伸手，就把结巴从墙边给提到院坝当中了。

我、我没尿了。结巴哆嗦着，说话声嘤嘤的，蚊子叫唤般细小。

对，他得喝点水。牙六马上去里屋捧出一瓢水来。结巴窥了窥他爹，接过水瓢咕咚咕咚喝起来。

你是要死了么？喝这么多冷水，肚子疼了咋办？肚子撑破了咋办？第二瓢的时候，结巴娘回来了，抢了那瓢，把水泼在地上，骂道。

结巴愣愣地看看他爹，又看看他娘。

让他喝。结巴爹示意牙六再给结巴端点水出来。

你这是干啥啊，就是见不得他是个结巴，也不能让冷水灌死他，让尿憋死他啊。

嘿，你还不晓得，你这儿子可大能耐了呢，能把尿放一两丈高。结巴爹冷笑着。

结巴连着喝了三瓢水。

尿啊。结巴爹说。

我、我尿不出来。结巴一脸无奈地说。

不是说你能尿多远么？结巴爹脸上动了怒气。

你、你在这里看着，我、我尿不出来。结巴拖着哭腔说。

你他娘的。结巴爹后退了几步，恨恨地说，我站在这里你可以尿了么？

结巴摇摇头。

结巴爹咬牙切齿地指了指结巴，无可奈何又后退了几大步。

结巴还是摇头。

我死了你才尿得出来，是不是？结巴爹发狠似的一直远远地退到田埂上。

结巴把裤子褪到脚踝上，挺着微微隆起的肚子，捏着那只"小鸟"，仰起脖子，望着天空中白花花的太阳——

正午的阳光下，一股水柱冲天而起——

我的天！牙六爹张大嘴巴。那水柱闪耀着银色的光亮，越来越高，越来越高，然后在阳光下像花朵一样绽放，成了颗颗晶莹剔透的珍珠，飘洒下来。一阵风儿吹过，珍珠飘落了牙六爹一身。

结巴爹马上就想到，应该把结巴带去见张神仙。

见他做啥？结巴娘往一只口袋里捡着鸡蛋，十个。每次找张神仙算什么命相，看什么八卦，总是要拿十个鸡蛋去的，这是报酬。对这十个鸡蛋，每次结巴娘的表情都是和现在一样，生离死别似的，舍不得。

你说找他做啥，给咱这孩子算算命呗。

都算多少回了，还算。结巴娘停住了捡鸡蛋的手。你看，这好不容易才下的几十个蛋，还得去换盐巴呢，那只老芦花鸡马上就歇窝了，要秋后才会开窝的。

这回算的不一样。结巴爹接过装鸡蛋的口袋，想了想，从里面取了一个出来，说，给咱孩子煮着，回家就吃。

回想着爹刚才说的"咱孩子"，被爹牵着行走在去张神仙家的路上，结巴突然从心里升腾起一股子莫名其妙的感动来。长这么大，还是头一次听爹说"咱孩子"，也还是头一次这么被爹牵着，爹那双满是茧子的手竟然是如此柔软和温暖。

结巴抬头看了看爹，爹望着前方的路，眼睛里荡着春光般的神色。

张神仙叫他那驼背女人给结巴舀了三瓢冷水，结巴在他们的注视下，在灿烂阳光里，照样尿得那么高。

啥时候能够尿这么高的？张神仙问。

我、我忘记了。结巴想了想，好像是突、突然就能。

"大聚乐戏于沙丘，以酒为池，悬肉为林，使男女裸相逐其间，为长夜之饮……"张神仙摇头晃脑地诵咏着，听得结巴和他爹犹如丈二和尚，摸不着头脑。

你看过川剧大戏《封神榜》么？

看过啊。结巴爹说。

你知道殷纣王么？

哦，就是那个见了女人就要上的家伙么？结巴爹笑起来。你说这，和咱孩子有啥关系呢？

关系大了。张神仙将结巴拉到跟前，细细地上下看了一回，沉思了一会儿，将将山羊胡须说，相传殷纣王小的时候，能够尿十八步，力透墙壁。

殷纣王长大后，再怎么行男女之事，也从不知疲倦，三宫六院加无数嫔妃，他一个晚上就可以一个来回。张神仙接着说道。这历朝天子，这样的人，只出了秦始皇帝和殷纣王两个人。

你是说……结巴爹紧张起来。你说这干啥？

我可什么都没有说啊！张神仙四处看了看，意味深长地瞄了结巴和结巴爹一眼。

结巴爹牵着结巴，道了谢。

先别走，把东西拿回去。张神仙叫他的驼背女人把结巴爹刚才送的鸡蛋拿出来，亲自递到结巴手里，拍拍他的头。

这哪行呢？结巴爹拿过鸡蛋，塞到张神仙手里。

别，谁的东西我都敢吃，就不敢吃你这娃娃的。张神仙让结巴爹把鸡蛋拿回去，煮给结巴吃，还叫结巴爹今后别给孩子喝冷水，要喝，就喝晾好了的白开水。另外，也别随便尿，那尿，金贵呢。

啥金贵？结巴爹上前一步，想讨个明白。

天机。张神仙晃晃脑袋，不可泄漏。

5

春花和春雨叫上牙六，说单靠她们请结巴，是肯定请不动的。

谁叫你们打他呢？牙六得意地说，我是结巴的好朋友，我肯定请得动他的。

看见春花和春雨站在牙六身后，结巴说，我不跟你们玩。

不是玩，是我爹叫你去。春花说。

我不去。结巴说。

我爹是书记，秦村是人都得听他的命令，你为啥不听？春雨说。

你爹叫我去做啥。

叫你去尿给他们看。

可是我爹不准我随便尿，我爹说了，我的尿，很金贵的！

不就尿么？啥金贵的？牙六问。

结巴摇摇头，说张神仙给他爹说的。

几个人就去找结巴爹。

结巴爹想都没有想，就拒绝了。

乡里干部来了，听说结巴尿得高，就叫我们来请他。春花走到结巴爹跟前，说，不是我爹要看他尿，是乡里的干部。

要请，叫你爹亲自来。结巴爹跟春花说。

春花爹还亲自来了。结巴爹正端着瓢凉开水，结巴把脑袋伸在瓢里，咕咚咕咚喝着。

老兄弟，你家一个小娃就这么大架子啊，还得我堂堂一个书记亲自来请？春花爹呵呵笑着，给结巴爹递了支纸烟，然后掏出了个精致的打火机，啪地给结巴爹送上火。还生我气啊，那可是国家规定的，要生，也得先经过国家同意啊。今天，我就是来给你道喜的。

喜？结巴爹吸了口烟，一副懵懂的样子。

装傻么？春花爹呵呵笑道。今天来的，可都是管计划生育的，叫你家娃娃一尿，尿得他们高兴了，没准就依了你再生个娃的要求。

你蒙我？结巴爹疑惑地乜斜着春花爹。

蒙你？春花爹指了指正端着个大水瓢的结巴，冷笑道，你不是早算好了这步棋的招儿么？

你安排的，能不去么？结巴爹呵呵笑起来。

鸟呢，说，你是不是现在还记恨我？

记恨个鸟，猴不训不精，人不闹不亲。结巴爹挠挠脑袋，一副不好意思的模样。

这就对啦，那是国家法律，我是执行的，你怎么能够怪我呢？走吧，跟我一块儿过去。春花爹站起来，拍拍结巴爹的肩膀，咱老兄弟俩好好喝两盅。

我不去了，你那里来了干部，我好意思往桌上坐么？结巴爹推辞着。

你这就是假，你其实脚底都抹油了，早想去见那两个干部了。春花爹拉着结巴爹的手说，我告诉你，那两人都喜欢喝点儿，当着他们的面，酒桌上，你跟他们敬上两杯，我再敲敲边鼓，说不定你再生一胎的事情就成了。

结巴爹拉着结巴，春花爹牵着结巴爹，三个人往春花家去了。

结巴没想到，他家和春花家的仇恨，居然会一股风似的说没就没了。

6

结巴爹是酩酊大醉回到家里的。

这场酒喝得可真有时间。下午那两个干部走了，春花爹叫春花娘重新弄了几个菜，挽着结巴爹胳膊继续喝。一直喝到夜里。

结巴爹醉得不轻，回家就吐，趴在地上起不来，但是精神却好得很。

我说，他娘。结巴爹说。

听着呢。结巴娘收拾着他刚才吐的秽物，一肚子的不满。

我说，他娘。结巴爹说。

要死了么？哼哼啥，有话就说啊！

咱孩子可以尿、尿那么高，那、那尿，算是给老子长脸了，出头了！结巴爹伸着指头，东晃晃西晃晃，艰难地说道。

结巴看着他爹嚷着嚷着，那手指慢慢垂了下来，过了一会儿，传出了雷鸣般的鼾声。

半夜里，结巴醒了，看见爹和娘坐在灯光里，正说话。

自己的肉自己疼。娘说。

以前不该那么对他。爹说。

你不打他嫌弃他就行了。娘说。

现在还说这些么？这普天下就出了咱们孩子一个，把鸡蛋送给张神仙他都不敢吃。爹幽幽地说。

娘没有吱声。

可惜他生在新社会里，要是旧社会，没准就是个帝王，爹叹息说道。张神仙没明说，我明白他那意思。

算给你长了脸。娘笑着说，娃娃的乳黄都没掉完，你就开始跟着享福了。

是啊是啊。爹说，那两个干部还说了，啥时候把咱们孩子请到县城去，尿给县长和书记看看，让他们开开眼界。到时候你也去，去见见县长书记，也享享娃的福。

娘咯咯地笑起来。

你不晓得，他们今天对我那个尊重啊，轮番着跟我敬酒，一杯又一杯，春花爹在我面前，像、像孙子，呵呵。爹的笑声宛如他平常的鼾声一样，拖得老长，沿着头皮，一直掉在脚下。

同意我们生么？娘不笑了。

同意啊，咋不同意呢？爹笑着在娘胸口上一拧，你只管撅着屁股生吧。

真要生么？娘问。

生啊！爹住了笑，叹息一声，他尿得再高，也是结巴，生一个吧，生一个不结巴的。

真不晓得，他咋就能够尿那么高呢？娘不吱声了，许久，说道。

先不管这个，来，人家答应咱们生了，就别耽搁。

结巴看见爹把娘摁倒在床上，娘反手灭了灯。黑暗里，传来娘含糊的牙疼似的呻吟声。

7

春花爹是第一个喝结巴尿的人。

那是一天大早，春花爹就跑来了，手里还拎着个暖水壶。

尿点，快叫你家娃娃起来，给我尿点。春花爹说。

这么早？他还睡呢。结巴爹迷糊着眼睛。

结巴被从睡梦里叫了起来，正两眼惺忪着，就见春花爹把暖水壶塞在他的胯下说，这是你起床的第一泡尿吧。

结巴点点头。

那就是头尿了。春花爹扒下结巴的裤子，把水壶往他的"小鸟"上凑了凑，说，你尿啊。

尿水壶里么？

不尿水壶里，直接尿我嘴里啊？

在结巴爹和结巴娘惊讶的目光里，结巴对着水壶尿起来，水壶里咚咚的声响在早晨很悦耳。

更让结巴爹和结巴娘惊讶的是，春花爹捧着那暖水壶，一边往家里走，一边往嘴里灌着。

张神仙还是泄漏了天机。

张神仙告诉春花爹，你不是想生儿子么？这算命啊，天算三分之一，地算三分之一，还有三分之一，却是要靠自己算计，只有天地人和了，那才能万无一失也。

咋解释？春花爹问。

也就是天让你生儿子，地也让你生儿子，尽管如此，可是到头来还得看你。

我怎么了？

你阳气不够！凡阳气不足者，则阴气盛；阴气盛者，就只有生女子了。

那怎么办？

所谓天机不可泄漏，除你晓得之外，万万不可让第二人知道，因为这会损我阳寿的。张神仙凑近春花爹的耳朵，告诉他说，要想生儿子，只有那个尿得天高的结巴可以帮你。

张神仙说，结巴的头尿，也就是每日清晨的第一泡尿，是纯阳之物，喝了可以补阳气。除此外，喝了结巴的头尿，还可以让那些男事不举者，尽显丈夫本色。

只是——张神仙说，女子万万不可喝，轻者长胡须，重者，终生不育。

连着两天，春花爹都是大早拎着水壶过来接尿，然后边往回走，边喝。到第三日早晨，结巴爹和娘就说，结巴的头尿尿到茅坑里去了。

那么金贵的尿，可惜可惜啊！春花爹叹息着，回去了。

结巴偷偷跑到春花家，给春花爹说，我的头尿还在呢。春花爹一边拿水壶，一边夸他是好孩子，十个春花春雨也比不过。

后来，春花爹来接尿的时候，总是要拎上些个鸡蛋啊、酒啊啥的，说是给结巴补身体。

再后来，结巴家门口大早就排起了队伍，端碗的，拿瓶的，都是十里八乡的爷们，有的半夜里都来等着了。

结巴看见家里没有鸡却有吃不完的鸡蛋了，不打酒有喝不完的酒了，他爹和娘的脸上，总是堆满了呵呵的笑。但是结巴并不是很高兴，他讨厌每天早晨被人从睡梦里叫起来，把着"小鸟"，小心翼翼地凑近那些口子很小的器皿里尿，要是不小心尿出来了，那些人还会咋呼着叫唤可惜、金贵。越是咋咋呼呼，就越是让结巴紧张，老尿不畅爽。

结巴从心底盼望着能够有一次像以前那样子的酣畅淋漓的尿，尿得急急的，尿得高高的……想着想着，结巴打了个激灵。

8

结巴悄悄溜出了门。

牙六昨天傍晚找到结巴，要他多喝点稀饭，然后到老拱桥去，他们在那里等。去了，牙六、春花、春雨，还有村里的几个孩子，大家一起紧紧地把结巴簇拥着。

牙六说，大家这么久没看见你尿了，老想着，都不知道你现在究竟还能够尿多远。

春花从包里摸出一团用菜叶包裹的什么东西，递到结巴手里，说是她娘昨天晚上做的鱼丸子，本来想昨天晚上送给他吃，怕娘骂，就今天给他带来了。春花催促结巴赶快吃，说她一直捂在怀里，现在还有点暖乎。

结巴是经常吃春花和春雨的东西的，他吃的时候，春花和春雨就愣在一边看着，那眼神，让结巴心里柔柔的，像是被一双长满羽毛的手轻轻抚摩着一样。

牙六也给结巴带了东西，是两个鸡蛋。

其他的孩子也都带了东西。

我早告诉他们了，要看你尿，就得像那些想喝你尿的人一样，送你东西。牙六每说一个孩子的名字，那孩子就恭恭敬敬地走上前来，双手把东西给结巴奉上。

东西还真多，有小人书、弹弓子、弹珠，还有糖果……结巴双手都拿不过来了，忙叫春花和春雨来帮忙。

盛夏的早晨，清风徐徐。几只鸟儿欢快地鸣叫着，从结巴他们头上飞过。日头从山上的那丛柏树林里冒了出来，身旁禾苗上的露珠在阳光里闪耀着晶亮的光芒。河道里的薄雾随风散了。

结巴从桥的这头，走到那头，好像在丈量着桥的长度。

是不是水不够？牙六说，使了个眼色，身边的一个孩子从草丛里拎出一瓶水来。我早就准备好了，昨天晚上就给你晾好了，还放了糖精。

在孩子们的簇拥下，结巴喝完了那瓶水，拍拍肚子说，今、今天我要让你们开开眼界，我、我要站在这头，尿、尿到桥那头的那棵小树上去。

孩子们分散两边，结巴站在中间，慢条斯理地把裤子褪到脚踝上，肚子努力向前拱着，仰着脑袋，深呼吸一口气，闭上眼睛，双手扶着那只"小鸟"——

大家屏住气息，静静地期待着。

金色的阳光下，一根细细的水柱像是蕴涵着无穷无尽的力量，喷薄而出，高高地挂在天空，然后呈一道漂亮的弧线，闪烁着绚丽的光彩，飘落在桥的对面。

大家看得痴痴的。

结巴憋红了脸，他悠悠地使着劲，他要尿出一个极致来。

那道闪耀着夺目光亮的水柱越来越高，飘落得越来越远，早已不是桥头那棵小树的距离，宛如珍珠般晶莹的水珠儿，远远地洒落在小树那头的麦田里。

结巴体验到了一种从未有过的快感，这快感让他全身酥麻，仿佛春雨过后的麦苗，涌动着生长的欲望。结巴感到自己迅速膨胀起来，金黄的阳光下，自己巨大无比，高不可攀。

结巴梦呓似的，快乐地呻吟起来。

当刘一刀趴在结巴胯下，正张着嘴巴准备接住那尿的时候，结巴猛然睁开眼睛，一声尖叫，那道晶莹的水柱一下子断了。

春花和牙六他们尖叫着，被恐惧追赶着，四处逃窜，顿时无影无踪。

你尿啊，你尿我嘴里。刘一刀拽住结巴，呵呵笑着，把嘴巴凑在结巴的胯下。

结巴哇哇地大哭起来。

你尿啊，尿啊，我要真整得了女人了，我就送你一头肥猪。刘一刀涎着脸，一张大嘴在结巴胯下晃荡着。你要不尿给我喝，你就别想走。

多年以后的一个午后，我正站在公厕的便槽上准备方便，急匆匆进来一个人，慌慌张张地解开裤子，使劲向前腆着肚皮，腿弯曲着，努力将自己的臀部向前送着。尽管如此，那尿却软弱无力地滴落在他的跟前，湿了裤腿，也湿了鞋子。

妈、妈的。他骂了一句，声音像那尿，软弱无力地跌落在地上，马上就悄无声息了。

结巴，我喊道。

哦，是你啊，牙六。结巴耸耸身子，抖了抖，然后向我伸出手要和我握，我看见结巴的手背上有两滴尿液，晶亮。

死于钟

1

在秦村，有许多关于钟表的笑话，其中流传得最广的一则，和我幺外婆有关。

那时候我幺外婆还是一个小媳妇。我幺外爷因为惹下一桩大祸，丢下我幺外婆偷偷离开秦村去"跑滩"了。"跑滩"多年以后回来，我幺外爷说自己现在是伐木厂的工人。谁也不能不相信，他衣着鲜亮，最为关键的是，他手上还戴着一块亮花花的手表。当时我幺外婆对他满怀怨恨，根本就不想理他。我幺外爷说了几箩筐甜言蜜语，最后拿出一件东西来，说是送给我幺外婆的，我幺外婆再也把持不住了。那是一块手表。

衣锦还乡的我的幺外爷，大办了酒席，请的都是土镇的领导，秦村的干部，还有一些远近有名的头面人物。所谓夫荣妻贵，我幺外婆在秦村当即就身价倍增，她被任命为秦村的妇女干部。村里有人不服，土镇的领导说我幺外婆会跳，能唱。那不服的人说，秦村谁个小媳妇老婆子不能唱，不会跳？土镇的领导冒火了，从怀里摸出个东西来，说，他男人送我这个，你要是也送一个给我，我给你婆娘也任命一个妇女干部！那是一块怀表。

我幺外婆一步登天当了妇女干部，那高兴劲儿就别提了。我幺外婆经常借着检查工作之名，在秦村东奔西走，哪里人多，她就往哪里去。她的头总是昂扬的，脚步总是轻快如飞的，她的衣袖也总是捋得高高的，手腕上的那块手表银光闪烁，随着她的走动，刺人眼目似的"显摆显摆的"。

有人叫住我幺外婆，毕恭毕敬地请问，"现在几点啦?"我幺外婆把胳膊伸到人家跟前，说，"你看嘛，你看几点了嘛!"

——我幺外爷送给了我幺外婆手表，却没教她怎么认!

此后总有人强忍住一脸坏意，装着恭敬的样子叫住我幺外婆，请问她"时间"，我幺外婆老是要伸出胳膊，叫人家自己看。等她走过了，后面的人哄堂大笑。

慢慢地我幺外婆知道这是人家在取笑她。也不知道花了多大工夫，她终于学会了认表。但是认得很慢，瞅半天，才犹犹豫豫地告诉人家，现在几点几刻几分……

就在前些年，我幺外婆已经垂老不堪，她的手腕上还戴着块表，依旧有人取笑她——怪腔怪调地问她"现在几点"。我幺外婆一如往常地抬起手腕，细瞅半天，然后跟人家说。此刻问的那人已经笑得前仰后合了。

2

民国三十八年冬月初三，冬至，秦村最大的东家秦少山大老爷六十大寿。

这一天早晨，秦大老爷吃了荷包蛋，喝了银耳羹，坐在椅子里，两个长年抬着，身后跟着戴眼镜的管家和捧水烟袋的丫头，从村头走到村尾。这是秦村才有的规矩，每个当家男人早晨起来的第一件事，就是去地边看看。别人看地只要一会儿工夫，但是秦少山大老爷却需要整整一个早晨，因为秦村有一多半土地都是他的。他要去看看庄稼长势，去看看头天长年们干活的业绩，再盘算盘算用什么样的办法，出多少价钱，将那些土地在年底之前，划归自己名下……

刚到大门口，秦大老爷就看见了几个背枪的人，他以为是儿子回来了。秦大老爷家业兴旺，但是子嗣很薄，娶了好多房太太，却只养出了一个儿子。秦大少爷原本是个游手好闲的败家子儿，吃喝嫖赌抽大烟五毒俱全，秦村人背地里都叫他烂人。前几年，秦大少爷偷了一箩筐银圆出去，买了一队被打散了的土匪，打进土镇，霸占了土镇公所，成立了土镇乡勇队。随后，秦大少爷带着他的乡勇队，开赴秦村，毙了看门的家丁，将他爹的钱仓洗劫一空。秦大老爷气得口吐鲜血，大病一场。秦大少爷拿着那些银圆，没去赌，没去嫖，他全用来招兵买马，购置枪炮，然后将爱城的团防司令赶跑，自封司令。去年，上面下了命令，正式委任秦大少爷为"爱城剿共总司令"。

儿子做了大官，有出息了，秦大老爷虽然觉得欣慰，但还是觉得心头老大不舒服的。直到去年年底，秦大少爷赶着几辆马车，带着一队人马威风八面地回到老家。——当时可把秦大老爷吓得不浅，他以为儿子又是来抢他的钱仓，于是提了一支短枪挡在门口，把枪口抵在自己脑门上，扬言要死在儿子面前。秦大少爷也不说话，掀开马车上的盖布，秦大老爷只觉得眼前一阵白光闪亮，——马车上全是一箩筐一箩筐的银圆。

秦大老爷花了整整三天，才数清楚究竟有多少银圆，也才明白自己的这个"败家子儿"现在的本事究竟有多大！

秦大少爷没有回来，来了个副官。副官告诉秦大老爷，说总司令现在事务相当紧急，繁重，国事当先嘛，没办法亲自回来为他做寿，但是派他送回来个贵重的礼物。

那个礼物摆在堂屋正中，高高大大，被一块红绸盖得严严实实。

副官招招手，来了几个背枪的，几个人七手八脚将那红绸扯下来，是一座钟。钟突然发出响亮的"当当"声，将秦大老爷吓了一跳。

"这可是前清皇帝使用的东西，总司令花了五千块银圆买的！"副官上前拍拍钟。

"给我送钟？"秦大老爷喃喃地说。

"除了送的这个钟，总司令还有东西。"副官招招手，几个背枪的人取下身上的枪，从外面像抱劈柴一样，抱过来一大捆一大捆的枪支，"总司令说了，请您老人家把秦村和秦村四邻的人组织起来，组织成一支队伍，到时候他会派人回来训练的。"

"我要队伍干什么？"秦大老爷瞥了一眼副官，不悦地说，"你把这些东西给他弄回去，我不要，我不打人……"

副官把枪支带回去了，那座巨大的钟留下了。

响亮的钟声不时在秦大老爷的大宅院里响起，每一声都像一记拳头，敲在秦大老爷的心窝里，敲得他隐隐疼痛，敲得他心慌意乱。

"给我送钟……"秦大老爷喃喃念着，不几日就病倒了。死的那日，枪炮声由远渐近。秦大老爷问大少爷为什么还没回来，这外面的枪炮声是怎么回事，没有谁告诉他，他的身边除了一个哑巴奴仆，再没其他人，都逃命去了。

"送终……都完了。"秦大老爷叹息一声，咽了气。

枪炮声是追击秦大少爷的。他还没跑到秦村村口，就被打死了。

3

分浮财那天，罗长年起来晚了。

罗长年大名罗兆年，虽然年过四十，却是秦村有名的"二流子"，他给秦大老爷家扛过活，给五道河村的赵大善人帮过工，还为人放过牛，看过山林，但是时间都不长，结局也都一样，不是被赶出来，就是被打出来。因为他懒，懒不说，还偷，偷不说，还老是招惹那些小媳妇老婆子……

其实罗长年本来是应该有很好的生活的，他曾经是秦村为数不多的自耕农之一。他爹死的时候，留给了他一罐子银圆，还有几亩肥沃的祖地。那时候有很多人家都愿意把闺女嫁给他，但是罗长年偏偏喜欢上了秦大老爷家的丫头秋棠。秋棠似乎也对罗长年有意思，老是给他好看的眼神。有一年冬天，罗长年翻过秦大老爷家的院墙去会秋棠，会了，得了便宜。得了便宜就该好好离开呗，临走的时候这家伙偏偏钻进了秦大老爷家的钱仓，还说自己是走错路了。

"走错路了？"秦大老爷从他的裤裆里拽出个口袋，一抖，"当当当"落出许多银圆来，"这叫走错路了？"

罗长年没有话说。

秦大老爷叫人将罗长年剥得精光，捆粽子似的捆在门口的石狮子上，叫秋棠站在他旁边，"侍候"他，给他"喂水喝"。起初秋棠不愿意，秦大老爷说不愿意没关系，立马给你卖窑子里去。秋棠吓得赶紧依从了。

秋棠拿着把木瓢，左边是满满两桶刚从井里打起来的水，右边是捆绑在石狮子上的罗长年。秋棠说，"喝水吧。"罗长年冻得浑身直哆嗦，直摇头。秦大老爷说"他不喝你就给他从头上浇下去！"秋棠只得照做，把一瓢冷水从头浇下去，罗长年被火烫了似的嗷嗷直叫唤。等到秋棠再次把瓢递到他嘴边时，他不敢再摇头了。

罗长年喝了一肚皮水，实在喝不下去了。喝不下去就得挨浇，从头到脚，罗长年的身上起满了冰渣子，一张嘴，就有水往外冒。

奄奄一息的罗长年翻着白眼问秦大老爷，怎么才肯饶了他。

——就这样，罗长年祖传下来的几亩肥沃的土地，划归了秦大老爷，他由一个殷实的自耕农变成了一无所有的穷光蛋。

尽管后来罗长年口口声声说自己是上了秦大老爷的当，但谁也不肯相信他，翻院墙和人家的丫头偷情这是事实，钻进人家钱仓里把银圆塞自己裤裆里，那也是事实。罗长年被大家公认为"不是好东西"，是"瘟神"，是"二流子"……

"不是好东西就不是好东西！"罗长年索性破罐子破摔，偷鸡摸狗，抓吃骗拿赊什么事坏就专挑什么事干。起初还有人请他帮忙干点事，混个肚皮饱，后来随着他坏事越做越多，"二流子"的名声越来越大，再没人愿意给他一碗馊稀饭吃，眼见日子再也没办法混下去，解放了。

头天晚上偷了人家一只鸡，等到弄到嘴里，天都蒙蒙亮了。等到罗长年跑到秦大老爷家的深宅大院，什么东西都分完了。

"秦村谁还有我穷？谁还有我贫？……怎么不给我留点啊？"罗长年找到工作组的人，大吼大叫。

"你也应该早点起来嘛！"工作组的人看着罗长年两泡眼屎，说，"你自己瞧瞧去，看着什么中意，就拿去！"

罗长年东瞅瞅西瞅瞅，屋子里空空荡荡，连泡菜坛子都被分光了，他哭丧着脸，正准备空手而归的时候，有人叫住了他，"咳，罗长年，这不是还有个东西么？"

是座钟。那人抱着一只装油的钵钵，踢踢那巨大的座钟，嬉笑说，"你把这东西搬回去，今后就不会起晚了！"

这时那座钟发出"当当"的响声。

罗长年把那巨大的座钟搬回去的当晚，钟就停了，不再"嗒嗒"的响，里面吊着的东西也不再摆动。

"死了？"罗长年看着钟，愤恨地骂道，"刚才都还是活的，怎么搬回来就死了呢？未必这钟也会狗眼看人低？"

4

搞合作社的时候，罗长年是秦村最积极的人。其实都知道他打的如意算盘，瞧瞧他的那些田地就知道了，里面郁郁葱葱，生长得很是旺盛，——但都是野草，不是庄稼。人家干活他睡觉，又懒又贪又爱占小便宜，原来搞互助组的时候都没有人愿意跟他合伙，但是现在搞合作社，却由不得大家了。

罗长年的积极得到了来土镇的工作组干部的表扬，表扬要求大家都要向他学习。活了这么多年，第一次受到人家肯定，罗长年高兴得热泪滚滚，但是他很快就得到了批评。有人向工作组反映了罗长年的"问题"，说"如果不把罗长年赶出合作社的话，我们就不参加"。一个人这样说也就罢了，偏偏很多人向工作组反映，工作组意识到这个问题的严重性，他们决定应该召开一个大会，将罗长年好好批斗批斗，一来希望起到"惩前毖后、治病救人"的效果，二来也算是向群众表明个态度。

情况汇报到土镇，土镇的领导认为必须先把事情搞清楚，要摸清楚罗长年究竟是不是"二流子"。

这个领导决定亲自下去调查调查。

领导来到的时候，罗长年还躺在床上睡大觉。他揉着满是眼屎的眼睛，迷迷瞪瞪地看着领导，还不住打哈欠。

"这房子怎么这么破啊？"领导问。

"没……没钱翻盖……啊……哈。"罗长年又打了个哈欠，见旁边大家的表情有些难看，慌忙捂住嘴巴。

"都在外面干活，你怎么睡觉？"领导问。

"……啊……哈。"哈欠没捂住，罗长年又打了一个，吞吞吐吐地说，"我病了。"

"病了？什么病？"领导问。

"懒病！"旁边工作组的人愤恨地说。

"我看他不是懒病。"领导说，"是思想上的病，是认识上的病，是旧社会遗留下来的好逸恶劳的病，这病不轻啊，应该好好治治。"

工作组的人明白了领导的指示，马上分派随同的村上的干部，赶紧去布置会场，再叫几个人来，带上绳索。

"布置会场干什么？带绳索来干什么？"罗长年从大家的神色上，似乎明白了即将要发生什么事，吓住了，哈欠没有了，惊惶地看看这个，又看看那个。

很快来了几个人，背着枪，带着绳索。

领导摆摆手，示意大家别忙。

领导这时候正被破屋子里的一件东西迷住了，这个东西就是当年分浮财的时候，罗长年费了好大力气搬回来的座钟，现在上面满是灰尘和蜘蛛网。领导左看右看，还叫那几个背枪拿绳索的帮忙把它抬到外面，亲手打扫了上面的灰尘和蜘蛛网，拍拍手，叫过罗长年，问他愿不愿意把这钟送给自己。

　　"您喜欢，你就拿去吧。"罗长年点头哈腰地说，"反正坏了。"

　　"那我就不客气了。"领导说，"不过我也不亏你，我会送给你个东西的。"

　　"东西我就不要了。"罗长年指指那些背枪的和拿绳索的，哆嗦着说，"您别叫他们捆我就行了，我知道我错了，我改！"

　　"知道改就好！"领导跟大家说，"就不批斗他了，让他自己好好改正！"

　　"原来真的是要批斗自己？"罗长年吓出了一身冷汗，他万分感激地看看领导，又看看钟。其实真应该感谢的，还是钟，还是自己，如果当年分浮财的时候自己起得早拿了别的什么东西而没有拿这座钟，自己今天就完了。

　　领导在那座钟上面捣鼓了两下，那里面吊着的东西摆动起来，发出"嗒嗒"的脆响。"狗日的，真是狗眼看人低！"罗长年在心里暗暗骂道。

　　那几个背枪的人用绳索捆绑好钟，找来杠子，抬着，晃晃悠悠地跟在领导身后，随着"嗒嗒"的钟摆声，步调一致地去了土镇。

5

土镇成立人民公社的第二年，那位领导就调走了。走之前，那位领导专门到秦村看望了罗长年，并且送了他一样东西，闹钟。

和那离开秦村去了土镇的巨大的座钟相比，这个闹钟只算得上是它的孙子，——只有碗口大。

罗长年心里很不是个滋味，心想你送点别的不好么？怎么送个钟来？

领导叫了罗长年过来，教他怎么使用这个闹钟："这后面的这个把儿，是调时间的；这个把儿，是上条的，你要每天将它拧饱满了，这样走起时间来才有力气；这个把儿，是定闹钟的，你早上六点起床，就定五点半，多半个钟头你好穿衣裳，洗脸，时间一到，它就会自动敲响铃铛。"

领导专门来给罗长年送钟，大家都围过来看热闹。谁也没见过这么小的钟，都很稀罕。

"你们出工收工，没有时间怎么敲钟？"领导问秦村的干部。

"看太阳呗！"干部说。

"要是那天不出太阳呢？"领导问。

"不出太阳就估摸呗。"干部说。

"这样不好，容易估摸错。"领导说。

"就是容易估摸错。"干部讪笑说，"要是有这么一个钟就好了，就有时间了。"

"是啊，有个钟就好了。"领导看看罗长年，说，"这样吧，你们就叫他当敲钟的吧！"

就这样，罗长年当了秦村的敲钟人。

挂在村中央大槐树上的那口钟，是秦大老爷的爹铸造的，声音洪亮，轻轻一敲，整个村子的人都听得见。

每天天刚蒙蒙亮，罗长年就提着钟出了门，一路小跑来到大槐树下，"当当"地敲响大钟。听到钟声，犹如战士听到冲锋的号角，大家陆陆续续出了门，来到大槐树下集合，听候干部对他们这一天的劳动安排。两个钟头后，罗长年再次敲响大钟，号召大家回家吃早饭。早饭吃了，钟声再次响起，大家就再出门，干到中午，等候钟声敲响，好回家做饭……

说来奇怪，自从当了敲钟人，罗长年整个就像是变了一个人，他不再睡懒觉，有时候还和大家一起下地，不过干不了多久，因为他得去敲钟。关键是他不再小偷小摸，不再占小便宜，也不去招惹那些小媳妇老婆子，他正正经经的，走路说话都有了和干部一样的做派。

——比如说他走路吧。他原来走路的时候，两手老是袖着，腰板勾着，两眼东瞟一下西瞟一下。但是现在呢，现在他腰板挺得笔直，双手背在背后，目不斜视，有人发现他走路的步子，竟然是正正方方、稳稳当当的八字步。

——再比如说话吧。他原来说话总是嘻嘻哈哈，满嘴二流子话。但是现在呢，现在说话不苟言笑，语速很慢，声音在出口的时候，似乎要先在喉咙里壮大一下，以便说出来的时候显得洪亮、准确，而且他还会使用"啊"、"嗯"、"哈"、"哼"之类的语气词，说话的时候加上这些字眼，就成了典型的官腔。

其实往深里研究，让罗长年如此大变化的，并不是他敲钟人的身份，而是那个会自动敲响铃铛的闹钟。闹钟叫秦村的干部群众有了准确的出工收工时间，从此不再因为出门早了坐在田埂上等天亮，也不再因为估摸错了时间叫人饿得头晕眼花。有了罗长年当敲钟人的秦村，或者叫有了闹钟的秦村，大家的生活从此变得有了规律。

一年四季，罗长年的裤带上老是拴着两样东西，一样是一根干净柔软的毛巾，这是他专门去土镇买的，另一样就是那碗口大的闹钟。一旦没事，罗长年就先从裤带上取下毛巾，再取下闹钟，仔细地擦拭着，容不得上面有一点尘埃。

闹钟在屁股上一拍一拍的，发出清脆的"嘀嗒"声，毛巾宛如飘扬的旗帜，挺直腰板，双手后背，好比那昂扬的英雄——罗长年最喜欢这个样子在村子里转悠。凡是路遇的人，没有谁不投向他敬仰而羡慕的眼神。在转悠的路程中，总是有干活的人想方设法跟他打招呼，套近乎，不叫他"罗长年"，而叫他"罗兆年大叔"或"罗兆年大爷"或"兆年叔"、"兆年伯"、"兆年爷"，也总是以问"现在几点钟了"开头，等闲扯一阵过后，再以问"现在又是几点钟了"结束。

这一天，有个在路边打猪草的小媳妇叫住了他。还没叫之前，罗长年就注意上了她。小媳妇很俊俏，从扎的红头绳来看，似乎才过门不久。"这是谁家的小媳妇呢？好面熟啊！"罗长年心想，"她怎么这么像一个人呢？那个人是谁呢？我怎么想不起来了呢？"

"现在几点了？"小媳妇看看罗长年腰板上那像面镜子似的闹钟，怯怯地问道。

"你娘是不是叫秋棠？"罗长年终于想起那个人是谁了，"如果你娘叫秋棠，你就是我的女儿！"

"你说什么啊？"小媳妇脸绯红，背上背篓慌忙要走。

"你娘是不是叫秋棠呢？她现在在哪里呢？"罗长年尾随在小媳妇身后，嘀嘀咕咕地说着他和秋棠的往事。

"我娘早死了！"小媳妇恼怒了，回头瞪着罗长年。

"你娘死啦？怎么死的？"罗长年激动地说，"当年她被卖出秦家的时候我见过她一面，她说她怀了我的孩子。咳，后来我到处找，到处找啊……"

小媳妇气得直跺脚，说，"你胡说什么啊！你胡说什么啊！"

"我没胡说，你看你眼睛长得跟你娘一模一样，还有脸蛋，还有鼻子，但是嘴巴就像我了，下巴也像……"罗长年说着要上前去摸小媳妇的脸蛋，小媳妇一声尖叫，一掌将他打翻在地，丢了背篓就跑，边跑边喊"有坏人，有坏人……"

罗长年爬起来的第一件事，就是检查闹钟摔坏了没有。摔坏了，不走了，也不响了。

"死啦？"罗长年慌了神。

6

罗长年先去了张端公那里。张端公是秦村公认的聪明人，会看阴地，会算命，懂五行八卦，关键是他有个罗盘，里面有刻度，也有指针。

张端公拿着闹钟看了看，摇摇头，建议罗长年最好拿到土镇去，说土镇人多，自然有高人懂得怎么修理。

罗长年找到干部，说闹钟坏了。

"坏就坏了吧，未必还有钱去买？"干部说。

"那怎么成？没有时间，不就乱套了么？"罗长年说。

"以前没有时间，不是也照样过来了么？"干部说。

"我去找人修修。"罗长年说。

"行。"干部看看罗长年，说，"就这样吧，我敲钟去了！"

罗长年连夜去了土镇，他没有像往常一样把闹钟拴在裤腰上，而是装进一只口袋里，再用衣裳包裹着，小心翼翼地抱在怀里。

赶到土镇，已经深夜。深夜的土镇，寂静无声。罗长年蜷缩在街边，好不容易盼到天亮。罗长年见到的第一个人是个拉粪水的，他去问的时候才发现，这人是个聋子。过了许久，才等到第二个人，这个人连闹钟都没见过。等到中午，罗长年几乎将土镇的人问了个遍，也没打听到土镇谁会修闹钟。

"你最好去爱城。"一个领导模样的人跟罗长年说，"爱城戏园子旁边的百货公司里，有个修钟表的。"

得到指点，罗长年不敢含糊，匆忙往爱城赶。等赶到爱城的时候，又已经是深夜了。罗长年蜷缩在百货公司的街沿上，又累又饿，还冷。盼啊盼啊，好不容易盼到天亮，盼到百货公司的门终于打开了。

百货公司的人告诉罗长年，修钟表的师傅患了阑尾炎，正在医院里躺着呢。

罗长年去了医院，打听到了那钟表师傅的病房。

"有什么事么？"钟表师傅看着罗长年，罗长年双眼深陷，一脸病容。

"你是钟表师傅么？"罗长年问。

"啊。是。"钟表师傅点点头。

罗长年舒缓了口气，他打开衣裳，再打开口袋，从里面取出那个闹钟来。钟表师傅脸色大变，"你什么意思？"

"没、没其他的意思……"罗长年饿得头晕眼花，见钟表师傅动怒了，吓得言语都不顺了。

"我的伤口正发炎呢，你给送个钟来！还没其他的意思？"钟表师傅愤恨地叫道，"快给我滚出去！"

罗长年站着不动。

"叫你滚出去！"钟表师傅吼道，吼了过后，捂着伤口哼哼唧唧直呻吟。

这时候来了医生，问明白了究竟怎么回事。听罗长年诉说了缘由，钟表师傅的怒气也消了，他告诉罗长年，自己现在没办法修理，动不得。他建议罗长年把闹钟留下，过些日子等他身体康复，修好了再来取。罗长年不干。罗长年不干的原因是现在村里等着急用，还有一个原因他没敢说出来，他担心钟表师傅会死。

也不知道是着急，还是因为太饿，罗长年直冒冷汗。

见罗长年一头汗水，医生叫他别急，说爱城还有一个钟表师傅。

根据医生的指点，罗长年很轻松就找到了那个钟表师傅。钟表师傅也不说话，从罗长年手里接过闹钟就修理起来。他的手脚很麻利，只一会儿工夫，闹钟就发出了"嘀嗒"声，开始走动了，他又定了个闹铃，定完后看着，只眨巴眼工夫，闹铃就响起来，"丁零零"，声音似乎比以前更清脆，更响亮了。

罗长年感激的心情就别提了，他恨不得给钟表师傅跪下来磕上几个响头。

但是钟表师傅却并不把闹钟还给他，他放在一边，忙着修另外一个钟。罗长年犹豫片刻，伸手去拿。钟表师傅一把摁住他的手，目光熠熠地看着他。

"干什么？"罗长年说，"这是我的钟。"

"钱？"钟表师傅说。

"钱……"罗长年缩回了手，他这才记得还应该付修理费的。但是身上哪有钱呢？要是有钱，自己也不会饿得心虚气短头晕眼花浑身冒冷汗。

钟表师傅见罗长年缩回了手，又埋头修理起来。

"领导送的……秦村的……钟……没钱……修理……"饥饿中的罗长年突然感觉自己的舌头大了，脖子硬了，脑袋晕糊了，费了好大的劲也没把事情说明白。

还是钟表师傅帮了他的忙，他停下手里的活计，问，"没钱？"

罗长年摇摇头，猛然觉得错了，他使劲咬了一下舌头，疼痛让自己清醒了许多，慌忙点点头。

"想要赊在这里？以后来补？"钟表师傅问。

罗长年点点头。

钟表师傅摇摇头，说，"不行。"

闹钟就搁在那里，"嘀嗒嘀嗒"地走着，每一下都很有力气。钟表师傅看看那只闹钟上的时间，开始收拾起东西来，他要下班了，要回家了。

罗长年两条腿晃晃悠悠，真的跪下了。这一下把钟表师傅吓得跳起老高，"你这是干什么呢，不就没钱么？用得着下跪么？"钟表师傅叫着嚷着，忙上前把罗长年往起拉扯……

7

小媳妇的丈夫听了小媳妇的哭诉后，四处找罗长年，他要狠狠揍这个家伙一顿。找遍了整个秦村他也没找到，他还以为罗长年躲起来了，村里的干部提醒他说，罗长年可能去土镇修理钟去了。

小媳妇的丈夫时刻注意着村头的公路，总是不见罗长年的身影。

这天早晨，小媳妇的丈夫刚走出家门，就看见罗长年摇摇晃晃跌跌撞撞出现在村头，怀里抱着个亮晃晃的东西，应该是那个闹钟。

从爱城到秦村，罗长年走了一个晚上。他又困又累又饿，好几次都差点瘫倒地上，但是都被他坚强地挺住了。想着准确而悦耳的钟声又将在秦村的上空响起，人们在听到钟声后，鱼儿一样一群一群地出门，回家；想着自己又将腰悬闹钟，随着"嘀嗒"声，迈着有节奏的步伐，在秦村骄傲自得地上上下下，接受大家敬仰而羡慕的目光……幸福和快乐就像潮水一样，在罗长年的心里一波一波地涌动。

"狗日的罗长年！"

罗长年停住脚，心想这是哪个冒失鬼这么叫喊自己啊？他亮出怀里的闹钟，"嘀嗒"声在清凉的早晨清脆地响着，他希望这声音能提醒那个冒失鬼，叫他看清楚站在面前的是谁，叫他明白应该怎么称呼自己……

"狗日的罗长年！"那个冒失鬼走到罗长年跟前，他手里拎着一根扁担，"我叫你胡说八道，我叫你调戏我老婆！"

罗长年还没明白究竟是怎么回事，那个冒失鬼手里的扁担突然飞舞起来，准确地击中了罗长年手里的闹钟。闹钟如同一枚炸弹，"轰"的爆炸开来，零件弹片似的四处飞溅。罗长年呆了片刻，看看散落得到处都是的闹钟的零件，身子一挺，笔直地往后倒去，倒在一片柔软的草地上，抽搐了两下就死了。

那个冒失鬼不住地向人家申明，自己只打了一扁担，但打的是闹钟，绝对没碰罗长年一指头。既然没碰罗长年，他怎么会死呢？

冒失鬼被抓了起来。

后来爱城来了法医，检验的结果证明那个冒失鬼没有说谎，他的确没有碰罗长年一指头。

既然没碰他，就没冒失鬼的事。可能是受了惊吓，冒失鬼被放出来的当天晚上就跑了。第二天一大早，人们就看见一个扎着红头绳的小媳妇到处寻找她的丈夫，她的啼哭声如同钟声一样清脆响亮。

说到这里，大家可能也都明白了，那个小媳妇就是我幺外婆，那个冒失鬼就是我幺外爷。

8

我幺外爷的退休工资非常高，但是他的晚年很不快乐，因为他先是罹患了脑血栓，接着又是糖尿病。晚年的我的幺外爷，大部分时间都是在医院里度过的。这一年初秋，他的身体状况很不错，心情也很好，他提出要回老家秦村住一段时间，我的舅舅们姨娘们在和医生进行长时间的商谈后，同意了他这个决定。

我的舅舅们和姨娘们原本是要请一个懂护理的人随同他们去秦村照顾我幺外爷，但是我幺外爷不愿意，说有我幺外婆照顾他就行了。

医生们开了很多的药，其中几种对于我幺外爷的病情是有特别疗效的。

"你的时间准么？"医生看看我幺外婆手腕上亮堂堂的手表。

"准。"我幺外婆说。

"好!"医生说,"你要按时给他服药,四个钟头一次,不能提前,也不能延后,必须四个钟头一次!"

"嗯,记得了。"我幺外婆说。

一个月后,我幺外爷死了。

"好端端的怎么会死?"我的舅舅们姨娘们拥回了秦村,他们以为问题出在医生开的药品上,我幺外婆坐在那里抹干净眼泪,擦干净鼻涕,告诉他们别去找医生麻烦,问题可能出在她的身上。说着我幺外婆抬起手腕,指着表针,再指着某处的刻度,问我的舅舅们姨娘们从这里到那里算几个钟头,我的舅舅们姨娘们异口同声地说,"三个钟头啊,怎么啦?"

我幺外婆号啕大哭起来,她的啼哭声和当年一样清脆响亮。

原来我幺外婆认表的时候,从表针所占的刻度开始,本来该是三个钟头的,她认成了四个钟头……

——这事一直被大家捂着。但是我母亲却对此事有异议,她认为我幺外婆是认识表的。

"难道是她故意搞错的?"我问。

"不清楚。"母亲看着我,似笑非笑。

遥远的河南

1

何江水问马小辉，你说，为什么女人都要往河南跑呢？马小辉说，听说那里的女人不种地，只管在家做吃的，全是白面，做馍馍，做麻花，想吃多少吃多少，管够。而且那里的男人不打女人，也不打孩子，因为他们那里男人多，女人少，稀罕，所以不舍得。何江水问，你真的想去河南？马小辉看着何江水说，我只是放心不下一个人。何江水以为马小辉放心不下的那个人是自己，很伤感地叹口气，把脑袋埋在膝盖当中。

其实马小辉放心不下的并不是何江水，而是小娥。

小娥是马小辉的邻居，跟他差不多年纪。很小的时候在一起玩过家家，小娥硬要给马小辉当媳妇，马小辉不干，嫌小娥的鼻涕总是老长老长地挂在嘴边。娘就劝马小辉说你就答应让小娥给你当媳妇吧，她命苦，应该什么事让着她点才是。

小娥并不是秦村的人，她爹偷树的时候被树砸死了。小娥三岁的时候被她娘带着，很忧伤地嫁到秦村。嫁给马小辉的邻居，刚刚丧妻的理发匠。

马小辉后来上了学，他很担心小娥也要去上学，担心她会当着那么多同学和老师的面说要给他做媳妇。担心的事情没有发生，理发匠没让小娥上学，而是带着她一块儿走村串户去理发，小娥专门为他打下手，给人洗头。马小辉都上到四年级了，理发匠还是没让小娥进校门。见小娥的娘有意见，理发匠就拿出几张钱来，把小娥叫到面前，一张张地问她这是多少。小娥当然认得，她跟理发匠跑了好多个村庄，怎么会连钱都不认得呢？理发匠说，只要她认得钱，就搞得清楚买卖，连买卖都搞得清楚了，还念那么多书干什么呢？

自从跟着理发匠去理发后，小娥那似乎永远都甩不掉的鼻涕突然不见了，她变得干净起来，少言寡语，轻轻来轻轻去，走路连一点脚步声也没有。小娥的样子让马小辉想到了生长在角落里的向日葵，想到了树荫下的小猫……小娥文静而略带忧伤的神情让马小辉很迷恋，马小辉觉得自己应该娶小娥，虽然这还是很多年以后的事情，但是现在他就开始不放心小娥了。

马小辉是第一个发现理发匠在小娥身上动手动脚的人。那天马小辉放学去找小娥说话，看见小娥坐在理发匠身上，像一段被开水烫了的蚯蚓似的难受地扭动着身子。马小辉的脚步声惊动了理发匠，理发匠慌忙从小娥的衣裳里抽出手来，小娥赶紧从理发匠身上跳开，跑出门，在经过马小辉身边的时候，马小辉听见小娥牙疼似的咝咝地吸着凉气。

马小辉一直幻想娘在离开秦村去河南的时候，最好不要带马小雨，而把这个名额让给小娥。

2

　　吃饭的时候马小辉就端着碗来到门口，每天早晨差不多这个时候，理发匠就会带着小娥出门。这天也不例外，理发匠担着他的剃头挑子走在前面，小娥跟在后面，低着头，怯怯地尾随着，就像要被牵到市场去卖的小羊。

　　那天见到理发匠把手伸到小娥衣裳里的事后，一个下午马小辉就像吃多了生红薯似的心里不舒服。傍晚放学回家，他在竹林边遇见了小娥，小娥站在竹林边像是在等谁似的，马小辉走过去说，小娥，今天上午学校登记没上学的，我把你的名字报上去了，——我找你，就跟你说那事的。小娥感激地说，人家今后要再问，你就别报我的名字了。马小辉心头有些难过。小娥垂下眼帘，摆弄着衣角，吞吞吐吐地说，你不要把中午那事情告诉别人。马小辉小声说我谁也没告诉。小娥抬起头，两只大眼水汪汪地看着马小辉说，你永远也不要告诉别人。马小辉点点头。小娥转身要走，马小辉叫住她，问是不是理发匠叫她来跟自己说的。小娥忧虑地说，他说要是被别人知道了，他就把我们赶出家门，还要像你爹揍你娘那样揍我娘……

　　见理发匠带着小娥走远了，马小辉才回到屋里，搁下碗，开始找书包。书包找到了，语文书却不见了，忽然看见语文书在马小雨手里。马小雨坐在摇篮里，拿着书撕扯着，嘴里哦咯哦咯地叫，叫得涎水顺着嘴角流淌。眼见那书被扯破了几块，马小辉慌忙上前把书夺过来。见书被夺去了，马小雨呜哇呜哇大哭起来。

爹听见马小雨哭得难听，起身上前踹了摇篮一脚。这一踹，马小雨哭得更厉害了。娘从里屋出来，抱怨了爹一句，爹的耳光立即蛾子似的飞了过去，娘根本没办法招架，只是哭，她哭，马小雨也哭，屋子里顿时乱成了一团糟。爹显然没尽兴，又上前踢了娘两脚，这才骂骂咧咧地出了门。

马小辉背上书包，去拉瘫在地上哭得鼻涕眼泪抹了一脸的娘。娘拍开马小辉，抱着马小雨从地上站起来。她被爹踢瘸了，走路一瘸一瘸的。

走在路上，马小辉觉得娘简直窝囊到家了。马小辉心想，如果我是娘，我一定要想办法将爹狠狠揍一顿，然后捆绑起来用破布塞住他的嘴巴，——就像电影里抓住特务一样，让他眼睁睁地看着我收拾东西，背着包袱，牵着马小辉抱着马小雨扬长而去。

一路胡思乱想，赶到学校的时候，已经上了半节课了。马小辉发觉自己并不是唯一迟到的人，同桌何江水的座位还空着呢。

3

马小辉和何江水同桌，也是班上大家公认的一对好朋友。何江水经常从家里给马小辉带糖来吃，是他娘做的苕糖，嚼一口，满教室都是一股煳香味，大家都看着他们咽口水。马小辉知道，何江水对自己这么好，多半是出自感恩。

那是他们刚上二年级的那个冬天，很寒冷，大家在上体育课，突然听人说何江水的爹抓了个贼，正在拷打。马小辉他们趁老师不注意偷偷跑去了。去得正是时候，他们看见一个男人一丝不挂地被几个人从一个院子里拖了出来，捆绑着吊在一棵树上。何江水的爹走到那个赤条条的男人面前，猛地蹦起来，扬起手中的黄荆条，只听得啪一声脆响，那个男人被抽了筋似的一阵抽搐，大声哭号起来。何江水的爹人虽矮小，但是那根黄荆条却在他手里抡得像是翻转的风车，只一会儿，他就累得满头大汗，青灰色的脸也变得红润了，像喝多了酒一般。

随后马小辉他们得知，那个男人是何江水娘的奸夫，是五道河村的，他早在头几天就跑进了何江水家，晚上被何江水的娘藏在柜子里。这天上午何江水的爹在外面干活，突然看见自家的屋顶上飘起炊烟，就悄悄回家一看，何江水的娘正坐在床沿上给那个奸夫喂荷包蛋呢。

从此后，班上的人就再没谁理会何江水，谁也不愿意跟他玩，他们还冲何江水的后背吐唾沫，骂他是他娘偷人生的。马小辉是班上唯一没有骂过何江水的，有时候他还主动去跟何江水说话，但是无论他说什么，何江水都不理他。一天放学马小辉和何江水走在一起，没走多远，马小辉就被几个人叫住了，不准他跟何江水走一起。马小辉说腿长我身上，你们凭什么管我呢？那几个人说，他娘偷人！你跟他走到一起就是你娘也偷人。马小辉说你们的娘才偷人呢！那几个人过来揪住马小辉打。马小辉很快就被打出了鼻血。那些人还不罢休，又去抓住何江水打。马小辉从地上抓起半截火砖，猛一下拍在其中一个的脑袋上，那人的脸顿时被鲜血盖住了。这事闹得很大，老师裁断说，马小辉他们没做错，是那几个大的学生惹的事，也是他们先出手打人。从此，何江水理会马小辉了，给他带了苔糖，还叫他星期天去他家里玩。

4

　　第三节课是语文课，老师在黑板上把课文题目写出来，刚转身让大家翻开书跟着他一起念的时候，何江水的爹就冲了进来，抓住马小辉问，我们何江水哪里去了？老师和全班同学都被吓了一跳，包括马小辉。马小辉站起来，结结巴巴地说，不，不知道。何江水的爹顿时像被抽去了筋骨似的，软软地瘫倒在地上，直叫唤，老天啦，这怎么得了啊……

　　整个学校一下子乱成一团，大家就像击鼓传花似的传递着一个惊人的消息：何江水和他娘跑了，跑河南去了。

　　几个老师将何江水的爹从地上拖起来，搀扶到办公室，给他倒了杯水，他不喝，只是哭号，却没有眼泪，一脸的绝望与哀伤。他告诉老师们，说他昨天打早就出了门，帮人修房子，夜里喝多了点也就没回家，谁知道刚刚回家的时候发现何江水的娘不见了，赶到学校，发现何江水也不见了……

　　很快，村里的大喇叭就传出了村长那高亢嘹亮的声音：秦村八组的何长生同志的老婆高秀群带着他们的儿子何江水跑了，秦村八组的何长生同志的老婆高秀群带着何江水跑了，请全村的基干民兵和共产党员马上赶到村上，马上赶到村上……

　　放学回家的路上，大家都围住马小辉，问他何江水什么时候跑了的，马小辉说不知道，他什么也没跟我说过。大家都不相信，说何江水是你最好的朋友呢，他怎么会不告诉你呢？

　　回到家里，娘正将马小雨背在背上忙着做饭。马小辉看见娘的腿已经不瘸了，在灶房里转得很麻利。娘就是这样，恢复能力特别强，不管爹把她揍得多厉害，她很快就会好起来。马小辉有时候怀疑娘是传说中的蚂蟥精，就算你把她的脑袋割下来，只消一个夜晚，她还会长出一个脑袋来。

饭做好了，娘坐在板凳上，把早就嗷嗷叫个不停的马小雨放下来，这家伙一被放下来，就像一只饥饿的小狗崽似的，使劲往娘的怀里钻。娘叹息说，你看你都多大了，还吃啊。娘虽这么说，还是解开了扣子。马小雨已经三岁多了，但是每天还要钻进娘的怀里吃几次奶，他不会说话，甚至连爹娘都不会喊，也不会走路，只会像一条大虫子似的爬行。

娘说，你爹不回来了，你饿了你先吃吧。马小辉问他去哪里了？娘说他去找人去了。马小辉问他去找谁？娘说去找何江水和他娘去了。马小辉说，他又不是共产党员，也不是基干民兵，有他什么事？娘不答话，低头看着马小雨。

5

吃过饭，娘问马小辉为什么不去上学，马小辉说下午不上课了，老师都帮忙去找何江水和他娘去了。娘说，人家何江水成绩好，老师舍不得，所以才会去找，要是你不见了，人家老师也会找么？马小辉说，未必谁还稀罕他们来找么？娘说，既然下午不念书，你就去割些猪草回来吧，多割点，免得你爹看见割少了又挨打。正在这时，小娥的娘在门口答话了，说，马辉娃，你要去割猪草，叫上我们家小娥吧。

听见小娥娘的声音，娘赶紧起身迎了出去，喊道，小娥娘，快进屋里来坐呗。小娥的娘呵呵笑着说，我就是来坐的，他要在家，我还不敢来呢。

小娥的娘进了屋，马小辉起身将板凳让给她坐，自己站在一边听她们说话。这时候马小辉才知道，理发匠也去帮忙找何江水和他娘去了。娘听了叹息一声说，他要去了就不会有什么好事了。小娥的娘不解。娘欲言又止，过了一阵却还是忍不住说了，说，小娥娘，理发匠在你之前有个老婆，你知道不？小娥的娘一笑，说，怎么不知道呢？还不认识他之前我就听媒婆说了，说他老婆跑河南，被弄回来后不久，觉得没脸见人就上吊死了。娘说不是那么回事。

娘告诉她说，理发匠和那个女人结婚没多久，那个女人就嚷嚷要离婚。理发匠不肯，说要想和他离，除非等他死了。闹了没多久，那个女人就跑了。当时村上派了很多人去找，找了几天，没找着，大家都说算了，跑就跑了罢。但是理发匠不干，他背着一口袋干粮出了门，半个月后，他用那个背干粮的口袋装着那女人，把她背了回来。

怎么要背着呢？小娥的娘奇怪地问道。娘说，她脚上的筋被挑断了。小娥的娘惊呆了，倒吸了口凉气说，谁这么心黑啊？娘惨淡一笑，说，还会有谁呢？小娥的娘沉默了，脸色变得煞白，喃喃自语道，天啦，天啦，怎么从来都没人跟我说起过啊！后来呢？后来那女人又怎么的了？

娘说那个女人被弄回来后，理发匠不准任何人接近她，她被成天关在屋里，因为下半身动不了，理发匠就给她编了个大草蒲团，让她一天到晚都待在上面，吃在上面，拉在上面，睡觉也在上面。那时候的理发匠，被大家看成是个英雄，跑了那么多女人，除了他理发匠，还有谁有那本事找回来一个啊？

娘说那时候她刚刚嫁到秦村不久，只听说过理发匠的那个女人坐在蒲团上像一尊菩萨，但是还从来没见到过。她感到好奇，一直想见见，却没机会，理发匠成天唬着张脸，见了谁都跟借了谷子还了他糠皮似的。一天早晨，理发匠突然找到她，说他的一个亲戚死了，要去奔丧走几天，请她在他走后的日子里帮忙照顾一下那个女人。理发匠递给她半盆米和一把钥匙，说其实很好照顾，就是煮饭的时候帮忙多煮一碗米，然后送到蒲团面前就是了。那天中午，她送饭过去见到了那个女人，那个女人瘫在蒲团上，哪里像是一尊菩萨，倒像是一只半死不活的病猫。那个女人问她是不是隔壁新娶的媳妇。她说是。那个女人又问可不可以帮她个忙，她想洗个澡，说她已经两年没洗澡了。

娘说她一共烧了五锅开水，兑了八大桶，烧了两捆柴，用了两块肥皂，才给那个女人洗干净。——屋顶恰好有个破洞，阳光从破洞里透过来，正好照射在那个女人的身上，她的皮肤是那么白，那么润滑，像板油一样，她的眼睛很大，很明亮，像是两汪透着凉气的泉水……

娘赞叹说，那简直就像仙女一样漂亮啊。

后来呢？小娥的娘问。

傍晚的时候，理发匠却回来了，说他不放心家里，老担心要出事，谁知道还真出了事。娘问出了什么事？理发匠抱怨说，你怎么可以给她洗澡呢？娘心想哪里有人这么说话的，未必做好事真没好报么？理发匠叹息说，她死了。

娘说，那个女人根本没办法上吊，她的腿动不了，爬行都很困难，怎么可能有办法把自己挂起来吊死呢？她不知道在哪里找了截绳子，绕在脖子上，自己把自己勒死的。

6

马小辉和小娥一起出的门，走到竹林边，小娥进了竹林。马小辉以为她是去撒尿，等了一会儿，却不见她出来，去找也不见踪影。——小娥丢下他不声不响自己走了。马小辉十分沮丧，原本还准备了很多话要跟她说呢，但是她却像何江水一样悄无声息地不见了。

直到天快黑了，马小辉的背篓还是空的，他一直在田野里野狗似的游荡，根本没心思扯猪草。在回家的时候马小辉加快了脚步，不知道爹回来没有，希望能赶在他之前到家，要是被爹逮住，后果将会很严重。刚走到竹林边，马小辉突然听见竹林里一阵响动，他以为是猫，不想小娥从里面钻了出来，从自己的背篓里抱了几大抱猪草装在马小辉的背篓里。

回到家里，马小辉看见爹正在洗脚，娘在给他兑水，一会儿说热了，一会儿说凉了。娘几乎没了耐心，瞪着他。要是以往娘这么瞪他，他肯定发火了，一脚将洗脚盆蹬了，然后站起来对着娘就是一阵拳头。但是这天晚上爹没有。一旦村里有女人跑了，爹的脾气就会好许多天。

娘曾经动过要跑河南的心思，有一次马小辉听见她跟小娥的娘在门口竹林边闲聊时说，她真想一走了之，可就是放心不下马小辉和马小雨。

说放心不下自己和马小雨，马小辉知道那全是娘的借口。在五道河村，曾经有一个女人带着自己四个孩子跑了河南，后来听说那女人和四个孩子在河南好得很，那家的男人将那四个孩子当宝贝疙瘩似的。娘要是成心想跑河南，是完全可以将自己和马小雨带上的！当然，带上马小雨是有些困难的，他是个废物，不知道去了人家家里会不会遭到嫌弃。或者娘就是因为担心马小雨去了会遭到嫌弃，才感到左右为难的……

就在和娘回家的路上，马小辉说了一句不仅让娘感到惊愕也让他自己感到吃惊的话，他说，娘，你就带我一个人跑吧。

娘怔怔地看着他，好半天都没回过神来。

这句话把马小辉吓住了，他生怕娘在和爹吵架的时候把那话说出来。马小辉知道，娘不是太聪明，经常干些愚蠢的事。比如说，她曾经将自己准备逃跑河南的事情跟爹直说了。爹不相信，以为她开玩笑，讥讽说，跑河南？你知道河南在哪个方向不？娘嗤笑一声，说，你也太小看人了，就算我不知道，难道就没有人知道么？爹嘎嘎地怪笑起来，说，你是说人贩子么？蠢婆娘，你就不怕他们把你弄去卖到冻肉厂？娘冷笑说，卖冻肉厂才值几个钱？要把我卖到河南去，少说人家也可以赚千儿八百的！未必人家还算不过来账？爹乜斜着眼，说，未必你就高兴人家把你卖了？娘说，也比被你打死了强。爹不说话了，垂着脑袋。

事后马小辉认为，不管娘是为了吓唬爹，还是真的要想跑，把话说到这里也就足够了，但是她却不知道见好就收，继续说。她说，只要成心跑，带路的人多的是，五道河的牛贩子你认识不？爹紧张地问，怎么？他怎么？娘犹豫了一下说，你打了人前脚一走，他后脚路过，把牛拴在那里，过来问我们是不是打架了。我说没有，他说怎么没有，你的眼睛上两个青紫大包呢。娘刚说到这里，爹突然噌一下站起来，刚才还略带哀伤的面容，一下子充满了怒气，一拳头砸在门框上，震得整个屋子都嗡嗡直响，大吼道，臭婆娘，你们怎么了？干出什么龌龊事了？娘战栗起来，嗫嚅道，没、没怎么，他问我要不要跑河南……

马小辉那天被吓坏了，他很少看见爹那么气势汹汹地揍娘，爹将娘骑在身下，两只蒲扇一样的巴掌在娘身上左右开弓，娘被打得喊天叫地，哭爹喊娘。爹一边揍，还一边恶毒地骂，说她勾引男人，想要跑河南，没门，他得割断她的脚筋，让她变成连门槛也翻不过的瘫子！

爹并没有割断娘的脚筋，但是娘被揍得躺在了床上。就在马小辉以为娘再也不可能爬起来时，她却奇迹般下了床，又开始忙里忙外了。就在娘下床那天，爹将那个五道河的牛贩子拦在了村头，狠狠揍了一顿。

揍牛贩子可没揍娘那么简单啊，娘挨了揍，躲一边呜呜哭一阵，然后屁事没有。那牛贩子挨了揍，却将他的族人喊了过来，加起来足有好几百口子。在这些人面前，爹一下子草鸡了，原本高高的个头，突然一下子矮下去了一大截，嘴里像塞了块红苕似的说话含混不清。那些人个个义愤填膺，说他们的牛贩子绝对是一个忠实良民，只知道贩牛，怎么会做那买卖人口的事情呢？这明摆着就是诬陷好人嘛……

事情闹腾到最后，几乎轰动了整个秦村和五道河村，爹和娘站出来低声下气给人家赔礼道歉不算，还赔偿了牛贩子五百块钱医疗费。——马小辉一想起这事情，就觉得太丢人了，那些天他在学校里连头都抬不起来，要不是何江水劝着，他早就逃学了。

7

爹本来是很瞧不起理发匠的，但是那天晚上，他却将理发匠请到家里喝酒。他们没有找到何江水和他娘，却找到了共同的话题。

理发匠有些受宠若惊的样子，不仅将一瓶准备珍藏到过年才喝的酒拿了过来，还用衣裳兜了十几个鸡蛋，叫娘帮忙炒了，说多几个菜。

鸡蛋容易熟，先上桌子，两人你一杯，我一杯，鸡蛋很快没了，一瓶酒也很快见了底。马小辉把炒花生和烧土豆端上桌子，他爹又拿出了一瓶酒，两人不怎么吃菜，酒也没之前喝得那么快了，但是话却多了起来，你说上句，我接下句，简直像广播里配合默契的相声演员。

爹说，村长是头蠢猪！理发匠说，哪里有他那么安排人的！爹说，他那是瞎胡闹，那样子找人，就算找一年也不可能找得到！理发匠直点头，说那是那是，应该直接叫几个精干的人，马上赶到河南边境那里的车站，知道么？进入河南也就那么几个口子，赶到那里过后，一辆车一辆车地查找！爹拍着大腿说，是啊，未必他们还可以学鸟雀那样从空中飞过去不成？来来，喝酒喝酒……

见一瓶酒不知不觉又下去了一大截，马小辉感到害怕起来，不仅马小辉害怕，娘也害怕，他们都很清楚，爹有撒酒后疯的德行。

这时候马小辉听见敲门声，开门一看，是小娥的娘。小娥的娘说，她在家里憋闷得很，所以过来说说话。马小辉问，小娥呢？怎么不叫她一起过来玩呢？小娥的娘说，她说要睡觉。

爹和理发匠两人越说越起劲，说的已经不再是寻人的事情，而是怎么收拾女人。爹说，这女人要收拾得好，她就不敢跑，要是不好好收拾，肯定跑，不止跑，还要骑到你脑袋上拉屎呢！理发匠说，那是！我要是他，老婆偷汉子就应该好好收拾收拾，不弄她个半死才怪呢！光去揍人家奸夫算什么嘛！要揍，两个一起揍，母狗不翘腔，公狗敢爬上来么？爹说，可不是，这跑啊，就是他惯出来的，现在跑了，哭得一把鼻涕一把泪有个屁用啊，丢人，把男人的脸面都丢尽了……

懒得听两个酒疯子在那里胡说八道，也懒得听两个女人家长里短，马小辉去睡了，谁知道半夜竟被一阵打闹声惊醒。马小辉的第一个反应就是爹的酒疯不可避免地又发了。别人撒酒疯，无非是吵一吵就完事了。爹也要吵，从吵开始，胡说八道，骂娘，然后是摔东西，摔着摔着，就过来揍人了，除了外面的人不敢揍，自家的人逮着谁揍谁。自家的人不多，就娘和自己，还有马小雨，马小雨肯定是不经打的，所以爹一般不拿马小雨下手。

爹打了一阵，似乎觉得没多大意思，或者是感觉累了，一脚将娘踹在一边，走到床前给惊恐万状的马小辉丢了几耳光，口齿不清地骂了几句什么，就爬上床，呼噜呼噜睡了。

娘还坐在地上，嘤嘤地哭泣着，睡在摇篮里的马小雨此刻刚刚醒过来，瞪着眼睛，看看这里，看看那里，突然嘴巴一张，哇哇哭起来。娘艰难地爬起来，将马小雨抱起来，顺势坐在板凳上，扯开衣裳，马小雨一头就扎了进去。娘呆呆地坐了一阵，抱起马小雨，走到马小辉的床边，摸摸马小辉的脸。马小辉的脸被几个耳光打得滚烫，耳朵里嗡嗡地像是钻进了一群蜂子。

娘一手搂着马小雨，一手搂着马小辉，正准备躺下睡觉，隔壁理发匠家却突然传出了打闹声。先是小娥的娘哭，接着是小娥哭，随即是理发匠的打骂声，摔东西的声音。过了一阵，打闹声停住了，哭泣声也没有了，夜恢复了它本该的寂静。

8

早晨起来，爹的样子很坦然，像昨天晚上什么事也没发生过似的，吃过早饭，就扛着锄头出了门。

马小辉一直想到隔壁去看看，看看小娥怎么了，但是娘却吩咐了他许多事情做，洗碗，给马小雨洗尿布，兑猪食喂猪，随后还要他把昨天夜里爹摔碎的那些玻璃渣子瓷碗片子什么的捡一捡，将屋子好好打扫一下。娘吩咐了这些，抱着马小雨一瘸一拐地出了门，走到门口的时候叮嘱马小辉说，记得将马小雨的尿布拿出去晾晒起来，她去看看小娥的娘。

屋子里很乱，马小辉用了好一阵时间才打扫干净。

娘抱着马小雨气咻咻地回来了，她没有看到小娥的娘。理发匠在门口拦住她，冷笑一声，问她昨天跟小娥她娘说什么了？娘一下子慌了神，支吾不出个囫囵话来。理发匠在鼻子里哼了一声，说，当年那个人死了我没跟你算账，你现在又来给我瞎搅和了。娘说，你跟我算什么账？理发匠说，什么账？要没人帮忙，她能自己把自己勒死？娘气得浑身发抖，折身就往回走。

马小辉收拾好书包，看见娘坐在灶膛前，挽起裤腿，用烤热的生姜片贴上面的瘀伤，腿上有好几处，青的，紫的，乌的，颜色不一。用烤热的生姜片贴瘀伤，是娘的发明，马小辉也见识过，效果确实不错，贴上几次，瘀伤很快就消退了。

你怎么还不走呢？见马小辉磨磨蹭蹭的还没出门，娘抬眼催问道。马小辉嗫嚅道，娘，咱们走吧。娘抓起一块滚烫的生姜片，拍在一处瘀伤上，龇牙咧嘴问，去哪？马小辉哇的一声哭起来，他扑到娘的怀里。娘被吓住了，搂着他直问怎么了？怎么了？马小辉抽噎说，娘，咱们跑河南吧。

中午放学回来，爹一个人在家，娘不见了。爹有些慌张，问他，你娘呢？马小辉说她去大姨家了。爹说，她去你大姨家干什么？马小辉说，她去借钱，说过两天带马小雨去爱城看病。爹在屋里兜了一圈，说，你别做我的饭，我上你大姨家去看看，借钱？哼，借个屁的钱，那又不是伤风感冒，靠几颗药就治得好的！

说着，爹背着手出了门。刚开始发现马小雨不对劲的时候，就看了很多医生，老中医，游方的郎中，还去过土镇医院，都说治不好。但是娘就不相信，老是幻想奇迹可能出现，曾经好多次提出要带马小雨去爱城检查检查，说那里的药先进，医生的医术高明，但是一直被爹阻挡着。没钱是一个方面，主要的还是爹和大家一样认为，那是脑子有问题，根本不是什么药可以医治得了的。爹还说过一句很恶毒的话，说马小雨的病要想好，除非再投一次胎。

看着爹的背影，马小辉想起早晨娘说的话。娘告诉马小辉，她的爹以前也和马小辉的爹一样，简直就像是一个模子里刻出来的，经常把一个家整得鸡犬不宁，有一次她爹喝多了，回家一脚就把她踹昏过去了，还揪着她娘的头发往井里推。

——你也看见过你外婆的，她不是有一条腿走路有点瘸么？那就是你外公打的。娘说，后来我们大了，你外公也没了脾性，你外婆死的时候，他哭得都呕血了。对于这些，马小辉虽然没什么记忆，但是听他的几个姨说起过。说有一天半夜里外公突然不见了，大家到处去找，找到第二天中午才找到，他躺在外婆的坟头边，已经死去。

忍忍吧。娘说，你以为跑到河南就好了么？那里的男人也是男人，天下的男人都一个样。何况，他们不是你亲爹呢！

马小辉给自己做了顿干饭，还炒了几个鸡蛋，搁了很多猪油，因为没经验，盐多了，吃起来并不是很舒服。

正在吃的时候，小娥的娘在门口喊他，问看见小娥没有。马小辉说没看见。小娥的娘埋着头走了，边走边抹眼泪，理发匠跟在她身后，小声地说着什么，又似乎在告饶，在哀求。马小辉看见小娥的娘猛然回过身来，手一扬，一耳光打在理发匠的脸上。理发匠被打了个趔趄，小娥的娘也似乎受了伤，扶着墙壁慢慢蹲下身子，最后瘫软在地上，捂着脸啊啊啊地哭起来。

吃过饭，洗了碗，用洗碗水兑了两桶猪食倒进猪槽里，猪们呼呼地吃得很香。马小辉背着书包，将门锁了，钥匙放在墙缝里，去上学了。

就在经过竹林的时候，马小辉突然停住脚步，他隐约感觉到，小娥可能就在竹林里。理发匠必定是又欺负她了，要不她怎么会不愿回家，要把自己藏起来呢？竹林里竹叶很厚，遍布笋壳，踩在上面喀喀直响。

小娥果然藏在竹林里。马小辉在一丛茂密的竹子边发现了她，她背对着马小辉，马小辉喊了她几声，她都没应，她的脚尖踮着，好像在探视什么。

嗨，我叫你你怎么不应啊！马小辉走过去，拉了小娥一把，小娥轻盈地回过身来，做鬼脸似的，剐着眼睛，吐着舌头……

马小辉大叫一声，跑出竹林，跑过家门，跑过学校，跑过田野，跑过山头，跑过河流，一路狂奔而去。

正午的砒霜

1

我的曾祖父得了一种怪病，秦村的赤脚医生诊断不出来病因还情有可原，偏偏爱城最大的医院也束手无策。

曾祖父哼了一声，咬着牙关，他的脸上开始冒汗珠，黄豆粒大的汗珠。我很好奇，他的脸那么老了，就仿佛一块老树皮，怎么还会渗出那么多汗珠来呢。那汗珠不停地渗出，慢慢汇聚在一起，他的脸湿漉漉的，开始扭曲，扭曲得就像一团废弃了的抹布。然后他瘦小的身子抖动起来，由弱渐强，直到剧烈，他两只鸡爪般干枯的手使劲在胸口上挠着，牙齿在嘴里叩击得跟一串永远也燃放不完的鞭炮似的，噼里啪啦直响。

现在，不锈钢椅子承载着我的曾祖父，仿佛一台失去了控制的夯土机，在地上蹦跳着，丝毫没有要停下来的意思。

我的曾祖父主要就是胸口疼。我跟医生说，我的父亲这时候也跑了过来，站在我的身边，求援的眼神落在医生的脸上。

听说他在很多年前就得了这个怪病，先前还不是很重的，后来一年一年就加重了，直到现在这个样子。我父亲叹息着，回头瞥了一眼我的曾祖父。

这病治不了，起码在我们这里不行。医生说，怕我们还不明白似的，又摇摇头。

你看他还能活多久？我父亲忧虑地问道。

看样子——医生乌龟似的伸出脑袋，打量了一眼我那犯病的曾祖父，摇摇头，说这很难说，你看他力气还是很大的。

曾祖父被我们抬出医院的时候，他的病已经过去了。我感到这病就像是传说中附身的鬼魂，说来就来，说走就走。我的曾祖父被折腾得很累，上车不到三分钟，就睡着了，居然打起了响亮的呼噜。

我们回到秦村的时候已近中午。

他、他怎么还、还……这是我母亲看见我们将曾祖父抬下车时说的第一句话。话不完整，因为她就像我们吹泡泡糖似的，把"还"字后面的话吞回了嘴巴里，还嚼了嚼。

没事，你看，他还睡得很香呢。

把曾祖父安顿到椅子里，我就执意要回爱城，我说我怕看见他犯病，我夜里要做噩梦的。

这家就我和你爹成天守着这个长命百岁的人，天天看他犯病，听他要砒霜，现在你回来了，家里好不容易多了个可以说说话的人……我娘抹起眼泪来。也不知道这病传染不传染，要是我们今后也成这样子了，你怎么办？不是要把我们拿砒霜毒死么？

砒霜砒霜！他刚好睡着没闹了，你念叨那东西他听得么？我父亲在一边跺着脚，恨恨地跟我母亲说道，你就不能小声点么！

但是还是被我的曾祖父听见了。

给我点砒霜！给我点砒霜！我曾祖父在外面喊叫起来。

你看看，又叫了又叫了！我父亲又气又急，忍无可忍似的一拳头砸在墙上。在曾祖父的喊叫声中，我父亲在屋子里无助地兜着圈子，像是被逼到绝境的欠债人，那样子十分可怜。

他现在每天都这么叫么？我问我娘。

娘抹着眼泪，点着头。

听得我都真的想给他弄点砒霜了！我父亲哀叹不已。

我十二岁到爱城读书，然后是离开爱城去读大学，再然后是回爱城工作，回这个家的时间跟过年一样少。母亲刚才那几句话让我触动很大，他们两个老人，侍候着一个更老的老人。不仅如此，还得忍受他的胡言乱语，更恐怖的是必须面对他犯病时的痛苦……作为这个家的一分子，我不仅没有分担一点家人的忧愁，而且还故意躲避。我决定还是留下来，起码也得陪着母亲父亲吃完这顿中午饭。

听见外面像是什么碎了，我和娘走出去。原来是曾祖父吃药的时候将碗摔了。

记得听娘说过，曾祖父原来为了治病，什么药都吃。听人说牛粪焙干有用，他就像吃饼子样的吃焙干的牛粪，一吃就是一年；听人说女人的尿能行，他端着个盆子四处讨尿喝，灌起来比你们现在喝啤酒还厉害。当时母亲说得我胃里一阵阵翻腾。

曾祖父把药片撒了一地，碗也在脚下摔成了几瓣。他伸着手，用强硬的口气跟我父亲说：

砒霜，我要砒霜！

父亲没有理会他，他收拾完那几块碎碗片，再把那些药片拾起来，给母亲丢了个眼神，一起进了屋。

砒霜，我要砒霜。

我的曾祖父叫喊着，他的声音不再强硬，变成了苦苦哀求。

按照我父亲今年正月的估计，我的曾祖父是活不过二月的，因为他已经非常虚弱，而且那胸口疼一天一天在加剧，发病也越来越频繁。但是我的曾祖父却每天如此要着砒霜，先是强硬的态度，然后是哀求的声音，一路要到了深秋，马上就又要过年了。

我的曾祖父依然病着，依然痛苦不堪地活着。

关于我曾祖父的死亡日期，我父亲不仅估计过，而且还找算命的算过。我曾祖父的死亡日期总是被一次次确定下来，就仿佛确立在道路上的终点路标。但是我的曾祖父却驾驶着他那辆古老的、破烂的老车，顽强地奔跑着，将那些路标一个个超越。我父亲和母亲脸上先是失望，再就是绝望，到现在已经很难再有什么明确的表情了。

深秋的太阳跟电磁炉一样暖和。我的曾祖父好像叫喊累了，他缩在椅子里，仰着脑袋，看着身边那棵树上不断飘落的黄叶。

安生，安生——曾祖父看着我，不知道你看见过死鱼的眼睛没有？我的曾祖父的眼睛就跟死鱼眼睛没什么两样，眼球被一层白色的黏膜包裹着，泡在一汪陈年的混浊的老泪里。

老祖宗。我走过去。

我的曾祖父点点手，示意我在他面前坐下来。他的脚下恰好有一个小凳子。

你说我什么时候死啊？曾祖父问我，他的声音很小，却很清晰。

活着多好啊。我由衷地说。

我早就应该死的了，就是死不了，喊他们给我点砒霜，他们不给。曾祖父说着，叹息着。

死不了，你就好好活吧。我说，我还真不知道怎么安慰我的这位曾祖父。

你给我点砒霜咋样？曾祖父身子一挺，来了精神。

我摇摇头。

曾祖父刚才那绷直了的身子慢慢回到最初的形态，仿佛一件破衣服似的塞在椅子里。

你坐过来，我给你说个故事吧。曾祖父说。

咳咳。我的曾祖父清了清嗓子，语速极慢地给我讲起故事来。

2

那是很多年前的一个春天，秦村来了一对夫妻，女人走在前面，怀里好像抱着什么东西，走得小心翼翼，男人跟在后面挑着一担箩筐，一头是一个婴儿，一头是一个大泡菜坛子。这一家人来到秦村后，在村头开了片荒地，砍了些树木，割了些草，然后搭了一个草棚，这就成一个家了。

男人每天侍弄他新开的土地，那女人就成天窝在棚子里，不久，窝出一窝鸭子来。原来，那女人抱在怀里的，是鸭蛋。

女人孵抱出来的鸭子，不多不少，六只。鸭子大了，开始下蛋了，那女人又开始了孵抱……随后鸭子多起来了，那女人也给累死了。

那男人一边带着小孩，耕着田地，一边养鸭子，养大了，卖一部分。留种一部分。不几年，就将草棚换成了瓦屋，地也由原来三亩只出苞谷的薄地，变成了十亩出黄谷的耙田。村里人都叫这男人"鸭蛋六"，因为他是靠着六只鸭蛋起的家。

哪里是靠着六个鸭蛋啊，都忘记了还有那女人的一条命。我的曾祖父说着，叹息一声。刚开始我还以为他是要给我讲述一个关于积累财富的故事，但是现在看来，他给我讲述的，是一个关于灾难的，关于艰辛的，关于活下去的故事。

叹息过后，我的曾祖父又接着开讲了。

有了土地，就有了粮食，有了粮食，就可以想喂多少鸭子就喂多少鸭子。鸭蛋六养了很多鸭子，多得比秦村的人还多，忙不过来，就叫他的儿子帮忙。这鸭蛋六的儿子是个傻子，名字就叫傻子，秦村的人都这么叫。

傻子那个傻，可不一般。他吃饭的时候，人家说傻子，你看看碗底，有虫子呢，他手一顺，就翻过来看碗底上是不是有虫子。这一翻，碗里的大白米饭全倒地上了，这傻子还在人家的起哄声里，睐着眼睛说没虫子啊。这还不算，有一回，一个家伙路过鸭棚，看见傻子在捡鸭蛋，就说傻子，我昨天晚上梦见你们家鸭蛋里蹲着只小鸡，就不晓得你找不找得到那只鸭蛋。傻子问是哪一只，那个人说你磕开看看不就晓得了么？傻子磕了一只，说没有。那个人说，你再找找啊，咋那么容易就能找到呢。结果一大早上，傻子就在鸭棚子里磕鸭蛋，磕了一只又一只。

傻子傻是傻，但是赶鸭子却是有一手。那成百上千的鸭子，在傻子的竹竿底下，要它们走就走，要它们停就停。

鸭子下蛋就跟人做事一样，鸭子有下蛋的，有不下蛋的，人有做事的，也有不做事的，都伙在一块儿。这鸭蛋六有个绝活，就是一眼能看出哪只鸭子下蛋，哪只鸭子不下蛋，不下蛋的，他就剔出来，拿草绳捆了，和他的鸭蛋一起，挑到爱城去。鸭蛋在菜市场卖，鸭子就送一个叫陈板鸭的铺子。在陈板鸭那儿，鸭蛋六认识了马三。

马三是陈板鸭的帮工，专门管杀鸭子、拔毛、开膛，将鸭子打整干净。

鸭蛋六认识马三，是因为马三跟鸭蛋六借钱。这马三有个不好的嗜好，就是耍枪，他耍的枪，是不打子弹的，专烧钞票的烟枪。

鸭蛋六，我在你那里，小借两块。马三说。

鸭蛋六不好说不借，因为刚才在陈板鸭那里结了十几块银圆的老账，尽管马三是帮工，可是每次送鸭子来，都是他在掌秤，他要花点心事，岂不短了斤两；却也不好说借，两块银圆，可要卖多少只鸭子啊，但如果这两块银圆落在马三的烟枪里，几天时间也就烧没了。犹豫了半天，鸭蛋六还是借给了马三两块银圆。

马三也豪爽，当天中午就请鸭蛋六到他家吃饭喝酒，说他家闺女烧的菜味道很好。

晚上，傻子正在赶鸭子进棚子，看见鸭蛋六醉醺醺地回来了。这天上午秦村恰好下了场太阳雨，这种雨最容易逗出虫子飞蛾来，鸭子哪里见得这些，四处乱窜地追赶着，搞得傻子赶了这头又赶那头，累得都要趴在地上哭了。一天下来傻子不仅没吃上饭，而且滴水未进，原想他爹会给他带啥好吃的回来，如今却看见他两手空空，回来后也不帮忙，就躺床上，嘴巴里还哼着小曲。

你给我买的好吃的呢？傻子有气了，大着舌头嚷道。

忘、忘记了，马三的烧刀子味道就是不错，一灌就是一壶！鸭蛋六的舌头比他的儿子还大，他儿子是天生大舌头，说不出来个囫囵话，他呢，是醉酒了。

你喝猫尿！他们说你喝了猫尿就在爱城找大屁股女人！傻子抻着脖子，青筋毕露。

谁、谁说的？鸭蛋六爬起来，瞪着他儿子。

村里人跟我说的，说你找大屁股女人！

鸭蛋六呵呵笑起来，他跳下床，走过去，拍拍他那傻儿子的肩膀，说他们说的对，我还真找着女人了，不过是给你找的！

这时候我才突然发现，我的曾祖父居然是一个讲故事的高手。他的讲述生动，用最简单的词语就能表达出很复杂的意思，而且语言非常鲜活，娓娓道来，就仿佛一群游弋在我面前的鱼。

鸭蛋六给他傻儿子看上的就是马三的女儿，名字叫娟子的姑娘。

你肯定不晓得，这鸭蛋六自从看见娟子过后，就有了个很大的阴谋，我曾祖父说。他在说阴谋的时候，语气很重，由此我也明白了那"阴谋"的分量。我点点头。

鸭蛋六早就听说马三有个女儿，还有个绰号，很怪，叫什么"左脸西施"。鸭蛋六上门去的时候，马三的女儿正靠在墙边剥几粒蒜，见了他，抬眼一笑，这一笑，还真叫鸭蛋六心里一晃悠。这可是个绝色女子啊，鸭蛋脸，白嫩得跟剥了皮的正冒着热气的鸭蛋似的，眼睛像闪耀的星星，嘴唇红艳艳的，还有那身段，高高挑挑，动一动，跟柔柔软软的柳条一样。

这是鸭蛋六叔叔，这是我的女儿，娟子。马三介绍完，牵着鸭蛋六坐上桌子，摆开酒杯。

娟子变魔术一样，很快就弄好了几个菜，端上桌子，说鸭蛋六叔叔，爹，你们先慢慢吃着，我再去弄几个菜来。娟子是站在鸭蛋六跟前说这话的，鸭蛋六眼皮一翻，就知道人家为啥要叫她"左脸西施"了。原来啊，这娟子的右脸上长着半个巴掌大的胎记，心的形状，漆黑，泛着青。

鸭蛋六摆摆脑袋，在心里直叹可惜。

马三看出来鸭蛋六在想什么，叹息说，是可惜啊，要是没有那个可恶的黑记，她嫁一个钱庄老板当个老板娘是没有问题的，现在这样子，给人家做小，也是要被嫌弃的。

就不能治治么？哦，这娘肚子里带出的，可能也治不了。鸭蛋六说。

也不是娘肚子里带出来的，她生下来的时候，一张脸还白白净净的，可是三岁那年，得了一场病，这病好了过后，脸上就留下了个黑记，先是黄豆粒大小，慢慢地就长成现在这样子了。马三端起酒杯，说，喝酒，现在怎么说都是没有法子的事情，我就只盼望着她能够嫁出去，嫁户好人家，隔三岔五回来看看我，给我俩钱，让我不赊不欠地来那么两口。

马三这后一句话让鸭蛋六心里一动，生了一个想法——

抽那东西，我是不反对的，是人嘛，总得有点爱好，有人喜欢逛窑子，有人喜欢耍钱，还有人呢，就喜欢来那么两口，老兄你就是这样子的人。鸭蛋六笑笑说，现在呢，咱们酒杯一端，一碰杯，一喝，就是兄弟了，你呢，今后手头紧，就只管来找我就是了，我只要手里有闲钱，你就只管拿去用好了。

呵，这怎么好意思呢？马三感动了。

有啥不好意思的？我的钱闲着也闲着，也不生子儿，你只管开口，我不含糊，不过呢——鸭蛋六呵呵一笑，我的钱尽管是鸭子下出来的，但也是靠力气挣出来的，要叫我白送你，心疼！

那是那是！马三给鸭蛋六斟满酒，奉上，两人一碰，吱一声干了。

咱们亲兄弟明算账，你拿多少，我给你记着，你呢，也哑巴吃汤圆，心里有个数。鸭蛋六幽幽地叹了口气，人啦，活的是个命运啊，这命运，三十年河东，三十年河西。看看我鸭蛋六，到秦村的时候，就六个鸭蛋，还是弄出现在的家业，吃不愁穿不愁，还有闲钱，靠的是啥，靠运！当年村尾王家养了好几百只鸭子，眼看就可以上市换成当当响的银圆了，可是一夜之间，那鸭子全得瘟病死了，为啥死他的，不死我的？这叫运！

马三看着鸭蛋六，认真地听着。

我说的意思呢，就是咱们不怕你还不了钱，只要有命在，运就在，就有翻身的那一天！鸭蛋六伸长手拍拍马三的肩膀，端起杯子，说兄弟今天借你的酒，敬你一杯，我看得出来，你肯定有富贵发达的那一天！

马三被说得很激动，端杯子的手都开始颤抖了。

你现在晓得鸭蛋六是啥阴谋没有？我曾祖父两只混浊的眼睛在我的脸上翻动着。

我说知道了，那个鸭蛋六不是个好人，他在推马三下水。

4

一年过后，鸭蛋六等马三给他称完鸭子，说他在街口看见一个算命的瞎子，能知前世今生，能卜凶险福祸，很准的，叫马三一起去看看。

马三跟着鸭蛋六去了。

那算命的瞎子等马三报完生庚八字，默念一会儿，口吐莲花一样说将起来。

他说马三前世是个做大官的，官至极品，享尽人间富贵，光是那伺候的漂亮女人，就多得扳指头也数不过。

这马三听得一张嘴巴乐呵呵地像个窟窿。

但是你在前世也做了很多不好的事情，要直言不讳地说，就是做了很多恶事。其一，在上京考举的路上，诱奸了房东的美貌女儿，害得人家生了个母明父暗的儿子，最后只得抱子投井，双双亡命；其二，在做官的时候，那些美味珍肴吃着不顺口了，全倒给了猪狗，浪费至极；其三，贪赃枉法，判了许多冤案，害死很多无辜。

这马三想不到他前世还做下那许多恶事，直听得他冒冷汗。

由此呢，这报应就现在了今生。今生，上天必然要惩罚你，其一是让你妻子早亡，落得你孤单凄凉，其二，叫你子女生就一张鬼脸，羞与见人，其三，让贫困潦倒陪着你，这辈子永远像条咸鱼，翻不得身！算命的瞎子手一挥，这么苦的命，比我瞎子还可怜，这算命的钱，就免了。

马三失魂落魄地被鸭蛋六拉进了酒馆。

三杯酒下肚，鸭蛋六说话了，他说老兄啊，那算命的可是铁嘴，他算定你这辈子是咸鱼，翻不了身的，我当然也就不敢指望你今后有啥富贵发达了，欠我的那些钱——

你算算，多少吧！马三一听火了，什么兄弟啊，这等心情不好的时候，他还惦记着那钱。

不多，咱们算算就晓得了。鸭蛋六叫小二拿来算盘，从荷包里掏出个账本，然后对照着纸条上的数目，用那粗大的指头笨拙地拨动起算盘子儿来。

……五月五小端午节那天上午，你跟我小借了三块，记得不？

三、三块？我记得是四块啊。马三纳闷了。

不，是三块，你看我记着呢！鸭蛋六指着账本上的一个条目，你看，我记的是小端午马三借银圆三块。

哦。马三想了想，点点头。

十五大端午那天上午，你跟我小借了四块。

不是三块么？你是给了我三块啊！你给我钱的时候，还说我花钱跟流水样的。马三努力想了想，对，是三块，怎么会多了一块呢。

你这老兄的这记性，咋这么差呢。鸭蛋六笑起来，指着账本上的一处条目。

不看了，算吧，算吧。马三不耐烦地挥挥手。

好好，加上月底的两块，这个五月，你前后统共借了我九块，九块银圆，有记性么？

你不都记着么？马三没好气地说道。

鸭蛋六算一笔，报一个数目，然后问马三记得么。马三先前还有声调，问着问着就没气息儿回答了。马三开始汗流如水了，这三块两块累在一起，竟成了一个让他三魂悠悠，七魂渺渺的大数目。

总共是一百三十二块银圆。鸭蛋六拿手指戳戳那账本，再戳戳算盘上的累积出来的结果。你要不相信，你自己再算算。

马三就像拈一根毒蛇似的拈起那个账本，哆嗦得跟打摆子一样。没想到一根烟枪一年多时间会烧掉这么多银圆，就是拆了他的房子，把他的肉炼成油，把他的骨头磨成纽扣卖了，也还不起啊！

其实马三哪里欠鸭蛋六那么多呢。我的曾祖父叹息一声。

我点点头，说我已经感觉出来了。

我的曾祖父点点下颌，接着讲。

这马三先前借钱的时候还惦记着要还的，借的时候也还小心谨慎，后来也不见催还，那钱借起来跟拿自己的那么顺手，也就不当回事情了。要马三隔段时间不去借鸭蛋六的钱，鸭蛋六也有意见，说马三是不是不当他做兄弟，马三问这话啥意思，鸭蛋六说你马三如果当我做兄弟，为啥有困难不找我。

这马三有了钱过后，去烟馆也就勤了，可着劲地抽，而且每天都是要喝酒吃肉的，那日子，过得跟神仙一样。

这鸭蛋六在借钱给马三的时候，故意把那数目弄得颠三倒四，这样子在跟马三清算的时候，搞得马三稀里糊涂不敢相信自己的记性，而那鸭蛋六还在数目和次数上做了手脚，凭空加了很多。

一百三十二块，可以抵上我的全部家业了。鸭蛋六看着马三，手指在桌子上好像是漫不经心地敲着，他每敲一下，马三的脑袋就跟着炸一下，就仿佛鸭蛋六敲的不是桌子，而是用锤子敲的他脑袋。

一百三十二块银圆啊！鸭蛋六眼睛刀子一样剐着马三，愤恨地说，你在抽烟的时候想没想我借给你的钱是咋出来的？那可是我和我儿子一个鸭蛋一个鸭蛋积攒出来的，一百三十二块银圆，那得多少鸭子下多少蛋啊，鸭子怕是把屁股拉肿了，拉出血了，拉死了，才拉得出那么多银圆的！

我、我现在拿啥还你啊！马三面如土灰。

我就知道你肯定还不了的，那可不是个小数目。鸭蛋六给马三斟满酒，说喝吧，咱们可还是兄弟，那钱，总还是有办法还的，我都给你想好路子了。

马三看着鸭蛋六。

你不是愁娟子嫁不到一个好人家么？我的儿子也成人了，咱们结个亲家如何？鸭蛋六指指酒杯，示意马三和他一起干杯。

你家儿子？那不是个傻子么？你要我把女儿嫁给他？马三吃惊地看着鸭蛋六，就好像鸭蛋六的脸上挂满了鸭蛋似的让他感觉不可思议。

你答应和我做亲家过后，那欠的一百三十二块银圆就算我过给你家的彩礼。鸭蛋六说。

你要我把女儿卖给你？马三腾地站起来，涨红着脸说道，我马三卖儿卖女，那还算是人吗？

不是把女儿卖给我，是卖给我儿子，他傻是傻，可是知道怎么赶鸭子，你抽的鸦片，就是抽的他赶出来的鸭子，和那些鸭子下的蛋！鸭蛋六冷笑道，你要是不愿意，你想想还有啥办法还我钱。

马三缓缓地坐回到凳子上，呆若木鸡。

一百三十二块，那可不是铜板，是哐当当响的银圆，有了这一百三十二块银圆，我在啥地方给我儿子找不到一个老婆啊？别说他傻，就算是个瘫子，或者是又瞎又聋又瘫，有了那一百三十二块银圆，我也能给他弄回个如花似玉的老婆！鸭蛋六顿了顿，放缓了语气，说道，我愿意跟你结这个亲家，还是看在咱们兄弟情分上的。

马三揩了滚出来的眼泪，无可奈何地点点头。

5

娟子是被鸭蛋六捆回秦村的。

这娟子先前不愿意上轿，马三哭着跪在她面前，她才上了轿子。等走到半道上，她跳下轿子就要跑，鸭蛋六吆喝一声，跟几个轿夫追上去摁在地上，拿早准备好的绳子，一下子捆了手脚，塞进轿子里，继续往秦村赶路。

别看傻子傻，但是对于那些事情，却一点不含糊。那天晚上，娟子和傻子就像两个哑巴一样，在黑暗里抗争了一个晚上，她被傻子抓得遍体鳞伤，傻子也被她抓得满脸鲜血。第二天早上，娟子刚出门口，就被鸭蛋六一顿耳光打得满眼金星。

女人，就是要这么治！鸭蛋六将娟子拖进里屋，扔在床上，然后将傻子一把揪过去。你把她衣服给扒了，她要不听，我来给她脱！

娟子吓得蜷在角落里直哆嗦。

傻子呵呵笑着，爬上床。

你叫他出去，我自己脱，我自己脱。娟子满脸泪水，指着鸭蛋六跟傻子说。

鸭蛋六冷笑着，出了门。

娟子战战兢兢地磨蹭着，一双哀求的眼睛在傻子脸上扫来扫去。但是傻子却并不理会这些，他呵呵傻笑着，一边说，你脱不脱，不脱我就来扒了，不让我扒我就叫我爹了，我叫我爹了，我真叫我爹了！

在傻子的威胁下，娟子脱了衣服。她躺在那里，紧张和恐惧得甚至忘记了哭泣。由于紧张和恐惧，娟子跟一块木头一样坚硬，傻子急得抓耳挠腮也没能让自己那活物进入。

没用的东西！鸭蛋六冲了进来，骂道，一把将傻子拽了起来。当鸭蛋六从娟子身上拉开傻子并将他推到门外去的时候，娟子尖叫一声，昏了过去。

从这天后，傻子每天晚上就睡鸭棚了。

这一天，有人带信来，说马三死了。

一听到消息，娟子就哭得晕了过去。尽管娟子恨马三，恨他不争气抽鸦片，恨他心肠狠，把自己抵债给鸭蛋六过这可耻的日子，但那毕竟是爹啊，是自己骨肉相连的亲爹啊，是自己在这世上最后一个亲人啊。

鸭蛋六不让娟子回去，说他自己去料理了就是了，反正他要去爱城卖鸭子。

鸭蛋六走的时候，把娟子锁在屋里，将钥匙放到傻子手心上。

我不在家的这些天，你就把鸭子圈在棚子里，你呢，就待在这门口看好娟子，可别让她跑了！鸭蛋六说着，挑着呱呱叫唤的鸭子，去了爱城。

娟子哭得死去活来，从早上到晚上，一直就没停过。

你哭得比鸭子叫唤还难听，傻子站在门口说。门口有一个洞，那是鸭蛋六专门为娟子做的，因为只要鸭蛋六一上爱城，就要把娟子锁起来，吃饭的时候，就由傻子把饭从那洞里送进去。

娟子哭得轰轰烈烈，傻子站在门口听得痴痴傻傻，他还没有听见一个女人的哭声会是这么悠扬悦耳，也还没有这么长时间这么近距离看一个女人，就隔着一扇门。

娟子住了嘴，不哭了，她看着门洞上的那张脸。

我要喝水。娟子说，因为哭得太久，她的嗓子已经嘶哑了。

傻子转身给娟子端了碗水，送过去，娟子咕咚咕咚喝了，看着傻子。

傻子，村里的人都怎么说来着，他们说我是你什么？

他们说你白天是我的老婆，晚上是我娘。傻子说。

你把门打开吧。娟子用剩在碗里的水把一块布打湿，照着镜子，将脸上的泪痕擦拭干净。

我不干，你想跑。傻子摇着头。就在前不久，娟子跑了一次，她对守门的傻子说，你把门打开，我就亲你一口。结果傻子把门打开后，不仅没有得到娟子的亲吻，反而挨了她一秤砣。娟子没有跑多远，就被跟上来的鸭蛋六和傻子抓住了。鸭蛋六将她捆起来，一个巴掌就像扇子似的在她的脸上左一下右一下，打得娟子脸上那个"心"肿得老高，就像一只熟得快要烂掉了的桃子。

我不跑了，我是你老婆，我现在就只给你，我不给他老畜生了！娟子说。

你给我啥？傻子话音未落，眼睛就直了。娟子一件件地脱着自己的衣服，露出雪白的身子来。

傻子开了门，扒干净衣服，上了床去，在娟子的引导下，傻子快活得哇哇大叫起来。

完了事，傻子激动得要哭。他问娟子，你还会跑么？娟子说只要让我做你的女人，我就不跑。

傻子说，你现在不是我的女人么？

你爹鸭蛋六回来了，我还是你的女人么？

傻子不言语了。

鸭蛋六霸占了你的老婆，你恨不恨他？

恨，咋不恨呢？傻子咬牙切齿地说道，晚上听见他在你身上折腾过去，折腾过来，我就睡不着觉，人家都说你是我的老婆，咋的还要陪我爹睡觉啊。

你爹凶狠，我要不陪，他还不打死我了么。

你要是不跑，他就不会打你了。

我是你的老婆，他霸占我，你又没出息把我夺过去，我怎么不跑。

那你今后就不要跑了，你是我的老婆了。

傻子要着娟子的时候，鸭蛋六正蹲在马三的尸体前，琢磨着把他埋在啥地方。

马三是吃鸦片死了的，自杀。

自从娟子被鸭蛋六带走过后，马三就成天唉声叹气，做事情的时候老精神恍惚，杀鸭子的时候刀总是去得很重，不是把鸭子脖子割掉了，就是留下的刀口太大，做出来的货很不好看，搞得陈板鸭很生气，给了几个工钱，狠下心肠辞退了他。

没了事情做的马三走在大街上，边走边抹眼泪，最后进了烟馆，买了烟土，然后回到家中，怀着又悲又恨又悔的心情，将烟土全部吞进肚子里。

6

我的曾祖父一口气说了这么多，不仅没有疲倦的样子，而且精神显得特别好。我突然想起那些写长篇巨著的作家来，他们孤独地坐在书案前，埋着脑袋，奋笔疾书，夜以继日，从不见他们说累和困。他们总是兴奋着的，寂寞凄苦的生活半点也影响不了他们幸福的表情。这是因为什么？这是因为他们喜欢叙述这种形式，叙述的快感就像温柔的皮鞭一样轻轻抽打着他们，他们被这种快乐紧紧驱赶着。

我说老祖宗，我去给你倒杯水，喝了咱们接着讲。

我的曾祖父摆摆下颌。太阳好像把积聚着的所有热情都投到了我曾祖父的身上，他的脸在阳光下闪着金属般的光泽。

两天后的一个清晨，在鸭子们欢快的鼓噪声中，鸭蛋六回来了。他将马三埋葬了。

鸭蛋六去了鸭棚，没看见傻子。他推开门，早晨的光亮水一样，哗的一声一下子泼进了屋子里——

傻子啊，畜生啊……鸭蛋六先是听见娟子快乐的吟唱，然后看见水里活跃着两条银光闪闪的鱼。

鸭子的嗓子都是瘪的了!

娟子欢快的歌唱被鸭蛋六的一声怒吼打断了。

傻子提着裤子,被鸭蛋六驱赶出了那屋子。他并没有去鸭棚给那些瘪着嗓子的饥饿的鸭子喂食物,也没有去捡那些已经沾满了粪便的鸭蛋,他回到那个门洞前,他看见娟子白嫩的身体被鸭蛋六压在身下,鸭蛋六像碾压一张纸似的来回着他那精瘦的躯体。

傻子啊,畜生啊……

娟子又开始了她的歌唱。在她的歌唱声里,傻子感觉到身体里膨胀的全是怒火。

那天晚上,傻子睡进了鸭棚。但是他一夜都没有睡好,第二天早上起来,眼睛红肿得跟桃子似的。

你是哭成这样的么?娟子走进鸭棚里。

傻子点着头。

是因为我晚上没有跟你睡觉么?

傻子叹息一声,走到娟子跟前……这时,鸭蛋六在门口喊叫起来:

傻子放鸭子去,娟子回来做饭!

两人恋恋不舍地分开,娟子往回走的时候,听见傻子愤怒地嘟哝道,你死吧,老畜生!

今天晚上你睡鸭棚,我要跟我老婆睡。

傻子说这话的时候是那天晚上,在饭桌上。鸭蛋六正在用筷子沾稀包蛋下酒,他把包蛋敲开一个指头大的小洞,拿筷子在里面沾一下,放嘴里吸溜一下,然后喝一口酒。一个包蛋,鸭蛋六可以下三个晚上的酒,今天晚上没吃完的包蛋,他会随便掐一片草叶,沾点口水,贴在那个洞上,明天晚上揭开,接着吃。对于傻子的话,鸭蛋六根本没有理会。

今天晚上我要跟我老婆睡！傻子虎着脸，加重语气。

鸭蛋六还是没有理会他，有条不紊地吸溜着他的包蛋，喝着他的酒。

她是给我当老婆的，不是给我当娘的！傻子对鸭蛋六不理不睬的态度勃然大怒，他一巴掌打掉他爹鸭蛋六手里的包蛋，选择暴力对鸭蛋六的权威进行直接宣战。

鸭蛋六毫不迟疑地迎头给了傻子有力的反击。这场战斗以傻子失败告终，他出拳尽管很有力气，就像一颗颗怒气冲天的炮弹，直奔鸭蛋六的要害，但是都被鸭蛋六轻易地闪过。鸭蛋六还给他的是耳光，啪啪啪，清脆有力，他被鸭蛋六打了很多个耳光过后，晕头转向地自己撞在墙上，倒在地上喘息不止。

两天后，鸭蛋六又去爱城卖鸭蛋了。和以前一样，他临走的时候还是将娟子锁进屋子，但是这一次他没有给傻子钥匙。

我想要你！鸭蛋六前脚一走，傻子就把脑袋堵在那个门洞上。

你就去杀死他吧！娟子说着走到门洞前，摸着傻子红肿的脸，傻子，杀死他个老畜生，你就不用挨打了，就可以天天睡我了，那些鸭子鸭蛋，你想怎么吃就可以怎么吃了，这个家，就是你的了。

傻子眼睛里像播种似的，撒满了希望，但随即又黯然下来，怎么杀啊，我打不过他啊。

用砒霜！

我曾祖父说出"砒霜"这两个字的时候眼睛里熠熠闪光。我知道，这个故事的关键时刻到了，或者称之为高潮的部分到了。

但是我曾祖父的声音开始沙哑起来，他已经讲了很久了，太阳从他的脸上已经移动到他的头顶。我执意让曾祖父暂停一下，我得去给他倒杯水来。

我的父亲和母亲正在厨房里忙碌，案子上摆满了他们已经做好的菜肴，跟过年一样丰盛。

你别乱走动，马上吃饭了。我母亲说。

我不空理会母亲，两眼在屋子里搜寻着水壶搁什么地方，我得赶快出去，曾祖父的故事已经磁石般牢牢地吸引住了我。在隔壁一间小屋里，我找到了水壶，拎起来晃晃却是空的。我正要问我母亲或者我父亲，忽然看见一张矮桌上搁着一小半碗水，旁边是一小碗花生米。

我把水端到我曾祖父的嘴巴边，他却不喝，示意我搁下，他要开始接着讲了。

7

鸭蛋六有很多砒霜，都是他在爱城买的。

鸭蛋六买那么多砒霜回来是为了灭耗子。这耗子对养鸭子可以说是一个危害，鸭子小的时候，它会攻击它们，将它们咬死拖得到处都是，鸭子大了下蛋了，耗子就会两个一对两个一对地偷蛋。鸭子下蛋大都是从三更开始，耗子偷蛋就是从四更开始。傻子看见过耗子偷蛋，一个耗子躺在地上，四条腿将蛋抱在肚皮上，另外一只耗子就咬住那只耗子的尾巴，跟拖车一样往洞口边拖。耗子吃蛋的方法跟鸭蛋六吃包蛋一样，它们都是弄很小的孔，把蛋吃得都是同样干净，剩下一个空壳跟真的蛋一样。

鸭蛋六用砒霜灭耗子的办法简直可以说是花样百出。

鸭蛋六会不定期地用各种各样的食物拌上砒霜，有时候还会用糖或者盐，将砒霜弄成甜的或者咸的。这是因为耗子在吃了砒霜临死之前，会告诉其他耗子它是怎么死的，那食物是什么东西，什么气味，其他的耗子如果遇见那样的食物就不会再冒险了。而且鸭蛋六还会故意将拌了砒霜的食物藏起来，今天藏在这里，明天藏在那里，让耗子感觉那是很精贵的东西，不容易得到偏要努力得到，耗子跟人一样有着同样复杂的欲望。

我晓得他把砒霜放在啥地方的。傻子说着，很快就抱来一个玻璃罐，里面半瓶砒霜，足够杀死秦村所有的人。

几天后的一个黄昏，鸭蛋六在鸭棚那里编织围拦鸭子的竹篱笆。傻子说吃饭了，鸭蛋六头也没抬地说给我端过来，吃了好接着编。

傻子进了厨房，一边嗅着满屋子的香味，一边在娟子身上摸索着。几天没有机会和娟子亲近，傻子馋得两只眼睛迸着火星子。

别这么猴急，等他一死，我就全是你的了。娟子说。

他啥时候才能死啊。傻子问。

今天晚上。娟子说着从怀里拿出个纸包，将那些粉末倒进那煮好的面条里，再搁进些调料，然后拿筷子一阵搅和，端起碗，架上筷子，叫傻子送去。

不一会儿，傻子回来了，手里拿着他爹鸭蛋六刚吃过的空碗，正要说什么，鸭棚子里传来鸭子的鼓噪声，夹杂着一阵剧烈的扑腾声和哀号声，声音很大，就跟鸭子炸了棚似的。

他在板命呢！傻子将娟子抱在怀里，说他马上就死了，你今后就不用怕他了，也不用跑了，你是我的老婆了。

娟子哆嗦着，听着外面响动。

鸭子的鼓噪停止了，外面一片死般的寂静。

你去看看，他死了没有。娟子指指外面。

傻子去了，很快就又回来了，说他没气了，鼻子嘴巴眼睛，倒处都在流血，很吓人。娟子无力地跌坐在凳子上，说傻子，你得赶快把他背到山上的野狗洞里埋了，别让人看见，看见了，我就会被逮走，你也会被砍头，咱们就再也睡不成觉了。

傻子说那是，我马上就把他埋山上野狗洞里去。临出门的时候，傻子说，我把你锁上吧，要不，你就跑了。

现在他已经死了，我就是你的老婆了，我为啥还要跑呢？娟子笑道，在傻子嘴巴上亲了一口。

你真不跑了？

不跑，我脱干净衣裳躺在床上等着你回来，咱们今后就可以安安稳稳睡一辈子了，再没人跟你抢老婆了。

傻子高高兴兴出了门。娟子看见他走进鸭棚，将鸭蛋六背了出来，转眼就消失在了暮色里。

等傻子前脚一走，娟子也忙碌起来，她收拾了两件衣服，从从容容地出了门。娟子不知道要去往什么地方，她只是要逃离秦村，逃离这个可怕的地方。

那天恰好是月十六，娟子出门的时候月亮刚爬上山头。她踩着水一样的月光，快步往爱城走着。

走着走着，娟子感觉身后跟着一个人影，她走得快，那个人影就跟得急，她放慢脚步，那个人就走得缓。到秦村边界的时候，那个人影开始用颤悠悠的声音叫唤起来：

娟子娟子娟子。

娟子仔细听了听，那声音像是哭泣，尾声很长，飘在空中的幽灵一般。娟子唬得汗毛竖立，背皮发麻，她正要拔腿开跑，那人影风似的吹了过来，一把拽住她的衣袖。

娟子扭头一看，是鸭蛋六，鸭蛋六吐着舌头，他的脸在月光下一片惨白。

鬼啊！娟子尖叫起来，凄厉的尖叫就像尖刀一样，将夜空划得支离破碎。

娟子扔了包袱，她尖叫着，哭喊着，叫骂着，被鸭蛋六追赶着，娟子跑掉了鞋子，跑掉了衣服，披头散发一路狂奔，最后躲进一间屋子里。

傻子从角落里钻出来，呵呵笑着，掂着手里的钥匙，要锁那门。

鸭蛋六缩回他的舌头，气喘吁吁地给傻子摆摆手，说不用锁了，她再也不会跑了。

傻子不解地看着他爹。

她已经疯了，傻了，还知道跑啥。鸭蛋六笑着拍拍傻子的脑袋，说去拿几个包蛋，咱们喝喝酒。

傻子不动。

咋啦？

今天晚上我还睡鸭棚么？傻子嗫嚅着问。

儿子，今后啊，我睡鸭棚！鸭蛋六呵呵地笑着。

8

后来呢？

我急不可待地想知道这个故事的结尾。但是我的曾祖父讲不动了，他的嘴唇在阳光底下已经干枯了，呈灰黑色，就好像两片发过霉的已经没有水分的橘子皮。

我端起那半碗清澈的水，送到曾祖父嘴巴边。这一次他没有拒绝。我的曾祖父用他那树根似的双手，接过那碗水，捧到嘴巴边，一口气喝了个干净。

我接着说吧。我的曾祖父将空碗还到我手上，开始了这故事的结尾。

娟子痴呆了，她再不知道逃跑了，每天待在那屋子里，睡觉的时候也规规矩矩，不闹不哭，很听话。

一年过后，娟子给傻子生了个儿子。

这年秋天的一个中午，阳光跟今天的阳光一样，明亮，暖烘烘的，照在身上跟抱着一团火一样。鸭蛋六在太阳底下忙着编织围拦鸭子的竹篱笆，傻子抱着他的儿子，呵呵地逗乐着，娟子端着一碗剩饭，走出屋子，拾掇起一根凳子，坐在阳光里，吃起来。

一碗饭她很快就吃完了。吃完了饭，娟子开始慢条斯理地给自己梳理头发。

鸭蛋六扭头看着阳光里的这一切，感觉很美好，这一切，正是他要的。

就在这个时候，娟子扭头给他笑了一下，鸭蛋六惊异地发现她右脸上那个黑色的桃子不见了，她的脸跟羊脂一样白。

娟子笑完，倒在地上，嘴巴和鼻子开始流血。娟子吃了砒霜，她死了。

不久，傻子赶鸭子掉进水里，也死了。

埋了娟子，再埋了傻子，鸭蛋六抱着娟子和傻子留给他的孩子，站在两个新坟堆面前，一阵风吹过，他打了个哆嗦。鸭蛋六突然发现自己原来已经很老了。

我的曾祖父说到这里的时候，突然打了个战，从他那干枯的嘴巴里，艰难地迸出两个字：

砒霜。

这时候，我看见有鲜血从我曾祖父的鼻孔里流了出来。

我惊恐万状，手里的碗啪地掉在地上，尖叫起来：

娘，爹，你们快出来啊。

我的母亲和父亲跑了出来，看看我的曾祖父，再看看掉在地上的碗——

你给他喝啥了？我母亲颤抖着声音问。

我说放在那碗花生米边的凉开水啊。

那哪里是啥凉开水啊，那是我拿来拌花生米药耗子的砒霜啊！我的父亲尖叫起来。

我给我的曾祖父吃了砒霜。我呆若木鸡地看着在死亡边缘挣扎的我的曾祖父。我的曾祖父药性大发，他没有办法呼吸，脑袋和脖子就像充满了血似的肿胀得青筋毕露，仿佛马上要爆裂了一样。他抓挠着自己的胸口，扭曲了的、痛苦不堪的表情告诉我，他那里很疼。简直无法想象，在这个时候，他胸口疼的那病竟然也跟着犯了。

我哆嗦着解开我曾祖父的衣服，我企图用按摩的方法来舒减他的痛苦，就在我解开他衣服的那一刹那，我惊呆了，我曾祖父的胸口上有一个半个巴掌大的黑记，它微微凸了出来，心的形状，漆黑，泛着青。

我的曾祖父一把推开我，他跌倒在地上，他在地上翻滚着、扭动着，过了一会儿，不动了。

阳光下，我曾祖父佝偻在地上的身子仿佛一个大大的问号。

祖父走失在正午

1. 牌 局

最先发现祖父失踪了的是信文，信文说，噫，祖父呢？

信武、信仁和信礼在打斗地主，正是关键时刻。信武是地主，手里汗津津地捏着一个 2 一个 A 和一对老王，等着信礼出牌。信礼看着信仁，等着他给点建议。信仁已经猜出了信武手里的牌，他不敢明说，他已经挨了信武一耳光了，但还是不甘心地悄悄给信礼使了个眼色。然而信礼却不清楚那究竟是什么意思，把牌抽在手里，犹豫着。信武勃然大怒，说，信仁，你狗日的噘什么嘴？使什么眼色？信仁叹了口气，对信礼说，打呗，随便打！信礼想了想，将就要出手的牌插了回去，重新抽出一张，丢在信武面前。信武一看是张 A，马上丢了张 2 上去，瞪着信仁问，你要不要？信仁说我不要。信礼说你不要我要，哆嗦着手抽出四张 Q 砸下来，大叫道，我叫你猖狂，炸弹！炸死你！信武将两张老王猛地拍上去，笑问，炸死谁呢？然后再将那张 A 丢上去。信礼惊诧地看着信仁，怎么？老王没在你手里？信仁先是哀叹，然后愤恨地说，你这头猪啊！那牌你都看不出来？还炸？！

信武看着垂头丧气的信仁和信礼，咯咯地笑着说，一翻为二，二二得四，四四一十六……你们自己算一算，你们输了多少？

得意的信武忽然瞥见信文冷眼站在一边，好像记起了他刚才说了句什么，就问。信文却不说了，要他们接着继续打牌。于是信武重新坐回位置，邀约信仁和信礼又来打，信仁不情愿，说信礼太笨，如果信文愿意参加就好了。信文只是冷笑。三个人又埋头开始发牌了，信文走过去抓起扑克一把撒了，说，你们看见祖父没有？祖父不见了！

三个人抬起头，看着信文，异口同声地问，你说什么？

2. 说书的王聋子

祖父究竟是哪一天不见了的？

信武说是小雨那天，中午的时候，他看见祖父出的门。祖父走到门口，望了望灰蒙蒙的天空，天空湿漉漉的，像是一根沤烂了的毛巾。雨早就没下了，但是祖父还是不放心地又回来拿了一把伞，他打着伞，缩着身子，仿佛一株牛屎菌。

对，是像一株牛屎菌。信武对这个比喻很满意，他说，祖父像一株长着两条腿的牛屎菌，很快就不见了……

但是他会去哪里呢？

信武说，他一定是去土镇了，去土镇听王聋子的《忠烈岳家传》去了。

祖父这一生的最大愿望，就是把王聋子的《忠烈岳家传》听完。不知道是从哪一年开始的，祖父对王聋子的《忠烈岳家传》感上了兴趣，断断续续地一直听着，从岳飞的爹死，到岳飞死……到岳飞的孙子死。

现在又说到了哪里？是岳飞的玄孙么？他又会怎么死呢？是战死的，还是被害死的呢？

王聋子原来其实不是聋子，耳朵好得很，他在上面说书，下面的人掏褡裢，他从那褡裢里的响声就能听出此人是准备给他铜板还是小钱。这么好的耳朵怎么会聋呢？

被山炮震的！

王聋子说书有个规矩，每天只说三回——

"书接上回，上回咱们说到岳飞的爹岳和正打山林里经过，突然听见身后一阵响动，这是什么响动呢？各位听书的大爷大娘、叔伯婶子、兄弟姐妹，咱们今天接着说！这响动是什么呢？不是枯树枝掉在地上的声音，也不是兔子蹿窝，更不是蛇蝎爬行……"

日你妈，究竟是什么呢？快点说啊！有人在下面大声喊叫。

这喊叫的人是谁呢？谁这么大胆呢？连王聋子都敢骂，而且用语这么毒辣。王聋子是谁啊，王聋子是说书的！连土镇的镇长都不敢惹他，见了他的面都毕恭毕敬。得罪了王聋子，他要不说书了，大家也都甭想听了。没有书听了，大家还不跟掉了魂魄似的？这活着，还有多大的意义？大家无法想象得罪王聋子后的日子……

这喊叫的人可是个狠角色，叫过山风，是个土匪头子，手里几十号兄弟几十条枪，另外还有两尊山炮。

王聋子翻了过山风一眼，顿了顿，接着说道：

"这岳和也非等闲之辈，他侧耳一听，就听出了这响动是人的脚步声。他回过头去，只见身后站着一个彪形大汉，红衣红甲，身高八尺，眼锐如鹰，眉竖如剑，络腮胡，左手拎着一把寒光闪闪的大砍刀，右手提着一柄劈山斧……"

过山风听得完全入了迷。也不知过了几时，王聋子突然将醒堂木一拍，啪一声，然后拱手说道：

"各位听书的大爷大娘、叔伯婶子、兄弟姐妹，咱们今天先就说到这里，要知后事如何，明天请早！"

王聋子说完站起来要走，过山风叫住了他，要他接着往下说。王聋子却说，他有他的规矩，每天只说三回，要听下面的，还那句话，明天请早。过山风拿出一把银圆丢在桌子上。王聋子看了看那些银圆，吞了口唾液，说，规矩不能坏。过山风冷笑一声，抽出匣子枪，拍在桌子上。王聋子眼皮跳了跳，咬咬牙说，规矩坏不得啊！

过山风大怒，吆喝一声，一群拿刀持枪的伙计冲了进来，将王聋子抓起来。过山风说，什么规矩，老子就是规矩！说还是不说？王聋子龇牙咧嘴地说，规矩坏不得啊！过山风愤恨地下令道，拉出去一刀抹了。

大家慌张了，都为王聋子求情，说，大爷你就饶了他吧，你要抹了他，没书听了我们怎么办啊？

过山风想想，觉得也是，说看在大家的面子上，死罪可免，但是活罪难饶。吩咐人将王聋子绑在那里，把两尊山炮抬来，一左一右架在他的耳朵边。两声炮响，一个聋子就这样诞生了。

几年后，过山风被打死了。人们却对他很是怀念，因为他震聋了王聋子的耳朵，却无意间给大家带来了耳福。

王聋子的耳朵聋了，听不见自己的声音，也以为别人听不见，于是说书的声音就大了许多，而且越来越大，到后来大家再不用掏钱进茶馆听书了，站在街头都可以听见：

"岳飞挺着长枪，冲入敌阵，犹入无人之境……"

傍晚的时候，信武回来了，说祖父没在土镇。信武同时还带回了个消息，说土镇的人早不听王聋子说书了，不过王聋子还说，不在茶馆里，在街头，一身褴褛，虽然腰弯了，头勾了，声音却还是很大的，但是没人听得懂他究竟说的什么，乌啦哇啦，乌啦哇啦……

信武说，他说的不像是人话。

3. 红衣服的老妓女

祖父没在土镇，会去哪里呢？

多半是去五道河了，信礼说。大家都看着信礼，信礼挠挠头，嗫嚅着说，他……他不是去五道河了又是去了哪里呢？

什么时候？信武问。

多半……是那天。信礼说。

究竟是哪天嘛！信文有些性急，他很讨厌这样吞吞吐吐地说话。

就是大太阳那天。信礼说，那天中午，你们在屋里打扑克，我肚子不舒服，刚从茅房里出来，就看见祖父出了门。

你看见他出的门？信仁问。

是的。信礼说，我看见他穿得很整齐，边走还边用一把小梳子梳头发，人很精神，在阳光底下，那背影就像一棵挺拔的树。

像一棵挺拔的树？信武惊异地问。

是的。信礼说，我看见他穿过田埂，走进一片树林里……

他可能真是去五道河了。信文说着看着大家，大家都一起点头，全都一副心知肚明的表情。

五道河之于祖父，似乎是非常重要的，这是因为那里住着一个穿红色衣服的老妓女。

祖父第一次见到她的时候，还年轻得嘴唇上的胡子都是青色的。

那天夜晚，祖父的东家在爱城赢了他平生最大的一个牌局。东家让在场的所有人都变成了穷光蛋，他豪气地吩咐，要请上一个戏班，连演三天大戏，还要摆上十八桌，宴请所有输钱给他的人。

这个夜晚，祖父拿着东家打赏给他的几块银圆兴奋得无法入眠，他辗转反侧的声响惊动了东家。东家爬起来踹了他一脚，说，睡不着就陪我去玩吧。

于是东家带着祖父来到大街上，大街上冷冷清清，只有几条饥饿的流浪狗东奔西跑一刻不停地到处寻找着食物。东家看看上街，又看看下街，问祖父，去哪里呢？祖父说，十三楼吧，都说十三楼好玩。于是东家就踹开了十三楼的大门。祖父将一口袋银圆丢在鸨儿面前，那一口袋银圆发出的声音赛过了十八门山炮的巨响，震得十三楼地动山摇。妓女们蜂拥下楼，亮出白花花的大腿和胳膊，在东家的身旁排成一个八字雁阵，东家就像一只挑剔的狐狸，捏捏这个，碰碰那个……最后东家不耐烦了，瞌睡了，他打着哈欠，心想今天晚上运气真臭，没一个中意的。正这时，一个红彤彤的人闯入了他的眼帘。这是怎么样的一个人啊！就像一团火焰！东家被燃烧得像一个摆子病患者一样，浑身战栗，言语不清……

当那团燃烧的火焰变得冰凉时，东家清楚地知道自己已经花销完最后一块银圆了，抵押完最后一块田地了。东家变成了一文不名的穷光蛋，他刚走出十三楼，来到大街，就立即招致一顿拳打脚踢。打他的人，是那些曾经输钱给他的人，他们一边狠狠地打，一边狠狠地骂，狗日的，你怎么宁愿去嫖婊子也不愿意跟我们赌钱呢？狗日的，你怎么把那么多钱都拿去嫖了婊子呢？

东家被打得很厉害，他被祖父用一辆牛车拉回秦村，不几日就死去了。

第二年的秋天，祖父背了半口袋新碾的稻米来到爱城，敲开十三楼的大门，要见那如同一团火焰似的姑娘。鸨儿叫人挡住他，说，来的都是客，不过有钱才好使唤。祖父说就看在东家过去使唤了那么多银圆的情分上，只求看看红衣姑娘。鸨儿薄情，说的话更薄情，她说，这妓院的营生讲的是收钱卖笑，你今日有三分钱，就买三分笑，今日没有钱，无论你过去多少情分也是白搭。走人吧！鸨儿挥挥手，祖父只得闭上眼睛等那些壮汉来轰自己。突然听得头顶飘过一句"慢着"，抬眼一看，那红衣的婊子扑在阁楼的窗户上，就像一朵探出墙头的玫瑰。

你看吧。红衣姑娘说。祖父痴痴地看了一阵，取下身上的口袋，轻轻放在地上，轻轻地说道，这是新碾的稻米，送来请姑娘尝尝鲜。

多年以后，祖父路过五道河的时候意外地遇着了那个一身红衣的女人。女人依然穿着一身红衣服，在祖父眼里，红艳艳的燃烧得还是和当初一样旺。中午祖父看见她的时候，她正将身上红如火焰的衣服一件件剥去，一个放牛的老汉手里拿着一根红薯，嘎嘎地怪笑。傍晚祖父背着半口袋新碾的稻米赶回到五道河时，她已经将那红如火焰的衣服整整齐齐地穿上了，躺在地上一动不动，嘴角流淌着白沫。在她周围挤了很多人，都一只手捂着嘴巴，一只手在面前不停地扇动。那些人用含糊不清的声音告诉祖父，她在地里掏了很多种子吃了。祖父哀叹一声，泪如雨下，他知道这女人活不成了，就算有十条命也活不成了，因为那些种子拌了乐果和六六粉……

祖父刚过去将那红衣女人抱在怀里，说了一句"我来晚了"之类的话，就被抓走了。——那半口袋新碾的稻米，是祖父偷来的。

后来呢？

信礼这时候从树林里钻了出来，穿过田埂，站在了大家面前，疲倦地摇摇头。信礼太累了，从秦村到五道河，路很远，经过三道山梁，两个坝子，还有几条河流，而且路还不好走，沿途有很多住户，这些住户都有一个很讨厌的习惯，就是蓄养恶狗。

信礼终于缓过气来了，他说他见到那个红衣老妓女了，她和传说中的一模一样，红色的衣服确实像燃烧的火焰，但是更像一丛盛开的臭牡丹花。

臭牡丹花？

臭牡丹花！对，臭牡丹花。信礼说，她一张嘴，就会喷出一股浓烈得呛人的臭气来，不过我早有准备，所以我一点也不奇怪。

信礼告诉大家，他是一路打听到那个老妓女的。他问那些五道河的人，你们这里有一个老妓女么？那些人说，什么？老妓女？信礼说，就是穿红色衣服的那个。那些人恍然大悟，哦哦地点头，说，你说她啊，当然知道啊，你顺着这条路，走到山头那里有个岔路，你走上边那条，上山，然后再下山，过一条小河，你就会看见她在对面的山坡上了。信礼向那些人道了谢，在经过他们身旁的时候，听见他们漫不经心地谈论着那个穿红衣服的老妓女，说她真是天底下最奇怪的人，因为她现在成天手里拿着一个农药瓶子，每天都要喝农药，是乐果就要三两，是敌敌畏的话，就一两……

信礼过了那条小河，果然看见了那个红衣服的老妓女，她像一丛臭牡丹花一样盛开在对面的山坡上，信礼老远就闻着了臭味。

老妓女的手里果然拿着农药瓶子，上面赫然印着一个骷髅头。

信礼问，你看见我祖父没有？

老妓女两只灰蒙蒙的眼睛直勾勾地看着信礼，看得信礼心头发怵，看了一阵，才沙哑着嗓子说，你是第一个跨过小河过来的男人……

　　说到"男人"这两个字的时候，信礼看见老妓女灰蒙蒙的眼睛里有一丝蓝色的磷光闪过，他心头一凛。老妓女猛举起瓶子，咕咚一声灌了一口，咂巴两下嘴巴，意犹未尽的样子，两眼还直勾勾地看着信礼。这时候有一只蝴蝶飞过来，在老妓女和信礼之间翻飞着。老妓女张开嘴，哈了一口气出去，那只蝴蝶打了个踉跄，一下子掉在地上。信礼被吓坏了，撒腿就跑。

4. 欠债者

　　信仁说，信文，你跟我去吧！

　　信文说，去哪里？

　　信仁说，欠债者那里！

　　信文说，祖父会去欠债者那里？

　　信仁说，为什么不会去呢？刮大风那天中午，我看见祖父站在门口，从口袋里摸出一张纸片，凑在眼前看。那是一张麻黑色的纸，就是烟盒里面的那种牛粪纸，只是很破碎，在他手里跳动着，像一只要挣扎着飞去的麻雀……最后那张纸还真的像一只麻雀一样飞走了——被风高高地卷向天空。祖父叹息一声，就出了门。

　　信文说，你说那张纸片是欠债者打下的欠条？

　　信仁说，未必你不知道？

　　信文说，好，咱们走，找不着祖父，咱们也得把那欠账收回来。

　　信仁说，好！但是咱们可能得拿上点东西，比如刀子，棍子，要不，再把信武和信礼都喊上。

信文不屑地看了他们两人一眼，将刀子别在裤带上，豪气地挥挥手说，咱们走！

欠债者是住在距离秦村远处的山林里的一个木匠，他不仅是远近有名的最守信用的欠债者，也是远近最有名气的算术家，无论谁有算不清楚的烂账，一旦找到他，只需要三两个小时，就会给你搞得如同小葱拌豆腐，一清二白。

也不知道从哪年开始，欠债者开始经营他的椽子生意。椽子是房屋的主要构件，无论谁修建房屋，最先要考虑的事情，就是去欠债者那里购买椽子。

其实欠债者最初的身份并不是木匠，而是个数学天才。他在爱城读书，他的聪明才智可谓空前绝后，老师只敢教他一堂课，这一堂课里，他就像一个贪得无厌的蛀虫，钻进老师的肚子里，将老师饱学一生的本事一下子全部吞噬进他的肚子里为他所有了。每一个老师在遇着他后，都无不佩服地拱手叫道，天才啊！天才啊！

至于欠债者为什么会沦落到当木匠的分，知道的人都说是因为他太聪明了。是啊，但凡聪明的人，没有几个有好下场的，不是短命，就是一生饱受病痛，生不如死。欠债者之所以当木匠，是他的明智之举，自轻自贱，从而换来安逸坦然的一生。聪明的人把什么都看透了，富贵如烟云。但是欠债者为什么会选择这木匠的活儿呢？因为欠债者凭借他的数学天分，算出来这是个只赚不赔的营生。

欠债者只赚不赔的秘密其实隐藏在他的买和卖里。据说他先以"丈"这个单位买进，然后以"米"的单位卖出，再以"尺"的单位来进行计算。

但是让人很费解的是，欠债者却总是跟别人借钱，如果不从别人那里借到钱，他的橡子生意就无法维持下去。他今天借了，说明天还，那肯定是明天要还的，大家都很放心他，从来不担心借钱给他，认为他是最诚信的人。

欠债者的诚信是这样建立起来的：他今天跟乙借还掉甲，明天跟丙借还掉乙，后天跟丁借还掉丙……其实也用不着把话说这么复杂，就是拆了东墙补西墙！然而就是这种拆借，却树立了欠债者牢不可破的诚信。谁都愿意借钱给他！

祖父是欠债者的最后一个债主。让人遗憾的是，欠债者那坚强的诚信，终于在祖父面前坍塌了，他不仅没有按期归还借款，而且他的橡子生意也经营不走了。现在欠债者在山林里放牧着一些羊。

信文和信仁见到欠债者的时候，他正在一块石板上用一根树棍沾着唾沫写写画画，在他的身旁，是几只沾满粪粒的羊。羊腆着如鼓的大肚皮，不停地放屁，可能是吃多了有毒的野鸹草，精神萎靡不振，细细的腿不停地打战，咩咩地呻吟着，时刻都有倒下去再也爬不起来的可能。

呵，是你们。欠债者一见信文和信仁，就两眼放光，他吐了口唾沫，用树棍沾着在石板上写了两笔，然后端详着石板，石板上唾沫的印痕很快就不见了。他丢了树棍，拍拍手说，你们来得正好，我正有个题呢，你们听着啊！——日出东边红彤彤，一群山羊该出洞，一半已经出洞来，另外九只在梦中，还有十只正走出，你追我赶闹哄哄，你们帮我算一算，多少山羊该出洞？

出个鸡巴。信仁说，我祖父呢？

你祖父？你祖父到这里来干什么？欠债者纳闷地问。

你说干什么？讨债！信文捋捋衣裳，露出别在裤带上的刀子来。

欠债者看了看两人，说，我还正准备要找他呢！

你找他？你找他做什么？信仁问。

讨债！欠债者说着从怀里摸出张破碎的纸片来，递给信文，说，你们看看吧，他给我打的欠条。

信文走出山林的时候越来越感到郁闷和奇怪，欠债者那里怎么会有祖父给他打下的欠条呢？

我知道了。信仁说。

信文站住脚，看着信仁。

信仁皱着眉头想了想，肯定地说，没错，一共是三十八只山羊！

5. 商　谈

他们找了很多地方，去了祖父可能去的任何一个地方，但是都没有找到他的踪影，祖父就这么失踪了。

大家坐在一起，苦思冥想是不是遗忘了什么角落，而祖父就恶作剧似的藏在这个角落里，只要一旦回想起来，他就会从那个角落里跳出来，站在大家面前。但是谁也想不起来，你看看我，我看看你。信礼说，反正……反正他是中午走了的。对于这一点，信武表示支持，他也认为祖父是中午走掉的，不可能是早晨，也不可能是傍晚。

但是他会去哪里呢？

你们觉没觉得，也不知道从何时起，祖父就很反常。信文问大家。

你不提醒，我还忘记了呢。信仁说，他确实很反常，唔……不是反常，准确地说应该是很古怪！

信武嗤笑说，你们现在才知道么？我早看出来了，我还跟信礼说起过。

信礼马上点头，说，是啊，是啊，信武跟我……跟我说起过。

他经常晚上不睡觉，在屋子里走来走去，然后趴在地上，唧唧地学老鼠叫。信文说，我当时看见了，以为他是发明了一种捕捉老鼠的新方法，但是……谁见了他捕捉得有老鼠？屋子里的老鼠不还是一样猖狂么？

你那算什么？信武像是独自掌握了什么新的重大发现一样兴奋，高声说道，头天晚上你们打牌睡得晚，第二天早晨我起来得早，正在穿裤子的时候就听见门外有响动，咕叽咕叽，像是在挫什么铁器。我出门一看，是祖父。你们猜他在干什么？他拿着板锉，伸在嘴巴里挫牙齿呢！回头我跟信礼说，信礼吓得直翻白眼……

你小声点！信文压低声音训斥道。

大家不约而同地看向门口，门口有一只麻雀飞过，啾啾地叫了两声。

信武还要说下去，信文看了他一眼，打断他的话，说，我只是觉得他很反常，他曾经在屋子里翻腾，在房前屋后翻腾，似乎在寻找什么东西，我问过他，他只是摇头，根本不承认自己是在找东西。可是，他不是在找东西又是在找什么呢？他就像……像一只猎狗似的——

信礼听到这里，窃笑起来。信文看了他一眼，信礼赶紧憋着，把脑袋转向一边，他从来没看到过祖父寻找东西的模样，但如果真的是像一只猎狗一样，那可的确是太有意思了。他忍不住又窃笑起来。信文又看了他一眼，信礼埋下脑袋，使劲转念想其他的事情，比如祖父像一棵树，一棵挺拔的树……

他像一只猎狗一样，眼睛发光，这里瞅瞅，那里看看。信文犹豫了一下，接着说道，更让我觉得反常的是，他还经常拿起一些东西在鼻子边嗅，有一天他甚至将一把锈迹斑斑的菜刀拿到嘴巴边舔了一下，脸上竟然露出了笑容，好像那菜刀上面沾满了糖似的，这实在太不可思议了。最让我感到……感到不可思议的是，有一天，他竟然把脑袋伸进一个坛子里，那是一个因为漏水废弃了的坛子，就是丢在房屋后面竹林里的那个坛子。当然，它现在已经不在了，你们看不见它了，因为它被祖父打碎了。祖父把脑袋伸进那个坛子里后，就再也出不来了，他的脑袋被坛子沿儿卡住了。他就顶着坛子在竹林里转悠。——你们可能不知道，那是一个太阳早早就下了山的黄昏，蝙蝠在竹林里飞来飞去，那些归林的鸟儿就像遗失了爪子或者翅膀一样，惊惶惶地叫唤。祖父顶着个坛子在竹林里转悠，他在坛子里发出沉闷的呜呼呜呼的喘息声和挣扎声，我本来是想要去帮忙的。可就在这时，他突然抓住了一块石头，敲在坛子上，坛子碎了，祖父的脑袋伸了出来，他像一条把脑袋探出水面的鱼，张大嘴巴呼噜呼噜地呼吸……

但是，他到哪里去了呢？祖父。

大家站起来走到门口，门口有好几条路，这几条路又通往更多的路……你一直往前看，你会发现路越来越多，就像一张纵横交错的网一样，密密实实地布置在面前。

6. 大　坑

祖父找到了，他躺在一个大坑里，已经死去多时。

这个大坑在一片密林里，长约两米半，宽约一米半，深有两米半，口和底一样大，是一个很规整的长方体。

　　大坑是祖父挖的，他使用的工具很简单，就一把铁锹。铁锹的把是很坚实的酸枣树做的，已经被祖父的双手磨得很光滑润泽，摸上去，犹如抚摩一段婴儿的手臂。铁锹被泥土磨砺得如同刀口一般锋利，遗憾的是那原本该寒光闪闪的刀口，却生了一层黄色的锈迹……

　　这个大坑，让祖父付出了艰辛而巨大的努力。扳开他两只微微弯曲的手，可以看见手掌上那些如同小螃蟹一样坚硬的茧子。他浑身都是泥土，好像这个大坑不是他挖掘出来的，而是他用整个身子拱出来的，像鼹鼠一样……

　　至于祖父为什么会躺在大坑里死去，这并不难解释。他将坑里的泥土一锹一锹地扬起来，扬向坑的四面，慢慢地，大坑形成了，有了祖父理想的深度。祖父精心地修饰着四壁，让它们更加光洁笔直。祖父终于满意了，他拍拍手上的泥土，心满意足地微笑着，将铁锹丢出大坑。但是坏了。祖父突然想到，他还应该用铁锹在壁上凿几个可供自己向外攀爬的阶梯……可是铁锹已经丢出大坑了呀！

　　后来祖父可能想了很多办法想要出去。但是因为挖掘这个大坑，他太精疲力竭了。祖父感到口渴，饥饿，瞌睡……

　　祖父就躺在大坑里，仰望着一个长方形的天空，慢慢死去了。

　　当大家费尽力气将祖父从大坑里弄出来后，都不约而同地回过头，看着身后那个巨大的深坑。

丁部..

忧伤的西瓜·

团年饭

　　车上人很拥挤，虽然限定一人一座，但是大家带的东西实在太多了。跟萧东同座的是个小姑娘，被淹没在两只大布熊中间。萧东跟她笑笑，说我来帮你抱一个吧。那个小姑娘就递给他了一个。

　　车外阳光很好。前排两个乘客也注意到阳光了，说今年过年应该不像去年，阴飕飕的。小姑娘想打开窗户，结果只一露缝，寒风就呼呼刮进来，赶紧又关上。

　　"你是北县人？"小姑娘突然问。

　　"呃，我么？"萧东笑笑，"你看我像北县人？"

　　"我猜的。"小姑娘说。

　　"你是不是看我是个瘸子啊？"萧东问。

　　小姑娘有些尴尬，脸红了。

　　"我是爱城的。"萧东拍拍左腿膝盖，声音砰砰的，"不过这是在北县遭了的。"

　　"我舅舅也跟你一样，他是右腿。"小姑娘见萧东并不在意，不紧张了，"你去哪？"

　　"土镇。"萧东答道。

　　车子停下，前排有人下车，空出一排位子来。萧东把大布熊还给小姑娘，起身到前面坐下。刚落座，那个小姑娘就过来递给他两颗奶糖。萧东剥了一颗塞到嘴里，菠萝味。

四十分钟后，车子在土镇停下。下车的时候萧东回头跟那个小姑娘招招手。小姑娘也跟他招招手，笑吟吟地说再见。

土镇的集本来逢单号，今天街上却挤满了人。一年里最后一天，年三十，几乎所有的场镇都是这个样子，买的赶紧买，卖的赶紧卖，都抢着最后一点时间要把一年的生意做完似的，每个人都那么慷慨，都那么和善。看看时间，十点半钟，至多再过一个半小时，街上就会冷清下来。都回家吃团年饭去了，团年饭吃了就该糊春联，看春晚，放鞭炮，迎新年……

萧东走进一家叫"家家福"的超市。相比外面，超市稍微不那么拥挤，也安静得多。萧东拿了两瓶"睢水王"，一条"国宝骄子"，然后到处找"大白兔奶糖"。导购给萧东拿了一袋，萧东嫌太小，导购说嫌小嫌少你可以多拿几袋嘛。萧东决定再走一家看看。又去了一家超市，还是只有小包装。导购建议他去隔壁，说那里有一家专门经营糖果和炒货的。还真没叫人失望，不光有大包装的，品种也多。萧东拿了两大袋"经典原味"，一袋"酸奶味"，一袋"红豆味"，一袋"巧克力味"，想了想，又拿了一袋"玉米味"的。卖糖果的小媳妇可高兴了，笑眯眯地接过钱，问萧东还要不要别的，萧东说娃儿只喜欢吃"大白兔"。

"你养的肯定是个女娃儿。"小媳妇说，"当爸爸的只有对女儿才这么好。"

萧东报以一笑，接过找的零钱，在街沿边的一个水果摊子上又买了些提子和苹果，杂七杂八地装了两大袋子，拎了拎，很沉，算得上重礼了。卖水果的老板见萧东腿有点不方便，问他是不是赶车，要不要车。萧东说不远，帮忙叫个电三轮。老板说这个容易，扯大了嗓门吆喝，"三轮！三轮！"

萧东问三轮师傅晓得老竹林院子不?

"当然啰。"三轮师傅扯长了声音答道。

"多少钱呢?"萧东打开钱包要先把钱给了。

"你是我这一年来最后一个客人,就看着给嘛。"三轮师傅说。

萧东拿了张二十元面额的。三轮师傅要找零,萧东摆手说算了。

"老板在哪里发财嘛?"三轮师傅为萧东的大方很高兴,车子开得又快又稳,还不停地找话来跟他搭讪,问他是哪里人,腿看样子不好是怎么回事,去老竹林院子哪家子——

当萧东说去陈旭家时,三轮师傅扭头打量了他一眼,又打量了一眼,似乎明白了什么,不再说话。过了一阵,到底还是忍不住,自我介绍说他住的地方离老竹林院子不远,陈旭他认识,陈旭死在北县的那个老婆张小露他也认识,张小露留下的那个女儿在土镇中学念书……不管三轮师傅怎么说,萧东都不搭腔,三轮师傅扭头看他,他也不跟他对眼,始终侧头看着外头的田野。今年天气暖和,冬天没怎么冷就快过去了,油菜已经吐了花蕾。

"从这过去就是我家了,我要回去吃团年饭了。"三轮师傅突然停了车,指着前头的一片竹林,"想必你也晓得,那就是老竹林院子,不远,你走几步吧。"

萧东先下车,后拎东西,埋头从三轮师傅跟前经过,前往老竹林院子。

三轮师傅说得没错,萧东晓得老竹林院子,他来过不止一次。每次来都是打的,每次都是走到竹林边的那两棵大柏树下就停住,然后目送小露消失在竹林里。他从未进入过竹林,竹林深处是小露的家……

如今那两棵大柏树已经不在了,只剩下两个树兜。当年小露穿过竹林的那条小道也成了宽阔的水泥路面。东西太多太沉，勒手。萧东放下东西，搓搓手，深呼吸了两口。他晓得，走进这条水泥路是需要勇气的，而他的勇气还不够，还做不到坦然，也不晓得前头摆的究竟是什么……

一个男娃儿骑了自行车出来，看见他后，迅速掉头，两脚蹬得飞快，眨眼就不见了。这个孩子认出了自己？回去报信去了？萧东理理衣裳，弯腰拎起两大袋东西，往竹林深处走去。

小露跟萧东说过她的家，说那是个大院子，四周全是竹林，所以大家都叫它老竹林院子。小露还说，住在竹林里有很多好处，每年笋子出来可以随便吃，吃不完可以晒干做腌菜，而且冬天暖和，夏天凉快，因为竹林密实，挡风遮阳。小露说，唯独有个不好，就是蚊子太多，尖嘴的，花肚的，一挨就是一个大包，又痒又疼。

有人出来了，是陈旭。萧东是从小露的手机上认得他的。小露的手机屏保是陈旭和他们女儿陈雨涵的合影，认识萧东没多久，屏保上只剩下了陈雨涵。但是陈旭的照片叫萧东印象深刻，他觉得陈旭的确很帅。

"是萧东吧。"陈旭抱着个小奶娃。

"呃……是的，你是陈旭大哥?"尽管早就在做心理准备，萧东还是觉得很尴尬。

"你到底肯赏脸了。"陈旭呵呵笑道，"去年就请你，请了一年，总算请动你的大驾了。"

"说哪里话啊，不是……"

"很高兴见到你啊!"陈旭伸出手来。

萧东赶紧放下东西，伸手去握。陈旭的手有些粗糙，很有力气。松了萧东的手，陈旭亲了怀里奶娃一口，给萧东介绍，"这是我的儿子，叫陈雨琪，你是文墨人，这名字咋样?"

"好，好。"萧东赶紧从口袋里摸出一个红包来，塞到娃娃的襁褓间。

"你这是干啥呢？"陈旭呵呵笑着。

"大过年的……给孩子的……见面礼。"萧东赔着笑。

"我会还的。"陈旭说。

"你看你说的……见面礼嘛。"萧东说。

"跟叔叔说谢谢啊！谢谢叔叔，祝叔叔新年快乐！"陈旭学着奶娃儿的声音，拿出奶娃的手，跟萧东打招呼，道谢。

"陈雨琪同学好，陈雨琪小朋友新年快乐！"萧东凑过去，捉过奶娃儿的小手逗玩。

娃娃被惹笑了。

"你明年运气肯定好，今天谁都没惹笑他呢。"陈旭说。

"谢谢，谢谢。"萧东呵呵笑着。

"雨涵——"陈旭扭头大声吆喝道，"雨涵，出来帮忙拿东西。"

"我自己来吧，自己来。"萧东说。

陈旭伸手挡住萧东，"你腿不好，让雨涵来拿。"

一个姑娘慢吞吞地走过来。

"这是你萧东叔叔。"陈旭给陈雨涵介绍说。

"叔叔好。"陈雨涵也不抬头看萧东，闷声闷气地喊了声。

"雨涵好。"萧东赶紧又从口袋里掏出个红包来，递给陈雨涵，"来，雨涵，这是叔叔给你的红包，祝你新年快乐，学习进步。"

陈雨涵并不伸手。

"拿住啊。我们会还礼的。"陈旭说，"这是礼节。"

陈雨涵这才伸手，低声说了"谢谢"。

"这是我专门给你买的大白兔，好几种口味。"萧东拎起那一大袋子大白兔奶糖递给陈雨涵。陈雨涵再次低声说了"谢谢"。

"好啦，你拎这一袋，剩下的我来。"陈旭说着拎起另一只口袋。萧东要替，陈旭不让，"别往有青苔的地方踩，滑，水泥路就这点不好……"

萧东曾经跟小露说，他想知道她的生活。于是小露就用手机拍了很多照片给萧东看。其中就有他们家的房子，整体的，局部的，厨房，堂屋，喂养的鸡鸭，老狗，门口的核桃树，养在破盆子里的仙人掌……这一切都令萧东印象深刻。但是眼前的一切完全和记忆对照不起来了。记忆里头的房子是红砖青瓦，跟很多类似的房子拥挤在一起。眼前却是三层楼房，粉红的墙体，不锈钢门窗，阔大的玻璃窗户，而且仅此一栋，四周种满了桂花树和银杏。门口的核桃树当然没有了踪影，宽阔的水泥坝子里摆着四五辆小车，都是崭新的。

大门口熙熙攘攘很多人，眼珠子都落在萧东身上。一时间萧东不晓得眼睛是该往地上看，还是该面带微笑目光亲和地迎向他们。

"客人到齐，准备开席！"陈旭大声说道，顺手将奶娃递给迎上来的一个女人，并且将这个女人向萧东做了介绍，"我老婆，李琪，李子的李，陈雨琪的琪。"然后又向李琪介绍萧东，"这是萧东，我跟你说过。"

"哦。你好。"李琪礼貌地对萧东微笑了一下。

"她是川大毕业的，你们都是文墨人，有共同语言，等她空闲了，可以聊聊。"陈旭说着环视了一眼四周，"这些都是我陈家的亲戚朋友，我就懒得跟你介绍了，介绍了你也记不住。"

萧东不晓得该说什么，唯一可做的就是时刻保持微笑，保持一副谦恭温和的样子。

"放炮啰！放炮啰！"一群孩子捂着耳朵刚从竹林里跑了出来，鞭炮声就响了，竹林里腾起浓浓烟雾，还有礼花弹从烟雾里腾空而起，在天空炸响，震天动地。十多分钟后，声音戛然而止。到处一片浓烟和刺鼻的硝烟味，有人受不了，"呛呛"地咳嗽。

客厅很大，摆下了五桌酒席。萧东被陈旭邀请到最靠里的一桌，请到上首，由他亲自作陪。陈旭先向萧东介绍同桌的客人，有三个是陈旭的生意伙伴，有一个是陈旭的伯伯，有一个是小露的舅舅，还有一个是陈旭的岳父。然后跟大家介绍萧东——

"这位就是早先我跟你们说起过的小露的朋友，当然，也是我的朋友，叫萧东，爱城人，呃，现在主要是干什么工作啊？"

"打工，在一家广告公司打工。"萧东笑着跟大家一一点头。

"老弟，你胆子大啊，要是我，我肯定不敢来。"陈旭的生意伙伴似笑非笑地说。

萧东尴尬得不知道该怎么回答这话。

"说什么话啊？"陈旭瞪了那个伙伴一眼，站起身来，端起杯子，发表他的祝酒词，"各位亲朋好友，尊敬的岳父大人，还有远道而来的萧东先生，感谢你们赏脸来吃我陈旭家的团年饭。呃，在过去的一年里呢，在我亲爱的婆娘李琪女士的关心支持下，在我亲爱的女儿陈雨涵的……呃，还有我尊敬的岳父的支持下，当然，还少不了我伯伯、伯娘、大舅、二舅、三舅、各位叔爷老辈子、侄儿侄女们的关心下，我陈旭发了点小财，家庭也顺遂，最重要的是，我亲爱的老婆李琪女士给我陈旭生了个儿子，我陈家有后了！"

大家都看着陈旭。那三个生意伙伴打起了口哨，不时欢呼吆喝两声。陈旭的侄儿侄女也跟着欢呼，打口哨。陈雨涵坐在角落里，始终埋着头，同座的小孩不晓得跟她说了句什么，她恼怒地瞪着大眼，咬牙切齿地像是要撕碎他。

"今天是大年三十，一年的最后一天，这里我要跟大家说，我陈旭历经风雨，终于见到彩虹了！"陈旭说得很动情，眼睛里有泪光闪烁，他停顿片刻，高举酒杯，"我陈旭对大家没什么感谢的，只有请大家喝杯酒，喝干，喝好！"说着，陈旭自己仰脖先干了，然后照杯给大家看。

萧东端起杯子，见同桌的都干了，自己也只好干了。

倒酒的是陈旭的生意伙伴。萧东说自己酒量浅，请他少倒点。那人一笑，看着萧东说道，"你都还推脱？喝！"

"喝吧！来，我们先干一个。"陈旭端起杯子，看着萧东，"谢谢你能来！"话音刚落就一口干了。

萧东也只好干了。

菜上得很快，眨眼就堆满了桌子。陈旭给萧东介绍那些菜，这个是野熊肉，这个是麂子肉，这个是盘羊肉，这个是大连产的极品鲍鱼，这个是虹鳟，这个是娃娃鱼……

酒就不消说了，1573……

陈旭的那三个生意伙伴喝酒很疯。先是挨个给陈旭敬酒，依照当下时兴的"三阳开泰"、"四季发财"、"五福临门"、"六六大顺"的说法，三杯四杯五杯六杯地跟陈旭整。陈旭也耿直，来者不拒。看他们一个筋斗杯子接一个筋斗杯子地喝，萧东心惊肉跳，暗自琢磨待会儿轮到自己了，该是如何应付。接下来的敬酒并没轮到萧东，而是陈旭的岳父。从言语中看得出来他们跟陈旭的岳父很熟，敬酒很客气，他们满杯，而陈旭的岳父只是"意思意思"。接着是小露的舅舅，陈旭的伯伯。

——最后是萧东。

"你说怎么喝？"那三人已经喝红眼了，眼角堆着雪白的眼屎。

"我真不行……"萧东捂着杯子。

"这样吧——"他们从邻桌拿过来四只大玻璃杯子放在一起，开了两个满瓶，对着玻璃杯子就像兑凉水似的往里倒，那"咕咚咕咚"声听得萧东胆战心惊，心想这一大杯子下肚，肯定马上人事不省。所有人的目光都关注到了这一桌，关注到那四只玻璃杯子上头。萧东如坐针毡。

满满四大玻璃杯子，泛着酒花。

"你是客人，你挑。"他们的笑容有些怪异，看着萧东。

"我不敢……我真不敢……"萧东嘟哝道。

"你有什么不敢的?"一个人打起了哈哈，"你说……你还有什么不敢的?"

萧东咬咬牙，伸手端过一杯。

"我们三个先干为敬!"那三个人说着，轮流端起杯子，相视一笑，仰起脖子，如同灌凉水，眨眼滴酒不剩。

"该你了……"他们放下杯子，一起做出"请"的手势。

大不了一醉，大不了死一回……萧东坐直了身子，深吸一口气，端起杯子，看着荡漾的酒，正要硬着脖子往下灌，陈旭挡住了——

"算了吧，莫逞这个能。"

"哎，你这是怎么回事?"那三个人站在那儿，看着陈旭。

"喝他肯定敢喝，他有这个酒胆。只是喝醉了就没意思了，等会儿我还想跟他聊聊天呢。"陈旭拿过杯子，将那杯酒一分为二，想想，又分了些出来，然后自己端多的那杯，少的那杯放在萧东跟前，"这样没问题吧?"

萧东感激得都不晓得该说什么了。

"旭哥，你他妈的真是纯爷们!"那三个人竖起大拇指，冲着陈旭晃啊晃。

"莫跟老子整这些虚词，明年眼睛都放亮点儿，腿脚都利索点儿……"陈旭拿起酒瓶，给那三人一人倒了点儿，"要是老子晓得哪个在私底下玩双黄蛋，耍双色圆珠笔，尿我，二我，今天这里把话抖明，我陈旭要不把他放倒，我就不是胎生的！"

"旭哥你是不是要我们今天给你表忠诚嘛？"那三个人挺直了脖子，"旭哥你为人坦坦荡荡，拿得起放得下，跟你混是我们三个的福气。明年，旭哥，你说哪里我们打哪里，我们紧密团结在你周围，有福同享有难同当，要是我们有二心，我们就是扁毛畜生！"

"好！"陈旭端起杯子，跟他们一一碰杯，碰杯的架势很猛，哐哐直响，然后豪气冲天地干了。

那三个人还要喝，他们的女人和娃娃撵过来，堵在桌子跟前不准再摸酒瓶子，说晚上还要跟谁谁团年，很重要，几个月前就约约的。三人叫嚷着说要尽兴，要跟旭哥再来几杯。陈旭将他们的女人和娃娃劝回桌子，跟那三个叫嚷的说，"酒就这样子了，喝点热汤，喝点热茶，兄弟情义，来年再续。"那三人也听陈旭的话，喝茶，吃烟，起身到外头扯着嗓门讲电话。

这阵子萧东一直安静地坐着，跟前摆着少半杯酒，没人招呼他，也没人看他，大家就像已经把他忘记了。

"好啦，跟他们理麻清楚啦。"陈旭整整衣裳，端正坐姿，看着萧东，"咱们喝两杯吧。"没等萧东表态，陈旭已经倒上了一小杯，要萧东也换成小杯子，"你是文墨人，别跟我们这些大老粗计较，来，用小杯子喝，斯文。"

两人一碰杯，干了。

陈旭又倒上一杯，端在手中，看着萧东，"谢谢你来！"

"谢谢你！大哥！"萧东是真感激，声音都有点哽噎了。

两人再次干了杯。

第三杯刚倒上，萧东就抢先说了话，"这杯我敬你，陈旭大哥，祝你新年快乐，万事如意！"

"我已经很快乐，很如意啦！"陈旭呵呵一笑，碰杯，干了。陈旭放下杯子，指着小露的舅舅，"你敬敬他老人家吧，当年我跟小露，就是他老人家保的媒呢。"

萧东给小露的舅舅倒上酒，恭恭敬敬地站起来，恭恭敬敬地端起杯子，祝他新年快乐，身体健康。小露的舅舅用敌意的眼光乜斜着萧东，手慢慢伸出来，紧紧攥住杯子。萧东不敢跟他对视，他的额头阵阵发麻，想着下一步小露的舅舅肯定会将满杯的酒水迎面泼过来。但是，萧东还是硬着头皮再次将那几句祝福的话说了一遍，"祝老人家身体健康，新年快乐！"

小露的舅舅没有泼萧东，他一口喝了酒，把杯子往桌子上一搁，就要起身出去。陈旭一把拉住他，说也要敬他一杯——

"来，舅舅，咱们啥话也不消说，至于起先你说的那些事情，我都同意，我不光欢迎你来，我还欢迎那些表弟表妹都来帮我，只要他们不嫌工资少！另外，你回去帮我给雨涵的外公外婆带个话，我跟雨涵正月初二去给他们拜年，雨涵可以留下耍两天，我见他们一面就得走，叫他们别计划我的伙食……"

小露的舅舅站起来，跟陈旭碰了杯，说了两句祝福的话，刚才板正冰冷的面孔，此刻活泛得像是开了花。

萧东坐回到板凳上，干了那杯酒。

这时候李琪走过来，俯身跟陈旭耳语了两句，陈旭"嗯嗯"地点头，拍拍她的腰。李琪快步上楼，转眼下来手上多了个手提袋。陈旭走过去，接过手提袋，从里抓出一摞红包，给屋子里的每个人都发，边发边说些祝福的话，大家都连声道谢。

萧东摸出电话，想借打电话离开，刚起身就被陈旭看见了，陈旭示意他坐下，萧东只好坐下。萧东这一桌是最后才发红包的。红包要比刚才的大、厚。先从陈旭的岳父开始，然后是小露的舅舅，陈旭的伯伯,他的三个生意伙伴,最后是萧东。

"不,我不能……"萧东坚决谢绝。

"这是我们一家给你的祝福!"陈旭说,"都接受了,你为什么不接受?如果你不接受,你说个理由啊?"

"这个……"萧东脑子转得飞快,结果什么理由也想不出来,"我觉得不好,这样……"

"拿着吧。"陈旭将红包拍到萧东手上,"爷们,就该大大方方的!"

散了席,陆续有人要离开。先是陈旭的那三个生意伙伴,接着是小露的舅舅也要走……

陈旭让李琪送送他们,他要陪萧东喝一会儿茶。

陈旭将萧东请到楼顶。楼顶很宽阔,有座假山,假山边是个小亭子,小亭子边是两排木架子,葡萄秧子应该是刚爬上木架子冬天就来了,它们就像枯藤一样静止在上头。靠着护栏全是盆栽的花卉,有的光秃秃的没有枝叶,有的正开着漂亮的花朵,叶片绿莹莹的看起来一点都不真实……

站在楼顶,四下风景尽收眼底。竹林外头就是庄稼地,是散落的农家小院和小洋楼。萧东看见了他来时的路,路上已经没有了行人。

太阳不知道什么时候不见的,天空恢复了以往的阴沉,有风吹来,格外清冷。酒喝多了,萧东打了个冷战。

"现在这一片全是我的了,包括这些竹林。"陈旭指着四周,"我都买下来了。"

"原来这些住户呢?"萧东问。

"他们都搬出去了。"陈旭扭头看着萧东,"他们要宅基地的我给他们买宅基地,要钱的我给钱!"

"这个地方很美。"萧东说着，又打了个冷战。

"等着吧，"陈旭转着脖子，望望天，"太阳还会出来的。"

一男一女捧着茶杯和茶壶上来了。陈旭叫他们把茶摆在亭子里，再把那几盆长得茂盛的树搬过来，挡在亭子边上——

"可以遮点风。"

亭子中央摆了张圆形玻璃桌，两把背靠椅。

"你坐这儿。"陈旭指着那把面向西方的椅子。两人坐定，靠得很近。这种距离让萧东感到不太自然，想往后或者往边上挪挪，又觉得不好。椅子很软乎，坐着很舒服。萧东放松身体，十指相扣，看着茶杯。正宗毛尖，随着飘散的水汽，萧东闻到了一股清香。茶叶打着旋，上浮，下沉，每一片茶叶都竖得笔直。

"抽烟么？"陈旭问，"我叫人拿一盒来？"

"不，不，会。"萧东笑笑。

"去年我请你来团年，你为啥不来呢？真的是抽不出身？"陈旭问。

"真是抽不出身——"萧东说。

陈旭笑眯眯地看着他，像是晓得他在撒谎。

"不敢来……"萧东点点头，"这是实话，我不敢来。"

陈旭一笑。

萧东捧起茶杯，茶水太烫，还不敢下口。

"跟我说说，你们当时是怎么认识的？"陈旭看着萧东，那表情就像在期待一个不错的电影剧情。

"呃，这个……"萧东犹豫片刻，见陈旭一脸微笑，并没古怪的意思，放下杯子，就照实告诉了他——

当时萧东到北县去跑业务，一天刚下车，突然胃病犯了，疼得满头大汗，蹲在地上起不来。小露出来倒垃圾，看见他那么难受，问咋个了，然后搀扶他去了帮工的那个饭馆，给他倒了热水，又帮他去隔壁的药店喊了医生过来。就这样，萧东跟小露认识了。

"后来呢？"陈旭看着萧东，"光是认识了，后来呢？我想知道你们后来……是怎么……在一起的，我晓得小露不是个随便的女人。"

萧东觉得万分尴尬，真不知道该如何开口。

"你不觉得我有必要晓得这些么？"陈旭说，"其实你也应该清楚，我请你来，肯定是希望你给我讲这些的……"

萧东点点头。他确实想到了这点，也早就做好了思想准备，如果陈旭想知道，他会告诉他一切的。

"后来我觉得好多了，就道谢走了……"萧东端起茶杯，茶水不那么烫了，他轻轻啜了一口，接着说道，"过了几天，我又到北县，我就去找她了……"

"送东西给她了？"陈旭问。

萧东点点头。

"是部手机？"陈旭问。

萧东再点点头。

"然后那天晚上你们就去唱歌了？"陈旭问。

萧东看着陈旭，点点头。

"这些她后来都跟我说了。"陈旭的胳膊肘离开桌面，双手抱着后脑，仰在椅子里，"她说她遇到个人，这个人很年轻，比她小五岁，但是她没说她爱你——"

"她跟你说这个的时候，已经准备跟我断绝来往了。她向你坦白，是想请你原谅她……"萧东一眼瞥见陈旭瞪着他，住了嘴。

"结果我打了她。"陈旭痛苦地闭上眼睛，"下手很重……"

"你那时候好像……好像不太管家里。"萧东低声说。

"我那阵是个混蛋，要不然她咋个可能去北县帮馆子呢？"陈旭睁开眼睛，摇摇头，叹口气，苦笑说，"我那阵爱打牌，赌得很厉害，还时常不落屋，还爱喝酒，每喝必醉，一醉就撒酒疯……"

"你今天中午可没少喝啊。"萧东不想纠缠在那样的话题里，"差不多有八两吧。"

"咳。也不晓得咋回事，以往要是喝上三五两酒，肯定撒出两斤半的疯来。现在喝上两斤半，脑壳反倒比不喝的时候清醒。"陈旭轻轻打了个酒嗝，"可能是锻炼出来了吧，天天喝，请这个，请那个，不管什么事，一搁酒桌子上就要好说些。"

"酒还是要少喝，喝多了对身体不好。"萧东说。

"是想少喝。上桌子之前不停告诫自己，少点，少点。但是一上桌子，三杯一下肚，就刹不住车了，主动逮瓶子往肚子里灌。再说了，少喝酒办不成事啊。"陈旭晃晃脑壳，长叹一声，"我晓得，我不是个长寿的人，我也不怕那一天到来……"

萧东找不到话去搭茬，只好端起茶杯喝水。

"哎——"陈旭像是突然记起了，直起身子，看着萧东，"她说没说过要离开我？"

"说过。"萧东犹豫片刻，"我一直劝她离开你……"

"你都怎么劝的？"陈旭对这个很感兴趣。

"我说我会对她好，对雨涵好，我说我在爱城有房子，我有固定工作，也可以给她找个比在餐馆打工强点的工作，等雨涵小学毕业，还会托人把她送到爱城最好的中学……"

"她怎么说？"陈旭握起了两手的关节，嘎巴嘎巴直响。

"她说她跟我长久不了——"萧东说。

"她真的这么说？"陈旭似乎很吃惊。

"真这么说的。"萧东说，"她觉得她配不上我……"

"奶奶的，你龟儿子有什么好啊！"陈旭冷笑道。

"她说我比她小，是城里人……"

"你当时就那么爱她？"陈旭瞪着萧东，好像他要是敢说句假话，就会抠掉他的眼珠子，"你真的会像你说的那样？你做得到？"

萧东对视了陈旭一眼，点点头。

陈旭端起杯子，喝了口水，摸出手机，摁了个号码，等接通后，说了句，"楼顶，你上来一下。"然后挂了，将手机往桌子上一摞，双手抱头，仰回到椅子里。

上楼的竟然是陈雨涵。雨涵两手绞着衣角，低着头，走到陈旭跟前。陈旭起身从外面拾过把小凳子，让雨涵挨着自己坐下。

"雨涵，今天爸爸要跟你很慎重地谈一件事，你会认真听吗？"

雨涵"嗯"了声。

"萧东叔叔你认识吧？"

雨涵点点头。

"他很爱你的妈妈，你妈妈也很爱他，如果不是那场地震的话，他们肯定都已经结婚了。"陈旭轻声说道，"你爸爸那阵没现在好，爱打牌，爱喝酒撒酒疯，脾气还古怪，因为一些小事情还打你妈妈，而且挣不了钱……反正不是个好爸爸，好丈夫。为了给你交生活费，你妈妈才去北县打工的。你妈妈跟你萧东叔叔是在北县认识的，他们是真爱，真正的爱情……娃儿，你能抬头看着爸爸说话吗？"

雨涵慢慢抬起头来，已是一脸的泪水。萧东不禁泪水夺眶而出。陈旭搂过雨涵，摸出纸来给她揩去眼泪，接着说道，"每个人都有自由自在相爱的权利，都有追求幸福生活的权利，所以，我从来不责怪你妈妈。所以，我要你理解你的妈妈，她是伟大的……你明白不？"

雨涵"嘤嘤"哭泣起来。

"你一定要明白。要明白你妈妈在爸爸的心目中依然是个好妻子，我对她还是非常非常尊敬的。而你的萧东叔叔呢——"陈旭看着萧东。

萧东揩了泪水，摸出皮夹子，从里头取出张相片。那是小露，小露站在桃树下，手执一枝桃花，正抿嘴笑，像第一次照相似的，笑得腼腆。萧东把相片递给雨涵，"这是我一直珍藏着的，送给你。"

雨涵接下了。

"雨涵，你要说谢谢。"陈旭说。

"谢谢叔叔……"雨涵抽泣道。

陈旭起身搂着雨涵，送她下了楼。

萧东难以抑制地啜泣起来，怕哭声惊动了别人，他紧咬牙关，要把声音逼回喉咙里去。他心头阵阵绞痛，浑身抽搐。他弓着身子，就像是要栽倒了，赶忙一手撑在地上，哆嗦着直起身子，狠狠地抽了自己两个巴掌，火辣辣的疼痛缓解了悲伤，他大口大口地喘息着，眼泪和鼻涕淌了一脸……

等到萧东把自己收拾干净，恢复了平静，陈旭上来了，回到座位上，给桌子上的两个茶杯续上水。

"希望有效果……"陈旭瞟了一眼萧东，叹口气，"她的情况一直不好，医生说了，必须做好疏导，要不然她就毁了。"

萧东摸出手机看看时间，"不早了，我得回了。"

"再坐会儿吧。"陈旭坐直身子，胳膊肘压在桌面上，看着萧东。那杯茶的水雾就在他鼻头底下袅绕。

萧东也看着他。

"你咋样？我说你工作。"陈旭问。

"没什么特别的，就是上班下班。"萧东答道。

"你每天主要干些什么呢?"陈旭问。

"就是接待客户，搞清楚他们的诉求，然后制定方案，把他们的产品推广出去，吸引大家都去消费……"萧东说。

"听起来很不错啊。"陈旭笑道。

"广告嘛，就这么回事。"萧东说。

"你没在广告公司。"陈旭看着萧东。

"你说……"萧东有些慌乱。

"我说你没在广告公司。"陈旭伸出指头蘸起洒在桌子上的水，一边漫不经心地画着，一边轻言细语地说，"你开了个小报摊，在文星街，旁边是爱城一中，你早上七点开门，晚上十一点关门，你住在洗衣巷十二号……"

陈旭是在画一个圈儿，水不够，他拿起杯子，轻轻一侧，倒了些出来，继续画，"地震过后的第二天早上我就去了北县，偷了辆摩托车，我去找小露。当时很多人被埋在下头，你一路走，一路就有人从底下伸出手来抓你的腿，喊你救命。只要有人喊，我就停下来去救。我单独救了三个人，跟别人一起救了两个。我想，我救别人，别人肯定就会救小露，不是说一报还一报吗?到第三天上头，我也没找到小露。当时我想她肯定没在北县了，她可能跟你去了爱城。我刚要准备离开，碰到一个熟人，那个熟人说小露没离开北县，地震前的两个小时还见过她，说她跟一个小伙子在一起，进了车站边的一个小旅店。我就赶到那个旅店。那个旅店没有了，全是砖头瓦块，一群当兵的正在收拾几具尸体。我一眼就认出了小露，她光着身子……我问当兵的咋回事，当兵的说挖出来就这样……"

那个圈儿已经画成了，很圆。陈旭继续蘸水往上面添加，要让圈儿清晰饱满。"我找了床毛毯把小露包裹起来，用绳子扎得结结实实的，要扛出北县。当时不准这么干，说要就地掩埋。我说不行，她是我老婆，我得带她回家，我还有个女儿，女儿想妈妈了，可以去坟头哭，可以去坟头烧香。有个当官的做主放了我的行，还有个志愿者帮我运送，给我找了车……我砍了两棵柏树，自己动手给她割了口棺材，就把她葬在后面。"

陈旭抬头看了萧东一眼，"待会儿要不要去看看？"

没等萧东表态，陈旭又埋头继续往圆圈儿上蘸水，"葬了小露，我把雨涵送到她外婆家，我去找了那个帮我的志愿者。他曾经跟我说过，如果我有困难，他可以帮我。我找他借了十万块钱。这十万块起本，我到处包工。那阵子工程真多，大家就像被地震震晕了，一时半会儿都没回过神来。等到他们回过神来，我已经赚了两百多万。你晓得我为啥要一门心思去挣钱么？晓得当时我看到那么多钱是怎么想的么？"

——陈旭抬眼看着萧东。

萧东摇摇头。

"我想雇几个人把你碎尸万段！"陈旭直起身子，一字一顿地说，"想让你像只死耗子样悄无声息地没了！"

"对不起……"萧东说。

陈旭苦笑着摇摇头。

"对不起……"萧东说。

"我就想知道个实话，地震发生的时候你是不是先跑了？"陈旭又握起了关节，嘎巴嘎巴地响。

"不是。她听见楼下有人吆喝卖枇杷，说想吃枇杷，我去给她买枇杷，刚把枇杷挑好，地震就来了……"

"你不要动！"陈旭突然打断萧东的话，把椅子往萧东身边挪了挪，然后躺回到椅子里。见萧东还笔直地坐着，伸手把他往椅子里一压，要他也学自己这个样子，躺好，安静，不要动。

萧东不明白为何如此，见陈旭坚持，只有依他。

就这时，对面的天空突然开裂了一道缝隙，金色的阳光迸射出来。

"我说太阳会出来嘛。"陈旭眯眼看着太阳。

温暖的阳光洒在玻璃桌上，那个饱满的圆圈儿显得晶莹剔透。

老木的约会

    老木想剪个小平头，那样显得精神。他的头发已经大半年没打理了，本来是计划过年的时候收拾一下，太忙，没顾上。理发师一个劲地抱怨他头上有沙子，还不少，有的都快钻头皮里去了。

    "干我们这行最怕遇到你这样的脑壳了，费工具……"理发师是个年轻的小伙子，身子细长细长的，像根柳条，手指也细，像葱白，声气也细，就差没抹口红了……

    "你在哪个工地啊？"小伙子问，"新城花园还是广厦？"

    "我在秦村工地。"老木说，"我自己的工地。"

    "房产商哇？"小伙子学着电视小品里的腔调，咋呼道，"看不出来啊？赚大发了呗……"

    老木笑笑，不想再理他。

    终于理完了，前后左右照照，还行，是自己想要的效果。老木摸出钱来，问好多钱。"二十块？理个发要二十块？"见人家懒得搭理他，老木放下二十块钱在柜台上，悻悻离开了。

    接下来是该去卖手机的地方了。到处都是卖手机的，老木挑了家铺面大的。刚进门就被一个花枝招展的姑娘迎住了，问他是自己用还是给儿女买。老木说自己用，然后摸出那个破手机来，问可不可以以旧换新。姑娘说可以，但是得贴钱。她把老木请到柜台前，拿了四五个新手机出来，一一给老木介绍，说这款要贴三百，这款要贴两百五，这款可以不贴钱，但是得预交话费……没多大一会儿，老木就晕乎乎的了。看着姑娘不断翻卷的红艳艳的嘴皮子，老木突然觉得自己正被引进圈套里，他把那个破手机往姑娘跟前重重地一搁——

"你就说我这个东西可以卖多少钱？"

"对不起，我们不回收手机的。"

"你不是说可以以旧换新么？你总得给我折个价钱吧。"

"我们可以给你优惠，优惠下来就相当于以旧换新了……"

"我这手机才买两年，声气还是大，就是按键不灵便了。"老木拿起手机要那姑娘瞧仔细了，"你看，只是漆皮掉了点儿。"

"你这是个山寨机，十块钱也值不了……再说，我们不回收手机的，如果你要拿新机，我们可以给你优惠，这款是新款，才出来的，可以给你八折，这款……"

"算球，我还是将就用吧。"老木站起来，揣着手机跟人赌气似的出了门。

天气不错，有太阳呢。老木给马姐打了电话，再次落实了地点和那人的样子：进爱城公园斜对面有家露天茶园名字就叫"露天茶园"，那人穿着件红羽绒服，头发是绾起来的，有点胖，姓蒋……

"她见过你的照片，你只要在那里等着，她看见你会主动找你。"马姐说。

露天茶园里喝茶的人真多，春日烘烘，都脱了外套，打牌的打牌，吹牛的吹牛，都没闲着。老木问老板有没有显眼一点的座位，他等人。老板四顾看了看，说坐这个坝子里，随便啥地方都显眼。老木选了张靠近路边的桌子，要了杯茶，五块钱。

接下来就是等待了。

说的十点半会面，十点半眨眼就到了。老木四处张望，穿红羽绒服的倒有几位，不是小姑娘就是小媳妇，那肯定不是他等的人。还有个穿红羽绒服的，年纪倒也四五十岁，不过人家瘦，竹竿样，那也肯定不是他等的人。耐心点吧。老木摸出手机，哈口气擦擦，其实如果不是掉漆皮的话，品相看起来还不错……如果摁键好使的话，哪个舍得换呢？

十一点半了，等一个小时了。

拨出个电话还真费力，一下一下像摁钉子。

"马姐，是我啊，我老木啊，人咋还没到哇？我等着呢……好，好，我等，我耐心等……"

老木刚挂了电话，就发现没对头，对面咋坐着个女人呢？有点胖，看年岁有五十光景，穿的是件黑袄子，头发披着。

"哎，大姐，我这里有人。"老木说。

"人在哪里呢？"女人笑眯眯地看着老木。

"你是……蒋……"老木心头一惊一喜。

"我们同年，我比你大月份，你叫我蒋姐吧。"蒋姐说。

"哎呀，你咋才来啊……"老木赶紧收拾桌子，招呼老板上茶。

"就不喝茶了吧。"蒋姐说。

"咋不喝呢，吃饭还有一阵呢。"老木摸了张新崭崭的百元钞票递给老板，叫他倒杯好茶来，再端盘瓜子。结果老板打了个圈子过来说找不开钱，茶钱加上瓜子十五块，还都是蒋姐抢着给了。这叫老木觉得很不好意思，他口袋里有零钱，摸一百的出来还不都是显摆图好看。他要把一百块钱塞给蒋姐——

"干啥啊？"蒋姐瞪着他，"打发见面礼啊？这也少了点啊！"

"咋也不好意思叫你给钱啊。"老木讪笑说。

蒋姐不笑，看着老木，看得老木有些不好意思了——

"咋啦,我脸没洗干净?"

"你不该剪平头,看起来瓜兮兮的。"蒋姐说,"说是我比你大月份,你看起来比我还老呢。"

"我活路重啊,你看我这手——"老木摊出双手,叫蒋姐看手上的茧子和皲裂的口子,"你总晓得我为啥出老相了吧。"

"裂那么宽的口子,也不抹点药?"蒋姐说。

"抹了,凡士林,还有个啥药膏,都抹了,今天抹了,明天还得接着干,不起作用。"老木看看四周喝茶打牌的男女,"如果叫我像他们那样耍几天,我的手比他们还嫩白呢。"

"你都在干啥呢?"蒋姐问。

"我准备养鸡,养野鸡。"老木见蒋姐有兴趣听,也来了兴致,说了自己的计划,"不是修了新房就得把老屋拆掉返耕么?我家的那老屋震得不是很厉害,其实将就一下还是可以住人的。我修整了一下,准备用来养野鸡,前后的院子都很宽呢。请人呢,工钱要得太高,也没有自己亲自动手来得细致,何况我以前就在建筑队干过呢。"

"野鸡有家鸡好养么?"蒋姐问。

"比家鸡好养多了,不害瘟。就一样费事,得用网子罩起来,要不翅膀一展就飞了……"老木把瓜子盘子往蒋姐跟前推推,"你嗑瓜子吧,你嗑着,我慢慢给你讲来听……"

说起养野鸡,老木也晓得自己话长。他告诉蒋姐,养野鸡的心思其实他十多年前就有了。那年开春他去山上打蕨菜,捡了一窝野鸡蛋回来,六个。本来是想吃掉的,女人拿手电一照,说鸡蛋里有崽子了,就放进抱鸡婆肚皮下孵着,没过多久,六个鸡蛋出了五只小野鸡。当时这成了稀罕事,半个村子的人都跑来看。女人对那五只小野鸡照顾得也心细,天天大米喂着。那五只野鸡长得也快,五色羽毛漂亮得就像画笔画的。都以为喂家了，结果有天早上一开门，扑棱扑棱都飞走了，飞山上去了。

"后来看电视上说这里养野鸡发家致富了，说那里养野鸡成百万富翁了。我那个死人就跟我说，如果当年防着不叫那五只野鸡飞了，发展下来，只怕我们早就是全国首富了呢。"老木叹了口气，"种子是她联系的，她还坐了一天车去看人家咋养的，回来没几天就……哦嗬，她没得了，娃儿也没得了，啥都没得了……"

"命里不带啊。"蒋姐说。

"是啊，命若穷，捡坨黄金化作铜，命若富，捡张白纸变成布，咳……"老木摆摆脑壳，苦笑一声，看着蒋姐，"蒋姐，你说是不是?"

"你计划整好大规模呢?"蒋姐抓起一小把瓜子，搁在老木跟前。

"先引一百只种鸡吧。然后逐步扩大规模。"老木说着拿起颗瓜子往门牙上嗑，粗大的手指太僵太笨，捏颗瓜子就像捏根绣花针，下口又太重，一下就全碎了，瓜仁和壳碎到了一起。老木干脆一口呸掉，不好意思地笑起来，"我整不来这个黑瓜子，葵花子还好点，这东西进嘴，一沾水就打汤了。"

"你得这样……"蒋姐捏起颗瓜子，放在牙间，轻轻一嗑，瓜子就开了，露出仁儿来，"下口轻点，细心点，嗑瓜子不是砌火砖，不消使多大气力。"

"蒋姐你是做啥工作的呢? 马姐说你也是农村人，你现在住哪里呢?"老木看着蒋姐的手，雪白，不像经过日晒雨淋的。

"资料上不是都有么? 你没看还是不认字啊? 不是说你初中毕业的么?"蒋姐轻巧地嗑着瓜子，吐出的壳一瓣是一瓣，完好无损。

"你的资料太简单了，连照片都没有。只是那个马姐一个劲地向我推荐你，要我跟你约会约会……"老木像是突然记起了似的，"哎，蒋姐，你在马姐那里登记，交了多少钱啊？"

"我们女的不交钱的。"蒋姐说。

"我交了三百，说包成功，不成功就退钱。"老木说。

"心疼钱了啊？"蒋姐说。

"三百块钱算啥子哦。"老木笑起来，"要是真的能够找到中意的，三万也值啊。"

"你倒是个爽快人呢。"蒋姐笑笑。

"那得看跟哪个。"老木说，"今天见了你，第一印象就觉得我该给你个爽快，说爽快就爽快，呃，我请你吃饭吧，你也爽快点，你看吃啥呢？"

"我下午还有点事情呢……"蒋姐看看手表，"都十二点半了，再有一个小时我就得忙去了。"

"再忙也得吃饭呐。"老木说。

"算了吧，以后再说吧。"蒋姐说。

"你看你这人，咋就不爽快呢？我都爽快了，你咋不爽快呢？"老木像个受了委屈的娃儿，皱着眉头，不大声不小声地咕哝道。

"好吧，吃吧。"蒋姐看看盘子里的瓜子，叫老板拿个口袋来，她要装走。

老木要去大馆子，蒋姐不肯，说她晓得个地方，干净，价格还不贵。然后就带着老木，两拐三拐，来到一个巷子里，进了一家小饭馆。

饭馆确实干净，人也不多。有现成的烧菜和炖菜，就在锅里，咕咚咕咚香气四溢。老木要了份烧牛肉，要了个炖蹄花，要了个炒菜，还要了个粉蒸肉。他还要，被蒋姐挡住了——

"吃得了这么多？你当我是饭桶啊？"

老木嘿嘿笑着，要了个油炸花生米和半斤枸杞酒。

"你酒量好啊。"蒋姐说。

"你二两，我三两。"老木说。

"我滴酒不沾。"蒋姐说。

"那我就全喝了。"老木说，"今天没啥子事，见到你也高兴，就多喝点儿。"

"喝多了会不会撒酒疯啊？"蒋姐问。

"才不呢。"老木说，"我喝多了只晓得睡瞌睡，就是会打鼾。以前一打鼾就挨骂，咳，再过一阵，就满四年没挨过骂啰……"

门口有卖茵陈蒿儿粑粑的经过，叫卖声很吸引人——

"茵陈哎蒿儿哦粑粑哟，热的呢，茵陈哎蒿儿哦粑粑哟，热的呢……"

蒋姐转着脑壳寻那声音。老木撂下筷子就追了出去，没过一会儿，就拿了几块茵陈蒿儿粑粑回来，顺手拿了个盘子，搁盘子里端到蒋姐跟前。

"你咋晓得我爱吃这个？"蒋姐也不客气，撕掉外头的玉米壳子吃起来，一股子清香，实在好闻，邻座的都被吸引了。

"都尝尝呗，味道跟自家做的差不多。"蒋姐拿起一块粑粑，递给邻座。"你也别光顾着喝酒，尝尝，来——"蒋姐掰了一小块粑粑递到老木面前，老木使筷子夹住，先吃了口酒，然后吃粑粑，一小口一小口。见他吃完了，蒋姐又掰了块递给他。

"你吃你吃。"老木说，"我是不爱好这个的，现在他们当成宝的那些啥苦麻菜啊，啥蕨菜啊，啥水芹菜啊……哎呀，说起这些啊，我现在还有点反胃。"老木端起酒杯，像是要把那反胃的东西压下去，大大地喝了一口，"往年一开春不就是青黄不接么？我们就靠这些东西当顿。我妈用个大背篼挖回来，淘洗淘洗，也没啥油，就一点盐……吃得人吐清水，哎呀……"老木不堪回首似的摇摇头。

"那阵是那阵，现在这些东西倒还真是稀罕了。"蒋姐扯了纸巾，揩揩手，"往年我们也没少吃。我还会做呢。前些年，每到这个时候，我就会去田边地头掐茵陈蒿儿，择干净，切碎，然后用些麦面，用些玉米面，用些糯米面，敲几个鸡蛋，再把红苕和南瓜蒸熟了和一些进去，搁点芝麻油、鸡精、花椒面儿，找得到桐麻叶就用桐麻叶来包，找不到用玉米壳子包也行，然后搁蒸笼上一蒸……"

"哎呀，你说得我口水都要流出来了。"老木夸张地吞吞口水，"照你那种做法，啥都是好吃的。"

蒋姐不吱声了，埋头吃着饭，细嚼慢咽，每次伸出筷子，都只夹一点点菜，这跟她的爽直不大相称。

"娃儿在哪里念书呢？"酒壮怂人胆，老木觉得还是应该接触到实质。

蒋姐看着老木，像是没听懂。

"我说你的娃儿呢……马姐说不是在念大学么？"半杯酒下了肚子，心头热乎乎的，脑门也热乎乎的，这样吃饭的场景叫老木感觉很熟悉，如果左右两边都坐上人，把桌子围圆满了，那就是他理想的生活了。他端起杯子，笑眯眯地看着蒋姐，"念的啥专业呢？他跟你说过以后的打算么？"

"他原来想考清华北大的……"蒋姐就像被什么卡住喉咙了，扯扯衣领，不好意思地笑笑，起身问老板洗手间在哪里。

过了好一阵蒋姐才出来，也不落桌，抬起手腕看看手表，说时间到了，她得赶紧去忙了。

"我都不晓得你去忙啥呢？你在哪里上班？"眼见蒋姐要走，老木有些慌神。

"你吃吧，喝吧，我不早跟你说了，我两点有事要忙。"蒋姐挡住老木，不让他送。

"我送你呗，到门口。"老木跟在蒋姐身后，出了饭馆门，一直送到巷子口了，还不肯留步。

"我说错啥话了么？"老木搓着两手，"你看，刚才还好好的……"

"我是真有事。"蒋姐伸手把住老木的肩膀，不让他再往前挪步，"你回去吃吧，喝吧……"

"你看你都没吃啥东西……"老木继续搓着两手，神情黯然，看看蒋姐，低下眉眼，嘀咕道，"你这一走，是不是吹我的意思啊？"

"你要真是呢……呃，这样吧，你吃好了，就去我们一早喝茶的地方等我，我四点半就空了。"蒋姐招招手，笑着说，"回去吧，要不老板就该着急了，还以为我们没钱结账偷跑了呢。"

老木目送蒋姐远去，直到看不见人影了，才回到饭馆。接下来的酒他喝得不再那么有滋味了，饭菜也吃得潦草，几下就完了。

这顿饭一点都不贵，五十二块钱：烧牛肉十二元，炖蹄花十二元，炒菜十元，粉蒸肉八元，油炸花生米五元，半斤枸杞酒五元，米饭免费。

想着时间还早，老木想去街上溜达溜达。出了巷子就没这个想法了。有啥溜达的呢？今天最重要的事就是约会。老木进了公园，露天茶园，老位子，五元钱，一杯茶。老木觉得身上燥热，就学别人那样脱了衣裳搭在腿上，然后仰在椅子上，眯缝眼睛晒太阳，打瞌睡。可是这眼睛咋个也眯不上，亮晃晃的太阳叫他心头慌慌。老木翻身坐起来，摸出手机来摁通了马姐的电话——

"马姐啊，我们见面了。但是她又忙去了……哎，我是想请你再给我说说她的情况，你就说说呗，我再落实落实……四十七岁，儿子念大学……哪所大学啊？你咋会不清楚呢？我问了，她没说。她老公咋死的呢？脑溢血啊？她现在搞啥呢？你咋不清楚呢？你是介绍人，咋不清楚呢？我也觉得她跟我般配，但是……但是这个……不用换人，就她了，我在意她得很，对眼，不是一般化的对眼，所以我才想再落实落实嘛……"

挂了电话，老木松了口气，端起茶水来喝了几口，然后仰靠在椅子上，还是打不着瞌睡，还是心慌慌，一点都没踏实下来的感觉。他又坐直身子，脑子里像放电影一样，将见到蒋姐之后的情形仔仔细细地过了一遍。自己没说错啥，都是老实话，蒋姐好像也没露出啥不满意来。老木要老板端盘瓜子来，老板端了盘葵瓜子，老木说不是这个——

"是这种黑的。"老木指着地上蒋姐嗑的壳子。

瓜子端来了，老木开始学着嗑。手指头还是太笨，半天捏不起来一颗，搁嘴里想要轻点咬，又咬不开，稍微使点劲就又全碎了，只好吐在手板心里挑拣瓜仁。确实好吃，香，只是太费劲了，还弄得两手黏糊糊的……老木没了兴趣，起身凑到旁边去看人家打牌。看了一阵，觉得无聊，又回到座位上。坐了一阵，喝了一阵茶水，去了趟厕所。回来刚坐下，过来个人，手里拿着棉签，问老木掏不掏耳朵。老木摸出手机来，问他能不能帮忙修理一下手机。那个掏耳朵的拿着老木的手机看看，说没有改锥，下不开螺丝。这话提醒了老木，老木去跟茶馆老板借改锥，老板递给他一个，太大，问有没有小的，老板问老木要干啥，老木摸出手机来，说想打开看看。老板笑起来，居然还真给他找到了个小改锥。

老木下开手机，看见里头那么多零件，线都那么细，啥也不敢动，小心地装上螺丝，然后开机，居然开不了，没反应。

老木急得满头大汗，以为哪里上错了，可是啥都没动啊。于是重新下开，这里吹吹，那里吹吹，再次装上螺丝，开机，还是没反应。

手贱，整坏了，废铁了。老木揩了汗水，喝了口茶，发现自己端杯子的手都在哆嗦。老木把手机揣回口袋，还了改锥，坐回座位，心头一下子平静了许多。

手机坏了，也不晓得啥时间了。

太阳不见了，吹起了风，有些阴冷了。老木穿上衣裳，看着天。天灰蒙蒙的，夜晚就要来了。

刚才总嫌时间过得慢，现在就像是加速了，转眼就傍晚了，问一过路的，居然都六点了。幸好是春天呢，要是冬季，这天早就黑了。

老木叫老板拿个口袋来，他要把瓜子打包。刚把瓜子装衣袋里，就见蒋姐过来了。看蒋姐脑门子上的汗水就晓得她走得有多急。

"你要走了?"蒋姐问。

"你不来，我咋会走呢?"老木赶紧往茶杯里续上水，递到蒋姐面前。

蒋姐喝了一口，把杯子还回到老木面前。老板问要不要再来杯茶，蒋姐说不用，她也不渴。

"你不回去?"蒋姐看看手表，"去土镇还有班车。"

"今天这事都还没落到个道道上，我回去干啥呢。"老木看看昏暗的天空，"再说就算到了土镇，也没回秦村的车啊……"

"你今天晚上住哪里啊?爱城有亲戚熟人么?"蒋姐问。

"这么大个爱城，还住不下我一个人么?"老木呵呵一笑。

"真是不好意思，叫你久等了。"蒋姐伸手摸了一下老木的手，表示歉意，"都忘记跟你要个电话号码了，要不，我早叫你别等了。"

"你就是要了电话，我也会等的。再说，你也打不通我的。"老木摸出手机，"我刚才自作聪明，想当修理匠，结果整坏了。"

蒋姐拿过手机来，问咋回事。

"原来只是这些键摁不动，拨号像摁钉子，现在干脆是啥反应也没有了。"老木说。

蒋姐摁了摁，果然是连机都开不了。打开后盖一看，蒋姐笑起来，原来老木把电池装反了——

"我没见过这么笨的人。"

老木挠着脑壳，嘿嘿直乐。

记下蒋姐的电话，老木问蒋姐从哪里过来的，都在忙啥。

"就是做些给娃娃们缝补缝补的事。"蒋姐说她在爱城中学边上租了个小铺子，专门做些裁剪修补的事，顾客都是学生，裁剪修补也简单，就是裁剪个裤腿，修换个拉链……

"挣钱么？"老木问。

"娃娃有几个钱啊？不图挣钱。"蒋姐看了老木一眼，低下头，"我喜欢看那些念书的娃娃。"

老木不吱声了。

"你……那个娃娃叫啥名字？"蒋姐问。

"何江水，他是水命。"老木望望幽暗的天空，"他念书不行，打架是行家，打牌也是行家，他们校长私底下都把他喊'水哥'呢。校长说，'水哥'，回去帮你老子捡狗粪呗，你在学校念书是一个臭螺蛳打坏一锅汤，回去帮你老子捡狗粪等于是发家致富呢……"

老木实在忍不住，哈哈大笑起来。

蒋姐也笑。

"我从来不打他，都是他妈下手，我在一边当好人。他妈下手狠啊，啧啧，我都看不下去，劝他妈：成才的道路千万条，念书不是唯一出路。结果呢——"老木摆摆脑壳，"这小子种地也不行，搞养殖更没那个耐心。但是他做生意还成，在土镇摆了个干杂水产摊子，没几年还买了辆车，婆娘也娶得漂亮，生了个娃儿，胖乎乎的，跟年画上的娃娃一样。"

老板开了露天灯，坝子里一下亮花花的。

"我一直跟他说，有钱了就买个宽绰点的房子吧，别一家人挤在那么个旮旯里了。说出去都没人信，他也算是个不大不小的老板了，还是租房子住。那房子是公产，几辈子没维修了，又窄又破。咳，他有他的打算，准备等娃儿念书了就在爱城买房子，也不做生意了……那天他妈起来得早，摘了一筐子枇杷，说去看孙子。要不是有点事我也去了。那天恰好逢场，别看做生意的人挣钱，其实也苦，一般得等散场了才说得上吃午饭。就在吃午饭的时候，咳……按理说是跑得出来的，不是先摇了一下轻的么？就那一下轻的，那个破房子就没扛住……"老木说不下去了，勾着脑壳，摇啊摇。

蒋姐给杯子里续上水，递到老木跟前，拍拍他的肩膀。

老木抬起头，看着蒋姐。

"喝点水，缓缓，我们去吃饭。"蒋姐说，"中午你请的我，晚上我请你，说吧，爽快点，想吃点啥呢？"

老木咧嘴一笑，"随你呗。"

蒋姐带老木进了一家火锅店，要他安生坐在那里，点菜、调料，都由她来做。菜很快上齐了，蒋姐也把调料做好了。

"人家都说吃毛肚只消烫三烫，说那样脆。其实还是要烫熟，不然要拉肚子。"蒋姐说着，将烫好的毛肚夹在老木碗里，"你尝尝咋样？"

老木尝了，还真是好，"你对吃这么精通，以后我就不养野鸡了，开饭馆好了。"

蒋姐不接老木的话茬。

"我要来点酒。"老木说。

"咋还喝啊？中午你可是喝了半斤呢。"蒋姐说。

"我要不喝点，有些话不好意思开口啊。"老木跟服务员要了半斤枸杞酒，要蒋姐也喝点，"喝呗，喝点酒好，好说话。"

蒋姐笑了，"好吧，我就陪你呗。"

老木给蒋姐匀了半杯。两人碰杯，喝酒。蒋姐给老木夹菜，但是不准老木给她夹，说他拿不准火候。老木也不推让，吃着，喝着，眼珠子没往别的地方落，就在蒋姐身上。

"我说，你觉得我咋样啊？"老木突然开腔，两眼直勾勾地看着蒋姐，等她判决似的。

"酒上头了？"蒋姐看着他。

"没上头，我都喝胆上去了。"老木笑着说，"反正我就中意你了。"

"我可能不合适。"蒋姐说。

"合适。"老木深情地看着蒋姐，"再没这么合适的了。"

"我说正经的。"蒋姐瞪了老木一眼。

"我是个正经人，当然说的正经话了。"老木敛了笑容，"我都想好了，你跟我回去养野鸡，趁着我们都还不老，可以再干几年，攒一大笔钱，然后到城里跟娃儿住。你放心，我会把他当自己的亲儿子……"

"你就没想再生个娃娃？"蒋姐问。

老木眼珠子亮了一下，"如果你生得出来，那当然更好了。"

蒋姐苦笑着摇摇头，端起杯子来，说要敬老木酒，让他上午等了下午还接着等，很不好意思。

"只要等得到你，咋个等我也不怕。"老木一口干了杯里的酒。

这顿火锅不便宜，一百一，贵在酒上，人家说那是正宗的北县马槽酒，光白酒都是四十块钱一斤，何况人家还加了枸杞大枣和天麻海马……钱是蒋姐抢着给的。

"反正我们就快一家人了，你的我的分太细就见外了。"老木大着舌头。

看起来老木是喝多了，大舌头，迷瞪眼。其实他是装醉，走路故意摇摇晃晃、跌跌撞撞，老往蒋姐身上蹭。蒋姐一看他醉了，就搀着他，不停地叮嘱他，"小心地上滑，小心下台阶了……"

老木大了胆子，手缠上了蒋姐的脖子——

"我们这是要去哪里啊？"

"我得找个旅馆让你住下来。"蒋姐扯下老木的手，"这样不好，不好看。"

老木想耍赖，手不光想往蒋姐脖子上去，还想往腰上去，想要搂她。反正自己酒醉了，怕啥呢。

"你要真醉得走不成路，我们就去那棵树下坐一阵，等你酒醒了再走。"蒋姐的声音有些严肃。

老木不敢莽撞了，乖乖地跟在她身后。要过马路了，蒋姐不放心，一把抓过老木的手牵着。

"你是一人住吧？"老木问。

"嗯。"

"还去啥旅馆呢，钱多了不是……"老木见四下没人，低声说，"你咋不让我住你那里呢。"

"我那房子太窄，住不下你这尊大神。"蒋姐看出了老木刚才是装醉，有些不高兴。

老木不敢吱声了。

到了一家旅馆，人家要身份证，老木没带。登记的人说必须得有身份证，没身份证是没办法住店的。老木看着蒋姐。蒋姐摸出自己的身份证来，问这样行不行。登记的人说这样当然行。

住店的钱还是蒋姐给的。

把老木送到房间，蒋姐就要走。

"你坐会儿吧。"老木瞟了一眼蒋姐，像个犯错的娃娃，挠挠脑壳，搓搓手，"我刚才不该……不该在你跟前装……装醉。"

"没喝醉就好。"蒋姐说，"喝醉就麻烦了，哪个照顾你啊。"

"你坐下说说话吧，蒋姐——"见蒋姐没反对，老木赶紧拉了把椅子，让蒋姐坐床沿，他坐椅子，"你不知道，蒋姐，这几年来啊，白天忙东忙西还好过，到了晚上就难过了，睡呢，睡不着，想找个人说说话，深更半夜的，哪个理会你啊，咳。"

蒋姐点点头，表示理解。

"蒋姐，你看你啥时候有空啊？"老木起身倒了杯水，放在蒋姐跟前的床头柜上。

"咋个？"

"啥时候到我那里去看看啊？你说个时间，我来接你。"老木从包里掏出那袋瓜子，打开送蒋姐跟前，"我想学会咋嗑，人笨了，还是没学会。"

"我不合适你……"蒋姐说。

"啥不合适呢？我已经看中你了。"老木激动了，"蒋姐，你是不是嫌弃我嘛，嫌弃我啥你说嘛，我一不打牌二不吃烟，你要嫌弃我喝酒，我戒掉就是了嘛……"

"我没嫌弃你啥，我看你啥都好。"蒋姐说。

"你今天晚上就留在这里吧……"老木噌地站起来，摁了屋子里的灯，上前一把抱住蒋姐。

蒋姐推了老木几把，没推开，叹口气，说了声，"你呀……"就不再动了，由他。

完事了，老木摁亮了灯，看着蒋姐，在她脸上亲了一口，"明天我们就去扯结婚证吧，我们都这岁数了，还等啥呢？再等就真的老了……反正我是不想再耽搁了。"

蒋姐没吱声，闭着眼睛，眼泪泉水一样涌满了眼窝。

"我是受过苦的，晓得醋有多酸盐有多咸，我会对你好的，会疼惜你的，你病了我给你端茶递水，你闷了我给你说笑话，我有好多笑话呢……"老木一边轻声细语地说，一边轻手轻脚地给蒋姐拭了眼窝子里的眼泪。

"睡吧，你也累了，还喝那么多酒……"蒋姐说着，摁灭了灯，钻老木怀里，紧紧搂住他。

"我睡不着，像是在做梦……"老木说。

"别说话，一会儿就睡着了。"蒋姐说。

还真是，没多大一会儿，老木就睡着了，还打起了鼾。鼾声越来越大，越来越酣畅。也不晓得睡了多久，老木做了个梦，梦里好像有蒋姐……一惊，醒了。灯亮着，蒋姐披着衣裳，坐在床上，正看着他呢。

"你咋不睡？是不是我鼾声太大……"老木一脸愧疚地要坐起身子，被蒋姐摁住，要他继续睡。

朦胧的灯光里，披散着头发的蒋姐看起来很美。老木心动了，把蒋姐拽进被窝，他还想来。

"你啊……"蒋姐叹息声，由他了。

这一回没关灯。老木也不急躁，像面对一道美味的菜，他要慢慢享受……

"这么几年，你找了几个呢?"蒋姐问。

"一个。"老木胳膊肘架起身子，看着蒋姐，"马姐介绍的。那个女的年轻，当时我就觉得靠不住，马姐要我接触接触，说什么广泛撒网，重点培养，只要不动金钱就不碍事。结果我没听马姐的劝，被那个女的迷住了——"

"遭骗了吧?"

"遭了，骗了我五万多。"

"咋这么容易就受骗了呢?"

"她说怀了我的娃娃……"老木挠挠脑壳，叹口气，"马姐帮我报了警，我也找到她了……"

"后头的事情我都晓得了，马姐都告诉我了。"蒋姐扯起被子，盖住老木裸露的肩膀，"马姐一再向我介绍你，说你心好……"

"啥子心好啊，遭骗那阵我连杀人的心都有啊。"老木苦笑说，"只是当时到她家里一看，那么穷个家，老公带残疾，娃娃又那么小，实在狠不下来心，就跟警察说算了。"

"好人啊。"蒋姐说。

"你先睡吧，等你睡着了我再睡，要不然我一打鼾又会吵你睡不着。"老木说。

"你的鼾声其实不大，我见过比这更大的呢，打起来像牯牛叫……"蒋姐拿下老木搭在她腰上的手，"我一直在想要不要跟你说实话，思来想去，还是说吧。"

"咋个? 你找着人了?"老木紧张地要挣起身子来。

"你听我说吧。"蒋姐摁住老木，不让他动，"我是二十一岁嫁给他的，那阵他就打鼾，后来身子越来越胖，鼾声越来越大，为了他那个鼾声啊，我们没少吵架。"

"为啥吵呢？"老木松了口气。

"还不是我受不了么。我不跟他睡，他说我嫌弃他。我哪里是嫌弃他呢，我是嫌弃他的鼾声，我说你未必就不可以少吃点肉么？就不可以减减肥么？我问过医生，说人一瘦鼾声就小了……"蒋姐拢拢枕头，看着天花板，"不光我听不得他打鼾，他儿子也听不得，才一点大就不肯跟我们睡了。"

"儿子长得随他爸爸还是随你呢？"老木问。

"眉眼随我。"蒋姐说。

"长得像妈的娃儿福气好。"老木说。

"他有啥子福气啊，当妈的都不在身边，他有啥福气啊……"蒋姐哀叹起来。

"想他了是不是？你要想他了就打个电话吧。要不过两天我们去看他？他在哪里念书呢？成都还是上海呢？"老木要搂过蒋姐，给她安慰。

蒋姐挡开老木的手，"要是他还在的话也该参加工作了……"

老木挣起身子来，吃惊地看着蒋姐。

"那年他念高三，他是体育委员，长跑短跑都是全校第一，还在全市拿过一等奖呢……没跑出来，来得太快了，他们全班没一个跑出来……"蒋姐扯上被子，揩了眼角的泪水，"他爸爸守在那里五天五夜，才把他掏出来。有天晚上，我迷迷糊糊地梦见他了，梦见他递糖给我和他爸爸吃，我一惊就醒了。醒了觉得没对，因为没听见鼾声。我喊他爸爸，喊几声不见答应，拉开灯一看，人已经不中用了……他儿子把他接走了，去享福了，留我一个人在这世上受苦……"

蒋姐的平静让老木觉得不对。

"我不是要跟你说实话么？"蒋姐看着老木，"实话跟你说了吧，我是生不出来娃娃的了，如果我们两个在一起，下半辈子只能是一个土地公公和一个土地婆婆。"蒋姐酸酸楚楚地一笑，摁灭了灯，"睡吧，明天我给马姐说，叫她重新给你介绍个。"

老木躺在那里，觉得床一下子阔大了许多，自己不像是睡床上，而是睡在荒地里。他的心头乱七八糟，脑壳也开始疼起来，像是酒才刚刚上头……老木伸出手，摸向蒋姐，他摸到了蒋姐的后背，后背光光的。老木缩回了手，抱在胸口前，轻轻揉着，想让乱七八糟的心安静下来。

也不晓得过了好久，老木终于睡着了。等他再次睁眼天已经大亮。老木翻身起来，屋子里就剩下他自己。蒋姐已经走了。老木坐在床沿上，脑壳还晕乎乎的。去了躺卫生间，洗了把脸，脑子给冷水一激，打了个激灵，一下子清醒了。老木看着镜子里的自己，想起蒋姐的笑脸来，想起蒋姐的眼泪来，想起蒋姐光光的后背来……老木"啪啪"抽了自己两巴掌——

"咋能那样对人家呢？"老木摸摸火辣辣的脸，鄙夷地看着镜子里的那个人，"你有啥资格要求人家给你这样给你那样呢？都经受了这么多苦，还说你晓得醋有多酸盐有多咸，你晓得个屁，你球啥也晓不得！"

老木摸出电话，刚摁通蒋姐的电话，就被床头柜上的一包东西惊呆住了——

那是一包瓜子仁，每一颗仁儿都是完整的。

电话通了。

"蒋姐啊——"老木一声轻唤，哽噎得再说不出话来了。

"出来呗，出来吃茵陈蒿儿粑粑……"电话那头蒋姐也哽噎了。

冬　至

1

北县的旧县城最初叫响石驿，后来被作为县治就叫城关，一直叫到 2008 年 5 月 12 日午后，地震发生了，城关被埋了。在很长一段时间里，大家都在为新县城建在哪里着急。本来是准备建在鼓镇的，勘探说鼓镇地基不稳，还是在断裂带上。又说准备建在安镇，结果安镇三面环山，还是在地震带上。最后，新城建在了土镇上头的坝子里。

土镇不大，一直想搞发展，然而弄了很多项目都没怎么搞起来。还老样，一条十字路，南北长，东西短，横竖都难看。

北县新城建得很漂亮，被称为"中国羌城"，远近的人都来看，看新城，看北县人怎么从悲壮走向豪迈，跟着这些人来的还有很多投资。

北县新城建在土镇上头，对土镇来说这是个机遇。为了接受一个现代城市的辐射，土镇城镇建设开始向北县新城靠拢，要跟新城做"无缝对接"。效果当然明显，人们游完了北县新城总不忘到土镇要上一盘，还有那些搁在北县新城不合适的项目也就顺理成章地摆到了土镇。

——于是土镇从原来横街那个地方一分为二就变成了两重天：横街上头靠近北县新城的地方高楼林立，繁华热闹，他们把这里叫新区。横街下头先是一片低矮的安置小区，过了安置小区就是一片废墟。那片废墟曾经是土镇最热闹的地方，土镇最好吃最好玩的都摆在那儿，饭铺子、烧腊摊子、供销社、庙子……陈厨子的家也在那里，陈厨子在那里度过了这辈子最幸福的时光……如今他们把那里叫老区。

陈厨子每天吃过早饭干的第一件事，就是从新区出来，跨过那条如今叫"幸福大道"的横街，穿过安置小区，去那片废墟上看望秦三老汉。

秦三老汉住在永福寺门口的一棵柏树下。永福寺垮了，大门口只剩两根柱子，还半截，像戳出地面的指头。好多信徒想要恢复重建，被阻止了，说要重新规划。柏树是棵老树，有很久远的传说，还挂了保护的牌子，可能是因为太老了，如今已经半死不活。秦三老汉用捡来的彩条布和破铁皮倚靠着柏树搭了个窝棚，住里头已经快一年了。

"秦三老汉，秦三老汉……"

蜷缩在一堆破棉絮里的秦三老汉蠕动着，探出脑壳来，黯淡无光的眼珠子翻了翻，摆摆脑壳，缩回到棉絮里。

棚子里堆满了秦三老汉从外头捡来的饮料瓶、烂台灯、塑料袋子、破布烂纸……昨天晚上送来的饭菜还原封不动地搁在一边的纸箱子上。

"你得吃东西啊，老伙计！"陈厨子将一盒牛奶和两个鸡蛋搁在纸箱上，"鸡蛋是热的，牛奶也还是热的，你起来吃点喝点吧。"陈厨子推推那堆破棉絮。

秦三老汉没动弹。

"老伙计，今天冬至呢，只怕往后的日子越来越难过啰。"陈厨子叹口气。

远处传来一阵轰鸣声，地面都在颤动。秦三老汉哆嗦着挣扎起身子，恐慌地看着陈厨子。

"莫怕，不是地震，是铲车，他们要把这个地方都清理了，说过阵子有个工厂要进来……"陈厨子拿起牛奶，递给秦三老汉。

秦三老汉摆摆脑壳，重新钻回到棉絮里。

"中午吃萝卜炖羊肉，今天冬至呢！"

一台挖机在扒一座破楼。一台铲车把扒下来的砖头水泥块往一个坑里填。要不了两天，它们就会碾到这里来。

陈厨子没有回家，直接往菜市场去。

有人在吵架，是卖灯具的赵光头和他的买主。赵光头凶神恶煞的样子，好像要把他的买主撕碎蘸酱吃了。那个买主也不是个胆小的主儿，脖子抻得老长，往赵光头怀里钻，不住地叫嚷，"有本事你开我的瓢啊！你开啊，你要不下手你是孙子养的！"

围观的人很多，街道阻断了。

"咳，都奔钱去啰，都撂脑壳后头去啰，丢啰，忘啰……"陈厨子一边叹息一边摇头，折身拐进一条小巷子，从这里去菜市场虽然远点，可是清静。

结果遇到施工，巷子中间被挖了一条深沟，泥巴堆在两边像小山。陈厨子本想折回去，可一想已经走这么远了。刚硬着头皮没走几步，就栽进了沟里，膀子先着地，蹭了一脑门的泥，当时还觉得没啥，起身就疼了，肩膀疼，刺骨钻心地疼。上了年纪的人，疼痛都会跑路，那刺骨钻心的疼很快就弥漫到了胸口和手臂。陈厨子站立不稳，靠在沟壁上，短短长长地呼吸了几口气，似乎要好点儿了。

沟齐头深，陈厨子试着往上爬，根本不可能爬得上去。陈厨子吆喝了两声，哪里有人应答。"未必然就陷在这里了？"陈厨子望望天，两边楼都很高，天窄窄的一条像大路。再看看脚下，因为前两天一直下雨，沟里全是稀泥和积水。再揉揉肩膀、胸口，动动胳膊，似乎比刚才又要好点儿了，不咋疼了。"咋不往前走呢？走到头再说！"陈厨子深一脚浅一脚地开了步，几步下来鞋子就被稀泥糊得没鼻子没眼了，里头也灌了水。

走到头，居然是个缓坡。陈厨子小心爬上去，终于回到大街上，回到人群里。陈厨子跺跺脚上的泥巴，觉得时间已经过去了一年似的，疲倦像温吞吞的水泥浆灌满了身子，很想找个地方躺下。

冬至到，羊肉俏。菜市场的人很多，车铃铛摁得人心焦，羊肉摊子跟前更是挤满了人，见了陈厨子，一个个都让开身子往旁边躲，不光怕沾上臭泥巴，还怕被讹上。

"你要吃哪里？"肉贩子问。

"这个，来两斤吧。"陈厨子指着一扇羊排。

肉贩子麻利地下刀，飞快地剁了，一秤，两斤三两——

"二十七一斤，两斤三两，合计六十二块一……六十二好啦。"肉贩子说。

陈厨子伸手往口袋里一摸，心头一凉，口袋咋空落落的呢？钱呢？陈厨子把身上几个口袋掏干净了，啥都没有。"未必然是落那个深沟里去了？"

见陈厨子没钱，肉贩子问另外一个顾客要多少肉，然后顺手将那袋肉递给人家——

"那是我的肉呢。"陈厨子说。

"钱呢？没钱就吃不成肉的，晓得不？老大爷——"肉贩子说。

"我等一下给你拿钱来行不行？"陈厨子低声说。

"我这里不赊账，再说我也不认识你啊。"肉贩子懒得再理他，大声招徕客人——

"冬至吃羊肉，暖和一个冬啊，快点来啊，正儿八经的平武羊子哦，吃野草长大的哎……"

"我姓陈，都叫我陈厨子，这个土镇哪个认不到我？"陈厨子看着身前身后的人。哪个认得他呢？都是生面孔。他低着脑袋出了菜市场。

去哪里呢？去那个深沟找钱？找到了再来买菜？陈厨子往前走了一截，停住脚步，他实在没那个勇气下到那个深沟里去了。他的一双脚冷得生疼，木头一样。

2

陈厨子原来并不是厨子，他老婆才是，绰号宽面条，在饮食店上班。陈厨子是怎么成为厨子的呢？这在土镇还是个故事。那还是三十多年前，陈厨子在土镇坛罐窑上班，坛罐窑垮杆后，他的工作没了着落，三个娃娃又要念书，咋办呢？宽面条说，我们的饮食店也要垮杆了，干脆我们整个铺面，你来跟我学炒菜，我们开个饭铺子。

陈厨子人聪明，还爱钻研，没两年工夫，手艺就盖过了宽面条。那阵生意好得不得了，每到逢场天，前来吃饭的就差没把门槛踩断了。生意好，钱自然是不少挣的，只是这些钱都用在了儿女身上：老大陈建东大学毕业，教了几年书，下海去了广东，娶老婆的时候给他拿了五万。老二陈建西高中毕业，当了几年兵，复员的时候给他拿了七万。老幺陈建南是陈厨子两口子的心头肉，没舍得让她跑多远，嫁到了绵城，成家的时候给她拿了八万，买房的时候又给她拿了八万。

儿女们都安顿好了，宽面条的眼睛也被油烟熏瞎了，而陈厨子也累成了个驼子。因为店面破旧，而陈厨子又不肯招帮手，铺子里的生意慢慢也就冷淡了，就算逢场天也没几个食客。

宽面条是大地震那年早春死去的。宽面条得病有些年头了，一直对子女隐瞒着病情。直到头年腊月，宽面条要陈厨子给子女打电话，催他们早点回来过年。过完年，宽面条还不肯让他们走，要他们再待些日子，说自己可能会很快死去。建东不相信，建西不相信，就连跟宽面条最好的建南也认为妈妈在开玩笑。陈厨子把他们叫到一边，严肃地说他们的妈妈不是在开玩笑。但是他们还是当成玩笑话，耐下性子住了两天后，一个个找着借口离开了。结果刚过完正月十五没两天，宽面条就在一个深夜死去了。

陈厨子没有把宽面条去世的消息告诉子女，他给她放完落气炮，烧了倒头纸，用竹竿将房顶捅个窟窿，让宽面条的魂魄进入天堂。但是宽面条的肉体呢，陈厨子却把它留在了床上。

此后的日子里，陈厨子和往常一样大早起来开门，只是再不见他牵着宽面条去买菜了，也不见宽面条坐在角落里给他洗碗了。

"宽面条呢？"丁酒罐问。

大茶壶问，"咋不见瞎子呢？"

"老宽呢？"胖婆问……

面对大家的关心，陈厨子只说宽面条有点不舒服，睡床上了。

等到夜里关了门，陈厨子会打开炉子，按照宽面条喜欢的口味做几个菜，然后端到床边的几子上，靠床那头搁个空碗，摆双筷子，就当她还在，给她夹菜，给她说些街头上的见闻。他捱着小酒，没人劝阻，不经意就多了两杯，就脑壳疼，就悲上心来，就忍不住唤起宽面条来，唤着唤着就落起了眼泪。

过了一阵，胖婆带着几个女人家拎了些东西想要看看宽面条，说都想她，想跟她说说话。结果被陈厨子挡住门口，说莫打搅她睡瞌睡。这时候大家才隐约觉得有些不对头。再问，陈厨子就不理会大家了。

又过了一阵，有人闻出了味不对——

"陈厨子，你老龟儿子在卖臭肉哇？"大茶壶抽着鼻子叫嚷。

"是啥子臭哦？"几个食客也跟着问，"这么臭，你叫我们咋个吃得下东西呢？"

陈厨子不吱声。大家见他神色不对，意识到出问题了，也不顾陈厨子的阻拦，大茶壶和胖婆钻进里屋……

子女们先是怀疑陈厨子的脑壳有问题，软磨硬缠把他送进医院，等到各项检查出来，发现他是正常的之后，责难就开始了。问他为什么要那么做？为什么不打电话告诉他们？考没考虑他们做子女的感受……陈厨子始终沉默。那阵子好多人都在责难陈厨子，尤其是那些在他那里吃过饭菜的人，说陈厨子这么做不光是在糟蹋死人，也在糟蹋活人，因为一想起那场景来，就忍不住发呕。

饭铺子是不可能再继续开了，谁还敢来吃呢？他想给儿女们做顿饭，都劝他歇着，陈厨子晓得，他们不是心疼他，而是嫌弃他。几个孙儿孙女听说了那事后，都不肯往他身边去，说他身上有味儿，没待几天，就哭着喊着离开了。

"你当时咋想的呢？"有时候儿女们冷不丁就会问这么一句。

"你们懂啥？"陈厨子气呼呼地瞪着他们。

还是街坊邻居们懂他，胖婆送来新做的茵陈蒿儿粑粑，他一口气吃了五个。丁酒罐邀约他喝酒，他一杯接一杯。大茶壶搞坐唱的时候喊他打堂鼓，他就跟着小鼓的点儿认真敲……子女们又要走了，邻居们看着他们，说你们咋个不再陪陪你们爹呢？建东说我说了接他去上海，他不肯，多半是舍不得你们。建西说我倒是非常想接他去东北，他哪里适应那里气候呢？再说我妈在这里呢。建南眼泪汪汪地说，有你们呢，过阵子我再回来看他。

转眼就是三月了。三月过了四月。农历四月初八，地震发生了。地震发生时陈厨子正坐在厨案前发呆。等到他从案子底下钻出来，等到尘烟散尽，土镇已经成了一个巨大的残砖破瓦堆子。

这条街的房子是清朝修的，夯土墙，鱼鳞瓦，为了显示大门大户，房子都建得高高的，由于年久失修，打个炸雷房子都在哆嗦着掉渣子，哪里经得住那么大的地震呢？胖婆当时就被砸死了，嘴巴里还有一口干饼子。丁酒罐是第二天死的，他被打烂了脑壳。大茶壶是半年后被车子撞死的，那个开车的说是他故意撞上来的，现在两家子都还在打官司……老邻居们死了很多，没死的大都跟儿女们搬出去了。住在土镇的也都成天把自己关在屋子里不肯出来，出来干啥呢？见啥都会惹出泪花子来。

建南是地震后第三天回来的。建东是第五天回来的。建西回来得晚，半个月后。起先他们还争执，究竟把老父亲安置在哪里呢？是接到上海？东北？还是接到绵城呢？

"我的意思还是先住在这里。"有一天建南突然这么说，她看着两个哥哥，眼睛里有亮光在闪，像是心里头有什么东西被点燃了。"我们为什么不都留在这里……做点啥呢？"

建南很快就做起来了，她办了个砖厂，原来才两三毛一块的砖，现在给一块也买不到手。建东也眼热了，找了几个同事，成立了个建筑公司。建西哪里肯示弱，也成立了个公司，专门经营建材。

3

陈厨子想要回家。太冷，腿脚硬邦邦，不听使唤，不是往别人身上蹭，就是往街边上栽。眼睛也迷糊了，看哪里都眼生，而且感觉是进入了个绝望的地盘，越走越深，越走越远。难不成在生活了一辈子的土镇还迷路了？陈厨子站在街头，正东张西望，听见有人喊"爸爸"。

"声音咋这么熟呢？"

是建南，建南站在对面，正把他打量，好像认不得他了。陈厨子腿一软，就要往地上瘫。建南上前一把扶住他，"你咋个搞成了这样？你跑哪里去了？你咋样？"

"莫得啥子事……"陈厨子故作轻松地笑着，"只是不小心滚了一下，滚了一下……"

建南叫了辆车子，一边往家里去，一边给两个哥哥打电话——

"老爷子也不晓得钻哪里去了，摔了一身泥，我就把情况说给你们，你们自己看着办！"

出租车司机不时拿眼睛瞟陈厨子，关心地问，"老大爷，你是被抢了吧？最近乱啊，昨天我就碰着个抢包的，骑着摩托车，把一个女娃子拽了个筋斗……"

"爸，你不是真的被抢了吧？你咋会这样呢？有没有哪里不舒服？不舒服我们就往医院去。"建南正说着，电话响了，是建西的，他不跟建南说，要建南把电话给爸爸。

陈厨子拿过电话，却举不到耳朵边，只好弓着身子去就。

"我没啥，就是滚沟里去了，没啥……你忙你的，我好好的，正跟老三回家呢。好啦，好啦，我会注意的，会注意的……不说啦。"

就这么短短几句话，让建南不高兴了，她叹口气，自言自语似的说道，"我问你，你半天不开腔，你跟他们倒是不缺话说呢……"也不晓得她底下还要说什么，好在又来电话了，是建东的。建东还是要爸爸接，建南把电话给陈厨子，陈厨子不肯接，要建南跟建东说一句就是了，他没啥。

"你喊爸爸接电话！"建东的嗓门很大。

"爸爸说他不想接！"建南的嗓门也大，"假惺惺地打个电话就行啦？是死是活你们自己回来看！我看你们是钻钱眼子里出不来了！"

建南气咻咻地刚挂了电话，车子就到了楼下。

"我说爸，你究竟有没有哪里不舒服？不舒服我们将就车子去医院一趟，你别在乎钱，给你吃药的钱我还拿得出来，不消他们管！"建南说。

"没啥。"陈厨子艰难地下了车，扶着车门跺跺脚，觉得有点知觉了，这才敢开步。

陈厨子住在一楼。这房子是土镇第一栋震后设计、震后重建的，全框架结构，据说可以抗住8.5级大地震。房子钱是三个子女凑的，空间很大，一百五十多个平方米。才开始的时候三个子女都跟他住在一起，每天都有很多人进进出出，可是没过多久就陆续离开了。先是建西，他最后一个办公司，赚钱最多，他搬到了北县新城。第二个搬出去的是建东，他搬到了爱城，下一步还准备把老婆孩子都安顿过来。最后一个是建南，两个月前才搬出去。

建南把陈厨子送到浴室里，给他打开热水，关上门。陈厨子艰难地脱着衣服，使不上力，动作大点儿胸口就疼，就憋闷，就出不来气。脱裤子更难，弯不下腰，只好解开裤带，左脚踩右脚，右脚踩左脚，蜕皮一样……等到终于脱光，已经没力气往水底下站了。

建南在外头催，"爸爸你洗好没有？我有点事要跟你说，说了还要走，我那头忙……"

"给我拿个凳子来。"陈厨子说。

"冲一冲就是了，还要坐下来洗？"建南嘟囔道。

原来老房子的卫生间里是有个凳子的，是陈厨子专门给老伴买来洗澡用的。那时候他们总是一起洗澡，说这样节省水，也便于相互照顾。老伴比他高，要给她洗澡就得踮脚。后来他就去买了个凳子，防止凳面上积水，他还钻了几个小眼。每次洗澡，老伴就坐在凳子上，他给她洗头，给她搓背。有时候老伴也要他坐着，她来给他洗头，搓背……

4

建南要陈厨子明天不要出门，就在家待着，她要搬东西过来，而且屋子也要重新布置一下，因为还有两个人也要住进来。

"我们已经商量好了，过几天就去办证。"建南扫了她爸爸一眼，"我给你说的意思，是想叫你给他们两个打打招呼，莫要总是跟我找别扭。"

陈厨子没表态。

"爸，你听见没有嘛？"建南走到陈厨子身后，把着他的肩膀轻轻晃晃。见陈厨子点头了，建南很高兴，转到陈厨子跟前，蹲下，仰脸看着他，"爸，还有个事……我听说老街那片土地已经出给一家公司了，说要建什么工业园，你听说了么?"

"我晓得这个事。"陈厨子说。

"他们找你了吗?"建南问。

"找了。我已经答应把土地给他们了，过两天就签协议……"陈厨子说。

"钱呢? 补偿款呢?"建南把着陈厨子的膝盖，轻轻摇晃，如同小时候撒娇，"爸，你把钱给我吧，我会付你利息的，我想再搞个啥……我还年轻，你得给我机会让我重整旗鼓啊，爸。"

陈厨子将女儿额前的一缕头发轻轻拨绕到耳后。从这个细微的动作建南已经明白，爸爸虽然没有马上答应她，却等于是已经同意了她的请求。

"这些衣裳先放在这里，明天我来抽时间洗。过阵子就专门有人帮忙打整了，我们准备把他妈妈接过来，让他妈妈专门给我们煮饭洗衣打扫清洁……"建南高高兴兴地离开了。

"已经快中午了，她也没问一下我的中午饭咋个吃……"听着建南轻快的脚步声远去，陈厨子心头很不是个滋味。

建南原本生活得很幸福，丈夫是一所中学的副校长，女儿成绩优秀，她自己呢，在绵城经营了个服装铺子。就是那场地震——不，是那个砖厂毁了她。她把那么多年的积蓄全部投进砖厂，还叫丈夫去外头借贷。砖烧出来了，虽然没撑上一块多钱的高价，但是六毛钱一块的火砖已经算是天价了。那时候的建南简直是有点不知天高地厚了，以为自己打开了金库大门。没过多久，火砖跌价，从六毛跌到二毛七。人工费那么贵，煤炭根本抢不到手，而且还滞销，供大于求了。这还不是最重要的，这个节骨眼上头，火砖质量出了问题，上了电视报纸，陈建南一下子变成了坑害灾区人民的黑心老板。有人说可以帮建南摆平这一切，没想到那人是个混蛋，骗了建南一大笔钱，还祸害了她的清白。接下来就是砖厂倒闭、离婚、躲债……

外头有人吆喝卖菜。陈厨子去买了点蒜苗，然后切了截腊肉，做了一盘腊肉炒蒜苗。闻起来很香，陈厨子却没食欲。勉强扒拉几口，陈厨子将饭盒洗干净，舀了些干饭，把一盘腊肉炒蒜苗倒里头，又找了个保温杯，倒了半杯热水。

秦三老汉已经好些天没在外头走动了。

秦三老汉是秦村人，曾经是有名的吆鸭子的竿儿匠。每年一过芒种，秦三老汉就会从抱房里逮上五百只小鸭儿，担着他的鸭儿棚子，带着他老婆一块儿，赶着鸭群出了村。鸭子在闲田里自由觅食，他就跟他老婆手持长竹竿站在高处，一个这头，一个那头，不时相互吆喝一声，通报鸭子的去向。到了夜间，两口子就搁下鸭儿棚子，一个烧火做饭，一个圈鸭子。等到天亮，继续赶着鸭群走，走过土镇、走过爱城、走过竹城……一路上走走停停，等走到成都已是中秋，鸭子也肥了。

卖了鸭子，揣着钱，秦三老汉回到土镇总会和他老婆在陈厨子的饭铺子里气气派派地吃一顿。

那年夏至，秦三老汉带着他老婆，赶了一大群鸭儿夜宿土镇，没想到半夜碰上涨贼娃子水，不光鸭子被大水冲走了，他婆娘也被带走了。秦三老汉拄着长竹竿站在河堤上，裤腿挽得高高的，每一个走近他身边的人都听到了他的嘟哝，"到哪里去了呢？到哪里去了呢？"

从那以后，陈厨子再没看见过秦三老汉，有时候突然想到他，也以为他早死了。秦三老汉还活着。今年开春，陈厨子在一个垃圾堆边见到了他，他嘴上叼着半个饼子，趴在垃圾桶里翻腾。

"秦三老汉!"陈厨子喊了他一声。秦三老汉没理他。陈厨子继续喊,"秦三老汉,秦三老汉⋯⋯"等到他终于扭过头来,陈厨子心头一紧,晓得这个人坏了,因为他那眼神是呆板的,是傻子才有的。

秦三老汉是坏了,得了老年痴呆病,成了个老傻子。三天后,他的儿女们撵到土镇,把他带回家。没过两天,他又出现在土镇,继续在那些垃圾桶里翻腾东西吃,不翻东西吃的时候就站在河堤上,树桩一样戳在那里一动不动。过不了几天,他又被带回秦村⋯⋯结果他总是会再次出现在土镇⋯⋯他的儿女们拿他没办法,干脆也就懒得管了。

5

陈厨子从外头回来,刚到门口,就碰着建东和建西了。陈厨子开了门,把他们让进屋里,然后打开手上的塑料袋子,从里头端出秦三老汉没吃的剩饭和鸡蛋、牛奶。

"看样子确实没啥问题嘛。"建西看看建东,呵呵笑着说,"你还担心他,他现在都在照顾别人呢。"

"你们给建南打个电话,喊她晚上回来吃羊肉,今天冬至节呢。"陈厨子说完进了睡屋,他要躺一会儿,他觉得有些不舒服。

"我要回广州,看你没事我就准备走了。"建东跟着进了睡屋,摘下手套,摸出一叠钱放在桌子上。

"把钱拿走,我不要钱。"陈厨子慢慢脱着衣服。

"不要?建南跟你伸手,你拿啥给她啊?"建西站在门口,笑嘻嘻地问。

陈厨子脱了衣裳和鞋子，蜷上床。建东上前拉过被子给他盖上。

"建南是不是又在开始打拆迁款的主意啦?"建西还在嘻嘻笑。

"她是你们的妹妹，就算再咋个丢你们的颜面，她也是你们的妹妹啊。"陈厨子扫了两个儿子一眼，叹口气，闭上眼睛，"你们也莫要以为你们多成功，这一辈子的路长着呢!"

建东和建西都怔住了，两人相视一眼，决定离开。

"晚上叫上你们妹妹，早点回来，冬至，我炖羊肉给你们吃。"说这话的时候，陈厨子没有睁眼。

"他们还等我回家吃晚饭呢。"建东说。

"你跟他们说，我哪一天没死，这里就是你的家!"陈厨子语气很重。

建西本来也是要说晚上不空的，听了陈厨子的话，赶紧住嘴。

"好吧。"建东叹口气，"你晚上也不用做了，我们带你出去吃，建西，你早点定个桌。"

"还是打包带回来吃吧。"建西看见陈厨子的眼角有亮晶晶的东西流出来，戳了建东一下，示意给他看。建东看见了，欲言又止，摆摆头，轻叹一声，扯着建西出了门。

陈厨子并没睡着，他只是想躺着，觉得躺着可能舒服点儿。在去给秦三老汉送饭的路上，他觉得胸口一阵刺疼，都疼出冷汗了，只好靠在一堵烂墙上喘，正喘着，有东西涌上来，随口一吐，满嘴血腥。低头一看，自己刚才吐的是血，黑色的疙瘩血。

饭菜还原样摆在那里，鸡蛋、牛奶也没动。秦三老汉还蜷缩在破棉絮里头。挖机和铲车的响声越来越近，地皮子颤得所有东西都跟着一起跳。

陈厨子喊了秦三老汉几声，没应，推了两把，他蠕动了几下，并没像早上那样钻出脑壳来，只哼唧了几声。陈厨子把手钻进棉絮里，摸出秦三老汉的胳膊。秦三老汉的脉象很虚很弱，像垂挂在檐口的蛛丝一样捉摸不住。

“老伙计啊，今天冬至啊，是应该来碗羊肉汤的啊……”陈厨子搬了个砖头过来，在棚子门口坐下，开始有一句没一句地跟秦三老汉扯闲条——

“以往我开饭铺子的时候，冬至这一天，羊肉汤起码要卖一百碗，遇着逢场天三百碗也不止呢！熬羊肉汤呢，就是清水、羊骨头、羊杂，先大火，后小火，羊肉要最后才放，汤熬成奶白色了，这才搁点儿花椒，搁点姜，有点感冒的也不怕，给他搁点胡椒面子。要是有贪图味道大的呢，再给他搁点芫荽末子，辣椒面子搁那儿随他加，要是他想下酒呢，就给他搁半把炒黄豆，那香哟……”

秦三老汉像是没受住诱惑，他从棉絮里钻出脑壳，像只缺氧的老龟。

“这个吆喝，‘嗨，陈厨子，给我来一碗，’那个吆喝，‘嗨，宽面条，收钱哦……’喊收钱的肯定是第一次来喝羊肉汤的，哪个收钱啊？墙边上搁了个箩篼，自己把钱往里丢，吃多少丢多少，要找零呢，也自己动手，我们哪里得空嘛，是不是……”陈厨子嘿嘿笑两声，揩了鼻涕和眼泪，“只有那个大茶壶不老实，只给一碗的钱，他肚皮大，又爱喝酒，没个三碗四碗，哪里填得满他那个狗肚子呢？”

秦三老汉满是眼屎的眼睛睁开一条缝，咧咧嘴，笑了。

“今天冬至呢，不光羊肉汤，酒这东西——咱们晚上是不是也该来点儿？老伙计。”陈厨子看着秦三老汉。

秦三老汉点点头，闭上眼睛，老龟一样，慢慢缩回到破棉絮里。

陈厨子睁开眼，他躺不下去了。也不晓得这个时候市场上还有没有羊肉。起床很折磨人，胸口憋闷，浑身乏力。在床沿上坐了一阵，一阵寒意袭来，他哆哆嗦嗦穿上衣裳，揣好钱。在出门的时候，顺手抓了根拐杖拄着。

6

每个餐馆都挤满了吃羊肉的人。建南去了家新开张的"羊歪歪"，叫了个大锅打包，还另外买了两斤熟羊肉。建南的男朋友小心地端着锅跟在身后，她一手拎羊肉，一手牵着个小男娃，男娃是男朋友的，七岁，路上一直低垂着脑袋。

陈厨子没有在家。锅里炖了一锅羊肉，汤色雪白，案子上摆了黄瓜条、莴笋尖、豌豆尖、茼蒿、芫荽末子、白萝卜丁儿、葱花儿、豆腐乳、腌菜粒儿和炒黄豆。

"老爷子整得齐备啊，到底是开饭馆的。"建南的男朋友拿勺子舀着尝了一口，啧啧称赞，"'羊歪歪'哪里敢跟这味道比啊，这才是美味呢！"

"我要跟你说个事情，你肯定会后悔的。"建南说。

"啥事？你说。"男朋友往建南身边凑。

"你离我远点儿。"建南搡开男朋友，"我说真的……"

外头传来一阵脚步声，是建东和建西回来了，身后跟着个送外卖的，端着一口大锅子。

建东进屋一看就笑起来，"今天晚上开羊肉大会啊？爸爸炖了一锅，建南端了一锅，这里又是一锅，吃哪一锅啊？"突然一眼瞥见站在一旁的那个小娃娃，"哎，这是谁家的娃娃啊？"

"过来。"建南向那个男娃招招手，又向她的男朋友招招手。等两个人都站到了身边，建南给建东和建西做起了介绍，"这是我……我老公，明天我们就去办证，姓张，叫柏霖。这是柏霖的娃娃，来，娃儿，叫舅舅，这是你大舅陈建东，这是你二舅陈建西……"

那个男娃也听话，就按照建南的吩咐怯生生地叫，晓得自己叫得小声了，又赶忙大声重复了一遍。

"张柏霖，嘿，跟张柏芝家有关系么？不是香港过来的吧……"建西笑呵呵地问。

建南恨恨地瞪了建西一眼，正要回嘴，建东摆摆手，"爸呢？爸去哪里了？"

"我回来就不见他，可能是出门买东西去了吧。"建南说。

"是给那个疯癫老头送吃的去了吧。"建西说。

"你们倒是去看看啊。"建南说。

建东和建西出了门。兄弟俩在门口站了一阵，想要就建南的事情交谈点看法，却又觉得不好说什么，各自叹了口气，走过幸福大道，穿过安置小区，来到那片废墟上。正四处瞅呢，突然听见废墟当中炸起一阵火光，响起一阵噼里啪啦的鞭炮声，没过一会儿，燃起一团火来，像是在焚烧什么。又过了一会儿，一个黑影从废墟里走出来，走到微弱的路灯下。

"那是爸吗？"建东眼睛近视。

"是爸。"建西说。

陈厨子手里拎着个酒瓶，像是喝醉了般晃晃荡荡走过来，走到建东和建西跟前——

"你咋喝酒了?"建西问,"你不是有高血压不能喝嘛!"

"今天是冬至嘛,喝点也没啥。"建东说,"只是你咋跑这里来喝酒啊?我们都在家等你呢。"

陈厨子穿了套崭新的衣裳,脖子上还围了条围巾,头发也是新理的,还梳了个大背头。他看都没看建东和建西一眼,径直走了,走得越来越快,晃晃荡荡的样子活像一只飘起来的葫芦。建东和建西跟在身后,都快小跑起来了。这情形叫他们心头发怵,却又不敢吱声,生怕惊动了他,使他噩梦惊醒般坠落地上。

到了家里,建南正拿着两个小瓶纳闷呢,也被她爸爸的样子吓了一跳——

陈厨子面带微笑,他看看桌子中间的两大盆羊肉汤锅,从衣袋里掏出一盒火炮和一叠纸钱,又摸出个打火机搁在上头。接着,他仰脖儿一口将酒瓶里的残酒喝掉,顺势一抹嘴,酒瓶往边上一摆,快步进了睡屋,坐在床沿上脱掉鞋子,小心躺下,捋捋衣领和下摆,双手抱在胸前,闭上眼睛。

建东和建西从建南手里拿过那两个小瓶,嗅嗅,问,"哪来的?"

"我在他床头上看见的。"建南说。

大家的目光都落在了桌子上,看着那盒火炮,看着那叠纸钱,看着那个打火机,都很安静。

七月半

1

明天是七月半，也叫中元节，还叫盂兰盆节。中元节是道家的说法。盂兰盆节是佛家的说法。还有一种叫法，鬼节。因为这个节完全属于死人的。秦村的人不把七月半叫中元节，也不叫盂兰盆节，更不会叫鬼节。鬼是个避讳的东西，谁念它，它就跟谁亲，这不是开玩笑，死过人的。秦村人把七月半就叫七月半。

老谭记得小时候的七月半并不是像现在只过一天节，早上请，晚上送，时间短暂，仪式潦草。那时候的节是三天时间。第一天七月十三，把老祖先人们都请回来；第二天七月十四，这一天最重要，到家的老祖先人们各自落座，进行一天的欢宴；最后一天七月十五是送别。

老人说，正规的七月半必须是七天。在六月就开始准备，纸钱、衣物、祀品……同时还要对日常言行举止进行规整：要低言，要慢行，不得行房，不得打骂牲畜，不得伤害蛇鼠虫蚁之类的野物，因为那可能是老祖先人们的化身。至于小娃儿，规矩就更多了，不准玩水上树，不准早出晚归，因为四野里到处都是鬼魂……

老人在世的时候，七月半这个节一直是按照三天过的。那阵家里穷，老人从过完年就开始戒烟，缩减一切支出。进入七月，老人的神色就变得肃穆了，不苟言笑，跟所有人都保持距离，对于外界的一切声音都保持着警惕，对于一切闯入视线的蛇鼠虫蚁都保持着恭敬……进入七月初十，老人就不再动脏活，开始用茅草根浸泡的水进行一早一晚的洗浴。同时安排家人扫除：所有的屋子都要清扫一遍，桌子板凳和锅碗瓢盆都必须用水洗一遍，端到太阳底下晒干。还要求家人将门前屋后的道路修整，坑洼填平，凸包铲平，割掉路边的草茎，剪掉可能扫头的树丫枝叶。接下来两天老人会去街上购买香烛纸钱以及五色纸，回来让母亲裁剪成衣裳、裤子、鞋子、帽子，有时候他还会买到"银粉"，用来糊制"元宝"。

七月十三这天，老人会大早起来，晨浴之后换一身干净衣裳，大开家门，迎接老祖先人们。

老谭小时候一直多病，在十四岁之前，老人进行七月半仪式的时候是严禁他在场的。那阵子不断传出谁家娃娃又被带走了……田坝对面的曹家就先后有三个娃娃在七月半被带走——第一个娃娃被带走是因为他太调皮，他捡了块瓦片顶头上，蹲在路的拐弯处偷窥老祖先人，结果屎尿吓了一裤裆，倒地上抽搐一阵就死了。第二个娃娃被带走是因为他贪嘴，看见桌子上有肉，要去偷吃，父母不准，说得请老祖先人们先吃了才可以上桌子，结果他等父母一转背，就爬上桌子偷吃了，随即就肚子痛，扭成一团，抽搐一阵就死了。第三个娃娃被带走是因为体弱多病阳气弱，他没有听父母的话待在灶房，还偷偷拿掉了身上的洋火，结果他看见成群结队的人在家里出入，其中还有很多青面獠牙的鬼怪……他倒在地上抽搐一阵就死了。老人时常拿这三个事例教育老谭，要他听话，要他小心，要他懂规矩。每到七月半，老谭就感到恐惧，一家人也如临大敌。

老谭年满十五岁的时候，老人不再让他躲在灶房，要他穿戴整齐，跟自己一起进行仪式。在送走老祖先人那天晚上，老人把他叫到跟前，点燃一杆烟。看那慢慢悠悠的样子，老谭晓得他有很多话要跟自己说，于是就躬身肃立在一旁。

老人先说自己的生庚，又说自己的身体状况，接着说起眼下的生存环境，最后总结说自己的寿命可能不会是很长。老人说这话的神情不像是信口开河，他的严肃叫老谭难以保持镇静。老人并没就自己可能早死这事继续说下去，而是换了个话题，说起了七月半这个节日的重要性来。老人说，老祖先人们从来都没真正离开后代子孙，他们只是去了另外一个地方，如同后院或者前门，只是后代们住的地方叫阳间，老祖先人们住的地方叫阴间。既然是分隔在两个不同的地方，就各有各的生活，不是万不得已，是不会相互打扰的。当然，如果有需要，还是会串门的。比如，住在阳间的后代们要求老祖先人们保佑家道昌盛，就可以焚香祷告，老祖先人们肯定不会坐视不理。如果老祖先人们在阴间有什么需要，也会通过托梦或者预兆的方式，叫后代们再行孝顺。而七月半是阴阳相通的盛大节日，表面看起来是给死去的先祖们的，其实更是属于阳间儿孙后裔们的……

2

清理了一天的砖头瓦块，总算是把几间破屋子收拾干净了。鸡在鸡圈里，鱼在水桶里，肉早上就煮好了，加了很多生姜花椒和香椿皮，香喷喷的，中午抽时间把蔬菜也摘好了，新鲜得很……

老谭已经想好了，明天早上就开始做菜，十一点开始请老祖先人们入座，十二点开席。自己呢，也跟他们一起吃吧，一起喝吧，想必他们也不会怪罪的。等到下午六点开始送他们，他会把女人挽留住，等自己收拾完锅碗瓢盆，然后一起出发！

老谭从枕头下摸出那根绳子，套在脖子上试了试。绳子是他花好几天时间搓的，撕了女人一件绒衣一条绒裤，棉布的，很柔和，像女人挠痒痒的手。老谭把绳子绕成一团，还放枕头下，又从床下摸了瓶白酒，灌了两口，捏了两颗花生米嚼着，脱了鞋，上了床。腰背酸疼了一天，现在总算可以把自己放下，摊开了。老谭听见骨头关节舒展开来的嘎巴声，这声音叫他想起年轻时候跟女人在盛夏的玉米地里的事，玉米拔节，碧绿的蚱蜢子在女人雪白的身体上蹦来蹦去……最近老想女人，他们的第一个晚上，她缩在床角里，裹着被子簌簌发抖……后来她胆子大了，阳光穿过亮瓦，她的身体照得透亮，轻轻一碰，她就咯咯笑，笑声鲫鱼一样满屋子跳。老谭也想起儿子，想起儿子那句"哪个在摇床"的话，可是叫他和女人窃笑了整整三年……

女人啊，儿子啊……

老谭心都碎了。

儿子曾经是老谭的骄傲，现在是老谭的耻辱。

儿子是秦村第一个大学生，风光无限地去了北京。那时候都把老谭来夸赞，说他会教育，说他这个爸爸当得好。老谭不敢独占这些赞美，说都是老祖先人保佑。那时候老谭跟女人时常为一件事情困扰：如果儿子要接他们去北京生活咋办？女人说她肯定要去，她要去给儿子带娃娃，不过她担心自己会晕车，从秦村到北京，那该多远啊。老谭也同意去，但是要女人必须在每年的清明节和七月半跟自己回秦村，女人认为顶多每年回来一趟，两趟太糟践路费了，那该多少钱啊。就在他们为一年是回一趟秦村还是两趟争议时，北京传来个可怕的消息：

儿子被逮捕了。

那么好的儿子，他会犯啥事啊？老谭带着女人去了北京，在班房里看见了儿子。儿子犯的不是小事，杀人！

杀人？那是棒老二才做得出的恶事啊。儿子咋个会杀人呢？他耍了两个女朋友，一胖一瘦。思考再三，儿子想要瘦的这个。胖的那个不干，说你这样的话我就把你裤裆撕破，叫你的那些屎尿全漏出来！儿子一急就动了刀子。胖女人没死，拔出萝卜带出泥，儿子的裤裆破了，屎尿漏出来了——贪污，数目不小。儿子被判了十七年。

——老谭恨不得拿刀子抹了自己。女人不消动刀子，她一个筋斗栽地上，只有出气没有进气。如果不是好心人帮忙，她就永远留在北京了。

女人不再笑，站着像根木桩，坐着像个菩萨，脸上一天天没了颜色，眼睛里一天天没了光彩，她枯了，朽了，从喉咙里咕噜出来的一声声叹息也是陈腐的，"你说，他咋会去坐班房呢？曹家那几个才是坐班房的啊！"

七年过去了。女人突然觉得要不久于人世了，她想儿子了，想去看。老谭不准，说你这样子别说去北京，只怕连爱城都到不了。女人瞪着两个黑窟窿一样的眼睛，跟老谭说那你就去看看吧，回头跟我说他咋样，这样我也死得闭眼了。老谭哪里想去，他屙尿都不愿意向着北方。

女人要老谭带的东西很多，亲手做的鞋子，亲手剥的瓜子，亲手晾晒的老腊肉……满满两大口袋。女人说了，一袋给儿子，一袋给管教干部，叫他们对儿子优待点儿，让儿子早些回来，早些到她坟头前喊她一声妈，磕上几个头。

出门第三天就天摇地动了。等到老谭回来，房子垮了一半，女人不见人影。村里人把他带到屋后的林盘里，指着个土丘。老谭问咋死的。村里人说是被你家的房梁砸死的，嘴巴里还有颗没嚼烂的生胡豆呢。老谭问咋个埋的。村里人说大家七手八脚把她从破砖烂瓦里掏出来，七手八脚挖个坑，七手八脚把她搁里头，再七手八脚培上土……他们比比画画的样子像是在讲怎么栽一棵树。

等大家都走了，老谭坐在那个土丘跟前，有一句没一句地跟女人说话。说我没把东西送给他们，我送给街上的讨口子了。我觉得那不是我们的儿子，我们的儿子很小就在七月半给老祖先人带走了……现在这个混蛋他是个畜生，他从来就没想着回秦村来，他想在班房里过一辈子，他打架，还逃跑，被加了五年徒刑……

老谭说，眨眼就快到七月半了，今年我会好好地大大地做一场，你早点回来，等我款待完你们，我跟你们一起走。

3

夜里老谭做了很多梦，梦里不安，梦境不详，睁眼就记不得了。一个夜晚就被这些令人不安的梦切成了碎片。老谭睡不着了，扭开收音机。收音机是村上干部送的，小巧，漂亮，声音也干净明亮，像女人当年散落在屋子里的笑声——

刚才最后一响是早上六点。听众朋友，今天是2008年8月13日，农历七月十三，星期三。这里是《正点新闻》：省政府于昨天举行"抗震救灾，百日攻坚"系列新闻发布会的首场发布会，宣布经过近三个月的艰苦奋战，我省提前完成受灾群众过渡安置房建设任务。我国奥运健儿继续领跑北京奥运会奖牌榜……

老谭关了收音机，出了棚子。田野里一层薄雾，四下安静，房子后面林盘里的鸟儿也都噤了声。老谭拎了桶水到棚子后面，抓了一撮洗衣粉，先洗头，再洗身子。凉水上身，人一下子被激出了精神。换了套新买的衣裳，有些厚，动一动，身上就燥热起来，但是必须穿着，要显出规整和严肃。

昨天晚上还剩了半盆子稀饭，老谭呼噜呼噜几口喝了，喝得太急，一身大汗。老谭敞开衣领，坐在棚子门口，点燃一杆烟，享受早晨最后一点宁静。一杆烟吃完，对面传来了唱歌声，跟前几天一样，声音很大，只是今天是一个男人在歇斯底里号叫，夹杂着破鼓烂锣的声音，像是要把天吵翻，地吵破——

一天听这些，咋个可能是好人呢。

老谭刚嘟哝出来马上就觉得这话有问题。儿子也听这个么？肯定不听。他那么文静，好多人都打趣他，说他男生女相。他不跟人打堆，喜欢一个人安静地坐着，看书，写字，偶尔一点出声也是在背诵英语。他咋个就成了恶人呢？唯一的解释女人已经给出了，那就是城里的水喝不得……

田坝对面的唱歌声更大了。

老曹与老谭同岁，但是老曹比老谭老得快。老谭时常为自己感到奇怪，为什么就不记恨老曹呢？每逢见面，总是自己先献出一张笑脸，然后老曹才会跟他打招呼，嗨，老混蛋。老谭说你才混蛋呢。你是真正的混蛋！老谭加重了语气。老曹并不否认，点点头，叼上一杆烟。老谭偷偷查看老曹丢下的烟头，这老混蛋他抽的全是好烟呐。没人怀疑他的富足，他是村里第一个买彩电的，第一个买手机的，他买手机的目的只有一个，就是跟他的三个儿子要钱。

老曹的三个儿子都坐过班房，最长的有七年，最短的也有三年。

儿子还在念书的时候，老谭就时常拿老曹家的几个娃儿当反面教材教育他，说不好好念书，不好好守规矩，结果就跟他们一样：蹲班房。

老曹的女人死了，老曹并不悲伤，把丧事办得简单潦草，他的老大和老二刚刚出狱，老三正等待审判。两个儿子匆忙赶回来，在村口就被老曹堵在那里，伸出手来要他们交丧葬费，说不拿钱来，就马上滚。老大老二很是火冒，跟老曹说，老三是死是活你不关心，就晓得要钱，你是催命的活阎王还是我们的爹呢？两兄弟一怒之下走了，好多年都不见回来。老谭并不当回事，该吃该喝老样子，没事就四处溜达，趁着酒兴，不管别人爱听不爱听，嘟嘟囔囔地回忆他当年的壮举，不时发出几声讪笑几声叹息。

老曹试图跟老谭拉近关系，尤其是晓得老谭的儿子坐了班房之后，就像老谭从此跟他有了共同语言似的，碰见老谭总是显得格外亲热，要请吃烟，还要请吃酒。老谭一概不搭理。老曹说你这样算啥呢？我请吃烟吃酒呢。老谭说我不吃你的烟也不吃你的酒，你是你，我是我，你走你的阳关道，我过我的独木桥。老曹嗤嗤笑，笑得意味深长，惹得老谭一肚子邪火，除了往老曹后背吐唾沫外，唯一还能做的就是诅咒他不得好死。

在老曹跟前，老谭跟他爸爸一样懦弱。

4

老谭开始做饭。

房子塌了，锅被砸烂了，灶台竟然还完好。老谭换了口新锅，生怕下雨，又用晒簟搭了个棚子。柴火是檩子和椽子，松柏木，劈开来油亮，一股陈酒香味。修这房子可不容易啊，你要好好经管啊，两三年就应该翻盖一回。老人离世的时候老谭守在床边，正午的阳光透过亮瓦洒在屋子里，老人望着屋顶，忆起他修建这房子的艰辛来，说这些檩子都是他从山里砍回来的，全柏木。说那些椽子都是他一条一条改出来的，全松木……老人转动的眼珠慢慢定了，最后一眼并无留恋，好像他只是出去走走，要不了多久就回来。

老谭遵守着老人的叮嘱，每两三年就要翻盖一次房子，把被雷炸裂的瓦换下来，把积在瓦沟里的落叶清理掉，保持房屋的完好。老谭从来没想过修房子，因为这房子一直都很坚固，不漏风也不漏雨，因为墙体厚，房顶高，还冬暖夏凉。后来见村里修楼房和火砖房的多了，女人眼热，也想攒钱换房子。老谭说不消想这个问题，钱都应该花在儿子身上，儿子有出息了，就啥都有了。

后来儿子考上了大学，又留在北京。那阵子大家都在感叹，说整个秦村还就老谭两口子会计划，高瞻远瞩。还祝愿他老谭家后代兴旺发达，成为显族大户……

谁曾想到儿子会出问题呢？

老谭企图安慰女人，说一炷香管一个时间，种一季庄稼收一季粮食，儿孙自有儿孙福。女人叹口气说我们也算是尽心了，也不想再怄了，我们守着老屋慢慢等死吧，指望运气好，还能够等到他出来。听女人这么说，老谭看着老屋厚厚的土墙、碗口大的檩子、高高的神龛……突然觉得身子有了依靠，心头平静了，脚底下也稳当了。

哪个又会想到突然蹿出个大地震呢？五间房子垮塌了四间，还剩下正房那间堂屋趔趔趄趄在那儿，檩子断了，椽子抽了，房上的瓦全滑到了地上，碎得就像老谭的心。那阵子老谭每天有一半时间睡在棚子里，剩下的一半时间蹴在老屋的废墟上，有时候也起身走动，起脚轻，下脚也轻，生怕惊醒了谁，结果还是踏碎一块块瓦片，发出阵阵心悸的声响。

干部来动员大家重建家园，说上头会给很大一部分补贴。老谭没报名。报啥名呢？传了不晓得多少代的香火，到这里就要熄了。

村里还有一家没报名，就是田坝对面的老曹家。

第一个菜是尖椒回锅肉。肉是半肥半瘦的猪坐墩，下锅煮了六成熟，切成巴掌大的块，尖椒是二斤条，有些老，可能会很辣，但是这辣子炒肉香。随着呛人的香辣味儿，老谭不得不再次想起老曹和他所做的恶事来。

那是个七月半，大会战，老人特别请了半天假，要在家给老祖先人们准备酒宴。说是酒宴，其实就一个尖椒回锅肉和一个素炒白菜，外加半斤红苕酒。老人把菜做好后，开始请老祖先人们入座。菜实在太少，寒碜，老人一个劲地表示歉意，并将当时的情形向老祖先人们做介绍：上头有规定，不准搞这些，一旦发现了就会被当成搞封建迷信挨批挨斗，再则呢，物资少，啥都得票，再说也没钱，一年忙到头，搞不好还成超分户……

老人正唧唧呱呱说呢，传来嘻嘻笑声。大家抬眼一看，倒吸口凉气。笑的人是老曹，老曹就因为天不怕地不怕，才当了村上的头儿。他停了笑声，看着老人，问咋个办呢？老人当时已经完全慌了手脚。老曹说你住田坝这头，我住田坝那头，抬头不见低头见，我也不想收拾你，这样吧，你让你们家老祖先人们先滚出去吧，等我吃了，再请他们来吃好不好？老人哪里还有言语，眼睁睁看着老祖先人们木木呆呆地伫立在神龛下，眼睁睁看老曹这个混蛋坐在上席，一口酒，一口菜，一会儿工夫就只剩下了两个空碗和一个空酒瓶。老曹舔着辣得绯红的嘴唇，打着酒嗝，剔着牙，笑呵呵出了门。老人这才一屁股墩坐地上，老泪满脸地望着神龛，嘤嘤地哭得像个受够了委屈的娃儿。第二年，老人晓得老曹又会来，准备了两份酒菜，先等老曹吃了，送他出了门，这才开始请老祖先人们下神龛。

这样过了五个七月半。眼看第六个七月半又要到了，这年家里特别穷，别说两份酒菜，一份都难，老人很为难。突然传来好消息，说老曹因为讲了句什么话，被人告了，正关在公社受审查。七月半那天，老人刚把老祖先人们请下神龛，正要邀请他们入席，门口传来一阵嘻哈声，是老曹。老曹披着衣裳，迈着八字步，威风凛凛，像凯旋一般，要享用他的庆功酒。老人一时搞不清楚形势，照例慌张。老谭晓得底细，把他挡在门口，说单独给他准备了桌。老曹信以为真，就跟老谭去了。老谭把老曹领到粪坑跟前，说你就吃这个吧。

第二个菜是豆腐烧鱼。豆腐用盐开水浸泡了一天，不光没了豆腥，还变得更白更嫩了。鱼是红鲤鱼。

第三个菜是西红柿炒鸡蛋。之前是没这个菜的，因为那阵子这个西红柿是个稀罕物。老谭之所以做这个菜，是因为好看，红的红，白的白，闻起来也特别香。

第四个菜是韭菜鸡蛋饼。韭菜切花儿，掺和在鸡蛋里，再加点面粉，不能太干，太干摊不开，也不能太稀，稀了也摊不开，挂得上筷子就成。先摊好饼，然后切成条，搁油，油温八成热，干辣椒丝、花椒瓣儿再加上葱姜蒜下锅一爆，赶紧下饼，三下五除二就起锅，既可以当菜，也可以当饭。老谭做得很下心，备料的时候就一遍遍念叨女人，——这是她最喜欢的一道美味啊……

菜做好了。老谭打了盆水，洗脸洗手，去棚子里拿了香烛纸钱。看看时间，十一点半，老谭准备等到十二点才请老祖先人们下神龛。还有点时间，老谭拿过床头的一口纸箱子，里头全是五色纸做的衣裳裤子，还有鞋袜帽子。老谭从枕头底下摸出支圆珠笔，在那些纸衣裳裤子和鞋袜帽子上写名字。字迹必须工整，要不然收的人就不认得，不认得就收不到。在买这些纸货时，老谭特别为自己和女人挑拣了十几套最好的，春夏的，秋冬的，长的，短的，各色各式的……必须得多考虑点，鬼晓得儿子啥时候出来呢？万一老死在班房里了呢？就算出来，他不信这些呢？都没人教过他……

老谭工工整整地在那些纸货上写下自己和女人的名字。

床上还有口纸箱子，里头全是"金元宝"，店家说是用上好的金粉糊的，五十两一锭。这一箱子金元宝，是老谭专为自己和女人准备的，按照规矩，上头也应该写名字。圆珠笔写不上去，水笔应该得行，好在还有一个下午时间来找支水笔。

十二点到了。老谭刚出棚子，就见一个人从田坝里向这头走来，是老曹家的老二。田埂很窄，这家伙走得歪歪扭扭。

有个事。曹家老二见了老谭，递上支烟，亲热地喊道，谭伯，要请你帮个忙哦。

5

曹家三个娃儿为这个七月半精心准备了好多菜，好多纸钱，但是不晓得咋个进行仪式。他们看到了老谭家的炊烟，想到了应该找人请教一下。

老谭打量着眼前这个曹家老二——

你们也要过七月半？

曹家老二嘻嘻笑两声。真是龙生龙凤生凤，老鼠生个耗子会打洞。这个曹家老二，那笑声跟他老子一模一样，如果不照面，还以为老曹回魂了呢。

我记得你们曹家是不过七月半的。真的，你老子就从来不过，他不过，他也不准别人过……

曹家老二的笑容慢慢僵在脸上，掩盖在皮肉底下的哀伤泛了出来，洇成了难看的表情。他丢了烟蒂，回头看看田坝对面的家，叹口气。

这个七月半的仪式呢，简单得很——

老谭扳起了指头：首先要心诚，心诚，老祖先人才请得动；其次呢，所有的饭菜都要煮熟，不能夹生，也不准汤汤水水的……

说着说着，老谭就觉得这个仪式其实一点都不简单，讲究的地方很多，不是几句话可以说清楚的。老曹家老二也听得云里雾里。老谭看看时间，十二点过一刻，已经晚了，那就干脆再晚一点吧。

走，去你家，我当面给你们指点指点。

老谭的这个决定叫曹家老二很高兴，一再道谢。见老谭过来了，曹家老大和老三，还有个打扮得像蝴蝶的女娃子，一起迎了出来。

在老曹家门口的院坝里，品字形摆着三顶帐篷。这么些年来，老谭还是第一回来老曹家。跟自家一样，家已经不是家了，一片废墟，砖头瓦块到处都是，椽子檩子支棱着，像电视里被炮轰了的场景。

秦村在地震里统共死了三十多个人，就数老曹死得最窝囊。地震的时候他在蹲茅坑，一晃就跌下去了。接着天翻地覆，房倒屋塌，他被压在粪坑里，灌了一肚子大粪。被打捞起来的时候，肚皮胀鼓鼓的，活像一头被打气了等着拔毛的肥猪。老谭记得当时听村里人这么说的时候，心头一阵阵发颤，背皮一阵阵发凉，想起了当年带老曹去茅坑时的情形，觉得有些对不住他。

老谭告诉曹家老大，要做的第一件事，就是赶紧把那大喊大叫的音响给关了。七月半要讲究安静，在过去，这一天要停止一切娱乐，不准唱戏，不准唱歌，不准打牌，不准吵闹，不准大声说话，所有的一切，都得在清静中进行。

为什么呀？那个女娃子问。

因为老祖先人们要回来，我们要尊敬他们。老谭看着那个女娃子，年岁不大，高挑，眉眼也周正。见人家给自己一张笑脸，老谭也只好报以一笑，说道，嗨，女娃子，听口音你不是我们本地人吧？跟你说，在七月半你穿成这样子可是要不得的，你得穿裤子，还得穿有袖子的衣裳，老祖先人们都很传统，得叫他们从穿着就看出来你是尊重他们的！老谭又看看老曹家三个儿子，一个个都穿着短裤，老三还赤裸上身，摇摇头，说，这要不得，你们都得穿上长裤，得显示出尊重来。

这三个家伙都很听话，赶紧去换衣裳裤子。那个女娃子跟曹家老三是一对，他们两个钻进了一个棚子。

还有啥呢？曹家老大整理着衣裳，站到老谭跟前。

你们是想在棚子里请你们老祖先人吧？这不行，得在祖屋里。老谭说。

哪里还有祖屋啊。曹家老大嘻嘻笑着说，不都成一堆破砖烂瓦了么？

老谭没搭腔，走到那片废墟上，指着堂屋的位置，说桌子就摆在那里。至于原因，老谭给他们讲了一通。说老祖先人们远从阴间里来，一路上不晓得要经过多少难处呢，为的就是要看看他们曾经生活过的地方，看看他们的子孙，再次享用一下阳间的美味。如果换个地方，他们就会觉得岔生，感到不自在。再说了，帐篷低矮不说，还闷，哪个老祖先人愿意待里头呢？

曹家三个儿子赶紧去收拾。这可不是个小工程。那么多的砖头瓦块，那么多椽子檩子。叫老谭吃惊的是这三个家伙的干劲很足，都不吭气，埋头苦干。

那个女娃子给老谭端了茶来，请他坐下慢慢喝。

老谭也不客气，吃着烟，喝着茶，看着忙碌的曹家三个娃儿，想着老曹往日的为人，突然觉得有些怪诞，像是身处一个坠落很深的梦里。老谭不愿意去胡思乱想，跟那个女娃子扯起了闲话。女娃子是上海城里人，说他们那里也有七月半，至于怎么个搞法，不光她不知道，估计她爸爸妈妈也不知道。老谭不清楚上海在哪个方向，但晓得那是一个跟北京一样大得不得了的大城市。你咋跑秦村这个山旮旯里来呢？老谭嘴上这么问，心里却纳闷这个女娃子是被鸡啄瞎了还是遭骗了？咋个跟这个曹家老三混一起呢？她不晓得这个曹家老三可是坐过班房的！女娃子眯缝着眼看着院坝前的那片田野，说他们计划租几十亩田地，三分之一用来养鱼，三分之一用来养野鸡，还有三分之一用来栽种果树……

你说可以吗？女娃子偏着脑壳问老谭。

老谭斜了曹家那三个娃儿，他们已经清理出了堂屋，在做最后的打扫。

6

曹家三个娃儿做了七个菜，多半不能上桌子。茄子不能上，要给老祖先人们吃了，家里的女人容易得一种子宫下垂的妇科病，秦村人的说法叫"掉茄蛋"。

老谭这话，听得那女娃子一愣一愣的。

苦瓜也不能上桌子，要给老祖先人吃了，后代子孙的日子会很苦的。豇豆也不能上，老祖先人吃了，回去的时候脚底下容易磕磕绊绊的。这个是啥呢？老谭指着一盘子肉，瞧那爪子，不像是家鸡的。

是野鸡。曹家老三说，他们用网子在后面山林里捕的。

这个不行。老谭摇摇头，说野味是不准上七月半的桌子的。老谭说今天应该有一道鱼菜，老祖先人吃了鱼，会保佑后代子孙年年有余。如果家里有娃儿念书，就加上豆腐，豆腐鱼，来头很大的。第一，后代儿孙会清清白白，第二，后代儿孙会鱼跃龙门，名扬天下！

这样一来，只剩下三个菜。

三个菜怎么行，再赶紧做几个。曹家老三吩咐道。

七月半上菜，不能是七个，当然也不能是八个。七七八八，等于是零零碎碎。最好九个菜，天长地久。

那就再做六个菜，凑够九个。曹家老大把老谭请到边上，吹开板凳上的尘土，请他坐，发烟照火，又叫端了茶来请他喝。

你教的这些我都牢记在心里。曹家老大拍拍胸口。

规矩多得很，一天一夜也讲不完。老谭说。

不着急，不懂的地方我向你请教，你不要保留哦。曹家老大嘻嘻一笑。

老谭苦笑着叹口气。

老弟还有几年就该回来啦？曹家老大问。

老谭吃着烟。

你得多跟他写信，打电话，或者去看他，叫他晓得你在等他。曹家老大一笑，说，就像我的那个爸爸，要钱就像催命，也不懂得咋个做榜样，更不晓得咋个教育我们，但是他在家里——就叫我们觉得自己还有根，还有个落脚的地方。

九个菜。最后一个是那个上海女娃子做的，叫清水煮白菜。女娃子说没有豆腐，就做了这个菜，希望曹家的老祖先人们吃了后，保佑后代子孙从此都清清白白的。那个女娃子说这话的时候，眼睛一直瞟着曹家老三。听老谭说汤汤水水的要不得。那个女娃子说这好办，把水滗掉，就一碗白菜。

老谭叫他们拿两个碗来，从那九个菜里一样夹点出来，在门口摆上一张小桌子，搁两双筷子两个酒杯，说那是专门用来招待护送老祖先人们的阴差。

剩下就该请老祖先人们入席了。在老谭的交代下，曹家老大带头，他的两个弟弟一左一右，一起在堂屋里跪下，向着上方烧纸，焚香，磕头作揖，恭请老祖先人们进家门。恭请得拿言语。老谭说，这其实很简单，你心里咋个想就咋个说，做到诚心诚意就是了。曹家老大思考片刻，轻轻咳嗽两声，清了清嗓子，敞开嗓门说道，曹家列祖列宗，爸爸、妈妈、爷爷、婆婆，今天七月半了，我和老二老三，还有老三的女朋友，一起准备了九个菜，准备了几瓶酒，请你们下来吃饭，你们回家了，莫要客气，尽管吃，尽管喝……

那个上海女娃子忍不住笑。曹家老三听见笑声了，回头瞪着她，要她严肃。

整得好，就是这么说的。老谭赞叹道。

以前我们不懂事，犯了家规国法，该付出啥代价我们已经付出了，只是叫你们怄气了，叫你们丢脸了。以后，我们会堂堂正正做人，三兄弟齐心协力，把房子修起来，把事业搞起来，把丢掉的脸面捡回来……曹家老大侧脸看看他的两个弟弟，问道，你们要不要也表个态嘛？

这些话应该留在送他们的时候说。老谭鼻子酸酸的，擤了把鼻涕，吃了几口烟，心头非但没平静，反而更加翻江倒海了。

老祖先人们都入席了，曹家三个娃儿都没离开，恭恭敬敬地站在桌子旁边，随时一副听候吩咐的样子。十五分钟后，老谭叫他们撤了酒杯，上饭。又十五分钟后，老谭说老祖先人们都吃好了，下桌子了。

又该咋做呢？曹家老大看看老谭，又看看桌子上的饭菜。

死人领口气，活人胀出屁。老谭说，晚上你们还照这样子来，请他们入席，吃完了送他们走。

咋个送呢？曹家老大问。

晚上我再来教你们嘛。老谭抬头看看天，笑笑说，我得回去了，我的那些老祖先人们还等着请他们入席落座呢，这个时候了，他们也饿坏了。

桥

客人抚着胸口，他的脸色很不好，嘘嘘轻喘。他问女主人，桥面到水面，怕有三十米吧？

女主人像只风筝一样在往事里飘飞。她说，那时候正修这座桥呢，等船的时候买的杂志，两毛七，你的征友讯息在第七十二页。

水有多深呢？五米？三米？现在是枯水季节啊……客人心绪不宁。

接到你回信的时候，我刚踩完桥，你说巧不巧？当晚上就回了信，讲的热闹事你还记得么？一个大红气球落到我头上，砰一下炸了。女主人缩着脖子，像是再次被那声炸响惊吓了一回。

笔直下去，受力面积小，肯定直插河底。河底是淤泥还是卵石？重力加速度，不管哪个部位先挨着水，都会像被火车撞了……客人嘟囔着，语速越来越快，好像那些可怕的事情已经落到了眉梢。女主人咳嗽了一声，又提高音量咳嗽了一声，才中断客人的预想。客人抬头看着女主人。

女主人也看着他，目光像流淌的泉水，清澈明亮。你就不要管了嘛！女主人叹口气，往门外指指，不是有他吗？

客人不喘了，他终于搞懂情况了，这一切与他无关，他只是个客人。所以他很快就恢复了平静，也恢复了初到时的腼腆。

女主人见客人没动那杯茶，问他为什么不喝，客人不好意思地笑笑，揉揉肚子，说不敢喝绿茶，医生讲了，绿茶伤胃。女主人问哪里的怪医生，绿茶怎么会伤胃呢？她勾过来拐棍，起身端起那杯绿茶，笃笃地出了屋。趁这光景，客人打量起这间屋子来。可真简陋，墙缝透着光，地面尽是鸡窝坑，但是房子很阔大，这头是厨房，中间摆着一张矮桌，那就是客厅部分了，对头摆着床，那就是卧室了。

屋外传来她和丈夫的对话。大致是男主人问，女主人答。客人听得最清楚的是男主人告诉女主人，酒搁在什么地方。

女主人回来了，将菜篮子打开，捡菜出来。女主人将豆角递给客人，问他会不会择，这个动作表明并没拿他当外人。客人有点儿激动，说当然会了。女主人给客人递来一杯蜂蜜水，说是加了醋，对胃好。客人就更激动了，以至于把蒂儿、把儿留下，把角子丢了。都好一会儿了才发现自己干了傻事，结果捡回角子的时候把撮箕又给踩翻了，垃圾倒了满地，就更加局促不安了。

你怎么那么晚才给我回信啊？女主人拿过扫帚，麻利地打扫。是不是给你写信的太多啦，回不过来。客人说是。讯息发出来的头三个月，最多一天可以收到三四十封。女主人又问都怎么回的。客人说不可能每封信都回，那得花很多时间精力，而且也付不起那么多邮票。我是这么办的。——先看信，按照男女分为两堆，男的就不考虑回了。女的又分为两堆，有照片的一堆，没照片的一堆。照片看起来不错的，就赶紧回。看起来不太好看的，就不用回了。没照片的女的，按照字迹和内容又分为两堆。第一堆是字迹好看的，内容也很欣赏的，考虑在空闲的时候回。

你把我分在哪一堆呢？

我把你分在字迹好看的那堆，内容我也挺欣赏的。

客人的回答，女主人也是很欣赏的。我已经好多年不写字啰。她气息幽幽地说。

他每天都坐在那里吗？

差不多吧，看见苗头了，他就在那里等。

他们谈论的是男主人。男主人坐在日头下，张望着对面的桥。他的身旁放着个凳子，凳子有条腿有点瘸，上面搁着一个茶缸和那杯绿茶。他每次伸手，总能准确地捉住茶缸，于是凳子就失去了平衡，剩下的那个茶杯溅出一些水，在光洁的凳面上流淌。他喝水的声音很响，在搁下茶缸的时候会惬意地呷几下嘴，啧啧，也很响亮。

水。男主人头也不回地吆喝一声。

客人要去，女主人用拐棍挡住他。她拢拢头发站起来，拎起茶壶，一拐一甩地出了门。女主人站在男主人身后，也张望着桥。男主人怕女主人看不见，给她指了方向——

看见没有，她已经走两个来回了，现在又往回走。

女主人唔了声，给茶缸续满水，要放下那个水壶。男主人说拎回去吧，塑料壳子不经晒。女人就拎着水壶，一拐一甩地回去了。

客人到门口迎上，拿住水壶。

才一会儿，女主人的额头已经渗出了汗珠。

我都没想到你会给我回信。收到你的信时，我都忘记了写信的事。

他们继续着关于往事的谈话。

我也不记得都给你回了些什么。那么多的来信回信，我都被搞糊涂了。直到看了你的照片，我才晓得应该跟你讲什么。

女主人抓起一把小树枝，噼里啪啦折断，一束，两束，塞进灶膛，又塞进几块劈柴压住柴束。最后用火钳在灰与柴火之间拨了个空隙，精心挑选了一把细毛柴，打着火机点燃塞进去。一缕白烟袅绕出来，白烟很快成了青烟，烟雾淡了，火苗舔着了灶台。

背景就是这座桥。客人对那张照片是记忆犹新的，他被那些记忆激动了，一直塌着的脑袋扬了起来，腰背也直了许多，旧日气息随着回忆，正一点一点回到他的身上。

那张照片呢？女主人说。

客人搓着手，嗫嚅着，终于，他决定告诉女主人一些事。他说了很多，从冷锅说到开锅，锅里又传来火热的油爆声。这里头好多事情是他在信中告诉过她的，那就成了他们的共同记忆，比方他父亲在伐木的时候"倒山"砸死了，还有怎么给父亲"烧七"。还有好多事这是第一次听讲，这些事就发生在他们通信期间，他很抱歉，觉得不应该把那些事情藏起来。这些事不光彩，也很伤心。女主人没想要安慰他，她惦记那张照片——

那是我这辈子最后一张照片呢。

客人呆呆地看着她。

女主人拍拍腿，说，截的头天照的，你没发现我当时还戴着帽子么？

客人点点头，转向一边，他不肯再说话。

女主人已经做好了饭菜，开始一瘸一拐地往桌子上端。客人要帮忙。这一回女主人没有客气，还指挥他把椅子端到上席。

男主人听到了屋里的动静，要求女主人把饭菜端到外头吃。这立即遭到了女主人的拒绝，她大声地嚷嚷，说外头太阳那么大，那么毒，在外头怎么吃。男主人也大声嚷嚷，说早就让她把那把大伞缝一缝，补一补，可她就是不听，宁愿打瞌睡也不拿针线。男主人说着说着，就气咻咻地动了怒，还摔了什么东西。

客人小心地问女主人，要不要把桌子挪到外面去。女主人说不用。客人走到桌子跟前，说他可以，还拍拍桌子，说看起来不重。女主人走到客人跟前，把他拉到一边。

但是男主人有的是办法对抗，他不回房吃饭。女主人在屋子里唤他，他故意不答应。女主人只好一瘸一拐出去，当面请。客人听见男主人大声嚷嚷，责问女主人，说我怎么可能在这个时候回房去吃饭，墙又不是玻璃，怎么看得见外头。女主人回来了，抓起开水瓶又出去了，一拐一甩，过了好一会儿，她才回来。

等等他吧。她揩了把汗，笑笑。

客人也回以一笑。

他们的笑都不自然，女主人是无奈，客人是尴尬。缓解的办法只有说话了。你这是第一次来爱城吧。其实这个问题，女主人早就问过了。但是客人还是当作首次做了认真的回答，这次回答比上次多了好些内容。他说，爱城我是第一次来，土镇我去过一次。在去土镇之前，我给你写过一封信，说我要来找你。你没回，我还是来了，只是没找到你。女主人有些惊讶，插话，问什么时候。客人说了个时间。女主人点点头，说那会儿她已经到爱城来了。还说到爱城后，也就再没有他的消息了。他点点头，吁叹口气，说一连收到了她三封信。她说应该是七封。他说能收到三封已经很感激了，感激天，感激地，感激老邻居。说起老邻居，客人难抑激动。说老邻居搬了三次家，听说他出来了，就专门去找他。那可是七八十里地啊，人家就为了送那三封信。

客人突然动情起来，摸出那三封信，要递给女主人。女主人不接，要他赶紧收起来。像是躲避似的，她走到门框边，拐棍挂在门槛外，半截身子也探在外头，那样子像一匹预备要奔跑的马。

客人情感的闸门已经关上了。他是个聪明人，但他还是觉得必须要把该讲的话讲了。他说，每当苦痛得受不住，我就看这三封信。

女主人收回了拐杖，倚靠在门框上，面向着客人，微笑说，不讲了呗。

客人住了嘴，他把该讲的已经讲了。

女主人像划船一样，一摇一摆地走到客人跟前，掸掉了他肩头的一缕蛛丝。接着她来到桌子跟前，端开桌子上的菜，拿开桌子上的筷子、杯子，把桌子腾空。说，帮我端出去吧。

桌子摆在了男主人搁椅子的那个位置。客人发现，刚才男主人摔掉的是那杯绿茶。客人担心破玻璃片钉着人，要去捡。还没等他蹲下身子，男主人上前几脚就踢开了，溅起一阵烟尘。

不用这么麻烦的。男主人将一块瓦片踢到客人跟前，得用这个垫垫，不然桌子摆不平。

男主人说的是往日的经验。今天没用瓦片，桌子也摆平了，碰一碰，纹丝不动。客人丢了瓦片，去端菜。等他回来，男主人正在重新摆桌子，果然摆不平。男主人问那块瓦片呢？客人记得丢的地方，找回来还是用了会儿工夫。

得向着那个方向！男主人指着桥。

太阳正当午，地上照得白花花的。客人眼力不好，几次踩到石子儿。他再次缩小了步子，轻手轻脚，生怕碗盘掉了。

吃饭的场面有些滑稽。女主人打把伞，客人戴顶草帽。男主人坐在上席，斜着身子，要看下头的桥，他的头顶什么也没有，白花花的太阳把他的脑袋照射得银晃晃的，像颗变形的钢弹子。

这都八月了，太阳都变钝了，都变软了。六月间，硬得像砖头，尖得像钢针，我在这里一坐还是半天呢！男主人抓起肩膀上的毛巾，满脸满脖子地揩，擦，抹。这一来他的脸更红了，红得发暗。

半个小时以内，她是不会跳的！男主人很有把握。

客人不由自主地往桥的方向张望了一下。

你真的看不清楚？男主人问。

只看得清楚桥。客人说。

我说你们这些读书人呀，字都钻眼睛成瞽子了！男主人叹息着，摆着脑袋，倒上杯酒，端起来，看着客人，你真的不喝？

不能喝。

哪有男人不喝酒的？男主人嗤了声，搁下酒杯，又嗤了声，像是声冷笑，到我这里的，就没有不喝酒的！民政局的那个老王，还痛风呢，不照样喝了？还是一路滚回去的！

客人犹豫了一下，从包里摸出几小瓶药，要男主人看。没想到男主人竟然又嗤了声。客人抬起头，他这是第一次跟男主人对视，他们都被对方眼中的冷光激灵了一下。

我有病的，精神病。客人移开目光，往口袋里揣着药瓶，说，我不光不能喝酒，也不能抽烟，连茶也不能喝的。

你说你是……男主人的目光咬住客人的脸。

精神病。偏执型被害妄想多见分裂症，大概是这个名字吧。客人说。

男主人端起酒杯，目光从客人的脸移到女主人的脸。女主人藏在伞底下，低头戳着碗里的米，好像她不是要扒拉着吃，而是要用筷子揶起来吃。男主人吱一声干了那杯酒。随着一声感叹，酒杯落下的时候，整张桌子都在摇晃。

吃药了吗？啥时候吃药啊？男主人别过脚去，碰了一下女主人的凳子腿，去，给他整杯白开水来。

来的时候才吃了的，要等晚上才吃了。客人赶忙伸手去阻挡女主人，要她别站起来。女主人才不听他的呢。她收拢伞，拐棍一撑，整个人就像一棵倒伏的麦苗，晃晃悠悠地起来了。她挡开客人伸来的手，微微一笑，一瘸一拐地去了。

你说你以前是个大学生？男主人又喝下了杯酒。

客人谦恭地笑笑。

是还是不是啊？男主人放下酒杯。在得到肯定的回答后，他往酒杯里斟着酒，动作很慢，很轻柔，像在浇注一件艺术品，但是他的嘴巴并没停止说话。他说，我说你们这些读书人呀，好好的白米白面吃着，生啥子事嘛。虱子能掀起铺盖？自不量力！是不是？是不是自不量力？男主人看着客人，瓶口高悬，可是杯子已经满了。

是。客人膝盖并得紧紧的，低下脑袋，草帽檐子就要抵到桌面了，是，是自不量力。

承认错误已经晚啰！男主人的瓶口滴下一滴酒，两滴酒，杯口满盈盈的，微微荡漾，像鼓胀的膜。男主人小心地把嘴唇嗫到杯口，吱一声响，接着是一声悠长的惬意的叹。他抹抹嘴巴，看着客人，用中肯的语气说，我看你得病就是因为胡思乱想太多了！你说你们天远地远的，咋会认识呢？

我们是笔友。客人说。

我知道你们是笔友。男主人皱着眉头，端起了那杯酒，悬停在嘴唇边，我的意思是你们左一封信右一封信，有什么意思？

这是个叫客人难以回答的问题，不过他还是试图找个理由，嗫嚅着，组织着思绪和言语。

男主人倒并不在乎，因为他已经有了答案。他干掉一杯酒，又倒满一杯，还是满盈盈。看样子他喜欢这样的喝酒方式，一声吱一声叹，两个美好的音节。

我那时候很孤独，一个村子就我一个念书的人。客人终于找到了答案，他决定用自己的故事来解答男主人的疑惑，因为急于讲述也因为激动，话语就有些乱——

我也没想到会有那么多人写信来，只是后来只剩下几个人，他们鼓励我攀登，鼓励我学习，报效祖国……

你就是那么报效的？把自己整进班房里去？男主人嗤了声，露出浅浅的笑，他将一大夹菜塞进嘴里，凶猛地咀嚼，那笑顿时膨胀开来，由黑亮的额头开始灿烂，飞向炫目的天空。

客人慢慢垂下脑袋，目光落在男主人脸上，他没有放弃解释。他说，我不是因为偷盗进去的，我也没干过伤天害理的事，我进去是因为……

男主人突然一伸手，亮出巨大的巴掌，那样子像电影里侦察队长突然发现敌情。在发出一声响亮的吞咽声后，男主人慢慢站起来，但是那只巴掌始终耸立，像堵不容逾越的墙，这叫客人很紧张。男主人离开桌子，往前走了几步，巴掌盖在眉头，搭起了凉棚。在男主人前头半步，就是断崖。不过丝毫不用为他担心，他巍然屹立的样子像一棵松。

跳下去了？客人很紧张，揭了帽子，攥在手里。

没有。女主人只打望了一眼就回到了座位上。她搁下拐棍，撑起了伞，一手举伞，一手拿筷子，招呼客人，吃，吃吧。

客人没有心思吃，他坐立不安。

男主人归座，一眼就看见了客人面前的白开水。吃药，你先吃药。

客人摸出药瓶。

男主人对客人的顺从表示满意，他斟满一杯酒，等着要与客人共饮似的。客人的小药片滚到了桌子上。客人去拍，拍住了，却将那杯满盈盈的酒震溢了，一线光亮，沿着桌子蜿蜒。男主人用宽大的手掌截住，慢慢收归，然后用几个指头蘸起来，捋起裤腿，往膝盖上擦抹。等会儿要下水的。他说，接着将杯子里的酒倒了些在手心里，继续擦抹两个膝盖，往小腿肚子上拍。得喂饱它们，要不下水抽筋咋办。

啪啪声停止了。剩余的半杯酒，男主人依然发出了一声清亮透彻的吱和一声豪迈的叹。

客人还在吃药。小白片、小黄片、小灰片……每服下一片，客人都会呆一会儿，接着再捏起一片，仰起脑袋，张大嘴巴，药片悬停一下，准确地掉进喉咙眼儿，啜一口水，脖子一抻。

你吃药的样子倒是优雅呢。男主人意味深长地看了女主人一眼。

最后一片药，客人被呛住了，不厉害，只咳嗽了几声，但是淌出了眼泪。这逗得男主人哈哈大笑。

这笑声叫客人很不高兴，他的眉头都皱到一块儿了。女主人及时地夹过去一筷子菜，要他尝尝，说才吃了药，解解嘴。客人的不悦被这一点客气轻松就化解了，他把那顶草帽戴回到头上，夹起碗中的菜，慢慢嚼着，眼睛从碗里，一点一点移到男主人的脸上，最后落在眼睛里。

你怎么知道她要跳呢？

我就是知道。男主人很得意，看了女主人一眼，我瞄一眼就知道。

你既然知道，为什么不劝住呢？

这里头学问大得很。男主人开始吃菜，大口大口地吃，腮帮子连同颧骨都在动。动得最凶猛的是他的喉结，那一上一下地蹿，像奔跑着一群老鼠。

客人的眼睛始终没离开男主人的脸，目光温和而又固执，这让男主人感到不安。好吧，我告诉你吧。男主人妥协了。他说，要让一个人摆脱自杀的念头，就得让他自杀一次，尝尝死究竟是种什么滋味。根据我的了解，很多投河自杀者，自从被救起来后，从此就怕水了。为此男主人还举了个例子，说有个小伙子，我去救的时候，在水里还精神着呢。于是，我就在一旁闲游，等。等小伙子一口水一口水地喝啊，终于人事不省了，这才上前。小伙子灌得就像只蛤蟆，碰哪里都出水。听说从这以后啊，小伙子连水龙头都不敢动啰！男主人哈哈大笑起来。

女主人探长身子，给男主人倒了杯酒。她没那本事倒得满盈盈的，不过男主人对这样的温情脉脉还是很满意的。他止住笑，将这杯酒倒进嘴里，发出一声叹。然后说，去，你去把那个东西给我拿来。

命令是不容置疑的。

女主人搁下伞，拿过拐棍，像一棵风中的树，晃晃悠悠地去了。

客人眯缝着双眼，看着那座桥。在他的眼中，那座桥一点都不真切，只是一道轮廓。他看不清楚桥有几道孔，有几个墩。他侧耳听了听。引擎声很弱，喇叭鸣放的声音倒还是有些响。他又在眼前竖起一根指头，由远渐近地移动。

你这是干什么？男主人问。

从这个点，到桥那个点，直线距离怕有一千米吧？客人原来在测距。

你咋测的？啥眼水呀？没有，直线距离只有一里不到！男主人像是已经知道了客人的打算，他慢条斯理地斟酒。

从这里步行到桥，要绕好大几个弯呢。客人说。

是啊，这一绕，就得三里半了。男主人嗫着嘴唇，吱了一口。

三里半，跑得最快也得六分钟。五百米，游得最快也要六分钟。再说你都筋疲力尽了，还能救人？数据之下，客人不能不质疑。

老子就是能救！男主人干笑了两声，喝掉那杯酒，这一回他没有感叹。他扭身看着屋里，大声叫嚷道，还没拿出来吗？

女主人出现在门口，手里拿着个红红的什么东西，一瘸一拐地过来。近了，客人才看见那是个大大的红簿子，很厚。男主人一把抓过来，抱在怀里，看着客人，你接下来是不是要问我救了多少人？没等客人表态，他一下把红簿子拍在客人跟前，指头笃笃点着，哼哼地笑几声，你自己看，慢慢看！

红簿子有些沉，这倒不是问题。问题在于客人的视力。他的视力可真是糟糕透了，双手捧起来，簿子都快挨着鼻尖子了。

十三个！今天这个是第十四个！男主人斟满一杯酒，老样儿的喝法。喝完，杯子往边上一推，站起来，敞开衣衫，走到断崖边，手搭凉棚张望。

客人看清楚了。时间，姓名，受到的奖励，得到的酬谢。还贴着有关此次救人事件的新闻报道，男主人接受鲜花的笑容，接受奖状的骄傲，接受祝酒的惬意……

客人晃晃脑袋，把有些飘散的目光聚集到了一个名字上。是的，女主人的名字，她的名字。他伸出指头，轻轻碰了碰那个名字，火烫了似的，指尖赶紧移向别处。他翻过那页，以为就掩住那个名字。可是，新的一页却是女主人的脸，那张在记忆里出现过千百遍的脸，年轻的脸，没有表情的脸……客人抬起头，看着对面的女主人。他不堪重负般粗重地喘息。他搁下红簿子，掀开草帽，露出一张苍白的脸，大汗淋漓。

女主人给客人盛了碗汤，递给他的时候，并不缩回手，而是摊开半个手掌。客人弄不清楚她是要什么。女主人笑笑，点点头。客人明白了，摸出那些药瓶。女主人看看，指着其中一瓶。女主人拿过那个小药瓶，旋开盖子，倒出三片，想想，又倒了两片。她把药片握在手心里，用两根指头旋上盖子，轻轻一抛，药瓶划出个完美的弧线，掉在客人的手中。对此他们都很高兴，都露出了笑容。

快了，就快了。男主人回过身子，看着桌子上的红簿子，问客人，你都看了？

客人点点头。

做何感想？男主人问。

客人想了想，竖起大拇指。

男主人爽朗地大笑起来。

女主人歪着半个身子，给男主人盛满一碗汤，剩下的一点，她倒给了自己。他们三个人都在喝汤。客人的一双眼睛挂在碗沿上，左右转动，看看女主人，看看男主人。男主人的眼睛直视前方，他喝得三心二意，注意力全在那座桥上，他的半个屁股已经离开了凳子，一条腿前迈，一条腿后蹬，随时准备飞奔出去。只有女主人专心，眼睛在汤碗里，小口小口地呷，仔细品着其中的味，不时偏向一边轻轻啐掉一些无关紧要的姜末或者花椒皮儿。

男主人就像被噎住了似的，整个身体突然僵住了。跳了！只听得他嘟哝一声，撂下汤碗，壮硕的身子就像一只巨大的跳跳蛙，噌噌两下，就蹦到了断崖边，趴下身子，手一扬，人就不见了。

客人看得瞠目结舌，屁股不由自主地离开凳子，两腿颤颤地张望。

他装了根消防滑竿。女主人放下汤碗，啐掉一个什么东西，看着客人，轻声问，你什么时候回去呢？

一阵马达声。从断崖底下驶出一只快艇，翻卷着浪花，奔向桥。就快要接近桥了，快艇突然慢了下来，歪歪扭扭地原地打圈，一圈，两圈，三圈，忽然加速了，只是没有奔向桥，而是往回驶，速度很快，歪歪扭扭的，像一条曲奔的凶猛的蛇。斜刺里去了，撞向了对面的崖壁，轰一声闷响，腾起一股黑烟，接着亮起了火光。

客人慢慢坐回到凳子上，端起汤碗，埋头喝汤。他喝汤的声音很响，嘶嘶的，像忍不住发出的窃笑声。他的额头和脑门全是汗珠，喝完最后一口，他抬头看着女主人。女主人扭着脖子，目光悠远，看着那座桥，和那座桥背后的远方。